SABRINA DENGEL

Fay *und die alltägliche Welt* Roman

Originalausgabe
Alle Rechte vorbehalten

ISBN 978-3-8434-3052-4

© 2016 Schirner Verlag, Darmstadt
1. Auflage Juli 2016

Umschlag: Murat Karaçay, Schirner,
unter Verwendung von #159255926 (Martina Ebel),
www.shutterstock.com
Lektorat & Layout: Claudia Simon, Schirner

Printed by: Ren Medien GmbH, Germany

www.schirner.com

Inhalt

Widmung

Ich widme dieses Buch den Lesern von »Fay und die andere Welt«. Ihr habt mir die Motivation geschenkt, Fays Geschichte weiterzuschreiben. Familie Pföstl/Wörndle aus Schenna/Südtirol will ich ebenfalls ausdrücklich in der Widmung erwähnen. Ich danke euch, denn ihr habt mir in eurem wunderbaren »Rosengarten« den Raum gegeben, um dieses Buch zu schreiben.

Was bisher geschah – Rückblick

Eigentlich ist Fay ganz zufrieden mit ihrem Leben. Sie hat eine kleine Wohnung, einen Job, der genug zum Leben abwirft, einen Kater und viele Bücher – mehr braucht es doch nicht, oder?

Eines Tages kommt sie mit Hans, einem etwas skurrilen Kaffeehausbesitzer, ins Gespräch, der in seiner Freizeit dem Schamanismus nachgeht. Hans lädt Fay auf eine spannende Reise ein, eine Reise, die sie auf den Weg zu sich selbst führt.

Nach einigem Zögern traut sich Fay, diese Reise anzutreten. Je weiter sie geht, desto lauter erklingt eine Stimme in ihrem Innern: »Hattest du nicht einmal Träume und ganz andere Vorstellungen von deinem Leben?« Endlich begibt sich die junge Frau auf die Suche nach ihren verlorenen Träumen und entdeckt, dass es neben der normalen noch eine ganz andere Welt gibt: die Anderswelt.

Unter der Anleitung von Hans lernt Fay, die Anderswelt zu bereisen. Dort trifft sie auf Krafttiere, Seelenteile und MaPa, das große Geheimnis. Mithilfe wertvoller schamanischer Techniken begibt sich Fay auf ihren Weg der Heilung, der sie in ihren Seelengarten führt. In diesem Garten lernt sie, ihr Leben in der alltäglichen Welt zu »weben«.

Um dir, liebe Leserin, lieber Leser, das Lesen dieser Geschichte ein wenig zu erleichtern, beschreibe ich im Folgenden diejenigen Wesen aus dem ersten Teil »Fay und die andere Welt«, die hier weiterhin eine Rolle spielen.

Die Menschenwesen

Fay ist die Heldin des Buches. Ihr eigentlicher Name lautet Friederike Heylrich. Ihr Seelenweg steht im Mittelpunkt der Betrachtung.

Hans ist Kaffeehausbesitzer und Fays schamanischer Lehrer in der alltäglichen Welt.

Hugo ist Fays Nachbar, der gerne ihren Kater Pfötchen hütet.

Marcel ist der Sohn ihres Nachbarn Hugo. Fay und Marcel empfinden eine tiefe Zuneigung zueinander.

Hermine ist eine nette, alte Dame und Fays Nachbarin. Sie ist mit Hugo befreundet und überrascht Fay oft mit ihrer Weisheit.

Ulrich, Sascha und **Gabriella** sind drei Menschen, die mit Fay in einer Gruppe von Hans den Schamanismus erlernen.

Die Andersweltwesen & Seelenteile

Diana ist ein Schmetterling und eines von Fays Krafttieren. Aus der Raupe Kurt entpuppte sie sich als eine kämpferische, weibliche Kraft.

Edith ist ein Eichhörnchen und ein weiteres Krafttier, das Fay auf ihrem Weg begleitet. Ihre Medizin bzw. Kraft ist das Sammeln und Sortieren auf allen Ebenen.

Pfötchen, der in der Anderswelt Sir Samtpfote genannt wird, ist Fays schwarzer Kater. Er ist ihr Haustier und zugleich einer ihrer Verbündeten, ihr Totem in der Anderswelt.

Fylgir ist Fays zweites Totem, ein Pegasus.

Edward ist ein Seelenteil aus dem Sumpf der vergessenen Träume, ihr Ritter des Herzens. Er unterstützt sie bei der Verwirklichung ihrer Träume.

Lana ist ebenfalls ein Seelenteil. Sie bringt die Medizin der Ruhe zu Fay.

Sarah verkörpert einen weiteren Teil ihrer Seele. Sie hat die Medizin des Vertrauens wieder in Fays Leben gebracht.

Funny ist ebenfalls ein Seelenteil. Als pure Lebensfreude ist sie Fay auf ihrem Seelenweg eine große Hilfe.

Skulan ist ein Wanderfalke und Verbündeter von Hans.

Du hast dich nun an den Weg erinnert, den Fay bisher gegangen ist. Es ist Zeit, du bist vorbereitet. Jetzt warten auf Fay und dich neue Erfahrungen, Abenteuer und Weisheiten. Ich wünsche dir mit »Fay und die alltägliche Welt« viel Spaß!

Angekommen?

Fay schloss die Wohnungstür hinter sich. Sie lächelte, lehnte sich an die Tür, ihre Sachen glitten von ihren Schultern und plumpsten auf den Boden. Egal, das kann ich morgen auch noch aufräumen, beschloss sie. Es war still in ihrer Wohnung, fast so still wie auf ihrem Visionsplatz in den Bergen, wo sie die letzten Tage verbracht hatte.

»Was für ein Wochenende!«

Als sie von ihrem Platz im Wald zurückgekehrt war, war die Schwitzhütte schon für die Gruppe bereit gewesen. Schweigend waren Ulrich, Sascha, Gabriella und Fay gemeinsam mit Hans eingetreten.

Die Hitze und Hans' Gesänge hatten sie aus der Welt der Visionen abgeholt. Fay hatte das Gefühl gehabt, als würde sie aus einer anderen Welt zurück in die Wirklichkeit gerufen werden. Was genau genommen ja auch so gewesen war. Nachdem die Zeremonie in der Hütte beendet war, hatten sie alle in einer Reihe vor Sandra auf der Wiese neben der bereits abkühlenden Feuerstelle gestanden. Von ihr hatten sie das erste Mal nach der Zeit an ihren Plätzen wieder frisches Wasser bekommen. Fay konnte sich jetzt noch an den Geschmack erinnern. Da hatte sie erfahren, woher Süßwasser seinen Namen hatte. Es war ein unglaubliches Gefühl gewesen, als diese klare Flüssigkeit ihre ausgetrocknete Kehle hinuntergeronnen war. Kühl, nass, süß – einfach göttlich!

Den Rest des Tages hatte die Gruppe mit Schreiben, Reflektieren und Ausruhen verbracht. Mit dem Abendessen hatten sie den Tag abgeschlossen und waren alle früh schlafen gegangen. Nach einer traumlosen Nacht hatte Fay gemeinsam mit den anderen gefrühstückt und mit ihnen das Haus aufgeräumt. Darauf hatte ein Abschlusskreis gefolgt, bevor sie wieder in das Auto von Hans gestiegen und zurück in die Stadt gefahren waren. Es war bereits Abend geworden, als sie im Tal angekommen waren.

Ohne Licht zu machen ging Fay in die Küche. Erstaunlich, wie anders ihre Wohnung im Dunkeln wirkte. Das war ihr so noch nie zuvor aufgefallen. Fay öffnete den Kühlschrank, mehr aus Gewohnheit, als dass sie etwas suchte. Das Licht blendete sie. Außerdem war der Kühlschrank sowieso leer. Hatte sie doch selbst alles ausgeräumt, bevor sie mit Hans und der Gruppe in die Berge gefahren war.

Als sie die Kühlschranktür wieder schloss, meinte sie, etwas neben sich vorbeihuschen zu sehen. Sie blinzelte und schaute genauer hin, aber da war nichts. Zeit, ins Bett zu gehen, dachte Fay. Das einzige Geräusch, das langsam in ihr Bewusstsein drang, war das Ticken der Uhr. Zeit, was ist schon Zeit?, dachte sie.

Statt ins Bett zu gehen, ging Fay ins Wohnzimmer hinüber. Auch hier war es still. Eine angenehme Stille, eine Ruhe, die sie auch in sich selbst spüren konnte. Fay erinnerte sich an das Gefühl der Zeitlosigkeit, das sie während ihrer Visionssuche in den Bergen empfunden hatte. Sie konnte dieses Gefühl in sich wahrnehmen, dennoch drang das Ticken der Uhr immer mehr in ihrer Wahrnehmung hervor.

Fay öffnete die Terrassentür und trat in die Frühlingsnacht hinaus. Hier draußen war es nicht mehr still. Sie konnte das Rauschen der Schnellstraße ein Stück weiter weg hören. Das hatte sie vorher noch nie so deutlich wahrgenommen. Noch während Fay dem Rauschen lauschte, huschte der Schatten erneut an ihr vorbei. Zumindest meinte Fay, ihn zu sehen. Sie streckte sich an der frischen

Luft, nahm einen tiefen Atemzug und fragte sich, wo Pfötchen war. Leise rief sie ihren Kater. Sie wartete eine Weile, aber Pfötchen kam nicht. Für einen kurzen Moment wurde es Fay eng ums Herz. Doch sie wusste, Pfötchen ging es gut. Er wurde von ihrem Nachbarn Hugo liebevoll versorgt.

Fay drehte sich um, ging zurück in ihre Wohnung und direkt ins Schlafzimmer, vorbei an dem Schrank, in dem immer noch die eine oder andere Sache zum Aufräumen lag. Ja, es gibt noch so einiges zu tun, aber erst morgen, entschloss sie sich.

Mit diesem Gedanken hatte Fay sich auch schon ausgezogen. Ihre Kleidung ließ sie einfach auf dem Boden vor ihrem Bett liegen. Sie kuschelte sich in die Kissen und schlief mit dem Gefühl ein, dass es nichts Schöneres auf der Welt gab als das eigene Bett.

Integration

Während Fay tief und fest schlief, trafen sich ihre Verbündeten auf der Lichtung im inneren Garten.

Sir Samtpfote erklärte den anderen gerade, was nun weiter geschehen würde: »Jeder von euch hat eine besondere Kraft, eine Medizin, die er zurück in Fays Leben bringt. Das ist eure Essenz. Nun kommt es darauf an, wie Fay diese Talente oder Eigenschaften, die ihr verkörpert, in ihr Leben integriert. Das ist die eigentliche Aufgabe, die Fay bevorsteht. Bisher konnte ihr Hans helfen. Er hat wesentlich dazu beigetragen, dass wir heute alle hier sind, und er wird auch weiterhin für sie da sein. Nun geht es darum, dass Fay die Verantwortung für ihr Leben übernimmt. Wir können ihr dabei helfen, wenn sie das will.«

»Ja, klar will sie das, sonst wären wir doch nicht hier!«, rief Funny vergnügt.

»Ich wusste doch, dass die Geschichte einen Haken hat«, maulte Edward und trat mit dem Fuß gegen einen Kieselstein.

»Niemand hat gesagt, dass es einfach wird«, meinte Lana ruhig und besonnen.

»Leute! Es kann auch spannend sein, sich zu entfalten«, warf Diana grinsend in die Runde.

Edith schaute ernst in die Gesichter der anderen. »Alles, was Fay benötigt, ist schon da. Ich weiß es, weil ich eine Sammlerin bin. Wir sind für Fay wie Teile ihres ganz persönlichen Puzzles, das sie für sich zusammenfügen muss. Fay kann diese Aufgabe gemeinsam mit uns bewältigen. Das haben wir gesehen. Lassen wir ihr einfach Zeit.«

Sarah nickte und erwiderte: »Ja, ich denke auch, dass Fay jetzt Zeit braucht. Sie muss erst wieder lernen, ganz zu vertrauen. Vor allem sich selbst. Dabei können wir ihr helfen, wenn sie danach verlangt.«

Fylgir schnaubte. »Fay wird in der alltäglichen Welt einige Erlebnisse haben, die sie in der nächsten Zeit herausfordern werden. Lassen wir es auf uns zukommen, wie sie ihren weiteren Weg gehen wird.«

»Und was für Herausforderungen werden das sein? Kann ich da wenigstens mal meine Ritterqualitäten unter Beweis stellen?«, fragte Edward mürrisch.

Noch bevor jemand eine Antwort geben konnte, rief Funny aufgeregt: »Hey, Leute, könnt ihr es spüren? MaPa kommt!« Wie immer freute sich Funny unbändig auf MaPa, und sie tanzte übermütig im Kreis herum.

Ein Schmunzeln ging über die Lippen der anderen. Sie alle konnten nun wahrnehmen, wie MaPa immer präsenter wurde.

Das Erste, was sie vom großen Geheimnis hörten, war ein herzliches Lachen. Gefolgt von den Worten: »So eine Freude, wie sie Funny versprüht, heilt jede Wunde und vertreibt alle Sorgen. Ihr macht euch Gedanken über Fay und ihren weiteren Weg. Das ist sehr schön von euch. Es zeigt mir, wie nah ihr euch Fay, eurem Menschen, fühlt. Fylgir, du hast Fay in ihrer Vision das Land gezeigt, in dem ihr Vater jetzt lebt. Sie hat den Wunsch, dorthin zu reisen. Das ist gut. In ihr breitet sich eine Aufbruchstimmung aus. Sie will mehr in ihrem Leben verändern und herausfinden, was ihre wahre Bestimmung, ihre Lebensaufgabe, ist. Es ist so, dass jeder Schritt, den sie geht, egal, in welche Richtung, sie immer auch etwas lehren wird. Manche Entscheidungen ergeben zunächst keinen Sinn, dieser zeigt sich erst später. Es werden vordergründig alltägliche Entscheidungen sein, die Fay in der nächsten Zeit zu treffen hat. Aber nichts ist so alltäglich, dass es keinen Einfluss auf die Anderswelt hätte. Das wissen wir alle.«

Nach einer kurzen Pause fuhr MaPa fort: »Fay hat von euch einen großen Vertrauensvorschuss erhalten. Jetzt liegt es an ihr, wie sie damit umgeht. Seid für sie da, wenn sie euch braucht. Aber gebt auch nicht auf, wenn sie sich aus der Anderswelt zurückzieht. Manchmal ist es ziemlich schwer, in der Menschenwelt zurechtzukommen. Zeit und Raum können sehr fordernd sein. Schnell können sich in einem Menschen Zweifel ausbreiten, wenn dieser seine Mitte verliert. Es braucht Disziplin und Ausdauer, um im Einklang mit sich selbst zu bleiben. Das weiß Fay zwar schon, aber es fehlt ihr noch die Erfahrung, das Durchhaltevermögen und den starken Willen aufzubringen, die eigene Mitte zu wahren. Wir werden gemeinsam erleben, wie sie diese Herausforderung meistert.«

»Aber kannst du uns nicht wenigstens verraten, worum es gehen wird?«, fragte Funny hoffnungsvoll.

MaPa erwiderte: »Alles wird sich darum drehen, dass Fay ihr eigenes Wesen bestimmt, indem sie sich selbst findet und kennenlernt. Im Innen wie im Außen. Dabei wird sie sich mit der Heilung ihrer Weiblichkeit und mit ihrem Selbstwert, der tief in ihrer Liebe zu sich selbst verwurzelt ist, beschäftigen. Sie wird lernen, ihr Energiefeld aufzubauen und – noch wichtiger – auch zu halten. Außerdem wird sie lernen, sich abzugrenzen, weil sie sich bewusst macht, was sie stärkt und was ihr schadet.«

»Puh, das klingt nach viel Arbeit«, seufzte Diana.

»Tja, ich kann mich dann wohl wieder in meinen Sumpf verziehen. Weiblichkeit ist nicht gerade meine Stärke, oder?« Edward war nun nicht mehr miesepetrig, sondern ehrlich verletzt. Er fühlte sich betrogen. Diese Figuren da holten ihn aus seinem Sumpf, versprachen ihm, dass er wieder gesehen werden würde, dass er endlich seine Essenz des Kriegers aufleben lassen dürfte, und was nun?

Die Heilung ihrer Weiblichkeit!, äffte Edward in Gedanken die Worte MaPas nach. Er versuchte vergeblich, die Tränen der Enttäuschung, die sich den Weg zu seinen Augen bahnten, zu unterdrücken. Dann übermannte ihn schlagartig die Wut auf sich selbst, weil er den anderen seine Enttäuschung ungewollt offenbarte. Beschämt drehte er sich von ihnen weg. In diesem Moment spürte er eine sehr sanfte und dennoch starke, liebevolle Umarmung. MaPa umschloss ihn mit seinem ganzen Sein.

»Es ist genau deine Kraft, die Fay braucht, Edward. Die Kraft des kultivierten Kriegers, der nicht blind um sich schlägt und wahllos verletzt, sondern souverän für seine Interessen einsteht und auf sein Herz hört. Du bist der Krieger, der mit seiner Kraft für das Leben und die allumfassende Liebe steht. Ein Krieger der Schönheit, des Lebens, der Liebe und des Herzens. Du bist derjenige, der die Türen zu ihrem Innersten öffnen wird, und ebenso wirst du diese bewachen. Du wirst Fay begleiten, wenn sie Tür für Tür öffnet. Du wirst ihre tiefsten Geheimnisse, ihre Schätze, hüten.«

Erstaunt drehte sich Edward um. Er erkannte die große Bedeutung der Aufgabe, die ihm MaPa gerade erklärt hatte.

Nun richtete MaPa das Wort auch an die anderen: »Diana wird Fay dabei unterstützen, sich ihrer Weiblichkeit gewahr zu werden. Sie wird ihr helfen, sich von den Idealvorstellungen zu befreien, wie eine Frau zu sein hat. Sie wird dabei sein, wenn Fay ihre eigene Weiblichkeit schrittweise entdeckt. Selbstverständlich ist für diese Arbeit auch Edith unverzichtbar. Sie wird die Erinnerungen hinter den Türen, die Edward hütet, gemeinsam mit Fay sortieren. So kann Fay ihr wahres Selbst deutlicher erkennen. Lana, Funny und Sarah, ihr drei seid sehr wichtig für Fay auf ihrem weiteren Weg in der alltäglichen Welt. Für ihre nächsten Schritte ist es von großer Bedeutung, dass ihr eure Essenz in jedem Augenblick in Fays Leben fließen lasst. Sie wird Freude, Ruhe und Vertrauen in der nächsten Zeit dringend brauchen. Denkt daran, ihr seid nun zwar bei ihr, mit ihr verschmolzen, aber damit das auch so bleiben kann, braucht es Bemühungen von beiden Seiten. Von euch wie auch von Fay. Im Moment ist Fay noch ganz in der Energie der Vision. Das wird sich jedoch legen. Bereits morgen, am dritten Tag nach der Schwitzhütte, wird sie wieder voll und ganz im Alltag angekommen sein. Dann beginnt euer Einsatz erst richtig.«

Die Freunde nickten und wirkten alle recht nachdenklich. Eines war klar, langweilig würde die nächste Zeit jedenfalls nicht werden.

MaPa lächelte. Es konnte alle ihre Gedanken wahrnehmen und meinte: »Schön, dass ihr es so seht. Ich wünsche euch viel Kraft und Mut. Es bleibt spannend.« Mit diesen Worten verschwand MaPa von der Lichtung im Garten.

»Es bleibt spannend«, wiederholte Sir Samtpfote und schnurrte. Seine Schwanzspitze zuckte, und für einen Augenblick meinte er, einen Schatten vorbeihuschen zu sehen. Aber ganz sicher war er sich nicht, und so behielt er es für sich.

Der dritte Tag

Fay wurde schlagartig wach, als es an ihrer Tür Sturm klingelte. Im ersten Moment wusste sie nicht, wo sie sich befand, und sie musste sich erst einmal orientieren. Sie lag in ihrem Bett, und vor ihrer Wohnungstür stand offenbar ein Verrückter.

»Ich komme ja schon!«, rief sie laut. Es klang genervter, als sie es beabsichtigt hatte. Schlaftrunken stand sie auf und blickte sich um. Wo war ihr Bademantel? Wenigstens hatte das Dauerklingeln aufgehört. Sie lief ins Badezimmer. Da lag er. Schnell schlüpfte sie in das alte Ding. Den Blick in den Spiegel ersparte sie sich. Im Gang lagen noch ihre Sachen, die sie gestern Abend dort fallen gelassen hatte. Als sie mit dem Fuß alles beiseiteschob, läutete es erneut. Sie öffnete die Tür. Vor ihr stand der Postbote. Grinsend musterte er sie von oben bis unten, was Fays Stimmung nicht gerade hob. Sie zog den Bademantel enger um sich.

»Ja, bitte?«, fragte sie harsch.

»Ähm ja, sind Sie Frau Heylrich?«, stammelte der Postbote.

»Ja, steht doch hier direkt unter der Klingel, oder?«, zischte Fay schärfer, als sie es von sich kannte. Ein bisschen erschrak sie darüber, aber nur ein bisschen.

»Ich habe hier ein Einschreiben für Sie. Das müssten Sie mir bitte unterschreiben.« Er hielt Fay einen Zettel und einen Stift hin, und sie setzte ihre Signatur neben das Kreuzchen.

»Vielen Dank, hier noch die restliche Post für Sie.« Mit diesen Worten drückte er Fay einige Briefe in die Hand, drehte sich um und ging grußlos davon.

Einen Moment später fasste sich Fay und rief ihm hinterher: »Ich wünsche Ihnen noch einen schönen Tag!« Das wünschte sie ihm ehrlich.

Der Postbote drehte sich noch einmal zu ihr um und grinste sie an. »Ich Ihnen auch, Frau Heylrich.«

Mit der Post in der Hand ging Fay in die Küche. Sie stellte Teewasser auf und öffnete das Einschreiben. Es kam von der Hauseigentümerverwaltung. Wohl ein Bescheid über die Erhöhung der Betriebskosten, dachte Fay genervt. Sie überflog den Brief, und ihr Herz begann, heftig zu klopfen. Es ging nicht um die Betriebskosten. Die Wohnungen sollten verkauft werden! Die Eigentümer, vorwiegend private Investoren, hatten beschlossen, die alten Wohnungen abzugeben, da es sich ihrer Meinung nach nicht mehr lohnen würde, im Randbezirk einen Umbau zu finanzieren. Die Alternative zum Umbau wäre der Abriss der gesamten Anlage, der jedoch ebenso teuer wäre. Also boten sie Fay einen sogenannten Vorkauf an. Unter Berücksichtigung der von ihr in den letzten Jahren schon bezahlten Miete blieb noch ein Restbetrag von 31 295 Euro übrig, den sie aufbringen müsste, um die Wohnung zu kaufen. Ansonsten würde sie die Wohnung innerhalb der nächsten drei Monate räumen müssen. Das ist so ungefähr die Summe, die ich gespart habe, dachte sich Fay. Sie ließ den Brief sinken. Das Teewasser kochte, und sie goss sich ihre Kräuter auf.

Der nächste Brief war von der Arbeitsagentur. Nachdem sie selbst gekündigt hatte, waren für sie die Arbeitslosenbezüge für die ersten vier Wochen gesperrt worden. Sie musste sich also für diese Zeit selbst versichern. Hierfür lag der Zahlschein im Kuvert: 50 Euro für einen Monat. Außerdem sollte sie sich innerhalb von zwei Wochen auf dem Amt melden, weil sich sonst jeder weitere Bezug des Arbeitslosengeldes um eben diese Zeit verzögern würde. Na Klasse!, dachte sich Fay.

Sie ging ins Wohnzimmer, warf die Post achtlos auf den Tisch, öffnete die Terrassentür und trat mit ihrem Tee in der Hand hinaus ins Freie. Im nächsten Moment strich Pfötchen um ihre Beine. Fay lächelte. Sie stellte den Tee ab, hob Pfötchen hoch und vergrub ihr Gesicht in seinem weichen Fell.

»Na, du? Dir ist es sicher gut ergangen.« Liebevoll kraulte sie ihren Kater. Pfötchen rieb seinen Kopf an Fay und genoss es sichtlich, von ihr liebkost zu werden. Fay hörte, wie nebenan die Terrassentür geöffnet wurde. Hugo kam in den Garten.

»Oh, Fräulein Fay. Schön, dass du von deinem Abenteuer wieder gesund zurückgekehrt bist.«

Fay begrüßte ihren Nachbarn herzlich. In ihr breitete sich ein warmes Gefühl aus. Pfötchen sprang aus ihren Armen und lief hinüber zu Hugo.

»Wir hatten es gut zusammen, nicht wahr, Pfötchen?«, sagte Hugo in Richtung des Katers. »Miau!« kam als Antwort. Fay und Hugo mussten beide lachen. Es ist schön, wieder hier zu sein und Hugos Gesellschaft genießen zu können – nur wie lange noch?, dachte Fay.

»Hugo, hast du auch diesen Brief von der Eigentümergemeinschaft bekommen?«, fragte Fay den alten Mann.

»Natürlich, meine Liebe, den habe ich auch bekommen«, antwortete Hugo ruhig.

»Und was wirst du tun?«, fragte Fay ein wenig ängstlich.

»Hm, ich werde wohl ausziehen. Ich werde nicht jünger, und es gibt hier in der Nähe eine Seniorenresidenz, die mir gefallen würde. Kein Altersheim, nein. Ich kann dort in einer Wohnung mit Garten wohnen. Eine wie diese hier. Dort leben auch andere Leute in meinem Alter, und es gibt Gemeinschaftsräume, wo Konzerte und Spieleabende stattfinden. Für Notfälle gibt es einen Arzt und eine Krankenschwester auf Abruf. Außerdem besteht die Möglichkeit, ins Restaurant zu gehen, wenn ich nicht selbst kochen möchte. Ich kann mir das gut vorstellen. Marcel überlegt, ob er die Wohnung kaufen soll. Sie ist günstig, da ich schon lange hier lebe. Er hätte dann eine sichere Bleibe, die ihn obendrein nichts kostet, wenn er unterwegs ist.«

Bei der Erwähnung von Marcel machte Fays Herz einen freudigen Sprung. Sie spürte Hitze in sich aufsteigen und wusste, dass sie errötete. Das war ihr peinlich. Und dass es ihr so offensichtlich peinlich war, machte sie wütend. Fay war überrascht von diesem Karussell der Gefühle, das sie heute innerhalb relativ kurzer Zeit schon durchlebt hatte. Zudem erstaunte sie die Fülle an plötzlichen Veränderungen, die fraglos auf sie zukamen.

»Und was wirst du machen, Fay?«, fragte Hugo.

Fay zuckte mit den Schultern. »Ganz ehrlich? Ich weiß es nicht. Im Moment bin ich mit dieser Entscheidung ein wenig überfordert.«

Fay spürte plötzlich eine Veränderung in sich, ein Ziehen. Es war subtil, aber vorhanden. Es schmerzte auf eine gewisse Weise, war aber nicht wirklich unangenehm. Wie ein Seufzen, das in ihr nachhallte. Für einen Moment glaubte sie, wieder einen Schatten vorbeihuschen zu sehen. Im nächsten Augenblick war wieder alles wie gewohnt. Fay entwich ein sonderbarer Laut. Ups, dachte sie, das war jetzt genau dieses Seufzen, das ich gerade eben gespürt habe.

Fay schüttelte den Kopf. »Mal sehen. Ich habe ja noch etwas Zeit, mir die Sache zu überlegen«, schob sie als Antwort auf Hugos Frage hinterher.

Das Telefon in Hugos Wohnung klingelte. Er nickte Fay zum Abschied zu und ging zum Apparat. »Hallo? Ja. Ich freue mich. Dann sehen wir uns heute Abend, mein Sohn. Gut, bis dann.«

Heute Abend würde Marcel also wiederkommen. Fay wurde ganz warm ums Herz, und sie spürte, wie sich diese Wärme auch von ihrer Mitte aus zu ihrem Schoß hin ausbreitete. Sie würde Marcel wiedersehen. Ob sich nach ihren Erfahrungen in den Bergen etwas an ihren Gefühlen für ihn verändert hatte? Wenn sie an ihn dachte, war da ein süßer Schmerz, ein leichtes Ziehen in ihrer Mitte. War das Liebe?

Hugo kehrte in den Garten zurück. »Marcel kommt heute Abend von seiner Vortragsreihe zurück. Er bringt eine Freundin mit, Maya, eine sehr nette und gebildete Person. Die beiden kennen sich seit dem Studium.« Fay spürte einen Stich in ihrem Herzen, und gleichzeitig verschob sich ihre Mitte. »Ich möchte dich gerne einladen, den Abend mit uns zu verbringen. Fay, hast du mir überhaupt zugehört?«, fragte Hugo.

»Ähm. Ja, gerne, Hugo. Wann, hast du gesagt, treffen wir uns?«, wollte Fay wissen.

»Die beiden kommen am frühen Abend. Ich werde für uns kochen. Hermine kommt sicher auch gerne dazu. Wenn sie von ihrem Spaziergang im Park zurück ist, werde ich sie fragen. Vielleicht macht sie für uns zum Nachtisch ja einen ihrer legendären Kuchen.« Schelmisch zwinkerte Hugo Fay bei diesen Worten zu.

»Okay, ich habe noch einiges zu tun. Wir sehen uns am frühen Abend. Ich bringe den Wein mit. Ich muss sowieso noch einkaufen gehen.«

Fay ging zurück in ihre Wohnung und überlegte, was sie in welcher Reihenfolge erledigen sollte.

Eine Begegnung

Edward war, wie es ihm entsprach, auf der Lichtung in Fays Seelengarten, um diesen zu hüten. Er freute sich über die Veränderung, die hier im Garten vor sich gegangen war, und dennoch spürte er einen leichten Schmerz. Eine Ungläubigkeit, was den weiteren Weg und Fays Kraft betraf. Ja, er zweifelte. Obwohl er sich vom Sumpf entfernt hatte, war doch ein leiser Zweifel geblieben. Ob dieser jemals ganz verschwinden würde? Edward blickte auf. War da etwas? Er glaubte, direkt neben sich eine schnelle Bewegung wahrgenommen zu haben. Edward schüttelte den Kopf. Hier war Fays Garten. Nichts und niemand konnte diesen ohne Fays Einladung betreten. So war es vereinbart. Edward stand auf und streckte sich. Ich könnte doch mal die Gegend ein wenig erkunden, dachte er bei sich und schaute sich um.

Der Garten hatte sich schon sehr verändert. Die Quelle sprudelte munter vor sich hin, und überall blühte und summte es. Der Weiher war klar und voller Leben. Edward hob seinen Blick und schaute über die Lichtung hinaus auf den Wald und die Berge dahinter. Er konnte Rauch sehen. Was war da hinten? Sieht aus wie ein Lagerfeuer, dachte er. Das muss ich Fay bei ihrem nächsten Besuch zeigen, beschloss Edward. Auf der anderen Seite konnte er in einiger Entfernung an einem Hang umgefallene, abgestorbene Bäume sehen. Sie lagen da wie nach einem Sturm oder einem Erdrutsch. Er drehte sich weiter und blickte nun auf eine hohe Felswand, die anscheinend mehrere Höhlen hatte.

»Ob diese Höhlen wohl einige der Schätze bergen, von denen MaPa gesprochen hat?«, überlegte er laut.

Als er seinen Blick über die letzte Seite des Gartens schweifen ließ, erblickte er etwas, was seine Aufmerksamkeit gefangen nahm. Es beunruhigte ihn weitaus mehr als das Feuer, der kahle Hang oder die Höhlen. Er sah ein Wesen, das sich ihm näherte. Edward hatte es noch nie zuvor gesehen. Es war wunderschön und verwirrend zugleich. Es faszinierte ihn und machte ihm Angst. Edward war sich nicht sicher, ob es eine Frau oder ein sehr schlanker Mann war. Aber noch wichtiger war die Frage: Was tat es hier in Fays Garten? Sie hatten doch alle gemeinsam den Garten in diesem Tempel der Kraft eingeschlossen. Es konnte also nur hereinkommen, was Fay eingeladen hatte. Edward war wirklich verwirrt. Er konnte sich nicht erklären, warum Fay dieses Wesen eingeladen haben sollte.

Im nächsten Moment stand es direkt vor ihm. Viel zu nah. Edward wich einen Schritt zurück. Selbst jetzt konnte er nicht genau sagen, ob das Wesen vor ihm eine Frau oder ein Mann oder keines von beiden war. Es schien keine wirkliche Form zu haben und auch nicht richtig auf dem Boden zu stehen. Es war, als würde es vor ihm in der Luft schweben. Edward lief ein Schauer über den Rücken.

»Wer bist du?«, fragte Edward.

Im nächsten Augenblick war das Wesen wieder weiter fort. Es drehte und wand sich beinahe so, als ob es tanzen würde. Edward hörte ein leises Kichern und dann eine zarte Stimme, die ihm in einem eigenartigen Singsang zurief:

»Ich bin da und auch schon weg,
rüttle dich wach, halte dich in Schach.
Kann dir von Nutzen sein,
aber auch ein Stolperstein.
Bin stets in deinem Leben,
kann dir viele Erfahrungen geben.
Manchmal magst du mich, manchmal hasst du mich,
je nachdem, um was es geht, je nachdem, wer vor dir steht.«

Die letzten Worte wurden hinter seinem Rücken in sein Ohr geflüstert. Er wirbelte herum und konnte gerade noch wahrnehmen, wie das Wesen mit einem verrückten Kichern verschwand.

Edward war zutiefst verwirrt. Er konnte das Wesen nicht mehr sehen oder hören. Es war wie vom Erdboden verschluckt. Langsam und nachdenklich ging er zurück zur Hütte auf der Lichtung. Die anderen waren nicht da. Edward wusste nicht, wo sie sich aufhielten. Er sandte die Bitte aus, dass sie zu ihm auf die Lichtung kommen sollten, damit er ihnen von seiner Begegnung erzählen konnte. Er setzte sich an den runden Tisch in der Hütte und wartete.

Einnorden

Nachdem Fay ihren Tee getrunken hatte, räumte sie die Sachen, die noch im Gang lagen, weg. Pfötchen strich um ihre Beine und schnurrte hingebungsvoll. Fay hatte ein eigenartiges Gefühl. Sie fühlte sich beobachtet. Dabei waren doch nur Pfötchen und sie in der Wohnung. Sie schlenderte in die Küche, schnappte sich einen Notizblock und begann, sich zu überlegen, was sie einkaufen musste. Putenfleisch für Pfötchen, Milch, Obst, Gemüse und etwas für morgen zum Frühstücken. In Gedanken versunken schrieb Fay ihre Einkaufsliste, als sie aus den Augenwinkeln eine Bewegung sah.

»Kommst du zu mir in die Küche?«, fragte sie geistesabwesend und blickte in Richtung der Bewegung. Da war jedoch nichts auszumachen. Fay richtete sich auf. »Pfötchen?«, rief sie. Sie ging hinüber ins Wohnzimmer und sah Pfötchen entspannt auf dem Sofa liegen und schlafen. Eigenartig, dachte sie. Fay schüttelte den Kopf und ging zurück in die Küche. Als sie weiterschreiben wollte, war ihr Stift verschwunden. Fay schaute auf den Boden. Es wäre ja möglich, dass er vom Tisch gerollt war. Kein Stift. Sie überlegte. Hatte sie den Stift mit ins Wohnzimmer genommen? Sie ging nochmals in den anderen Raum, obwohl sie sich eigentlich sicher war, den Stift in der Küche auf den Tisch gelegt zu haben. Auch kein Stift. Ein komisches Gefühl breitete sich in Fay aus.

Was soll das? Bin ich verrückt geworden? Ich weiß genau, dass ich den Stift in der Küche gelassen habe!, dachte sie verwirrt. Zurück in der Küche blieb Fay wie angewurzelt stehen. Sie sah den Stift auf ihrem Blatt liegen. Genau da, wo sie ihn hatte liegen lassen. Jetzt zweifelte sie wirklich an ihrer Wahrnehmung. Das konnte doch nicht nur Einbildung gewesen sein! Oder doch? In diesem Moment kam Pfötchen um die Ecke, miaute und blickte Fay direkt an.

»Hast du etwas damit zu tun?«, fragte sie den Kater. Pfötchen hob eine Pfote und begann, sie zu putzen. Plötzlich hielt er inne und blickte aufmerksam in eine Ecke der Küche. Seine Barthaare und Ohren zuckten. Sein Schwanz schweifte von einer Seite zur anderen. Dann schüttelte er sich, blickte nochmals kurz in die Ecke, drehte sich um und verließ die Küche. Fay blickte ihm nach, und für einen Moment glaubte sie, einen Schatten um eben jene Ecke huschen zu sehen.

Okay, sie hatte einige intensive Tage hinter sich und musste sich erst wieder an die alltägliche Welt gewöhnen. Das hatte Hans ihnen im Abschlusskreis erklärt. Fay hielt inne und dachte an das zurück, was Hans ihnen allen ans Herz gelegt hatte, als sie von dem Platz in den Bergen Abschied nahmen:

»Die Zeit, die ihr hier verbracht habt, kann euch niemand mehr nehmen. Sie ist nun ein Teil eures Lebens. Aber nun gilt es, all das, was ihr erlebt habt, auch in euer alltägliches Leben zu integrieren. Es ist wichtig, dass ihr in der nächsten Zeit nach und nach eure Erfahrungen, die Informationen und die Kraft aus der Vision in euer Leben holt, damit diese Wurzeln bekommt. Schafft in eurem Leben eine Grundlage, auf der ihr eure Vision verwirklichen könnt. Was auch immer das für jeden Einzelnen von euch bedeuten mag. Vertieft den Kontakt zu euren Verbündeten. Sie sind für euch da, wenn ihr sie braucht. Ihr müsst sie nur fragen, euch die Zeit nehmen, mit ihnen in Kontakt zu treten. Denkt daran, eine schamanische Reise immer mit einer klaren Absicht anzutreten. Seid aufmerksam und in eurer Mitte. Wenn ihr euch die Zeit nehmt, mit ihnen in Verbindung zu treten, werden sie euch helfen. Es kann sein, dass sich in eurem Leben nun manche Dinge sehr schnell verändern werden. Das passiert oft, wenn sich Menschen intensiv mit sich selbst und ihrem Lebensweg beschäftigen. Es kann dabei auch zu heftigen Krisen kommen, sogenannten Heilkrisen. Darüber haben wir schon geredet. Erinnert ihr euch?«

Fay erinnerte sich.

»Wenn ihr eine solche Heilkrise erleben solltet, dann meldet euch bei mir. Ich bin für euch da. Zu einem solchen Zeitpunkt ist es wichtig, seine Erlebnisse zu reflektieren. Dabei begleite ich euch. Seid darauf gefasst, dass es die folgenden Tage turbulent werden kann. Nach einer Reise in der alltäglichen Welt, wie unsere hierher in die Berge, dauert es drei Tage, bis eure Seele wieder in eurem Körper angekommen ist. Von eurer Seelenreise, der Visionssuche in der Anderswelt, seid ihr durch die Zeremonie in der Schwitzhütte zurück in eure Körper gekommen. Wovon ich jetzt rede, sind eure energetischen Spuren in der alltäglichen Welt. Wenn ihr an einen Ort reist, an dem ihr euch besonders wohlfühlt, dann kann es sein, dass ein Teil von euch dortbleiben möchte. Ihr hinterlasst überall, wohin ihr geht, energetische Spuren. Wenn ihr von etwas oder von einem Ort beeindruckt seid, dann hinterlasst ihr dort ebenfalls einen Eindruck, einen Abdruck im Energiefeld. Das ist wie eine energetische Signatur. Ihr könnt während einer schamanischen Reise an alle Orte zurückkehren, die ihr in eurem Leben bereits besucht habt, und erforschen, an welchen Stellen eure energetischen Bindungen liegen. Dort befinden sich kleine Tropfen eurer Kraft. Diese könnt ihr euch zurückholen. Aus eurer Mitte heraus verbinden euch Energiefäden mit diesen Orten. Löst diese Fäden, und zieht sie zu euch zurück. Bittet eure Verbündeten darum, euch zu helfen. Diese Technik wird ›Einnorden‹ genannt.«

Hans hatte noch mehr gesagt, aber Fay erinnerte sich nur noch bruchstückhaft an seine Worte. Sie war noch zu beschäftigt mit all dem gewesen, was sie gerade erst erlebt hatte. Da war kein Platz mehr für andere Informationen gewesen.

Es ist also alles ganz normal. Ich bin dabei, wieder bei mir anzukommen. Es ist der dritte Tag, dachte Fay und grinste. Turbulent würde es werden, hatte Hans gesagt. Ja, das konnte Fay nur bestätigen. Jetzt, nachdem sie sich an Hans' Worte erinnert hatte, ging es ihr etwas besser.

Sie schrieb ihre Liste fertig, zog sich an und machte sich auf den Weg zum Einkaufen. Das »Einnorden« würde sie dann am Nachmittag machen, wenn sie alles andere erledigt hatte.

Es war ein schöner, milder Frühlingstag. Es ist überhaupt ein schöner Frühling, dachte sich Fay, während sie die Straße entlanglief. Gerade als sie an der Straßenbahnhaltestelle vorbeiging, kam eine Bahn. Spontan entschloss sie sich, in die Stadt zu fahren, um dort einzukaufen. Die Straßenbahn war um diese Zeit ebenso gut gefüllt wie zu ihrer früheren Arbeitszeit. Nur die Fahrgäste waren andere. Sie sahen nicht nach Leuten aus, die in ihre Firmen fuhren. Vor allem ältere Leute und Mütter mit kleinen Kindern saßen mit ihr im Waggon. Außer einer Mutter mit einem etwa dreijährigen Kind redete niemand. Gelegentlich erklang ein Räuspern oder ein Hüsteln, sonst nichts.

Fay sah in die unterschiedlichen Gesichter. Die meisten wirkten teilnahmslos. Ihr Blick blieb an den Augen eines Kindes hängen, das ihr direkt ins Gesicht schaute. Sie lächelte das Kind an, und es lächelte zurück.

»Schau, Mama, da ist eine freundliche Frau! Sie lächelt mich an!«

Die Mutter drehte sich zu Fay um und schaute sie missmutig an. »Anna, mit Fremden sollst du doch nicht reden. Das habe ich dir schon so oft gesagt«, ermahnte sie ihre Tochter.

»Aber ich hab doch gar nicht mit ihr geredet!«, erwiderte Anna. »Ich habe sie nur angeschaut. Dann hat sie mich angelächelt, und ich hab zurückgelächelt.«

»Lass das bleiben, Anna, sie ist eine Fremde!«, befahl die Mutter streng.

Fay konnte das Misstrauen und die Angst der Frau förmlich riechen. Es war ein eigenartiges Gefühl, eines, das sie kannte, bis vor Kurzem selbst noch gelebt hatte, das aber jetzt nur noch eine Erinnerung war. An der nächsten Station stieg die Frau mit ihrer Tochter aus. Beim Aussteigen blickte Anna nochmals zu Fay zurück und lächelte. Dieses Lächeln ließ Fays Herz hüpfen. Die Kleine hatte gespürt, dass Fay ihr wohlgesonnen war. Fay lächelte zurück und winkte der kleinen, mutigen Anna nach.

Am Hauptplatz in der Stadt stieg sie aus und ging in die Fußgängerzone. Sie war schon lange nicht mehr hier in der Innenstadt gewesen. Als sie noch bei »Babylon« gearbeitet hatte, war ihr keine Zeit für Ausflüge in die Stadt geblieben. Sie ging die Straße entlang und betrachtete die Auslagen der Geschäfte. Überfluss, wohin sie auch sah. Brauchen wir Menschen wirklich so viele Dinge?, ging es ihr durch den Kopf.

Eine kleine Seitengasse zog Fays Aufmerksamkeit auf sich. Weiter hinten sah sie einen Ständer, auf dem bunte Kleider hingen. Ähnlich denen, die sie bei ihrem Ausflug zu ihrer Mutter gekauft hatte. Es sah ganz so aus, als ob da noch ein Laden wäre. Fay ging in die Straße hinein, und sofort umfing sie ein süßer, angenehmer Duft. Als sie vor dem Laden ankam, der die Kleider ausstellte, sah sie den Grund dafür. In einer Schale vor dem Geschäft brannten Räucherstäbchen und verbreiteten ihr Aroma. Neugierig schaute Fay durch das Schaufenster, in dem verschiedene Buddhastatuen, Trommeln, Fahnen und Steine lagen, in den Laden hinein. Er schien innen größer zu sein, als er von außen wirkte. Fay konnte im hinteren Teil eine Wendeltreppe erkennen, die in den oberen Stock führte.

Fay betrat den Laden. Angenehme Musik klang leise aus den Ecken. Sie hörte zwei Frauenstimmen und ging in die Richtung, aus der sie kamen. Hinter der Wendeltreppe reihten sich Bücherregale aneinander. Fay fühlte sich in diesem Geschäft jetzt schon wohl. Als sie um die Regale herum kam, stand sie vor einer gemütlichen Sitzecke, in der sich zwei Frauen angeregt miteinander unterhielten. Beide waren etwa Mitte fünfzig. Fay empfand sie auf ihre Art als recht attraktiv. Die schlankere der beiden Frauen saß in Fays Richtung blickend. Sie unterbrach das Gespräch, als sie Fay bemerkte.

»Schau mal, du hast Kundschaft, Nana«, sagte sie und lächelte Fay zu.

Die zweite Frau drehte sich um und blickte Fay offen und freundlich ins Gesicht. »Hallo, schön, dass du uns gefunden hast. Wie kann ich dir helfen? Ich bin Nana, das ist mein Laden, und ich freue mich, dir nach Möglichkeit deine Wünsche zu erfüllen.«

Von diesem Redeschwall war Fay erst einmal überwältigt. Sie stand da und wusste nicht so recht, was sie antworten sollte.

»Ähm, danke, sehr freundlich. Ich möchte mich nur mal umsehen. Einen schönen Laden haben Sie hier.« Mit diesen Worten drehte sich Fay um.

Noch bevor sie das erste Regal umrundet hatte, hörte sie Nana sagen: »Wenn du Hilfe brauchst oder eine Frage hast, weißt du, wo ich bin.«

»Ja, danke«, erwiderte Fay und ging in den vorderen Bereich des Ladens zurück, um sich genauer umzuschauen.

Es gab eine Ecke mit Kräuterprodukten aus biologischem Anbau. Sie erblickte verschiedene Seifen und Gewürze, diverses Räucherwerk und eine große Auswahl an Tee- und Essigsorten. Daneben hingen Kleidungsstücke aus Leinen, Hanf, Baumwolle oder anderen Stoffen, die als fair gehandelt und biologisch nachhaltig ausgewiesen waren. Eine weitere Nische des Geschäfts beherbergte jede Menge Buddha- und andere Heiligenfiguren, Klangschalen und Glöckchen. Daran grenzte ein Bereich mit Schmuck aus Nordamerika. Danach kamen Friedenspfeifen und Mokassins aus Leder. Tiefer im Laden fand sie Trommeln verschiedenster Art, aber auch Didgeridoos und Rasseln. Fay hatte den Eindruck, dass alle Kulturen der Welt hier vertreten waren. Als ihr Blick auf den Kassenbereich fiel, sprang ihr dort ein Prospekt ins Auge. Fay las seinen Titel: *Veranstaltungen in Nanas Regenbogentempel.* Fay nahm sich einen Prospekt und wollte gerade weitergehen, als die beiden Frauen zu ihr kamen.

»Konntest du finden, was du gesucht hast?«, fragte die Frau namens Nana freundlich. Ihre Augen waren wach und sanft.

»Nein, ich habe nichts Bestimmtes gesucht. Ich habe nur Ihren Laden von der Straße aus gesehen und war neugierig«, erwiderte Fay. »Ich habe mir Ihren Prospekt mitgenommen, den schaue ich mir zu Hause genauer an«, fügte sie hinzu. Fay wedelte mit dem Zettel in ihrer Hand und war schon unterwegs zur Tür.

»Ich wünsche dir noch einen schönen Tag. Auf Wiedersehen!«, rief Nana ihr nach.

»Danke, ich wünsche Ihnen auch einen schönen Tag«, sagte Fay und ging hinaus auf die Straße. Interessanter Laden, dachte sich Fay, während sie zum Hauptweg der Fußgängerpassage zurückging.

Sie lief ein Stückchen weiter und betrat das große Kaufhaus, in dem sie alle ihre Einkäufe erledigen konnte. Sie hakte der Reihe nach ihre Einkaufsliste ab und bummelte anschließend noch ein wenig durch das Kaufhaus. Als sie Hunger bekam, ging sie in ein Fast-Food-Restaurant und bestellte sich Gemüsenuggets mit Sauerrahmsoße und einen Salat. Das Wetter war so schön, dass sich Fay entschied, draußen zu essen. Also schlenderte sie hinaus ins Freie. Sie fand eine unbesetzte Bank und ließ sich darauf nieder. Kaum hatte sie ihre Nuggets ausgepackt, setzte sich ein älterer, unangenehm riechender Mann neben sie.

»Hamse mal n Euro, junge Frau?«, lallte er Fay ins Gesicht. Er roch stark nach Alkohol. Fay blieb der Bissen im Hals stecken. Hastig kaute sie weiter und schluckte. »Hä? Was nu? Hamse n Euro oder nich?«

Fay schaute ihm ins Gesicht. »Haben Sie Hunger? Ich überlasse Ihnen gerne meine Nuggets«, bot sie ihm freundlich an.

»Die Dinger will ich nich. Ich will Kohle, haste was für mich?«, fragte er dreist ein weiteres Mal.

Fay fühlte sich unbehaglich. Sie wollte dem Mann kein Geld geben. Er würde es ziemlich sicher in Alkohol investieren. Aber sie fürchtete sich auch davor, was er tun könnte, wenn sie ihm keinen Euro gab. Sie spürte, wie sich ihre Mitte verschob und sich ihr Magen zusammenzog.

»Ich hab kein Geld übrig«, log Fay leise.

»Hä? Was haste gesagt? Haste kein Geld übrig?« Der Mann wurde lauter und bohrte Fay einen Finger in ihren Oberarm.

Himmel noch mal, was passiert hier gerade?, dachte Fay und spürte, wie Angst in ihr hochstieg. Sie versuchte, in ihre Mitte zu atmen und ruhig zu werden. Lauter und, wie sie empfand, auch mit mehr Kraft in ihrer Stimme antwortete sie dem Mann: »Ich habe kein Geld für Sie, lassen Sie mich bitte in Ruhe!«

»Hä? Meinst du, ich glaub dir das? Du lügst doch!« Er umfasste unsanft Fays Handgelenk. »Los! Gib mir was von deiner Kohle!«, forderte er unwirsch.

Fay durchfuhr in diesem Moment ein Gefühl der Kraft, sie spürte Edward, den Ritter, in sich. Sie stand auf, wobei sie sich blitzschnell dem Griff des Mannes entzog, und schaute ihn direkt an. Sehr laut und deutlich sagte sie nun zu dem Fremden: »Sie können gerne von mir mein Mittagessen haben, aber ich gebe Ihnen kein Geld für Alkohol. Entweder ist Ihnen das genug, oder Sie lassen mich jetzt sofort in Ruhe.«

Fay hatte so laut gesprochen, dass es beinahe jeder im Umkreis von mehreren Metern gehört hatte. Das war auch dem Bettler klar. Missmutig und obszöne Beschimpfungen in Fays Richtung murrend stand er auf und schlurfte davon.

Wow, cool!, dachte sich Fay. So gehts also auch. Danke für deinen Beistand, edler Ritter Edward. Fay war sich im Klaren darüber, dass Edward ein Teil von ihr war. Sie bedankte sich also genau genommen gerade bei sich selbst. Er war ein Teil ihrer Kraft, die sie zurückgewonnen hatte und jetzt leben konnte. Es tat gut, für sich selbst einzustehen. Fay wünschte sich, dass sie in Zukunft immer öfter in der Lage sein würde, so zu handeln.

Irgendwie war ihr der Hunger vergangen. Außerdem war es sowieso Zeit, nach Hause zu fahren. Sie hatte sich ziemlich in der Stadt verbummelt. Fay machte sich auf den Weg zur Straßenbahnhaltestelle. Es war bald Abend. Die Straßen füllten sich mit den Menschen, die nach der Arbeit ihren Heimweg antraten. Sie eilten hektisch an Fay vorbei durch die Gassen. Die meisten hatten ihr Handy an einem Ohr oder schrieben sogar im Laufen SMS. Jeder schien in seiner eigenen Welt zu sein. Keiner bemerkte, was um ihn herum geschah. In Fay stieg eine Frage hoch: Lebten diese Menschen wirklich? Manche von ihnen kamen ihr wie Maschinen oder Roboter vor. Fremdgesteuerte Wesen.

Die Straßenbahn kam, und Fay stieg ein. Sie schloss ihre Augen und dachte über ihre Begegnungen am Nachmittag nach. An das Kind mit seiner Mutter, die solche Angst gehabt hatte. An die beiden Frauen im Laden – das genaue Gegenteil. Sie hätte ohne Weiteres etwas klauen können.

Die beiden hätten das dort hinten in der Sitzecke nicht bemerkt. War es Vertrauen oder einfach Dummheit gewesen?

Fay staunte einen Moment über diesen Gedanken. Klar konnte es auch Dummheit sein. Wer ließ heutzutage schon Fremde in einem Laden unbeaufsichtigt?

Wieder dieses Gefühl, bekannt und doch nicht greifbar. Fay spürte nach, es war wie ein leichtes Verschieben der Mitte, ungewiss, nicht wirklich, aber doch … Es war zum Verrücktwerden. Fay konnte dieses Gefühl nicht einordnen. Sie wusste, dass sie es kannte, aber es entzog sich ihr immer in dem Augenblick, in dem sie meinte, es zuordnen zu können.

Dann der Mann im Park. Er hatte sie an ihre Eltern erinnert. Damals, als die beiden noch getrunken hatten, hatten sie auch manchmal wie er gerochen, wenn auch nicht so extrem. Er war dazu noch sehr schmutzig gewesen und hatte nach Urin gestunken. In dieser Situation hatte sie definitiv anders reagiert, als sie es früher getan hätte. Bis vor Kurzem hätte sie dem Typ ängstlich ihr Geld gegeben, nur um von ihm in Ruhe gelassen zu werden. Fay war mit sich selbst zufrieden. Sie hatte gut reagiert, denn sie hatte zu sich selbst gestanden.

»Bist du das, Fay?«, hörte sie in dem Moment eine Stimme von weiter hinten. Sie reagierte nicht darauf. Es war bestimmt jemand anderes gemeint. Obwohl, so viele andere Fays kenne ich nicht, ging es ihr durch den Kopf. »Fay Heylrich, bist du das?«, fragte die Stimme diesmal eine Spur lauter und auch näher. Fay öffnete die Augen, vor ihr stand ein durchaus attraktiver Mann in ihrem Alter. »Ja, du bist es! Diese Augen. Die werde ich nie vergessen. Ein braunes und ein blaues«, rief der Mann und lachte herzlich. Es war definitiv keiner ihrer Ex-Freunde, auch niemand von ihren ehemaligen Arbeitskollegen bei »Babylon«. Wer war der Mann, der da vor ihr stand und sie wie eine alte Freundin begrüßte? »Erkennst du mich nicht? Ich bin es.

Peter, Peter Wagenreich. Wir sind gemeinsam zur Schule gegangen.«

Peter Wagenreich. Fay grub in ihren Erinnerungen, und ganz langsam fügte sich ein Bild dem Namen hinzu. Peter Wagenreich war ein kleiner, dicker Junge mit fettigen, dunklen Haaren und Seitenscheitel gewesen. Eines der Prügelkinder, ein Außenseiter wie sie selbst. Aber das Bild aus ihrer Erinnerung hatte absolut nichts mit dem Mann zu tun, der vor ihr stand. Fay schaute ihn mit offenem Mund an.

Sie schnappte nach Luft und stammelte: »Peter Wagenreich – der Mops?« Schnell hielt sie sich den Mund zu. Hitze stieg ihr ins Gesicht, und sie wusste, dass sie einen roten Kopf bekam.

Peter lachte. »Ja, genau, so wurde ich genannt. Peter, der Mops. Du warst Fay, die Brillenschlange«, grinste er sie an. »Und du kannst heute immer noch so bezaubernd erröten wie damals.« Er zwinkerte ihr verschwörerisch zu. Fay war richtig verlegen. Sie hatte ihn nicht erkannt. Wie auch? So, wie er jetzt aussah! »Du bist eine richtig hübsche Frau geworden, Fay«, sagte er. Fay schaute ihn an und spürte, dass er es ehrlich meinte. »Darf ich mich bitte neben dich setzen? Ich muss noch ein paar Stationen fahren.« Mit diesen Worten setzte sich Peter auch schon neben sie.

Für den Rest der gemeinsamen Fahrt unterhielten sich die beiden angeregt über ihre Schulzeit und darüber, was danach so geschehen war. Fay fühlte sich wohl. Es machte ihr Spaß, mit Peter an die alten Geschichten zurückzudenken. Wohl auch, weil er wie sie nie richtig dazugehört hatte. Peter stieg eine Station vor Fay aus. Er wohnte also ganz in ihrer Nähe. Sie tauschten ihre Telefonnummern aus. Peter war sichtlich erstaunt darüber, dass Fay kein Handy besaß. Sie sah ihm nach, als die Straßenbahn weiterfuhr. Der hat sich echt gut gemacht, sicher ist er bei den Mädels der Hahn im Korb, dachte sie bei sich.

Als Fay beschwingt aus der Straßenbahn stieg, glitt ein Lächeln über ihr Gesicht. Wie war das gewesen? Es konnte turbulent werden? Fay lachte. Sie fühlte sich zuversichtlich und voller Abenteuerlust. Heute Abend würde sie Marcel wiedersehen. Bei dem Gedanken an ihn schlug ihr Herz etwas schneller. Flotten Schrittes ging sie auf das Haus zu, in dem sie wohnte.

Am runden Tisch

Edward und die anderen hatten sich inzwischen vollzählig am runden Tisch in der Hütte auf Fays Lichtung versammelt. Edward erzählte den anderen von seinen Erlebnissen im Garten. Vor allem erzählte er ihnen von der Wesenheit, die er wahrgenommen hatte. Während sie alle noch über das nachdachten, was ihnen Edward gerade erzählt hatte, veränderte sich etwas draußen vor der Hütte.

Sarah bemerkte es als Erste. »Mir ist kalt«, sagte sie. »Außerdem ist es dunkler geworden. Und es riecht so komisch«, fügte sie hinzu.

»Ja, das stimmt«, bemerkte Sir Samtpfote, dem der merkwürdige Geruch auch bereits in die feine Nase gestiegen war. »Irgendwie modrig, wie in einem alten Keller«, meinte der Kater.

Dann konnten sie alle ein Flüstern hören. Erst klang es ein bisschen wie ein Seufzen, ein Raunen, doch dann erkannten sie einen eigenartigen Singsang.

»Die Energie folgt der Aufmerksamkeit,
denkst du an mich, bin ich schon bereit.
Ich komme, dich zu umschmeicheln,
ich lasse dich grübeln und zweifeln ...«

Dem Reim folgte ein verrücktes Kichern. Dann wurde es wieder still. Die Freunde schauten sich an.

»Genau das war es!«, rief Edward und sprang so heftig von seinem Sessel auf, dass dieser laut krachend umfiel.

Erschrocken blickte ihn Sarah an. »Das war die Stimme, die zu dem Wesen gehörte, das du wahrgenommen hast?«

»Ja!«, rief Edward aufgeregt. »Ich bin mir absolut sicher!«

Sarah schüttelte sich und sprach ganz leise: »Ich kenne dieses Wesen. Es entsteht aus den Gefühlen eines Menschen. Es ist ein Elemental – ein Anteil einer Energie, die auch im Kollektiv der Menschheit ihren Platz hat. Diese Kraft ist eine schwere Prüfung, die viele Menschen ihr ganzes Leben lang begleitet. Es ist die Macht des Zweifels.«

In diesem Moment erklang das irre Kichern abermals, und die Freunde hörten erneut einen Reim:

»Geboren in der Einsamkeit,
genährt von Menschen Kraft,
begleite ich dich in Zweisamkeit,
und der Zweifel schelmisch lacht.

Twifal werde ich genannt,
schon seit alter Zeit.
Als Schattenprinz bin ich bekannt,
verursache so manches Leid.

Bin ich gut, oder bin ich schlecht?
Was ist dir denn recht?

Hinterfrage und blende dich.
Lass dir keine Ruh.
Was ist dein Selbst, was ist dein Ich?
Helfe dir, zu überleben,
dich stets selbst zu prüfen.
Bin ich Fluch oder Segen?«

Das Kichern, das nun folgte, war weniger verrückt. Es war eher ein Glucksen, das schon fast sympathisch klang.

»Ich liebe die Rätsel,
ich frag einfach gern.

Ich kann dir auch dienen,
das entscheidest nur du von nah und fern.«

Die Freunde hatten den Reimen gelauscht. Das eine oder andere Schmunzeln huschte über ihre Gesichter. Nur Sarah schaute ziemlich ernst.

»Auch diese verspielte, nette Art kenne ich schon von diesem Wesen. Das gehört zur Täuschung dazu. Sie ist ein Teil seiner Energie. Die Kraft des Zweifels war damals wesentlich daran beteiligt, dass ich aus Fays Leben verschwand. Wo Zweifel ist, hat Vertrauen keinen Platz mehr.« Sarah rollte eine einzelne dicke Träne über die Wange. Mit ihrem Handrücken wischte sie diese energisch weg.

Fylgir ergriff das Wort: »Ich kenne diese Wesenheit auch. Aber Fay ist heute wesentlich älter als damals. Sie hat uns kennengelernt und weiß zumindest schon ein wenig um ihre Kraft. Ich bin mir sicher, gemeinsam werden wir es schaffen, mit Twifal umgehen zu lernen.«

Sir Samtpfote schnurrte: »Wir Katzen haben ja bekanntlich sieben Leben, manchmal auch neun. Ich habe ebenso meine Erfahrungen mit den Zweifeln der Menschen gemacht. Ich weiß, dass es nicht darum geht, mit ihnen fertig zu werden, sondern vielmehr darum, sich mit ihnen zu verbünden. Kultivierte Zweifel sind auch unter den Begriffen ›Bauchgefühl‹ oder ›Intuition‹ bekannt. Aber es ist immer ein Balanceakt. Der Zweifel spielt mit den Menschen, mit ihren Gefühlen, er schleicht sich in ihre Träume und Gedanken ein. Nur mit einer guten Wahrnehmung, der Kraft der Liebe und einer starken Mitte können die Zweifel in Balance gehalten werden.«

Lana, Funny und Sarah blickten ihre Freunde nachdenklich an.

»Es wird also auf Fay ankommen, darauf, dass sie lernt, mit ihren Zweifeln umzugehen. Je nachdem, wie sie das bewerkstelligt, wird es für uns einfach oder schwer werden, zu bleiben«, sagte Lana.

Edward räusperte sich. »Dieser Twifal hat gesagt, er wäre ein Schattenprinz. Ich bin ein Ritter, ein Krieger des Lichtes. Vielleicht ist es diese Aufgabe, die MaPa gemeint hat, bei der ich sehr wichtig sein soll. Die Zweifel lassen Fay sicher auch anfangen, zu grübeln und zu suchen, da bin ich dann als Türöffner und Schatzmeister, als Hüter der Geheimnisse gefragt. Ich bin der Meinung, dass Fay es schaffen kann, wenn wir stark bleiben und ihr zur Seite stehen.«

Diana flatterte auf. »Fay wird den Mut brauchen, neue Wege zu gehen, dafür braucht sie mich und Sarah mit ihrem Vertrauen. Ich bringe ihr die Kraft der Veränderung, der Wandlung. Ich kann ihr dabei helfen, ihre Zweifel in Klarheit zu wandeln. Edith wird uns helfen zu sortieren. Es wird Zeit brauchen, bis wir alles aufgelöst haben, was nicht zu Fay gehört.«

»Ob wir damit jemals fertig werden?«, warf Funny mürrisch ein. »Hört sich nicht gerade lustig an, was uns da bevorsteht. Wo bleibe ich da mit meiner Lebensfreude?«

Edith wuselte hinüber zur kleinen Funny und setzte sich auf ihre Schulter. »Kleines, du bist mit das Wichtigste im Leben von Fay. Du bist ihre Lebensfreude! Nutze in der nächsten Zeit so viele Gelegenheiten wie möglich, um dich in Fays Leben auszudrücken. Mach dich so groß wie möglich!«

Diana flatterte zum Fenster hinüber und blickte hinaus. »Hey, Leute, draußen ist es wieder heller geworden! Lassen wir den Zweifel Zweifel sein, und stehen wir gemeinsam zu Fay«, rief sie mit ihrem Schmetterlingsstimmchen und streckte siegessicher eines ihrer sechs zarten Beinchen in die Luft.

Im nächsten Moment erfüllte ein kleiner Schreckensschrei den Raum. Diana war vom Fenster zurückgewichen.

Die Freunde sahen draußen vor der Scheibe eine schnee-
weiße Kobra, die züngelnd in die Runde schaute.

Das Abendessen

Als Fay den Einkauf weggeräumt und Pfötchens Futter-
schale mit frischem Fleisch gefüllt hatte, ging sie in den
Garten hinaus. Sie konnte Hugo und Hermine schon angeregt miteinander plaudern hören. Es roch verlockend
nach Kuchen. Fay sog den Duft tief ein. Sie freute sich auf
den geselligen Abend mit ihren Nachbarn. Wie wohl diese
Maya sein würde? Ihre Mitte hüpfte für einen kleinen
Augenblick etwas nach oben. Interessant, wieso macht mir
der Gedanke an eine Frau, die ich überhaupt nicht kenne,
Angst? Schon klar, oder? Was, wenn sie hübscher ist als
ich, gebildeter? Und überhaupt, wer bin ich schon? Marcel
und sie kennen sich seit dem Studium. Sie ist sicher sehr
klug, hat dieselben Interessen wie er, und Hugo mag sie
offensichtlich auch. Fay spürte wieder dieses Ziehen, alt-
bekannt und doch verwirrend. Plötzlich hatte Fay einen
Reim im Kopf.

»Twifal kommt, Twifal geht – je nachdem, wies um dich steht.«

Was sollte denn das jetzt bitte? Fay war vollkommen verwirrt. Twifal, was für ein komisches Wort. Das hatte sie
überhaupt noch nie gehört. Sie schüttelte den Kopf und
erinnerte sich daran, dass sie die Übung von Hans noch
machen wollte. Das Einnorden. Es war jetzt kurz nach fünf
Uhr. Wenn Hugo früher Abend sagte, meinte er damit so
gegen sieben Uhr. Also hatte sie noch genügend Zeit, um
diese Reise zu machen.

Entschlossen ging Fay zurück in ihre Wohnung und holte
die Sachen, die sie sich inzwischen zugelegt hatte: eine
Räuchermuschel und eine Feder. Es war keine echte Raub-

vogelfeder, sondern eine gefärbte Truthahnfeder, aber für den Anfang würde diese es auch tun. Salbei, Copal und Lavendel hatte sie von Hans bekommen.

Sie breitete ein kleines Tuch auf dem Boden aus, legte die Sachen darauf, stellte eine Kerze dazu und platzierte ihre Reisedecke daneben, die sie auch bei Hans immer verwendete. Gerade als sie die CD mit den Trommelrhythmen starten wollte, klingelte das Telefon. Fay wartete. Es klingelte weiter. Als der Anrufer endlich aufgelegt hatte, startete Fay die CD.

Sie legte sich hin und schloss die Augen. Sie stellte sich ihren Startplatz vor und äußerte ihre Absicht. Gerade als sie merkte, wie sich die Reise verselbstständigte, klingelte das Telefon erneut. Schlagartig war Fay zurück in der Realität, öffnete ihre Augen und sah gerade noch einen Schatten davonhuschen. Sie meinte auch, ein leises Kichern zu hören. Genervt stand Fay auf und ging zum Telefon. Kann man dieses Ding eigentlich irgendwie abschalten?, fragte sie sich auf dem Weg zum Telefon.

»Ja, hallo«, maulte sie in den Hörer.

»Hallo, Fay! Ich bin es, deine Mutter«, ertönte es gut gelaunt an Fays Ohr. »Ich habe dir doch irgendwann mal beigebracht, dich mit Namen zu melden, oder?«, fragte ihre Mutter sie lachend.

Offensichtlich wollte sie einen Scherz machen, aber Fay war nicht zu Scherzen aufgelegt. Sie war genervt. Genau genommen war sie das schon, seit sie heute Morgen auf gestanden war. Auch wenn sie versucht hatte, sich in der Stadt abzulenken und sich auf die positiven Ereignisse zu konzentrieren, hatte es ihr nur oberflächlich genutzt. Aber ihre Mutter konnte nichts für ihre Laune.

»Hallo, Mama. Ich habe gar nicht damit gerechnet, dass du anrufst«, sagte Fay beherrscht.

»Ich wollte mich erkundigen, wie dein Wochenende war. Magst du mir davon erzählen?«

»Ja, nein, nicht jetzt – das ist mir noch zu früh«, erwiderte Fay. Warum musste ihre Mutter sie jetzt anrufen und so neugierig sein? Sie hatte Besseres zu tun!

»Gut, dann erzähl es mir, wenn du so weit bist und Lust dazu hast. Wie geht es dir? Gibt es sonst noch Neuigkeiten?«, fragte Fays Mutter aufrichtig interessiert.

»Ja, meine Wohnung wird verkauft, und ich muss mich in den nächsten zwei Wochen bei der Arbeitsagentur melden, sonst bekomme ich kein Geld von denen«, maulte Fay in den Hörer.

»Mädel, du klingst recht gestresst. Stimmt was nicht mit dir?«

»Ja, ich bin gestresst, Mama. Ich mag aber jetzt nicht darüber reden. Du hast mich gerade bei einer wichtigen Sache gestört, und da möchte ich jetzt weitermachen«, antwortete Fay bestimmt.

Am anderen Ende der Leitung war es für einen Moment still. Fay hörte nur den Atem ihrer Mutter. Dann sagte diese: »Gut, Fay. Ich verstehe dich. Ich finde es gut, wie klar du zu deinen Bedürfnissen stehst. Wenn du mich brauchst, bin ich jederzeit für dich da, das weißt du. Ich habe dich lieb, mein Kind.«

Fay schluckte. Sie hatte einen Kloß im Hals. »Ich hab dich auch lieb, Mama. Das war jetzt nur gerade der falsche Augenblick für deinen Anruf.«

»Gut, Fay. Wir hören voneinander. Alles Gute für dich.« Mit diesen Worten verabschiedete sich Fays Mutter von ihr und legte auf.

»Dir auch eine gute Zeit, Mama«, sagte Fay zu dem Piepton, der aus dem Hörer drang.

Fay ging ins Wohnzimmer zurück. Ihr war die Lust auf die Reise vergangen. Nachdenklich betrachtete sie ihre Sachen. Die lasse ich für später stehen, sie stören ja niemanden, schließlich lebe ich alleine hier, entschied sie in Gedanken.

Was war nur los mit ihr? War das wirklich nur, weil sie sich erst wieder an die alltägliche Welt angleichen musste? Konnte dieses Gefühlskarussell wirklich davon kommen, dass sie in ihrer Vision ihre Seelenteile wiedergefunden hatte? Sie hatte doch Ruhe, Vertrauen, Lebensfreude und den inneren Krieger in sich integriert, als alle auf der Lichtung in ihrem Garten gewesen waren. Fay spürte in sich hinein. Ja, es hatte sich definitiv etwas verändert. Das konnte sie spüren. Aber es war wie eine zarte Pflanze, die gerade erst begann, ihre Wurzeln vorsichtig auszutreiben. Ein kleines, beständiges Leuchten in ihrem Innersten, in ihrer Mitte das Pulsieren – all das hatte sie bis vor Kurzem noch nicht gekannt.

Aber wo waren das Vertrauen, die Ruhe und die Freude gewesen, als sie gerade eben mit ihrer Mutter telefoniert hatte? Weg. Da war sie einfach nur genervt gewesen. Und dann die Fragen ihrer Mutter. Was hast du gemacht? Was gibt es Neues? Komm schon, Friederike, erzähle es mir!, äffte Fay ihre Mutter in Gedanken nach. Wie damals, als ich noch ein Kind war. Da wollte sie auch immer alles wissen. Bis ich dann ausgezogen bin.

Fay konnte plötzlich all diese Gefühle wieder in sich spüren. Sie wurde regelrecht von dem Unbehagen überschwemmt, das sie damals empfunden hatte, als ihre Mutter über jeden ihrer Schritte Bescheid wissen wollte. Vor allem, als sie älter wurde und in ihrer Ausbildung als Kellnerin gewesen war. Vonseiten ihrer Mutter hatte sie damals Hilflosigkeit, Misstrauen und Angst gespürt. Das machte Fay damals wie heute wütend. Obwohl sie wusste, dass sie selbst oft genug hilflos, misstrauisch und ängstlich war. Warum kamen alle diese Erinnerungen hoch? Sie war doch mutig gewesen – sowohl was die Kündigung, die Visionssuche als auch den Bettler im Park betraf. Dass der Anruf ihrer Mutter sie so aufregte, verwirrte Fay. Sie hatte gedacht, seit dem Besuch bei ihrer Mutter wäre zwischen ihnen wieder alles in Ordnung. Also warum hatte sie deren freundliche Nachfrage dann so genervt?

Bevor Fay weitergrübeln konnte, klopfte es an der Terrassentür. Sie war so tief in ihren Gedanken versunken gewesen, dass sie nun erschrocken herumwirbelte. Vor der Fensterscheibe stand Marcel und lachte über das ganze Gesicht. Fays Herz machte einen Freudensprung, und ihr wurde augenblicklich warm. Sie lief freudig auf Marcel zu und öffnete die Tür.

»Hallo, schöne Frau«, sagte er mit einem charmanten Lächeln und küsste sie sanft auf die Wange. Oh Mann, wie gut er riecht, dachte Fay, als sie einen Hauch seines Rasierwassers erschnupperte. »Na, wie war dein Abenteuer in den Bergen?«, erkundigte er sich mit blitzenden Augen.

Auf seine Frage hin sprudelte sie los, wurde aber gleich wieder von Marcel gestoppt: »Wow, du scheinst ja wirklich viel erlebt zu haben. Ich wollte dir nur sagen, dass das Essen in einer halben Stunde fertig ist. Wir treffen uns dann bei uns im Garten. Hermine kommt auch, und ich decke mit Maya den Tisch. Papa hat dir ja schon erzählt, dass ich sie mitgebracht habe. Du wirst sie mögen. Sie ist eine sehr interessante Frau. Bei der Gelegenheit kannst du uns allen von deinem Wochenende erzählen.«

Fay konnte spüren, dass Marcel diese Maya wirklich mochte. Aber sie war sich nicht sicher, ob sie einer Fremden von ihren Erlebnissen in den Bergen erzählen wollte. In einer halben Stunde also. Genug Zeit, um noch zu duschen, dachte sie. Das hatte sie das letzte Mal nach der Schwitzhütte getan, noch oben in den Bergen.

Fay hüpfte also unter die Dusche und wühlte anschließend in ihrem Schrank nach einer Kleiderkombination, die nett aussah. Sie entschied sich für einen langen, weiten Rock und eine schlichte Bluse. In dieser Kleidung empfand sie sich als weiblich, ohne aufdringlich zu wirken. Wie eine Bedienung, ging es ihr durch den Kopf. Komischer

Gedanke. Fay wischte diese Überlegung beiseite. Sie warf einen letzten Blick in den Spiegel, schnappte sich die versprochenen zwei Flaschen Wein für das Abendessen und ging hinüber in den Garten ihres Nachbarn.

Und da war Maya. Sie machte ihrem Namen alle Ehre – die Göttin der Illusion. In Fays Augen sah sie aus wie diese wunderschöne Göttin, die sie auf Abbildungen in Büchern über Indien gesehen hatte. Vor ihr stand eine große, schlanke Frau in Jeans und einem figurbetonten Shirt. Sie hatte lange, dunkle Haare, dunkle Haut und die dunkelsten Augen, die Fay jemals gesehen hatte. Ja, diese Augen waren definitiv schwarz. Ihre Gesichtszüge wirkten sowohl exotisch als auch europäisch. Sie war umwerfend weiblich, obwohl sie eine Hose anhatte.

»Hallo, ich bin Maya. Ich freue mich, dich kennenzulernen, Fay. Marcel hat mir schon viel von dir erzählt.« Lächelnd streckte diese umwerfende Frau Fay ihre Hand entgegen.

Fay stammelte so etwas wie »Ja, hallo. Ich bin Fay, und habe heute das erste Mal von Ihnen gehört«. Ungeschickt ergriff sie Mayas angebotene Hand. Sie fühlte sich angenehm an, doch das irritierte Fay nur noch mehr. Ihr Händedruck war kräftig und warm. Nach dieser Begrüßung entstand für einen Moment eine peinliche Stille.

Hugo räusperte sich. »Na, dann bitte ich zu Tisch. Hermine kommt gleich rüber. Sie lässt ihren Kuchen gerade noch etwas auskühlen. Ihr zwei Mädels könnt euch doch hier links und rechts neben Marcel setzen. Dann seid ihr Jungvolk beisammen, und ich kann mit Hermine plaudern.« Bei diesen Worten kam Hermine mit einem duftenden Apfelkuchen in den Händen in den Garten.

Marcel und Maya holten das Essen aus Hugos Küche. Es sah aus, als hätten die beiden das schon öfter gemeinsam getan, Leute bewirtet. Es gab Tortillas und verschiedene Salate. Jeder konnte seine Tortillas selbst füllen und diese dann mit den Händen essen. So waren sie alle beschäftigt, und die Gespräche waren eher oberflächlicher Art. Als sie mit ihren gefüllten Teigtaschen fertig waren, kochte Marcel Kaffee, zündete die große Kerze auf dem Tisch an, und es wurde gemütlicher.

Das erste Thema, das nun zur Sprache kam, war das Angebot der Hauseigentümer. Fay war froh, dass bisher niemand nach ihren Tagen in den Bergen gefragt hatte.

Hugo erzählte das Erster von seinen Plänen: »Ich habe Fay schon von meiner Überlegung erzählt, Hermine. Ich denke, ich werde wohl in die Seniorenresidenz ziehen. Dort zahle ich zwar ein bisschen mehr Miete als jetzt, aber das kann ich mir leisten. Möchtest du nicht mitkommen? Du bist so eine feine Nachbarin. Ich hätte dich gerne weiter bei mir.« Bei diesen Worten tätschelte Hugo Hermines Hand. Hermine grinste frech. Sie sieht definitiv viel jünger aus, als sie ist, dachte sich Fay zum wiederholten Mal.

»Ich bin dir lange genug am Bein gegangen. Wird Zeit, dass du auch mal wieder Augen für andere Weiberleut hast. Ich werde zu meiner Tochter ziehen. Sie hat Platz, eine kleine Einliegerwohnung an ihrem Haus. Sie kann mich auch gut wegen der Kinder brauchen. Sie möchte wieder arbeiten gehen. Ich bin gerne dort, wie du weißt. Meine Enkel halten mich auf Trab, das hält mich jung,« antwortete Hermine lächelnd.

»Und du, Fay? Was wirst du machen?«, fragte Marcel sie jetzt.

Fay überlegte kurz, dann zuckte sie mit den Schultern. »Keine Ahnung. Eigentlich wollte ich für ein paar Wochen zu meinem Vater nach Nordamerika reisen. Ich wollte ihn wiedersehen und mit ihm alles klären, was passiert ist. Aber jetzt frage ich mich, ob ich überhaupt weggehen kann. Ich bin eigentlich davon ausgegangen, dass ich Pfötchen wieder bei dir lassen kann, wenn ich verreise, Hugo. Jetzt gehst du weg. Außerdem hatte ich mir überlegt, die

Miete für die Zeit einfach im Voraus zu bezahlen, damit ich auch eine Bleibe habe, wenn ich wieder zurückkomme. Obendrein hat mir die Arbeitsagentur geschrieben. Dort muss ich mich in den nächsten zwei Wochen melden. Ich habe genug Geld angespart, um mir die Wohnung kaufen zu können, aber dann müsste ich auf meine Reise verzichten und sofort wieder arbeiten gehen. Ich weiß nicht, ob ich das will. Das muss ich mir alles erst noch genauer überlegen.«

Marcel nickte. »Das kann ich verstehen. Aber weißt du, Nordamerika läuft dir nicht davon. Du hast ja Zeit. Du kannst das irgendwann nachholen. Nicht wahr, Maya? Das ist das Gute an den Ländern, die jemand bereisen will. Sie laufen nicht weg. Sie bleiben dort, wo sie sind.« Maya und Marcel lachten gemeinsam über seine Worte. Fay fand sie weniger lustig, weil sie sie nicht verstand. Wohl so etwas wie ein Insider-Witz, dachte sie.

»Also, wir haben beschlossen ...«, fuhr Marcel fort. Wieso wir? Wer wir?, fragte sich Fay in diesem Moment. »... dass wir Papa die Wohnung abkaufen werden. Für Maya und mich ist das ideal.«

Wieso für Maya und ihn? Habe ich da etwas versäumt? Hallo? Bin ich jetzt etwa im falschen Film?, dachte Fay. Panik breitete sich in ihr aus. Wieso um alles in der Welt wollte Marcel jetzt mit Maya gemeinsam die Wohnung von Hugo kaufen? War er denn nicht in sie, Fay, verliebt? Was war mit den Stunden im Garten? Mit den tiefen, bis auf den Grund der Seele gehenden Blicken in ihre Augen? Mit den sanften und doch so intensiven Küssen und den Berührungen? Alles nur Lügen?

Vor Fays innerem Auge bröselte eine Vorstellung in sich zusammen, die sie gerade noch mit Freude erfüllt hatte. Er war gar nicht in sie verliebt. Sie dumme Pute hatte da wohl offensichtlich etwas vollkommen Falsches hineininterpretiert. Was hatte sie sich auch dabei gedacht? Zu glauben, dass sich ein Mann wie Marcel in sie verlieben könnte! Ein Mann wie er konnte doch jede Frau haben, die er wollte! Zum Beispiel so ein umwerfendes Exemplar wie diese Maya.

Fay griff hektisch nach ihrem Glas Portwein und lehrte es in einem Zug. Niemand bemerkte es. Nun fiel ihr auch die Vertrautheit zwischen den beiden auf. Wie sie sich anschauten, leise miteinander sprachen. Gerade eben kicherte Maya verschwörerisch. Gefangen in ihrem Gedankenkarussell konnte Fay das boshafte Kichern hinter ihrem Rücken nicht wahrnehmen.

Fay räusperte sich. »Ich denke, ich werde nun gehen. Vielen Dank für das feine Essen und den netten Abend. Ich bin doch recht erschöpft von den letzten Tagen. Ich wünsche euch noch einen schönen Abend.« Mit diesen Worten stand sie auf und machte sich daran zu gehen.

»Gute Nacht, Liebes«, sagten Hugo und Hermine im Chor. Marcel stand auf und kam auf sie zu. Fay wich einen Schritt zurück. Marcel schien es nicht zu merken. Er umschlang sie zart und drückte ihr einen Kuss auf die Stirn. Wieder roch sie sein Rasierwasser. Doch diesmal war ihr die Situation unangenehm. Sie war durcheinander und wusste nicht, was sie von alledem halten sollte.

»Gute Nacht, Fay. Falls du die Wohnung kaufen solltest, würde ich mich sehr über eine so nette Nachbarin freuen«, hoffnungsvoll lächelte Marcel sie an.

»Gute Nacht, Marcel« war alles, was Fay herausbekam, bevor sie endgültig in ihre Wohnung zurückkehrte. Mit Nachdruck schloss sie die Terrassentür, atmete tief durch und begann aus heiterem Himmel zu heulen. So ein Mist! Ich bin ja völlig neben der Spur, dachte sie schluchzend.

Unzählige Fragen übermannten Fay. War das etwa jetzt schon diese Heilkrise? Kam sie bereits so schnell? Konnte sie sich so in Marcel getäuscht haben? Seine Signale so verkehrt gedeutet haben? Fay weinte aus tiefstem Herzen. Sie verspürte alten Schmerz, der sich mit dem Schreck über das gerade Erlebte verbündete. Gab es wirklich keinen Mann, der es ehrlich mit ihr meinte? Klar, die nette Nachbarin. Super! Sie war auch eine Frau mit Gefühlen! Was dachte sich dieser Kerl eigentlich?

In Fay konnte sich in diesem Moment kein Gefühl von Selbstsicherheit oder Kraft entfalten. Keine Zuversicht, kein Selbstwert, keine Eigenliebe meldete sich. Auch kein Edward oder einer von den anderen.

»Na, wo seid ihr jetzt? Jemand von euch da, der nach diesem Tag einen Rat für mich hat?«, fragte sie.

Es kam keine Antwort. Nicht einmal Pfötchen war da. Fay schniefte und zog lautstark die Nase hoch. Ihre Mutter hasste das. Fay wusste es und musste trotz ihrer Verzweiflung grinsen. Doch auch das half ihr nicht über die Trauer und den Schmerz hinweg, die in ihr rumorten.

Was hatte ihr das alles gebracht? Die Kündigung, der Kontakt mit den Nachbarn, die Visionssuche? Dass sie jetzt hier in ihrer Wohnung stand, völlig überfordert, frisch entliebt und zutiefst traurig. Vor Kurzem noch hatte sie eine sichere Arbeitsstelle gehabt, war soweit ganz zufrieden gewesen, und es war ihr mehr oder weniger gut gegangen. Aber jetzt? War das wirklich das, was sie wollte? Diese Höhen und Tiefen? All diese schmerzhaften Erinnerungen?

In Fay kam wieder dieses Gefühl hoch, und diesmal konnte sie es benennen. Es waren Zweifel. Ernsthafte Zweifel an dem, was sie getan hatte. Zweifel an dem, was sie gesehen hatte – Verbündete in einer anderen Welt, die im Grunde genommen nur sie sehen konnte. Und das auch nur unter »besonderen Umständen«. So etwas war wider jede Vernunft. Vielleicht sollte sie akzeptieren, dass es nur ein Ausflug in eine Traumwelt gewesen war, der ihr jedoch am Ende nur Schmerzen bereitet hatte. Jetzt, da sie wieder in der Realität des alltäglichen Lebens angekommen war. In dem Leben, in dem es eine Hauseigentümergemeinschaft und eine Arbeitsagentur gab. Und Nachbarn, die in andere Frauen verliebt waren, und besoffene Bettler, die sie während ihres Mittagessens anpöbelten.

Fay seufzte auf und ging ins Badezimmer. Sie schaltete das Licht an und blickte in den Spiegel. Ein verheultes, rotes Gesicht mit verquollenen Augen blickte ihr entgegen. Brauchst du das wirklich?, fragte sie sich. In Gedanken versunken begann sie, ihre Zähne zu putzen.

Solange du zweifelst, lernst und lebst du. Wenn du verzweifelst, stirbst du, hörte Fay in ihren Gedanken. Woher kamen diese Worte? Fay wusste es nicht. Es war ihr auch egal. Sie war müde und erschöpft von all dem, was sie an diesem Tag erlebt hatte. Sie wollte jetzt nur noch in ihr Bett. Pfötchen war noch draußen. Egal. Er hatte ja nette Nachbarn, die sich um ihn kümmerten. Es war ein zynischer Gedanke, das war ihr klar. Doch jetzt war sie einfach nur froh, sich in ihre Decke kuscheln und die Augen schließen zu können.

Traumzeit

Fay träumte. Sie war in ihrem inneren Garten. Sie stand oben an der Quelle und blickte hinunter auf ihren Weiher. Der Garten erschien ihr in einem verwirrenden Zwielicht. Die Geräusche waren gedämpft, und Fay fröstelte. Was war hier los? Wo waren ihre Freunde? Sie rief nach ihnen, doch ihre Stimme verhallte, noch bevor sie über die Lichtung schallen konnte. Es war, als würde jeder Laut im Garten von einem unsichtbaren, dämpfenden Nebel verschluckt werden. Zwar blühte alles um sie herum, aber das Leuchten, das sie in ihrer Vision gesehen hatte, fehlte.

Was hatte sie falsch gemacht? Warum war jetzt schon wieder alles anders?

Fay schaute über die Lichtung zur Hütte hinüber. Auch dort war niemand zu sehen. Ihr Blick wanderte weiter. Als sie weit hinten im Wald ein Flackern erkannte, hielt sie inne. Was war dort? Fay konnte ein leichtes Ziehen in ihrer Mitte spüren. Hieß das jetzt, sie sollte dort hingehen, oder erwartete sie dort eine Gefahr. Fay war sich nicht sicher. Wo waren nur ihre Verbündeten?

Fay richtete ihre Aufmerksamkeit auf ihre Freunde. Sie konnte deren Kraft spüren, aber sie nicht wahrnehmen – nicht so, wie sie es schon erlebt hatte. Lag es vielleicht daran, dass sie schlief und träumte?

Zögerlich machte sie einige Schritte in Richtung Wald, wo sie das Flackern zwischen den Bäumen sah. Sie hatte das Gefühl, als würde sie durch eine zähe Masse laufen. Es war anstrengend. Als sie schon fast unten an der Lichtung angekommen war, hörte sie rechts neben sich ein ausgelassenes Lachen. Sie schaute in diese Richtung und sah

Maya mit Marcel auf einer Picknickdecke auf der Wiese sitzen. Maya hatte ein aufreizendes Sommerkleid an. Ihre Haare waren offen und ihre Lippen dunkelrot geschminkt. Ihre weißen Zähne blitzen beim Lachen hell auf. Fay fühlte einen Stich im Herzen, als sie die beiden da sah. Halt!, dachte sie, ich bin in meinem Garten! Was tun die beiden überhaupt hier? Fay machte einen Schritt in ihre Richtung, und im nächsten Moment waren sie verschwunden. Fay hörte ein Kichern, gefolgt von einem Seufzen. Es schien ihr, als wäre ein Schatten über die Lichtung gehuscht.

Die Freunde konnten all das beobachten. Sie sahen, wie Fay zwischen den Welten unterwegs war. Fay hatte gelernt, während einer schamanischen Reise, einem leichten Trancezustand, in die Anderswelt zu reisen. Es in einem Traum zu tun war etwas anderes. Das musste sie erst noch lernen. Ihre Verbündeten waren direkt neben ihr in ihrem Garten, doch Fay konnte sie nicht sehen. Den Freunden war das bewusst. Sie konnten nur darauf warten, bis Fay ihre nächste Reise machte.

Als Fay Maya und Marcel sah, rollte Sarah eine Träne über die Wange. »Habt ihr gesehen, wer das war? Das war Twifal. So verbreitet sich der Zweifel auch – über die Träume.«

Lana nahm sie in den Arm und wischte ihr die Träne weg. »Es trifft Fay sehr, Marcel und Maya so vertraut miteinander zu sehen. Doch es wird sich alles auflösen. Egal, was weiterhin geschieht, es wird Fay stärker machen und sie ihrem Ziel näher bringen. Ich vertraue darauf, Sarah, und ich helfe dir dabei, dich auch darauf verlassen zu können.«

Mit diesen Worten schloss Lana ihre Arme sanft um die kleine Sarah und wiegte sie wie eine Mutter ihr Kind. Die Kraft der Ruhe verschmolz mit der Kraft des Vertrauens.

»Sie hat mich in der alltäglichen Welt ausgesperrt. Darum kann ich jetzt, wo sie träumt, nicht bei ihr sein. Sonst wache ich immer über Fays Schlaf«, maunzte Sir Samtpfote.

»Fylgir, du bist Fays Totem. Kannst du uns ein Fenster öffnen und uns sehen lassen, wie es in ihrem Schlafzimmer aussieht?«, fragte Diana.

»Hm, ich denke schon. Lasst es mich einmal versuchen.«

Fylgir bewegte seine Flügel und wirbelte eine große Menge Energie zusammen. Es entstand ein kleiner Strudel, in dessen Mitte eine Öffnung erschien. Durch diese konnten sie nun wie durch ein Fenster in Fays Schlafzimmer schauen. Was die Freunde dort sahen, ließ sie alle erschaudern.

Fay lag auf dem Rücken und schlief. Sie atmete schwer, und das hatte einen Grund. Auf ihrer Brust saß ein Alb. Zumindest sah das Wesen so aus. Klein, schrumpelig, verhutzelt. Es war beinahe nackt, nur ein Fetzen dreckigen Stoffs war um seinen kleinen Körper gewickelt. Den Alb und Fay umgab ein seltsames, fahles und ungesund wirkendes Licht.

Als es die Freunde bemerkte, lachte es auf und rief ihnen zu: »Twifal ist da! Ihr seht mich! Jetzt seht ihr mich!«

Sie hatten diese Kraft offensichtlich unterschätzt. Twifal hatte sich bereits Zutritt in Fays alltägliche Welt verschafft. Das erklärte auch, warum er hier in der Anderswelt auftauchte.

Das Fenster schloss sich wieder, und die Freunde in der Anderswelt sahen zu Fay, die in ihrem Seelengarten am Rand der Lichtung stand und unschlüssig in Richtung der Rauchfahne blickte. Dann verschwand sie, sie löste sich einfach auf.

Was zu tun ist

Als Fay am nächsten Morgen aufwachte, fühlte sie sich wie gerädert. Es war, als spürte sie jeden einzelnen Muskel in ihrem Körper und sämtliche Knochen noch dazu. Mühsam kämpfte sie sich auf und blieb auf der Kante des Bettes sitzen. Sie fühlte sich leer, völlig leer. Als wäre kein Fünkchen Energie mehr in ihr. Schon begann sich wieder ein Kloß in ihrem Hals zu bilden. Energisch schluckte Fay ihn weg, seufzte laut und stand auf.

Wow, ich fühle mich wie eine achtzigjährige Oma, dachte Fay. Dabei habe ich noch nicht mal Kinder, die mich zur Oma machen könnten. Werde ich wohl auch nie haben …

Sie schlurfte in Richtung Küche. Im Gang blieb sie kurz stehen, schaute in den Spiegel und begann, ihre Falten zu zählen. Kopfschüttelnd wandte sie sich von ihrem Spiegelbild ab. Völlig egal, wie viele Falten ich habe, mich sieht eh keiner, dachte sie schwermütig und seufzte erneut. Der Tag fing ja gut an …

Aus dem Wohnzimmer hörte sie ein eigenartiges Scharren. Sie ging hinüber und sah Pfötchen von außen an der Terrassentür kratzen. Das hatte er noch nie gemacht. Sie öffnete die Tür. Pfötchen rannte blitzschnell herein und schmiegte sich stürmisch an ihre Beine. Sein Kopf strich immer wieder an ihren Waden entlang. Fay musste schmunzeln.

»Ja, ja, du bekommst ja gleich was zu fressen. Ich hab dir frisches Fleisch mitgebracht.« Fay ging in die Küche und füllte Pfötchens Schüssel. »Wenigstens ein Lebewesen, das sich freut, mich zu sehen«, tröstete sie sich selbst. Der Kater schaute schnurrend auf das Futter, dann sah er sie mit seinen Bernsteinaugen fordernd an und miaute, strich weiter um ihre Beine und streckte sich in ganzer Länge an ihnen hoch. Nun musste Fay lachen. »Du willst Schmuseeinheiten! Aber klar doch! Die kann ich jetzt auch gut gebrauchen.«

Fay hob Pfötchen hoch und ging mit ihm hinüber ins Wohnzimmer. Dort legte sie sich mit dem Kater auf ihrem Bauch rücklings auf das Sofa. Pfötchen schmiegte sich an sie und schnurrte hingebungsvoll. Fay streichelte ihn und spürte sein Schnurren in ihrer Mitte. Pfötchen begann, mit seinen kleinen Tatzen Fays Brustkorb zu massieren. Es fühlte sich an, als wollte er sie streicheln. Fay schloss die Augen.

Das Schnurren, das Massieren, ihr Herzschlag und ihr Atem entfalteten einen eigenen Rhythmus. Ihr Zustand ähnelte dem während einer schamanischen Reise. Vor ihrem inneren Auge entstanden verschiedene Bilder. Zuerst sah sie ihren Visionsplatz, sie sah sich dort sitzen und leuchten. Sie erinnerte sich an die Übung des Einnordens, die ihnen Hans empfohlen hatte. Kaum dachte sie an diese Übung, passierte es. Sie konnte wahrnehmen, wie ihre Energie von diesem Platz aus wieder in sie zurückfloss. Eins ums andere erinnerte sie sich an die Geschehnisse der Visionssuche in den Bergen. Es kamen Erinnerungen an die Zeit davor, an »Babylon«, an ihre Kindheit und Jugend. Als sie auch den letzten Platz, an dem sie ihre Energie als Abdruck erkennen konnte, besucht hatte, schlief sie ein.

Pfötchens Tatzen massierten ihren Bauch. Dort, wo ihre Mitte war. Dadurch wachte Fay auf. Sie fühlte sich nun entspannt und um einiges ausgeruhter. Ich sollte vielleicht öfter ein zweites Mal schlafen gehen, dachte sie bei sich.

Sie streichelte über Pfötchens Kopf und fragte sich, ob ihr Kater und sein Schnurren diese Veränderung ihrer Stimmung herbeigeführt hatten. Wie zur Bestätigung miaute Pfötchen, stand auf, drehte sich zu ihr und stupste mit seiner Schnauze ihre Nase an.

»Ja, ich weiß, dass du das kannst, Pfötchen. Du kannst ja in der anderen Welt auch mit mir sprechen. Aber nun sollte ich was unternehmen. Es wartet einiges an Arbeit auf mich.« Mit diesen Worten stand Fay auf und ging in die Küche. Es ging ihr nun wesentlich besser. Wunderbar, wie sich die Sache mit dem Einnorden zur rechten Zeit in meinem Traum ergeben hat, dachte sie bei sich.

Während Fay sich einen Kaffee aufsetzte, schlichen sich Maya und Marcel wieder in ihre Gedanken. Schnell schob sie diese beiseite. Anstelle dessen beschäftigte sie sich mit den Unterlagen von der Arbeitsagentur und der Eigentümergemeinschaft. Um was soll ich mich zuerst kümmern?, überlegte sie. Was muss ich da alles erledigen und beachten?

Sie nahm den Brief der Eigentümergemeinschaft in die Hand und las ihn sich noch einmal durch. Marcel hatte schon recht. Die Länder liefen nicht weg. Andererseits wollte er die Wohnung gemeinsam mit Maya kaufen. Wollte sie diese umwerfende Frau als Nachbarin haben? Da waren die zwei wieder in ihren Gedanken – wie im Traum, als sie plötzlich in ihrem Seelengarten auftauchten.

Stopp! Weg mit diesen Gedanken, das war nur ein Traum, dachte sie energisch. Aus dem Wasserhahn hörte Fay ein Glucksen, das sich beinahe wie ein Kichern anhörte. Sie beachtete es nicht weiter und legte den Brief wieder weg.

Fay seufzte. Pest oder Cholera – Kontakt mit der Arbeitsagentur oder den Eigentümern der Wohnung aufnehmen. Arbeitsagentur, entschied Fay. Ich erledige das als Erstes, dann sehe ich weiter. Nach dem Kaffee.

Fay schenkte sich einen Kaffee ein, nahm einen Apfel und ging in den Garten. Es war schon kurz vor Mittag, und die Sonne schien warm auf sie herab. Gerade als Fay ihre Tasse auf den Tisch stellen wollte, hörte sie eine Frauenstimme: »Hallo, Fay. Hast du gut geschlafen?« Vor Schreck verschüttete sie die Hälfte ihres Kaffees. Mist, damit habe ich echt nicht gerechnet!, dachte Fay. Maya saß am Tisch in Hugos Garten, einen Laptop vor sich, und lächelte Fay an.

»Ähm. Ja, danke. Ich hab gut geschlafen«, log Fay.

»Marcel und Hugo sind unterwegs zur Eigentümergemeinschaft, um die Verträge für den Wohnungskauf zu besprechen. Wir haben uns entschieden, dass er die Wohnung kauft und ich mich dann am Kredit beteilige. Wie eine Miete sozusagen.«

»Aha«, sagte Fay eintönig. Wollte sie das überhaupt wissen? Noch bevor Maya weiterreden konnte, ergriff Fay das Wort: »Entschuldige, ich habe vor Schreck hier gerade meinen Kaffee verschüttet. Ich muss das schnell mal wegputzen und mir einen frischen holen.«

»Klar, tut mir leid, dass ich dich erschreckt habe«, sagte Maya.

Fay nahm ihre Tasse und ging in ihre Wohnung zurück. In der Küche blieb sie mit klopfendem Herzen vor der Kaffeemaschine stehen. Das hat mir gerade noch gefehlt, dachte sie. Diese Frau wirft mich völlig aus der Bahn.

Fay schaltete die Kaffeemaschine aus, ohne sich die Tasse neu zu füllen, schnappte sich das Schreiben von der Arbeitsagentur und ging zum Telefon. Es war kurz vor zwölf Uhr. Wenn sie Glück hatte, erreichte sie dort noch jemanden.

Sie wählte die Nummer, die auf dem Schreiben angegeben war, und wartete. Recht schnell meldete sich am anderen Ende der Leitung eine Frau Böckle.

»Guten Tag, hier spricht Heylrich, Friederike. Ich sollte mich bei Ihnen melden, um einen Termin zu vereinbaren«, sagte Fay mit sicherer Stimme.

»Geben Sie mir Ihre Aktennummer«, forderte die Frau am anderen Ende bestimmt.

»Welche Aktennummer?«, fragte Fay irritiert.

»Na, die Nummer, die oben rechts unter dem Datum als ihre Aktennummer aufgeführt ist«, klang es ziemlich ungeduldig aus dem Hörer.

Schon nicht mehr ganz so sicher suchte Fay die verlangte Nummer.

»Haben Sie die Nummer jetzt? Es ist gleich Mittag!«, schnaubte Frau Böckle. Inzwischen ebenfalls leicht gestresst gab Fay die Nummer durch. Fay hörte eine Tastatur klappern. Dann vernahm sie abermals die Stimme von Frau Böckle: »Frau Heylrich? Ich sehe gerade, bei Ihrem zuständigen Betreuer ist heute um 14 Uhr ein Termin abgesagt worden. Bitte seien Sie pünktlich, und melden Sie sich im Zimmer 17 bei Herrn Wagenreich. Bringen Sie einen Lebenslauf und etwaige Arbeitszeugnisse mit. Auf Wiederhören.«

Noch bevor Fay etwas erwidern konnte, hatte Frau Böckle auch schon aufgelegt.

Wagenreich, so hieß doch Peter, den sie in der Straßenbahn getroffen hatte. Witzig, dachte Fay, welch ein Zufall. Auch dass ich gleich heute einen Termin bekommen habe.

Die Arbeitsagentur war mitten in der Stadt, bis dorthin würde sie etwa eine halbe Stunde brauchen. Fay entschied sich, gleich aufzubrechen. Das Risiko, Maya noch mal zu begegnen, war ihr zu groß. Sie wollte keinen Kontakt mit dieser Frau. Maya verwirrte sie.

Die Arbeitsagentur befand sich in der Nähe der Fußgängerzone. Fay war früh dran, und so kaufte sie sich noch einen Kaffee und einen Kipfel auf dem Weg. Zynisch dachte sie: Jetzt muss ich schon auf der Straße frühstücken, weil im Nachbargarten eine Frau sitzt, die ich nicht sehen will.

Ein weiteres Mal wischte Fay den Gedanken an Maya beiseite und begann, die Menschen in der Fußgängerzone zu beobachten. Das half ihr dabei, nicht an die Dinge zu denken, an die sie nicht denken wollte. Was sie auf der Arbeitsagentur erwartete, war ihr beinahe egal. Das war derzeit das kleinste Übel. So empfand sie es zumindest.

Als es Zeit wurde, spazierte Fay hinüber zur Arbeitsagentur. Sie ging hinein und orientierte sich an den zahlreichen Wegweisern. Sie fand die Tür mit der Nummer 17 ohne Probleme und klopfte an.

»Herein«, ertönte von innen eine kräftige Männerstimme. Fay öffnete die Tür und trat in den Raum. Vor ihr, hinter einem großen Schreibtisch, saß ein älterer, gepflegter Mann mit einem energischen, leicht grimmigen Gesicht. »Setzen Sie sich!«, befahl der Mann Fay. Auf dem Schreibtisch konnte Fay ein Schild sehen, das ihn als A. Wagenreich auswies. Es war definitiv nicht Peter, der hier vor ihr saß. Wäre auch zu nett gewesen, dachte Fay. »So, Frau Heylrich, Sie haben also einen sicheren Arbeitsplatz gekündigt. Wie sieht Ihr Plan für Ihr weiteres Arbeitsleben aus? Sie wissen, dass Sie für die nächsten vier Wochen keinen Anspruch auf Arbeitslosengeld oder eine Krankenversicherung haben?«

»Ja, das weiß ich, und ich habe keinen genauen Plan für mein weiteres Arbeitsleben«, antwortete Fay.

»Haben Sie wenigstens die Versicherungssumme schon eingezahlt? Den Zahlschein haben wir Ihnen zugeschickt, wie ich hier in den Unterlagen sehe«, fragte Herr Wagenreich.

»Ähm, nein. Ich habe die ganze Post erst gestern erhalten. Ich war die Tage davor in den Bergen unterwegs«, erwiderte Fay.

»Aha, was haben Sie da gemacht?«, wollte Herr Wagenreich wenig interessiert wissen.

»Eine Visionsfindung«, antwortete Fay wahrheitsgetreu.

»Eine was?«, fassungslos schaute Herr Wagenreich Fay jetzt an.

»Eine Visionsfindung«, wiederholte Fay. »Dabei sitzt man mehrere Nächte im Wald und denkt über sein Leben nach.«

»Ah ja, okay. Und was ist dabei rausgekommen, Frau Heyl-rich?«, wollte er von Fay wissen. Er lehnte sich in seinem Bürostuhl zurück, verschränkte die Arme vor der Brust und sah sie prüfend an.

»Das muss ich erst noch sortieren. Das weiß ich noch nicht genau«, gab Fay zurück.

»Nun gut, solange sie versichert sind und einen Job haben, können Sie in Ihrer Freizeit so lange in den Bergen sitzen, wie Sie wollen. Aber während Sie arbeitslos sind, werden Sie solche Spielchen bleiben lassen und sich wieder um Ihre Eingliederung in den Arbeitsmarkt kümmern. Ich sehe, Sie sind gelernte Kellnerin? Das trifft sich gut. Wir haben haufenweise Anfragen aus der Gastronomie, die Sommersaison fängt bald an. Hier habe ...«

»Ich möchte nicht mehr als Kellnerin arbeiten. Darum war ich bei ›Babylon‹ im Büro tätig«, unterbrach Fay Herrn Wagenknecht.

Erstaunt sah Herr Wagenreich Fay an und antwortete trocken: »Ich glaube, Sie verstehen mich nicht. Was Sie wollen, Frau Heylrich, ist uns ziemlich egal. Sie sind arbeitslos, haben einen Beruf gelernt, in dem ausreichend Stellen frei sind, und solange Sie aus gesundheitlichen Gründen keine Einschränkungen haben, werden Sie sich auf die freien Stellen melden, die ich Ihnen gebe. Ansonsten kann ich Ihnen das Arbeitslosengeld auch noch länger streichen. Dann würde ich das nämlich als Verweigerung einer ge-eigneten Stelle ansehen. Sie sind nicht in der Position, Forderungen stellen zu können. Nur damit das geklärt ist.« Er hatte sich während seiner Rede immer weiter nach vorne gebeugt. Seine Stimme hatte einen beinahe drohenden Ton angenommen. Er schob Fay eine Mappe über den Tisch. Fay schlug sie auf. Darin befanden sich mehrere Stellenausschreibungen. Fragend schaute Fay Herrn Wagenreich an. »Frau Heylrich, Sie werden sich bei all diesen Stellen vorstellen. Wir sehen uns dann nächste

Woche wieder. Und ich erwarte dann die Bestätigungen der Arbeitgeber, dass Sie dort waren und vorgesprochen haben. Das nächste Mal überlegen Sie sich, bevor Sie eine Arbeitsstelle kündigen, was Sie danach tun wollen.« Mit diesen Worten schob er Fay eine Karte zu, auf der ein Termin für den nächsten Mittwoch, neun Uhr notiert war. »Auf Wiedersehen, Frau Heylrich.« Demonstrativ drehte er seinen Stuhl von Fay weg und schaute geschäftig auf den Bildschirm seines Computers. Fay wagte es nicht, noch etwas zu sagen, obwohl sie spürte, wie in ihr die Wut hochkochte. Sie stand auf und verließ wortlos das Zimmer. Zu diesem Mann wollte sie auf keinen Fall ein weiteres Mal gehen. Das war ihr klar.

Schnurstracks verließ sie das Gebäude. Wieder im Freien holte sie tief Luft. Was war das gerade gewesen? Dieser Herr Wagenreich hatte sie geradezu abgekanzelt wie ein kleines Schulmädchen. Es war demütigend gewesen. Fay war empört über die Art und Weise, wie dieser Mann mit ihr umgegangen war. Außerdem fragte sie sich, wo ihre gerade gewonnene Selbstsicherheit geblieben war. Wo waren ihre Freunde aus der Anderswelt? Warum konnte sie diese nicht mehr so spüren wie vor und auch während der Visionsfindung? Fay beschloss, dass es Zeit war, bei Hans vorbeizuschauen. Sie musste eine Reise machen. Am besten ging das bei Hans im Seminarraum. Da gab es kein Telefon und keine Türklingel, die stören konnten. Ihr Freund würde ihr helfen, da war sich Fay sicher. Er würde wissen, was zu tun ist, und eine Antwort darauf haben, warum alles so chaotisch war.

Udo

Als sich das Fenster, durch das die Freunde in der Anders-welt Fay beobachtet hatten, wieder schloss, herrschte Schweigen. Jeder dachte für sich darüber nach, wie sie nun gemeinsam Fay bei ihrer Aufgabe mit Twifal unterstützen konnten.

In dieser angespannten Stille klopfte es an die Tür, und die Freunde schauten einander an. Für einen Moment sträubte sich Pfötchens Fell, und sein Schwanz zuckte in die Höhe.

»Herein!«, rief Funny übermütig. »Wer du auch bist, bring Glück herbei!«

Die Tür öffnete sich, und auf der Schwelle war die weiße Kobra, deren Kopf die Freunde zuvor am Fenster gesehen hatten.

»Hallo, ich bin Udo«, zischelte sie. »Ich werde euch und Fay dabei helfen, mit Twifal in Einklang zu kommen.«

»Und wie?«, fragte Funny neugierig und stellte sich ohne Scheu direkt vor Udo.

Udo schaute Funny an und antwortete: »In alter Zeit wurde mir und den Meinen große Weisheit zuge-sprochen. Wir waren als Heiler tätig und unterstützten die Menschen bei ihrer Heilarbeit . Noch heute kannst du beispielsweise am Äskulapstab erkennen, wie wichtig wir für die Menschen einmal waren. So, wie Diana mit Fay die Weiblichkeit erforschen wird und mit Edward ihre Kriegerin des Herzens, wird sie mit mir ihren inneren Heiler entdecken. Sie kennt mich noch nicht, aber wenn sie demnächst wieder auf Reisen geht, wird sie mich das erste Mal treffen. Gemeinsam werden wir durch den Ahnenwald zu dem Feuer wandern, das Edward gesehen hat. Dort wird Fay schon erwartet.«

»Von wem?«, erkundigte sich Diana recht forsch.

Udo blickte zu ihr hinüber. »Von einem Lehrer aus der Anderswelt«, war seine Antwort.

»Was wird er sie lehren?«, wollte nun Sarah wissen.

»Einen Weg der Heilung, der ihr dabei helfen wird, mit Twifal ein Bündnis einzugehen, das für sie fruchtbar und nützlich sein wird. Ihr Lehrer wird ihr verschiedene Aufgaben stellen, bei denen wir Fay behilflich sein können, wenn sie es uns erlaubt. Wenn sie diese Aufgaben erfüllt hat, wird sie ein gutes Stück näher an ihrem Seelenselbst sein und besser erkennen, was sie wirklich will. Wir alle hier in der Anderswelt wissen, dass eine Seele sich immer wieder neu entfalten und erfahren will. Dabei kann ich helfen. So, wie ich mich häute, um zu wachsen, wird auch Fay noch einiges an alten Prägungen und Mustern ablegen müssen. Twifal ist dabei Freund und Feind in einem. Er bringt sie in Situationen, in denen sie alte Muster gezeigt bekommt. Dadurch fordert er Fay immer wieder auf, sie zu lösen und abzulegen. Wie oft muss Fay dieselben Emotionen durchleben, bis sie eine andere Entscheidung trifft als die gewohnte, die ihren erlernten Mustern entspricht? Sie hat mithilfe von Kurt schon einmal mit einem solchen alten Muster gebrochen, aber die Erfahrungen mit euch sind noch ganz jung, wie eine Pflanze, die im Frühling ihre Samenhülle durchbricht. In der jetzigen Situation – denkt an die Sache mit der Wohnung, mit der Arbeit sowie mit Marcel und Maya – zweifelt sie gerade sehr an sich selbst. Vor allem, weil dabei alte Wunden aufgebrochen werden, Erinnerungen an alte Wege und frühere Beziehungen hochkommen. Dabei ist alles ganz anders, als Fay denkt, nur kann sie es aufgrund dieser alten Verletzungen nicht sehen.«

»Woher willst du das wissen?«, schaltete sich Lana ein.

Udo war inzwischen an den runden Tisch zu den anderen geschlängelt. Er wandte sich Lana zu und sagte mit seiner angenehmen, sanften Stimme: »Auch Hellsichtigkeit wird uns nachgesagt. Und es stimmt, wir können Dinge sehen, die erst noch passieren werden. Dabei sehen wir durchaus die verschiedenen Wege und Möglichkeiten, für die sich ein Mensch entscheiden kann. Es gibt immer mehr als eine Geschichte. Aber wir sehen auch Dinge, die sind. Und hier ist es so. Fay wird es noch erfahren. Marcel und Maya stehen nicht so zueinander, wie es ihr erscheint. Fay wird von Twifal getäuscht. So prüft er sie darauf, wie ernst es ihr damit ist, ihren Seelenweg zu gehen.«

Edward meldete sich zu Wort: »Nun gut, du fühlst dich ehrlich und aufrichtig an. Ich werde Fay zu ihrem Lehrer begleiten und im Ahnenwald auf sie aufpassen. Aber ich habe gehört, dass ihr Schlangen die Menschen gerne beißt. Das will ich dir nicht raten, Udo.«

Blitzschnell drehte sich Udo zu Edward. »Wenn wir beißen, heilen wir, Edward. Unser Gift ist Medizin, und wir wissen genau, was wir tun. Selbst wenn der Vorgang manchmal aussieht, als führe er zum Tod, bewirkt er aber tatsächlich eine Art Häutung, die Neugeburt des ganzen Wesens. Es ist gut, wenn du Fay und mich in den Ahnenwald begleitest. Wenn es so weit ist, brauche ich dich dort, damit du als ihr Ritter Wache halten kannst. Ich brauche auch dich, Sarah. Dein Vertrauen ist immens wichtig, damit es gelingt, denn ohne dich ist die ganze Sache verloren. Eine Voraussetzung muss dafür jedoch erfüllt sein. Vertraust du mir?«

Sarah schaute Udo lange an, ohne etwas zu sagen. Sie konnte spüren, dass er offen und ehrlich zu ihnen war. Sarah nickte. »Ja, ich vertraue dir.«

In diesem Augenblick hörten sie alle ein dumpfes Rumpeln, und unmittelbar darauf stob eine Aschewolke aus dem offenen Kamin in der Hütte.

»Hei, Freunde!«, ertönte ein Stimmchen, das alle sofort erkannten. Auch wenn das Wesen, das sich da den Staub vom Körper klopfte, ganz anders aussah, als sie es in Erinnerung hatten. Es war Twifal. Diesmal erschien er als hübsches Männlein, das in seiner Kleidung, abgesehen von den Staubflecken, sehr adrett aussah. Aus schelmischen Augen blickte er in die verblüfften Gesichter.

Udo zischelte etwas verlegen: »Nun ja, Sarah, das war nun der erste Akt. Danke für dein Vertrauen. Damit hast du Twifal erlaubt, hier in die Hütte zu kommen.«

Sarah schaute Udo wütend an. »Du hast mich reingelegt! Warum hast du Twifal hierher gebracht?«

»Genau darum. Weil ich wusste, wie du reagieren wirst, Sarah. Das ist eine der Prüfungen auf dem Heilungsweg. Sarah, du musst auf Twifal und sein Tun vertrauen, damit Fay weitere Schritte auf ihrem Weg gehen kann. Ich habe es schon gesagt: Twifal ist Freund und Feind in einem, je nachdem, wie wir mit ihm umgehen. Es ist besser, wir verbünden uns mit ihm, damit er uns offenbart, was er in der alltäglichen Welt treibt. Er kann nicht anders. Es ist sein Wesen, Unfug zu treiben. Er ist ein großer Lehrer, wenn ein Mensch bereit ist, ihn zu erkennen.«

Sarah blickte Udo immer noch empört an. »Du hättest mich vorher fragen können, das wäre das Mindeste gewesen.«

»Du hättest abgelehnt«, erwiderte Udo sanft und dennoch bestimmt.

Sarah wusste, dass er recht hatte. Sie, das Vertrauen, war genau genommen noch nicht so weit. Vor zu kurzer Zeit erst hatte sie sich wieder auf den Weg zu Fay gemacht, und nun erwartete sie schon eine solch große Prüfung. Ihr war mulmig bei diesem Gedanken.

Lana und Funny konnten das spüren und nahmen Sarah in den Arm.

Pfötchen gesellte sich dazu und umschmeichelte Sarahs Beine. »Sarah, wir werden das alle zusammen durchstehen. Am Ende, da bin ich mir sicher, wirst du daran gewachsen sein und sowohl an Kraft als auch an Größe gewonnen haben.«

Fylgir nickte. »Ja, das ist unser Ziel. Daran zu wachsen, gemeinsam mit Fay. Wege dahin gibt es viele, stimmts, Udo?«

Udo nickte. »Richtig, es wird Fays Entscheidung sein, welchen Weg sie wählt und wie lang dieser dann sein wird.«

Auf dem Heimweg

Fay ließ ihre Gedanken schweifen, während sie in Richtung der Straßenbahnhaltestelle ging. Ihr fiel der Laden vom letzten Mal wieder ein, und spontan beschloss sie, ihn nochmals zu besuchen. Es war noch früh am Nachmittag, und zu Hause wartete wohl außer Pfötchen nur eine Frau auf sie, die Fay nicht sehen wollte. Also änderte sie die Richtung. Es fühlte sich gut an, wie der erste Lichtblick an einem trüben Tag, freute sich Fay zaghaft. Als sie den Laden erreichte, bemerkte sie einen Aushang an der Tür. Den hatte sie beim letzten Mal nicht gesehen. *Teilzeitkraft gesucht,* stand darauf. *Für 25 Stunden in der Woche. Entlohnung nach Absprache. Bei Interesse bitte direkt im Laden melden!*

Fays Herz schlug schneller. Das wäre doch die Idee, oder? Nur 25 Stunden in der Woche. Da hätte sie nebenbei noch genügend Zeit, um rauszufinden, was sie langfristig mit ihrem Leben anfangen wollte.

Fay betrat den Laden, und sofort hatte sie wieder den süßlichen Duft von Räucherstäbchen in der Nase. Über der Tür hing ein Glockenspiel, das beim Öffnen anschlug. Die Tür war noch nicht ins Schloss gefallen, da erklang aus dem hinteren Teil des Ladens eine fröhliche Stimme: »Ich komme gleich.«

Einen Augenblick später tauchte hinter einem Regal die Frau auf, die sich bei Fays letztem Besuch als Nana vorgestellt hatte. Als sie Fay sah, rief sie erfreut: »Ah, du warst doch gerade die Tage erst im Laden! Was führt dich wieder her?«

»Ich war auf dem Heimweg, und da dachte ich mir, ich könnte hier noch mal vorbeischauen. Mir hat es in Ihrem Laden so gut gefallen. Ich habe heute zufällig die Ausschreibung für eine offene Teilzeitstelle gesehen. Das würde mich interessieren. Ich komme gerade von der Arbeitsagentur«, sprudelte es ungebremst aus Fay heraus. Sie wunderte sich über ihre Redseligkeit. Das war sonst eher nicht ihre Art. Es kribbelte in ihrer Mitte. Sie spürte die Fröhlichkeit von Funny dort wirbeln. Aha, Fay grinste, also ist doch noch jemand da, der sich mir mitteilt. Wie schön!

»Ja, das stimmt. Ich suche eine Teilzeitkraft, die mir hier im Laden zwei ganze und zwei halbe Tage aushilft. Ich habe im oberen Geschoss Räume für Seminare und Einzelsitzungen. In letzter Zeit werden die Anfragen immer mehr, und ich muss am Abend oft länger hierbleiben, um die Seminare zu halten. Das wird mir langsam zu viel. Den ganzen Tag im Laden und dann am Abend auch noch die Sitzungen und Workshops. Da ich beides sehr gerne mache, tue ich mich schwer, eines von beiden aufzugeben, also suche ich jemanden, der mich entlastet. Du hast also Interesse an der Stelle?«

»Ja«, versicherte Fay, während sie eifrig mit dem Kopf nickte.

»Nun ja, es gibt schon einige Bewerber. Wenn du möchtest, können wir einen Tag ausmachen, an dem du zum Probearbeiten kommst. Dann können wir uns besser kennenlernen, und du kannst reinfühlen, ob es wirklich ein Job für dich ist. Was hältst du davon?«

»Sehr gerne«, antwortete Fay zustimmend. »Wann soll ich kommen? Ich bin da absolut flexibel.«

Nana lachte. »Na, dann bleib doch gleich ein bisschen hier. Ich habe gerade eine Lieferung bekommen, die ausgepackt und eingeräumt werden muss.«

»Echt? Kann ich wirklich gleich bleiben und helfen?«, fragte Fay ungläubig.

»Ja, natürlich. Ich alte Frau bin froh, wenn ein junges Ding wie du mir mit den schweren Sachen hilft«, erwiderte Nana und zwinkerte Fay zu.

Fay beeilte sich, Nana nach hinten zu folgen. Dort standen mehrere große Kartons. Einer war bis oben hin mit Büchern gefüllt, ein weiterer mit Räuchersachen. Daneben stand ein Karton mit vielen kleinen Schachteln darin. Darin befand sich sehr edel aussehendes Porzellangeschirr. Auf dem Karton stand: *Serie – Blume des Lebens*. Das Symbol kannte sie. Es war sehr alt und in den letzten Jahren immer beliebter geworden. Es war ein Symbol für das Leben mit all seinen Verbindungen.

Fay und Nana unterhielten sich über dies und das, während sie die Waren auspackten. So erfuhr Fay, dass Nana Witwe war. Sie hatte fünf Jahre lang ihren an Krebs erkrankten Mann gepflegt, mit dem sie zwei Kinder, eine Tochter und einen Sohn, hatte. Beide waren inzwischen erwachsen, hatten selbst Familien gegründet und eigene Häuser gebaut. Als ihr Mann gestorben war, hatte sie ihr gemeinsames Heim auf dem Land verkauft und mit dem Erlös dieses Haus hier erstanden. Fay staunte nicht schlecht. Nana erzählte ihr, dass sie zunächst eine Wohnung in Stadtnähe für sich gesucht hatte. Als sie die Wohnung in diesem Haus begutachtet hatte, hatte sie im Hinterhof einen kleinen Garten entdeckt. Der Hausbesitzer hatte ihr erläutert, dass der Garten zu der Wohneinheit unter ihr gehörte, die ebenso wie die Gewerbefläche im Erdgeschoss verkauft werden sollte. Der Besitzer hatte gemeint, dass er froh wäre, wenn er das ganze Grundstück endlich verkaufen könnte. Nana hatte sich bei ihm nach dem Preis für das Anwesen erkundigt. Warum sie das getan hatte, war ihr in dem Moment nicht klar gewesen. Der vom Besitzer genannte Preis hatte weit unter dem gelegen, was Nana erwartet hatte. Sie war verwundert gewesen, warum er dieses hübsche, geräumige Altstadthaus so günstig hergeben wollte. Der Besitzer hatte es ihr erklärt. Da immer mehr Geschäfte in die Innenstadt abwanderten und dieses Haus dazu noch in einer Seitengasse läge, sei der Preis so niedrig. Nana hatte sich ein paar Tage Bedenkzeit erbeten und dem Besitzer versichert, sich zu melden.

In der folgenden Nacht hatte Nana von ihrem verstorbenen Mann geträumt. Er hatte sie auf einer Blumenwiese abgeholt und war mit ihr über einen schönen Weg mit weißem Kies auf ein Haus zugegangen. Erst als sie unmittelbar davorgestanden hatten, hatte Nana erkannt, dass es dieses Altstadthaus war. Ihr Mann hatte ihr zugelächelte und war mit ihr durch die Tür im Erdgeschoss gegangen. Der Unterschied zu ihrem Besuch am Nachmittag hatte darin bestanden, dass dort nun dieser Laden gewesen war. Sie war mit ihrem Mann durch die Räume gegangen und hatte die Wendeltreppe in die obere Etage gesehen. Dort war eine Wand zu der kleineren Wohnung, zu der der Garten gehörte, durchbrochen gewesen. In dieser kleinen Wohnung hatte Nana Menschen gesehen, die gemeinsam Yoga übten, Mantren sangen oder Massagen und Meditationen erlebten. So war es gekommen, dass Nana das ganze Haus gekauft hatte.

Aufmerksam hatte Fay Nanas Erzählung gelauscht. Wow, dachte sie, diese Frau kauft ein ganzes Haus, weil ihr toter Mann in ihrem Traum mit ihr durch diese Räume spaziert ist. Wenn das nicht schräg ist.

Doch noch bevor Fay etwas dazu sagen konnte, sprach Nana weiter: »Weißt du, ich bin ein ausgebildetes Channelmedium mit dem Schwerpunkt Jenseitskontakte. Und auch wenn ich den Kontakt zu meinem verstorbenen Mann nicht gezielt angeregt habe, so weiß ich doch, dass der Traum wichtig war und dass er es wirklich gewesen ist, der mit mir durch dieses Haus gelaufen ist.«

Nun ergriff Fay das Wort: »Ähm, ich bin noch nicht so lange auf meinem Weg. Genau genommen habe ich gerade erst mit ein paar Sachen aus dem Schamanismus angefangen. Also ich bin, was spirituelle Themen anbelangt, noch recht unbedarft. Ich interessiere mich dafür, habe auch schon einiges darüber gelesen, aber praktisch habe ich kaum Erfahrungen. Ihr Vertrauen ist bemerkenswert! Wie machen Sie das? Ich meine, wie können Sie sich so sicher sein, dass es Ihr Mann war, der Ihnen im Traum begegnet ist?«, wollte sie von Nana wissen.

»Das ist Erfahrungssache. Ich habe schon als Kind Verstorbene gesehen. Damals konnte mir niemand erklären, was das ist oder warum ich sie sehe. Anfangs hatte ich Angst vor ihnen, später als Jugendliche verlor ich diese Fähigkeit. Dann hatte ich mit Mitte zwanzig eine Totgeburt im siebten Monat. Für mich brach damals eine Welt zusammen. Ich fühlte mich verraten und betrogen. Mein Mann und ich hatten uns so auf dieses Kind gefreut. In meinem Schmerz verkroch ich mich immer mehr und mehr. Ich ging nicht mehr aus dem Haus und wollte auch keine Menschen mehr treffen. Eines Tages, als ich alleine in meiner Wohnung trauerte, nickte ich auf dem Sofa ein. Es war kein tiefer Schlaf, eher ein Dämmerzustand. Plötzlich sah ich mein Baby auf einer wunderschönen Blumenwiese liegen. Es lachte mich an und begann zu sprechen. Ich dachte mir: Welch ein schöner Traum! Da ist mein Baby, und ich kann es sehen und hören. ›Mama, du hast alles richtig gemacht, hör auf, dich zu grämen!‹, sagte dieses Kindchen zu mir. ›Aber warum bist du dann gestorben?‹, wollte ich wissen. ›Weil ich nur die Erfahrung brauchte, willkommen zu sein. Und weil ich dich unterrichten werde. Für viele Menschen, die in deinem Leben noch zu dir kommen werden, wirst du sehr wichtig sein. Unsere Seelen sind unendlich. Geburt und Tod sind zwei Türen zwischen den unzähligen Welten der Schöpfung. Mit der Geburt wird die Tür in diese Welt durchschritten, mit dem Tod die Tür in einen anderen Teil dieses unendlichen Universums. Unsere Seelen vergehen nie! Sie sammeln unterschiedlichste Erfahrungen in verschiedenen Inkarnationen, und jede einzelne ist wichtig, um das Licht der Seele mehr und mehr erstrahlen zu lassen. Für meine Seele war es wichtig zu erfahren, wie es sich anfühlt, willkommen zu sein, und wie es ist, wenn sich jemand auf mich freut. Für deine Seele war es wichtig, dass ich gleich wieder gegangen bin, damit du dich an eine deiner Gaben erinnerst. Du hast die Fähigkeit, mit uns auf der anderen Seite der Tür zu sprechen. Damit wirst du noch vielen Menschen beistehen und ihnen Trost schenken können. Aber nun wirst du erst deine eigene Trauer verarbeiten müssen. Erst wenn diese aufgearbeitet ist, bist du bereit, für andere da zu sein. Aber eines kann ich dir jetzt schon sagen, und das wird dir deine Trauer erleichtern: Du wirst in ein paar Jahren wunderbare Kinder haben. Du wirst ihnen eine wundervolle Mutter sein und gemeinsam mit deinem Mann viele glückliche Jahre erleben.‹

So war es dann auch, bis bei Franz, meinem Mann, Krebs diagnostiziert wurde. Er war fleißig, arbeitete ein Leben lang in der Textilindustrie. Die feinen Staubpartikel der Stoffe hatten seine Lunge zerstört. Als die Krankheit entdeckt wurde, hatte er bereits Metastasen in den Lymphen. Die Ärzte gaben ihm noch ein bis zwei Jahre. Franz hat nie an das geglaubt, was ich mache. Er hat es belächelt, mich aber nie daran gehindert. ›Wenn es dich glücklich macht, meine Liebe, dann tue es, ich werde dich nicht aufhalten‹, hat er immer gesagt.

Ich erinnerte mich durch mein verstorbenes Baby wieder an meine Fähigkeit, die ich als Kind hatte. Ich nahm mir seine Worte zu Herzen und begann, mich zu informieren, wo und wie ich diese Fähigkeit einsetzen konnte. Wenn schon, dann wollte ich gezielt damit umgehen können, den Kontakt herstellen, wenn ich es wollte, und nicht einfach von den Toten überfallen werden wie damals, als ich ein Kind war. Ich fand eine Schule in England, die mir seriös und kompetent erschien. England kam mir insofern entgegen, weil ich die englische Sprache seit der Schulzeit liebte und sie schon immer von der Pike auf lernen wollte. So kam ich vor über dreißig Jahren das erste Mal nach Südengland. Genauer gesagt nach Glastonbury.« Nana lächelte. »Ein sagenumwobener Ort, wo man Menschen aus sämtlichen spirituellen Richtungen antrifft. Vor allem wird dort die große Göttin sehr verehrt. Es ist ein Ort, an dem unter anderem die Weiblichkeit geheilt werden kann. Das betrifft aber nicht nur Frauen, auch Männer haben weibliche Anteile, die bei den Quellen der Göttin Segen und Heilung erfahren.«

Gerade als Fay etwas sagen wollte, hörten die beiden Frauen das Glockenspiel der Eingangstür. Nana schaute auf. »Oh, wir sind hier ja fast fertig! Vielen Dank für deine Hilfe, junge Frau. Das ist jetzt aber schnell gegangen.«

Nana stand auf, nickte Fay zu und ging in den vorderen Teil des Ladens. »Ah, hallo, Ralf! Schön, dass du vorbeischaust. Ich habe eine deiner Trommeln verkauft. Sollen wir gleich abrechnen?«, hörte Fay Nana mit freundlicher Stimme sagen.

Fay schaute sich um. Bis auf einen Karton mit Büchern war wirklich fast alles fertig ausgepackt. Sie schaute in den Karton hinein und fand eine Sammlung spiritueller Reiseführer. Sie handelten von Pilgerwegen auf den Spuren von Maria Magdalena in Frankreich, Reisen zur großen Göttin in Glastonbury, Erkundungstouren zu Einweihungsstätten der Isis in Ägypten und noch von so einigem mehr. Fay entdeckte das Regal mit den Reiseführern, räumte die restlichen Exemplare aus dem Karton in das passende Fach ein und begann, die Kartons zusammenzufalten. Gerade als sie den letzten zusammendrückte, stand Nana wieder bei ihr, einen jungen Mann mit langen Haaren, einem Bart und in Tarnkleidung an ihrer Seite. Auf den ersten Blick machte er einen recht grimmigen Eindruck. Mit dem Tarnanzug sah er aus wie ein Soldat. Fay wusste nicht so recht, was sie von ihm halten sollte.

»Ralf, das ist … hm, ich habe dich gar nicht nach deinem Namen gefragt, Liebes. So was aber auch! Da arbeiten wir schon zusammen, ich erzähl dir mein halbes Leben und weiß noch nicht einmal, wie du heißt.« Nana lachte herzlich. »Ganz nebenbei: Willst du mich nicht auch duzen? Dann fühle ich mich jünger.« Nana zwinkerte Fay zu.

Fay musste auch lachen. »Gern, Nana.« Sie streckte ihr ganz förmlich die Hand entgegen und sagte: »Ich bin Fay. Freut mich sehr, mit dir zu arbeiten.«

Nana ergriff Fays Hand und zog sie in ihre Arme. Einen kurzen Moment lang spürte Fay so etwas wie einen Widerstand, doch schon löste er sich auf, und sie genoss die herzliche Umarmung.

Kaum hatte Nana sie wieder losgelassen, ergriff der junge Mann Fays Hand. »Hallo, Fay, freut mich! Ich bin Ralf, der Waldschrat. Du bist also die neue Mitarbeiterin hier? Dann werden wir uns wohl noch öfter sehen.« Bei diesen Worten huschte ein Lächeln über sein Gesicht.

»Ähm, nein. Noch bin ich nicht die neue Mitarbeiterin. Ich hab nur gerade mit Nana die Ware ausgepackt, weil ich Zeit hatte. Aber ich würde gerne hier anfangen und Nana unterstützen. Ich glaube, es würde mir Spaß machen.« Hoffnungsvoll blickte sie bei diesen Worten zu Nana hinüber.

Nachdenklich schaute diese Fay an. »Wie ich schon gesagt habe, gibt es für die Stelle noch andere Bewerber. Ich habe bisher drei Termine zum Probearbeiten ausgemacht, alle drei Anfang nächster Woche. Der Fairness halber will ich diese Termine einhalten, auch wenn ich mich mit dir sehr wohlgefühlt habe, Fay. Du würdest tatsächlich gut hierher passen, sagt mir mein Gefühl. Lass mir doch bitte deine Telefonnummer hier, und ich melde mich spätestens nächsten Freitag bei dir. Passt das für dich?«

Fay war ein bisschen enttäuscht. Es wäre auch zu schön gewesen, hätte sie jetzt sofort eine Zusage erhalten. »Ja, klar passt das. Danke, dass ich dir helfen durfte!«

Witzig, Fay erinnerte sich, wie sie sich damals darüber gewundert hatte, als sich auch Marcel und Gabriela bei ihr bedankt hatten, weil sie ihr helfen durften. Spannend, wie wir vieles im Leben aus unterschiedlichsten Blickwinkeln erfahren und daraus lernen dürfen, dachte sie. Jetzt konnte sie die Dankbarkeit der beiden verstehen, weil sie es selbst gerade erlebt hatte und sich das Gefühl der Dankbarkeit in ihr entfaltete.

Fay, Nana und Ralf gingen nach vorne zum Verkaufstisch. Bei der Kasse lagen Stifte und Zettel bereit. Nana schob Fay Block und Stift zu, damit Fay ihre Nummer und ihren Namen hinterlassen konnte.

»Heylrich. In dem Namen steckt der ›Heiler‹ drin, Fay. Schreibe mir bitte noch dein Geburtsdatum sowie die Zeit und den Ort deiner Geburt auf. Meine Freundin ist Astrologin. Ich lasse alle Bewerber von ihr anschauen. Die Sterne sagen viel über die Menschen aus und auch über die Beziehungen, die sie eingehen.«

Ihre Mutter hatte ihr bei ihrem Besuch von ihrer Geburt erzählt, daher waren der Ort und die Uhrzeit sofort in Fays Erinnerung abrufbar. *28.9.1988, Krankenhaus Villach, 8:27 Uhr,* schrieb Fay auf den Zettel. Während sie schrieb, erinnerte sich Fay noch an weitere Worte ihrer Mutter: »Deine Geburt war durchwachsen. Sie begann recht schnell und heftig, ebbte dann aber wieder ab. Insgesamt waren wir fast zwanzig Stunden beschäftigt, bis du da warst. Dein Vater und ich haben herumgealbert, ob es wohl an deinem Sternzeichen Waage liegen könnte. Den Waagen wird ja nachgesagt, dass sie sich nur schwer entscheiden können. Am liebsten wägen sie so lange ab, bis alles harmonisch ist.«

Nanas Stimme unterbrach ihre Gedanken. »Gut, ich melde mich dann bis spätestens nächsten Freitag bei dir. Ist Fay eigentlich dein Geburtsname, Liebes?«, wollte sie wissen.

Irritiert schaute Fay Nana an. »Warum? Nein, es ist eine Abkürzung, ein Spitzname, den ich mir selbst gegeben habe. Alle nennen mich Fay. Ich stelle mich auch überall so vor. Mein Geburtsname ist Friederike.«

Nana schrieb *Friederike* neben Fays Angaben auf den Zettel. Fay wusste nicht so recht, was sie davon halten sollte.

Nana schaute auf und lächelte. »Darüber können wir ein andermal reden, wenn du Lust hast. Also dann, bis bald. Danke für die Hilfe beim Auspacken. Die letzten zwei Stunden mit dir waren sehr angenehm und kurzweilig.« Damit nahm Nana den Zettel, steckte ihn in eine Mappe, die neben der Kasse lag, nickte Fay noch einmal freundlich zu und ging mit Ralf nach hinten zu den Trommeln.

Für einen Moment blickte Fay den beiden nach, dann fasste sie sich wieder. »Tschüss. Und danke, dass ich helfen durfte. Bis bald!«, rief sie ihnen hinterher, drehte sich um und verließ den Laden. Zwei Stunden waren vergangen? Fay konnte es kaum fassen. Die Zeit war verflogen wie bei einer schamanischen Reise. Spannend.

Twifal

»Udo, können wir gemeinsam den Lehrer besuchen? Warum sind wir überhaupt noch hier im Garten, wo wir doch schon mit Fay verschmolzen sind?«, fragte Funny neugierig.

Udo schaute Funny nachdenklich an und antwortete: »Ja, ihr seid mit ihr verschmolzen, und somit könnt ihr Fay auf direktestem Wege helfen. Gleichzeitig können wir Verbündeten euch auch hier in der Anderswelt immer wahrnehmen. Ihr seid Seelenteile von Fay. Alle Wesen ihrer Seele sind hier im Garten sichtbar, wenn sie das möchten. Fay hat euch alle, Verbündete wie Seelenteile, in der Anderswelt kennengelernt. Wenn sie eure Unterstützung braucht, wird sie euch hier immer finden können.«

»Aber was können wir in der alltäglichen Welt für Fay tun?«, bohrte Funny nach.

Sarah lächelte. »Für sie da sein. Uns ausbreiten und entfalten. Im ›Regenbogentempel‹ bei Nana hab ich das gerade getan. Ich habe mich in Fay ganz breitgemacht und Vertrauen bis in ihre letzte Zelle hinein gesendet. Fay hat es gespürt, auch wenn sie nur in den Laden gegangen ist, weil sie nicht nach Hause gehen wollte. Als sie dort ankam, ist sie geblieben. Diese Frau, Nana, ich vertraue ihr. Ich weiß, dass sie Fay guttun wird. Das hat mich dazu veranlasst, Fay das nötige Vertrauen zu geben, sich auf die Stelle zu bewerben.«

»Stimmt!«, rief Funny aus und klatschte sich an die Stirn. »Ich hab ja auch gerade im Laden Fays Mitte kribbeln lassen. Das war eigentlich ganz einfach.«

Pfötchen schnurrte in die Runde: »Genauso wie ich ihr letztens beim Einnorden geholfen habe. Die Energie, die sie sich da zurückgeholt hat, kann sie derzeit sehr gut gebrauchen. Ich bin gespannt, wann sie die Übungen, die Hans ihr aufgegeben hat, das nächste Mal machen wird.«

Nun ergriff Edith das Wort: »Ich werde sie in den Park zu der Lichtung locken. Das erinnert sie sicher wieder an uns und ihren Seelengarten.«

»Wenn Fay in den Park geht, dann sollte Lana bei ihr sein. Im Park braucht sie viel Ruhe, um die richtigen Entscheidungen treffen zu können«, warf Udo ein und fuhr fort: »Edward wird sie dort auch brauchen. Ihr muss ein Ritter zur Seite stehen, der den Mut und das Herz hat, sich zu entscheiden und die richtige Wahl zu treffen. Edith, du kannst Fay dabei helfen, Ordnung in ihr Leben zu bringen. In ihrer Wohnung gibt es noch viel zu tun. Außerdem wird sie morgen bei Hans sein. Da kann sie dich auch brauchen, um ihre Erlebnisse zu sortieren. Diana, du wirst dich mit Fay vor allem im ›Regenbogentempel‹ entfalten können. Es wird spannend, wenn sie mit ihrer Göttin in Kontakt kommt.« Udo schmunzelte verschmitzt. »Funny, dich braucht Fay ganz besonders. Die Lebensfreude ist eine sehr wirkungsvolle Medizin, die viel Liebe verbreitet. Eine bedingungslose Liebe, frei von jeglichen Erwartungen. Wenn ein Mensch wahre Lebensfreude ausstrahlt, ist das pure Liebe. Mach dich, so oft es nur geht, in Fays Leben bemerkbar. Auch wenn es einen festen Willen brauchen wird, glaube an dich, du kannst das!«

»Udo«, Funny schaute nun so ernst, dass es schon wieder komisch wirkte, »können wir jetzt zu dem Lehrer gehen, oder bist du der Lehrer?«

Die Freunde mussten lachen. Dadurch wurde die Stimmung in der Hütte um einiges leichter.

»Ich bin nicht Fays Lehrer, aber wie gesagt bin ich schon sehr alt. Aufgrund meines Alter habe ich viel zu sagen, manchmal vielleicht auch zu viel …«, schmunzelte Udo.

»Und ich werde bei der ganzen Geschichte am meisten Spaß haben …«, kicherte Twifal. Die Freunde blickten auf. Tatsächlich hatte keiner mehr an Twifal gedacht. »Meine Aufgabe ist es, ihre Entscheidungen immer wieder zu prüfen. Hört sie auf die Liebe und das Leben oder auf die Angst und das Leid? Sie entscheidet es mit jeder Tat, mit jeder Handlung und jeder Wahl, die sie trifft. Geht sie den Weg zu ihrer Seelenkraft oder von ihr weg? Es wird sich zeigen, uns allen …«

Sarah schaute schmerzerfüllt zu Twifal hinüber. Vorwurfsvoll fragte sie ihn: »Warum willst du sie leiden lassen? Warum soll es wehtun? Ich finde das unfair. Das Leben kann doch auch leicht sein! Ich weiß das aus meiner Zeit bei MaPa. Dort wurde mir gezeigt, wie es ist, ganz im Vertrauen und in der Liebe zu sein.«

Twifal blickte Sarah direkt in die Augen. »Weil sie ihren Weg selbst bestimmt. Jeden Moment entscheidet Fay selbst, ob sie die Liebe oder die Angst mit all ihren Facetten lebt. Das ist der Sinn einer menschlichen Erfahrung. Nur hier auf der Erde haben die in Menschen inkarnierten Seelen diese Vielfalt an Empfindungen. Ihr Weg führt immer zur reinen, allumfassenden Liebe des Seins. Wie lange dieser Weg ist, ob die Seele ein Menschenleben oder tausend braucht, hängt immer von den Erfahrungen der inkarnierten Seele ab, davon, wofür sie sich entschieden, welche Abzweigungen sie auf ihrem Weg gewählt hat. Ich helfe ihr dabei, ihre eigene Wahrhaftigkeit zu finden. Sarah, du hast diese Erfahrung schon gemacht. Wie auch ihr anderen Seelenteile in der Zeit, die ihr bei MaPa wart. Aber in Fays alltäglichem Leben hat sich das noch nicht manifestiert.«

Lana entwich ein tiefer Seufzer. »Ja, ich kann es verstehen. Fays Seele reift in diesem Leben gerade erst heran. Es tut nichts zur Sache, dass wir alle um die Zeitlosigkeit der Seele und die allumfassende Liebe der Schöpfung wissen. In Fays alltäglichen Gedanken, Gefühlen und ihrer Wahrnehmung sind diese Gedanken noch Samen. Sie müssen erst reifen, um für Fay erfahrbar zu werden.«

»Was ist jetzt mit dem Lehrer?«, drängte Funny, die in der Zwischenzeit immer ungeduldiger geworden war. »Gehen wir jetzt noch zu ihm?« Unruhig zappelte sie auf ihrem Stuhl herum. »Ich hab genug von dem Gequatsche hier, ich will mich jetzt bewegen! Ich gehe jetzt los! Wer kommt mit? Sonst geh ich nämlich alleine.« Mit diesen Worten rutschte Funny von ihrem Stuhl und hüpfte in Richtung der Tür.

»Warte, ich komme mit. Ich habe das Feuer des Lehrers als Erster gesehen«, rief Edward. »Außerdem ist der Lehrer im Ahnenwald, und der kann ganz schön gruselig sein. Das kannst du mir glauben, Funny. Ich war schon mal dort am Waldrand, um nachzusehen, was Fay dort erwartet, wenn sie sich entscheidet, mit ihren Ahnen Kontakt aufzunehmen.«

»Ja«, bestätigte Udo, »der Ahnenwald kann gruselig sein, aber auch sehr kraftvoll. Die Ahnen sind es, die die Menschenwege in das jeweilige Leben vorbereitet haben. Sie tragen das Potenzial und die Fähigkeiten, die auch in jedem inkarnierten Menschen dieser Ahnenlinie wirken. Manche Völker auf der Erde, zum Beispiel im Himalaya, glauben, dass jede Seele sieben Mal in derselben Ahnengruppe inkarniert – in ganz unterschiedlichen Rollen. Bis die verschiedensten Konstellationen innerhalb einer solchen Gruppe durchlebt wurden. Dann kann sich die Seele für eine neue Gruppe entscheiden, um andere Erfahrungen zu machen. So ist es möglich, dass Menschen Erinnerungen an vergangene Leben in weit entfernten Ländern, bei fremden Völkern, aus anderen Zeiten, auf anderen Kontinenten oder sogar auf anderen Sternen dieses Universums in sich tragen. Jeder Mensch kann seine Ahnen in seinem Ahnenwald finden. Meistens beginnen die Menschen, die auf der Suche sind, mit den Ahnen, die sie aus ihrem jetzigen Leben kennen oder an die sie noch Erinnerungen haben.«

»Ja, ja. Ist ja alles schön und gut«, maulte Funny. »Können wir jetzt endlich gehen?«

Edward war inzwischen bei Funny an der Tür angekommen und schaute in Richtung der Freunde.

»Ich werde mich mit meiner Aufmerksamkeit zu Fay in die alltägliche Welt begeben«, maunzte Pfötchen.

Twifal wirbelte durch den Raum und kicherte. »Ich auch, ich auch! Ich werde ihr Steinchen in den Weg legen.« Und schon war er verschwunden.

Diana setzte sich auf die Schulter von Sarah, während Edith auf der von Lana Platz nahm. Die vier schlossen sich Edward und Funny an.

»Ich werde hier auf der Lichtung bleiben«, teilte Fylgir mit. »Es ist wichtig, dass einer von uns hier ist, falls Fay vorbeischaut.«

Udo schlängelte in Richtung der Tür. »Ich werde euch führen. Ich kenne den kürzesten Weg durch den Wald zu Wahitiko, dem Lehrer.«

Im Park

Fay war guten Mutes, als sie in die Straßenbahn einstieg. Sie hatte sich im Laden von Nana wohlgefühlt und war zuversichtlich, einen guten Eindruck hinterlassen zu haben. In einer Woche würde sie Bescheid bekommen. Wenn sie diese Arbeitsstelle bekäme, müsste sie kein weiteres Mal bei diesem Wagenreich auf der Arbeitsagentur vorbeischauen. Das wäre echt super, denn der ist ein richtiger Kotzbrocken, dachte sie. Sie schaute aus dem Fenster der Straßenbahn und musste an den Park denken. Da bin ich schon lange nicht mehr gewesen, überlegte Fay. Ich könnte durch den Park nach Hause laufen, mal schauen, wie es bei der Lichtung aussieht.

Zwei Stationen weiter stieg Fay aus und schlug den Weg zum alten Stadtpark ein. Als sie in Gedanken versunken zur Lichtung abbiegen wollte, stieß sie beinahe gegen eine Absperrung. Abrupt blieb sie stehen und blickte auf. Der Weg zu ihrer kleinen Bank an der Lichtung war in beiden Richtungen gesperrt. Sie konnte Arbeiter sehen, die den Rasen mähten und Beete richteten. Enttäuscht blickte sie in die Richtung, die sie hatte einschlagen wollen.

Plötzlich hörte sie eine Stimme: »An der kleinen Quelle unten ist es zu jeder Jahreszeit sehr schön. Lauf doch dorthin.« Wenn sie sich nicht täuschte, war das Lana. »Genau, ich bin es. An der Quelle gibt es ein paar Stellen, die sind wunderschön. Dort kannst du in die Ruhe, in die Mitte, kommen. Du findest sicher den richtigen Platz für dich.«

Fay überlegte: Welche Quelle? Lana, wo ist hier im Stadtpark eine Quelle?

»Lass dich einfach führen. Du spürst uns in deiner Mitte. So wirst du die Quelle finden.«

»Vertraue einfach auf uns«, hörte Fay nun Sarahs Stimme sagen.

Okay, dann mal los. Fay atmete in ihre Mitte. Sie legte ihre Hände unter ihren Bauchnabel, wie Hans es ihr gezeigt hatte. Sie spürte, wie ihr Atem dorthin floss. In Gedanken fragte sie: Wo ist die Quelle? Fay verspürte einen leichten Zug nach links. Dort zweigte ein Weg ab, der in einen kleinen Tannenwald hineinführte. Ganz hinten am Ende des Weges war eine Marienkapelle, das wusste Fay, aber von einer Quelle hatte sie noch nie gehört.

Vertrauensvoll ließ sich Fay führen. Ganz zu Anfang machte der Weg eine scharfe Kurve. In der Biegung schoss wie aus dem Nichts ein sehr großer Hund auf sie zu. Als Fay ihn sah, war er bereits unmittelbar vor ihr. In den Augen des Hundes konnte Fay Überraschung erkennen. Sie sprang zur Seite und stolperte dabei über einen Stein am Wegrand. Der Hund jaulte auf und sprang zur anderen Seite, wo er mit eingezogenem Schwanz stehen blieb.

Als Fay recht unsanft auf ihrem Allerwertesten landete, hörte sie direkt an ihrem Ohr ein leises Kichern. Sie glaubte, ein Stimmchen zu vernehmen, das »Twifal Stolpersteinchen, Twifal Stolpersteinchen!« sang. In dem Moment, als Fay versuchte, genauer hinzuhören, war es wieder weg. Sie schüttelte den Kopf und sah hinüber zu dem herrenlosen Tier. Der Hund war harmlos, das erkannte Fay. Aber warum war er alleine und lief frei im Park herum?

Jetzt hörte sie eine leicht verzweifelte Stimme »Luna, Luuunaaa« rufen, und kurz darauf kam ein junger Mann völlig atemlos um die Kurve gerannt. Fay saß immer noch am Boden. Der Hund namens Luna hockte ihr gegenüber, und beide schauten sie nun den verschwitzten, jungen

Mann entgegen. Fay konnte es nicht glauben. Es war Peter Wagenreich, der Mops, den sie gerade erst wiedergesehen hatte.

Fay fing sich, und Wut kam in ihr hoch. »Sag mal, spinnst du? Dein Hund hätte mich beinahe umgebracht!«, brüllte Fay lauter, als sie es für möglich gehalten hätte.

Peter wich erschrocken zurück. »Nein, das hätte sie niemals getan. Sie ist im Grunde zahm wie ein Lamm. Schau sie dir an! Sie ist genauso erschrocken wie du. Sie wollte dir ganz sicher nichts tun, sonst wärst du schon tot.« Peter grinste Fay sichtlich verlegen und um Verzeihung bittend an. »Ich habe mit ihr gespielt, als sie ein Eichhörnchen gesehen hat. Sie ist eine Jägerin, war sie schon immer. Da konnte sie nicht widerstehen. Und wenn sie einmal in Fahrt ist, habe ich keine Chance mehr. Sie gehört meinem Vater, aber der ist oft lange im Büro. Weil ich noch zu Hause wohne, ist es eine meiner Aufgaben, mit Luna rauszugehen. Und was machst du hier?«, fragte Peter Fay in der Hoffnung auf Versöhnung.

Fay war inzwischen aufgestanden. Sie hatte sich nicht ernsthaft wehgetan. Als sie Luna ein weiteres Mal anschaute, legte diese die Ohren zurück, senkte den Kopf und legte sich hin.

»Das ist ihre Art, um Entschuldigung zu bitten«, sagte Peter mit einem freundlichen Lächeln.

»Also gut«, meinte Fay, »ich vergebe euch. Aber pass in Zukunft besser auf, wenn du sie laufen lässt. Oder besser noch, geh mir ihr aus der Stadt raus, in die Felder. Da kann sie wirklich laufen, ohne dass sie jemanden umrennt.«

»Das mache ich, wenn ich freihabe. Dann gehen wir gemeinsam wandern«, antwortete Peter.

»Na dann, bis zum nächsten Mal«, erwiderte Fay, »ich will jetzt weiter.«

»Tschüss, Fay, du hast ja meine Nummer«, erinnerte er sie.

Fay nickte und wandte sich wieder ihrem Weg zu.

So, von vorne. In die Mitte atmen. Fay begann, zu atmen und sich erneut auf ihre Mitte zu konzentrieren. Doch das Ziehen wollte sich nicht mehr einstellen. Für einen Moment überlegte sie noch, ob sie auf gut Glück weitergehen sollte. So groß konnte der Park ja nicht sein. Doch sie entschied sich, nach Hause zu gehen. Inzwischen war es schon etwas dämmrig und damit auch kühler geworden. Sie warf einen letzten Blick den Weg entlang und beschloss, erst wiederzukommen, wenn sie ihre Übungen gemacht hatte. Dann würde es sicher reibungsloser verlaufen.

Sie drehte um und lief den Hauptweg zurück in Richtung ihrer Wohnung. Als sie dort ankam, war es kurz nach sechs Uhr. Drinnen empfand die es als irgendwie stickig. Sie ging direkt ins Wohnzimmer und öffnete die Terrassentür. Der verschüttete Kaffee war inzwischen eingetrocknet. Schlagartig war ihr das Thema »Marcel und Maya« mit all seinen Emotionen wieder präsent. Na klasse, dachte Fay. Dabei hab ich das doch erfolgreich den ganzen Nachmittag verdrängt.

»Krieg dich mal wieder ein, Fay«, hörte sie die Stimme von Edward sagen. »Die Kaffeeflecken hier sind jetzt wohl kein Weltuntergang. Hol einen Lappen, und mach das sauber. Und die andere Geschichte wird sich erst klären, wenn du sie direkt ansprichst. Rede mit den beiden offen über deine Gedanken und Gefühle.«

»Das kann ich nicht«, sagte Fay mehr zu sich selbst als zu Edward.

»Doch, das kannst du, ganz sicher sogar«, antwortete dieser. »Darum bin ich hier. Ich gebe dir den nötigen Mut. Du wirst schon sehen. Es wird sich eine Gelegenheit ergeben, bei der du mit ihnen sprechen kannst.«

»Bist du ein Ritter der Herzen, oder was?«, fragte Fay sarkastisch.

»Ja, das bin ich auch. Ein Ritter ohne Herz ist nichts wert«, erwiderte Edward durchaus ernst.

Fay drehte sich um und ging in die Küche. Pfötchen war unbemerkt an ihr vorbei durch die offene Tür geschlüpft und umschmeichelte jetzt, den Blick auf seinen leeren Fressnapf gerichtet, Fays Beine. Fay bückte sich und nahm Pfötchen auf ihren Arm. Sie verbarg ihr Gesicht in dem weichen Fell und murmelte: »Ich muss nicht mit ihnen reden. Ich kann auch einfach von hier wegziehen und dich mitnehmen.«

Pfötchen sträubte sich plötzlich gegen Fays Umarmung und legte die Ohren zurück. Fay hörte ein leises, unheimliches Kichern. Der Kater fauchte, wand sich aus Fays Armen und stellte sich buckelig vor sie. Fay beobachtet die Situation fasziniert und sah in diesem Augenblick einen Schatten aus der Küche huschen. Pfötchen beruhigte sich wieder und schmuste nun erneut um ihre Beine herum.

Seufzend öffnete Fay den Kühlschrank und holte Pfötchens Futter heraus. Dann schaute sie mit leerem Blick in den Kühlschrank. Was es mit diesem Schatten wohl auf sich hat? Ich sehe ihn immer wieder, überlegte Fay, ich muss mit Hans darüber reden. Morgen gehe ich ins Büchercafé und werde ihn fragen. Im Kühlschrank lagen Gemüse, Obst, Joghurt, Salat, Wurst und Käse. Alles da, aber nichts davon wollte sie jetzt haben. Sie gelüstete es nach einer Tiefkühlpizza. Einer fettigen, ungesunden Pizza, so, wie früher. »So ein blöder Gedanke«, sagte sich Fay und war dennoch schon unterwegs zum Telefon. Sie wusste, im Telefonbuch gab es eine Seite mit Fast-Food-Lieferdiensten, die auch hier in die Randbezirke lieferten. Sie suchte sich eine entsprechende Telefonnummer heraus und bestellte sich eine scharfe Pizza mit extra dickem Belag. Dann holte sie einen Lappen aus der Küche, wischte den Kaffeefleck auf dem Gartentisch weg und schloss die Terrassentür.

Sie hatte beschossen, heute keinen Kontakt mehr mit ihren Nachbarn haben zu wollen. Sie holte sich eine Flasche Wein und stellte sie mit einem Glas auf ihren Nachttisch.

Kurz darauf wurde die Pizza geliefert. Fay setzte sich damit auf ihr Bett. Die Tür ihres Kleiderschrankes stand weit offen. Alle anderen Schränke hatte Fay ebenfalls geöffnet, während sie auf ihr Essen gewartet hatte. So saß sie nun mit ihrer vor Fett triefenden Pizza und einem Glas Wein da und überlegte, was sie als Erstes ausmisten und wegschmeißen sollte.

Ihr war klar, das die Pizza und der Wein nur Ablenkung vom Eigentlichen waren. Auch die Schränke auszumisten, hatte genau genommen keine obere Priorität. Fay war klar, dass ihre Entscheidung, die Wohnung zu kaufen oder aufzugeben, im Moment sehr von ihren Gefühlen gesteuert wurde. Rational gesehen wäre es ein guter Kauf. Die Wohnung würde dann ihr gehören, und sie hätte für den Rest ihres Leben eine Bleibe. Bis vor Kurzem wäre dieser Gedanke superschön für Fay gewesen. Doch jetzt ... Sollte sie tatsächlich mit Maya und Marcel über ihre Gefühle sprechen? Würde das ihre Entscheidung erleichtern?

Das Fett der Pizza tropfte auf ihre Bettwäsche. Fay bemerkte es beiläufig. Egal, ich muss die Tage eh Wäsche waschen, dachte sie sich. Sie nahm einen kräftigen Schluck Wein, stellte die Pizza auf die Seite und stand auf.

Sie begann mit der kleinen Kommode neben der Tür. Die war unverfänglich. In ihr waren Unterwäsche, Schmuck, Gürtel, Mützen und so Zeug verstaut. Fay wollte wirklich ausmisten. Alles, was sie in den letzten zwei Jahren nicht getragen hatte, kam weg. Sie wollte zuerst ihre ganze Kleidung aussortieren, dann hatte sie noch ein bisschen mehr Zeit, bevor es an die große Kommode ging, in deren Schubladen alle ihre Dokumente, Fotos und alten Briefe lagen. Sie hatte alles aufbewahrt, jeden noch so kleinen Schnipsel.

»Alles Altlasten«, hörte sie Edith sagen. »Mit denen wird jetzt aufgeräumt. Ich helfe dir dabei.«

Der Ahnenwald

Die Freunde in der Anderswelt marschierten geschlossen in Richtung des Ahnenwaldes. Der Weg dorthin war auf beiden Seiten von Wiesen gesäumt. Vogelgezwitscher und das Summen von Insekten waren zu hören. Als sie am Waldrand ankamen, blieben sie stehen.

»Uiuiui, das sieht aber schon recht düster aus«, bemerkte Funny und schmiegte sich an Lana.

Sarah nickte. »Ja, du hast recht, es macht alles andere als einen freundlichen und einladenden Eindruck«, sagte sie.

Diana hatte sich ganz klein gemacht, ihre Flügel zusammengeklappt und zitterte an ihrem ganzen kleinen Schmetterlingskörper. »Sieht nicht so aus, als ob da drinnen viel Leben wäre«, flüsterte sie.

Edith flitzte am Rand des Waldes hin und her. »Ich höre etwas, alle mal die Lauscher auf! Da singt jemand wunderschön!«

Nun meldete sich Udo zu Wort: »Der Ahnenwald ist düster und dunkel, aber er birgt auch unglaubliche Schätze und wunderschöne Orte. Wie alles in der Anderswelt hat dieser Wald keine Grenzen. Wenn wir zu Wahitiko möchten, dann müssen wir unsere Energie, unsere Absicht, auf ihn lenken. So wird sich uns der Weg zu ihm zeigen.«

Das kannten die Freunde schon. So hatten sie sich alle gefunden. Es war für sie eine leichte Übung, ihre Aufmerksamkeit zu bündeln und auf Wahitiko zu lenken. Vor ihnen öffnete sich der Wald, und ein leuchtender Weg zeigte sich.

»Wow, ist das cool!«, rief Funny und hüpfte auf den Weg. Sofort begann auch sie zu leuchten. »Das ist ja noch cooler!«, jauchzte sie. »Bleibt das so, Udo?«

»Nein«, antwortete Udo lachend. »Nur solange du im Ahnenwald bist. Hier gibt es einige Lichtgestalten, helfende Ahnen sozusagen. Auch sie leuchten. So erkennen sie einander. Dann gibt es aber auch dunklere Ahnen. Sie leben noch immer in Angst. Auch diesen kannst du begegnen. Je nachdem, was deine Absicht hier im Ahnenwald ist. Fay wird beiden, den lichtvollen und den dunklen Ahnen, begegnen. Aber am Ende wird sie verstehen. Sie wird viel mehr tun, als nur sich selbst zu heilen. Sie wird mit ihrem Tun Heilung in ihr eigenes Leben bringen und dadurch Heilung in ihrer Ahnenlinie entfachen.«

»Jetzt redet ihr schon wieder die ganze Zeit! Udo, es ist ja schön, dass du so weise bist, aber können wir jetzt endlich gehen? Kommt schon her auf den Weg, dann sind wir alle Erleuchtete!«, grinste Funny die Freunde an.

Sie mussten schmunzeln und folgten der kleinen Funny, der Lebensfreude, auf dem leuchtenden Pfad.

Als sie gemeinsam die ersten Schritte darauf gingen, meldete sich Edith wieder zu Wort und fragte erneut: »Hört ihr denn jetzt diese wunderschöne Stimme?«

Die Freunde lauschten. Jetzt konnten auch sie diese hören. Funny begann sofort, das Lied mitzusingen.

Udo schwang seinen Kopf im Takt hin und her. »Ja, ich denke, das könnte eine Quellgöttin sein. Sie sind oft im Ahnenwald anzutreffen. Lange Zeit waren sie ein Teil der alltäglichen Welt und lebten unter den Menschen auf der Erde. Als sich dann die heutigen Religionen durchsetzten, verschwanden immer mehr Quellheiligtümer. Auf vielen wurden Kirchen oder Kapellen gebaut, und die Hüterinnen, die meist als Göttinnen verehrt wurden, gerieten in Vergessenheit. Den Quellgöttinnen wurde große Heilkraft nachgesagt.«

»Sie singt sehr schön«, merkte Sarah an.

»Wenn wir sie hören können, wird Fay ihr auch begegnen«, erklärte Udo. »Aber nun ist es wichtig, dass wir uns wieder auf Wahitiko konzentrieren. Zur Quelle geht es ein anderes Mal.«

Abermals sammelten die Freunde ihre Energie und dachten mit aller Kraft an Fays Lehrer. Das Leuchten des Pfades wurde heller. Diesmal gingen sie ohne weitere Unterbrechungen bis zu einer Lichtung mitten im Wald. In ihrem Zentrum brannte ein Lagerfeuer. An diesem saß ein Mann.

»Hallo, ich habe euch schon erwartet. Seid willkommen auf meiner Lichtung, Freunde von Fay, dem Schicksal, Friederike, der Friedensreichen.« Seine Stimme war angenehm dunkel, kraftvoll und klar. Die Freunde fühlten sich bei ihm sofort willkommen.

»Ich grüße dich, Wahitiko mein Freund«, sagte Udo, »und ich danke dir für deine Gastfreundschaft.«

Sie setzten sich wie selbstverständlich an das Feuer zu Wahitiko und schauten in die Flammen. Es war kein gewöhnliches Feuer. Die Freunde konnten Fay in den Flammen erkennen. Jeder von ihnen wusste, dass sie dasselbe sahen. Fay war im Park. Sie wollte gerade auf den Weg zur Lichtung abbiegen, als sie sah, dass er gesperrt war. In diesem Moment erinnerte sich Lana an den Gesang der Quellgöttin und wusste sofort, dass die Quelle auch in der alltäglichen Welt zu finden war. Sie schickte Fay den Gedanken. Fay vernahm ihn.

Das Bild veränderte sich. Die Freunde sahen nun einen jungen Mann, der mit einem großen Hund im Park zwischen den Bäumen herumtobte. Dann sahen sie ein Eichhörnchen, das verschreckt vor etwas davonlief. Sie hörten ein Kichern. Es war definitiv Twifal, der das Eichhörnchen aufgeschreckt hatte. Der große Hund erblickte das kleine Tier und machte einen Satz in dessen Richtung. Voller Panik rannte das Eichhörnchen weg. Es sprang auf den Weg, der Hund sprintete in vollem Tempo hinterher, und da kam auch schon Fay um die Ecke. Fay sprang zur Seite und stolperte über einen Stein. Die Freunde hörten abermals Twifals Kichern. Sie verfolgten das weitere Geschehen, bis sich Fay nach Hause aufmachte. Dann schlugen die Flammen hoch, das Bild verschwamm, und jetzt waren die Flammen nur noch Flammen.

»Er ist ein Verhinderer, dieser Twifal«, schnaubte Diana empört. »Fay wäre zu der Quelle gegangen. Dort hätte sie sicher einen neuen Zugang zu uns in die Anderswelt gefunden. Das war unfair und gemein.« Diana war sichtlich empört.

Edith schüttelte den Kopf. »Was bezweckt er nur damit? Warum soll Fay nicht zu dieser Quelle?«

Nun ergriff Wahitiko das Wort: »Ihr Lieben, schön, dass ihr den Weg hierher auf euch genommen habt. Ich sehe, Fay hat gute Freunde, die sie bei dem, was sie erwartet, begleiten. Wenn sie demnächst zu mir kommt, werde ich ihr eine Aufgabe mitgeben. Wird sie diese Aufgabe erfüllen, kann sie den nächsten Schritt gehen. Ihr alle könnt Fay mit euren ganz speziellen Fähigkeiten dabei helfen. Die erste Aufgabe für Fay wird sein, sich wahrhaftig selbst zu lieben. Den Anfang dazu hat sie ja schon gemacht. Einen großen Anteil daran hatten Marcel und Fays Empfindungen für ihn. Dadurch, dass er ihr Aufmerksamkeit schenkte, konnte sie sich selbst auch lieben. Jetzt im Moment ist das überhaupt nicht der Fall.«

Ein weiteres Mal loderte das Feuer auf. In den Flammen sahen die Freunde Fay mit einer Flasche Wein und einer vor Fett triefenden Pizza auf dem Bett sitzen. Sie konnten Fays Unschlüssigkeit, Trauer und Wut spüren. Das war tatsächlich alles andere als Liebe oder gar Selbstliebe, was Fay gerade empfand. Das Feuer zischte, und das Bild verschwand.

»Das wird schon«, sagte Edward recht überzeugend. »Ich bin doch nicht aus dem stinkenden Sumpf gekrochen, um nun zuschauen zu müssen, wie mein Mensch wegen einem

Kerl verzweifelt. Ich habe ihr bereits gesagt, dass sie mit Maya und Marcel reden soll.«

»Ich glaube eher, dass es wegen der Frau ist«, merkte Diana an.

»Das ist doch schnurzpiepegal, wegen wem es ihr so geht!«, warf Funny bestimmt ein. »Es raubt Fay die Lebensfreude, und das passt mir nicht.«

»Die Freude am Leben kommt mit der Liebe zu sich selbst zurück, das weiß auch Fay. Nur zwischen ›wissen‹ und ›leben‹ ist oft ein großer Graben – den gilt es zu schließen«, erklärte Wahitiko. »Seid für Fay da, wann immer sie euch braucht. Ihr werdet spüren, wenn es so weit ist.« Mit diesen Worten verschwand Wahitiko mitsamt dem Lagerfeuer, und die Freunde standen wieder gemeinsam am Waldrand.

»Genial! Wie hat er das gemacht?«, fragte Funny erstaunt.

»Liebes, wir sind in der Anderswelt. Da funktioniert das eben«, grinste Edith.

»Okay, kann ich das auch lernen, oder können das nur Andersweltwesen?«, wollte Funny wissen.

»Das können nur wir Andersweltwesen, aber wir können euch Seelenteile mitnehmen. Ihr könnt das nicht erlernen, weil ihr Teil eurer Menschen seid. Aber dafür habt ihr andere Fähigkeiten«, erläuterte Edith genauer.

»Schade, es ist nämlich echt cool, mit dem ganzen Platz zu verschwinden«, meinte Funny.

»Lasst uns zu Fylgir gehen. Er wollte doch in der Hütte auf uns warten«, schlug Lana vor, und die Freunde machten sich auf den Rückweg über die Lichtung zur Hütte. Aus der Ferne hörten sie einen wunderschönen Gesang.

Im Büchercafé

Als Fay aufwachte, spürte sie als Erstes den warmen Körper von Pfötchen an ihren Füßen, der dort zusammengerollt schlief. Fay lächelte. Sie hatte richtig gut und tief geschlafen, vor allem traumlos, wie es ihr schien. Jedenfalls hatte sie keine Erinnerung an einen Traum. Sie fühlte sich erholt und ausgeruht.

Sie blickte sich in ihrem Schlafzimmer um. Sie hatte gute Arbeit geleistet. Der Wein gestern Abend hatte ihr nicht geschmeckt. Nach dem ersten Glas hatte sie die Flasche und den Rest der Pizza in die Küche gestellt. Die kleine Kommode war nun fast leer. Drei Mützen, vier Gürtel, ein paar Tücher, kaum noch Schmuck. Die Unterwäsche hatte sie auch aussortiert. Oben auf der Kommode war jetzt Platz. Fay hatte die Idee gehabt, einen kleinen Altar darauf zu errichten. Das wollte sie aber erst machen, wenn das Zimmer zur Gänze aufgeräumt war. Sie hatte auch ihren Kleiderschrank ausgemistet, wie sie es sich vorgenommen hatte. Alles, was sie seit zwei Jahren nicht mehr getragen hatte, kam weg. Zwischen den ganzen Klamotten hatte sie auch einige Stoffeinkaufstaschen gefunden. Zehn davon standen nun vollgestopft mit Kleidung, die noch völlig in Ordnung war, in dem kleinen Gang ihrer Wohnung. Fay nahm sich vor, heute auf dem Weg zu Hans einen Sammelcontainer von der Caritas zu suchen, um sie dort abzugeben. In ihrem Schrank war jetzt immer noch ausreichend Kleidung vorhanden, um die Waschmaschine zweimal die Woche zu füllen. Für jede Jahreszeit hatte Fay ihre Lieblingsauswahl behalten. Dazu kamen noch die neuen Sachen, die sie mit ihrer Mutter gekauft hatte.

Voller Elan sprang Fay aus dem Bett, ging in die Küche und stellte sich einen Kaffee auf. Als sie Pfötchen miauen hörte, ging sie ins Wohnzimmer. Schon strich er um ihre Beine. Dann lief er leichtfüßig zur Terrassentür, wo er ein bittendes »Mau!« verlauten ließ. Fay lächelte, beschleunigte ihre Schritte und öffnete die Tür gerade so weit, dass Pfötchen hindurchpasste. Sie hörte leise Stimmen und wusste, dass ihre Nachbarn im Garten saßen. Klar, es war ja auch ein schöner, sonniger Frühlingstag. Pfötchen stand im Spalt, zur Hälfte im Wohnzimmer und zur Hälfte draußen. Seine Schwanzspitze zuckte.

»Maumiau!« Pfötchen schaute Fay herausfordernd an.

»Schon gut, Pfötchen. Ich werde auch wieder in den Garten gehen, aber nicht jetzt und nicht heute«, sagte Fay bestimmt, schob Pfötchen sanft mit dem Fuß hinaus und schloss leise die Tür.

Sie ging zurück in die Küche. Der Kaffee war fertig, und sie schenkte sich eine Tasse ein. Dann schnappte sie sich einen Apfel und ging ins Schlafzimmer. Sie setzte sich vor die große Kommode auf den Boden. Diese hier wird mir am meisten Arbeit machen, dachte sie bei sich, aber jetzt werde ich erst einmal zu Hans gehen. Für meinen Geschmack hatte ich diese Woche schon genug Aufregung. Es ist Zeit für etwas, das ich kenne und mag.

Fay hatte ihren Apfel aufgegessen, stellte die Kaffeetasse auf die Kommode und suchte sich etwas Bequemes zum Anziehen. Eine leichte Hose und ein T-Shirt, in denen sie gemütlich rumlümmeln konnte. Zurück in der Küche füllte sie Pfötchens Fressnapf. Dann ging sie ins Wohnzimmer hinüber und öffnete die Terrassentür einen Spaltbreit. Gerade so weit, dass ihr Kater rein und raus konnte. Schuhe, Tasche, Schlüssel, und auf gings.

Fay lief sicheren Schrittes durch den Gang auf die Haustür zu, als diese sich unvermittelt öffnete und sie beinahe mit Marcel zusammenstieß. Sie nahm sein Rasierwasser wahr, das so unheimlich gut duftete. In ihrem Herzen spürte Fay einen schmerzhaften Stich.

»Hallo, meine Schöne. Fay, mein Schicksal«, strahlte Marcel sie an.

Was soll der Scheiß?, dachte Fay, welches Schicksal denn? Gleichzeitig spürte sie, wie ihr Hitze in den Kopf stieg und sie rot wurde.

»Hallo, Marcel«, erwiderte Fay den Gruß bewusst knapp, wich einen Schritt zurück und schaute an ihm vorbei. »Entschuldigung, ich habs eilig. Ich habe heute noch was vor«, sagte sie in einem, wie Fay hoffte, scharfen Ton.

Marcel schaut sie betroffen an. »Oh, ja klar. Entschuldige, ich lass dich schon vorbei. Ich wünsche dir einen schönen Tag. Sehen wir uns heute Abend?«

»Mal sehen … ich weiß es noch nicht.« Fay hob leicht die Schultern. »Wenn ich Lust habe, komme ich in den Garten.«

Mit einem unsicheren Lächeln erwiderte Marcel: »Gut, dann bis heute Abend vielleicht. Oder dann am Wochenende zum Sonntagsfrühstück? Hermine kommt auch.«

Fay huschte, ohne ein weiteres Wort zu verlieren, an ihm vorbei und zur Tür hinaus. Mit klopfendem Herzen und flotten Schrittes ging Fay den Weg entlang.

»Du feige Nuss, beleidigte Leberwurst!«, hörte sie Edward sagen.

Fay stöhnte. »Das kann ich jetzt gerade gar nicht gebrauchen, Edward. Es tut mir weh, ihn zu sehen und zu wissen, dass er Maya liebt. Ich weiß nicht, wie ich damit umgehen soll. Ich hab Angst, mein Herz krampft sich zusammen, und meine Mitte verschiebt sich, wenn ich an ihn denke. Es ist das genaue Gegenteil zu vorher, bevor Maya aufgetaucht ist.« Fay war zum Heulen zumute.

»Woher willst du wissen, dass er sie liebt? Was macht dich da so sicher?«, wollte Edward wissen.

»Schau sie dir doch an! Das sieht ja sogar ein Blinder! So vertraut, wie die beiden miteinander umgehen, wie sie tuscheln und sich ständig irgendwo berühren. Die zwei passen perfekt zusammen. Wie diese Pärchen in der Fernsehwerbung. Attraktiv, erfolgreich und glücklich«, blaffte Fay. Sie hörte ein leises Kichern hinter ihrem Rücken und drehte sich blitzschnell um. Ein Schatten huschte über den Weg.

»Das ist Twifal, der Zweifel. Er versucht, dich zu verwirren, von deinem Weg abzubringen«, hörte Fay nun die Stimme von Lana.

Twifal? Das hatte sie doch schon mal gehört. Fay erinnerte sich an die Situation vom Vortag, als sie meinte, eine Stimme zu hören. In dem Moment, als sie im Park über den Stein stolperte. Und noch einmal hatte sie dieses Wort im Kopf gehabt. An die genaue Situation erinnerte sie sich nicht.

»Der Zweifel ist ein Wesen?«, fragte sie erstaunt.

»Ja«, erwiderte Edward, »ein Elemental. Du erinnerst dich sicher. Hans hat dir von ihnen wie auch von den Voladores, die sich an unseren Routinen nähren, erzählt. Elementale entstehen aus unseren Emotionen. Du hast lange nur vor dich hingelebt und wenige Dinge hinterfragt. Diese Zeit liegt nun hinter dir, weil du einiges in deinem Leben geändert hast. Mit den neuen, unbekannten Umständen, die der Wandel mit sich bringt, kommen unter anderem die Zweifel. Veränderung erfordert Mut. Veränderung braucht Entscheidungen. Auf diesem Weg wirst du immer wieder Rückschläge erleben, bis du ganz bei deinem Seelenkern angekommen bist. Bis du ganz in der Liebe sein kannst. Der Zweifel begleitet dich auf diesem Weg, und du wählst, ob er dein Freund oder dein Feind ist.«

»Wie soll der Zweifel mein Freund sein?«, wollte Fay wissen.

»Er lehrt dich vieles. Vor allem schult er deine Emotionen. Er lehrt dich, ganz genau auf dich selbst zu hören«, erklärte Lana. »Immer wenn du eine Entscheidung treffen musst, geh in die Ruhe. Ich werde für dich da sein. In der Ruhe, in deiner Mitte, kannst du alle Antworten spüren.«

Ja, wenn alles andere mich mal in Ruhe und in meine Mitte kommen lassen würde, dachte sich Fay. Inzwischen war sie beim Büchercafé angekommen. Sie öffnete die Tür und trat hinein. Verwundert blickte sie sich um. Es war nach wie vor derselbe Raum, aber etwas hatte sich verändert. Er erschien ihr noch immer sehr gemütlich und einladend, aber den Zauber, den sie hier immer verspürt hatte, empfand sie nunmehr als ganz schwach.

»Hallo, Fay, schön dich zu sehen«, hörte sie Hans' Stimme. »Was ist denn los mit dir? Hast du gerade ein Gespenst gesehen?«, wollte er lachend wissen.

Fay lächelte verlegen. »Nein, kein Gespenst, aber es kommt mir hier so verändert vor. Dieser Zauber, das Geheimnisvolle, das ich hier immer gespürt habe, ist nahezu verschwunden. Das verwirrt mich gerade.«

»Den Zauber gibst ganz alleine du den Dingen, liebe Fay.« Hans sah ihr in die Augen. »Vielleicht hast du dich inzwischen an diesen Ort gewöhnt. Er ist alltäglich geworden, und deine Besuche sind inzwischen fast Routine. Obwohl heute Donnerstag und nicht Samstag ist.« Bei diesen Worten zwinkerte ihr Hans zu.

»Und darum kann ich den Zauber nicht mehr spüren? Ehrlich?«, fragte Fay verwundert.

Hans lachte freundlich. »Wie gesagt, du selbst gibst den Dingen den Zauber. Bist du heute gekommen, um ein Buch zu lesen und Tee zu trinken, oder gibt es einen anderen Grund für deinen Besuch?«, wollte Hans wissen.

Fay überlegte kurz, und ihr wurde klar, sie war nicht zum Lesen hier. Sie war hier, weil sie von Hans wissen wollte, was da in ihrem Leben gerade los war. Warum im Moment alles so anstrengend war und so viele Entscheidungen auf einmal zu treffen waren. Warum sie sich in Marcel so getäuscht hatte und überhaupt, was der ganze Mist sollte.

»Nein, ich bin nicht zum Lesen hier. Ich möchte mit dir reden«, sagte sie ehrlich.

»Na gut. Sandra kommt in ungefähr zwei Stunden, um den Thekendienst zu übernehmen. Wenn nicht allzu viel los ist, kann ich mir dann Zeit für dich nehmen. Ansonsten können wir erst am Abend reden, wenn wir schließen. Passt das für dich?« Hans schaute sie fragend an.

Fay haderte mit sich selbst. Eigentlich wollte sie sofort mit Hans sprechen. Was sollte sie sonst tun? Die Bücher reizten sie heute in keiner Weise. Sie wusste nicht, was sie lesen sollte. Sie hatte »Alice im Wunderland« angefangen, aber darauf hatte sie keine Lust.

»Ja, gut. Dann warte ich. Ich geh mal zu meinem Lesesessel. Kann ich bitte einen Tee haben?«

»Bringe ich dir gerne. Und ein Croissant bekommst du von mir noch dazu«, sagte Hans und war schon unterwegs zur Theke.

Fay schlenderte zu den Bücherregalen und ließ den Blick über die unzähligen Titel schweifen. Ihr Blick blieb an einem Buch über afrikanische Rituale und Glaubensstrukturen hängen. Was für den Kopf, dachte sie, dann ist der beschäftigt, und ich komme nicht auf blöde Gedanken. Sie schnappte sich das Buch und ging zu ihrem Lesesessel. Ihr Tee stand schon da und duftete herrlich. Fay hob den Blick, und ihr war, als sei nun doch ein wenig mehr von dem alten Zauber wieder zu spüren. Wie früher lag jetzt wieder ein leichtes Vibrieren, ein Flimmern, in der Luft.

Sie begann zu lesen. Das Buch war tatsächlich etwas für den Verstand. Es war mit Fakten, Daten und Tatsachen gefüllt, die durchaus interessant und zum Teil auch ziemlich heftig waren. Ein ganzes Kapitel wurde dem Thema der Beschneidung von Frauen in vielen Regionen Afrikas gewidmet. Oftmals wurde diese Praktik religiös begründet, erfuhr Fay aus dem Buch. Während sie las, empfand sie in ihrem Inneren einen ziehenden Schmerz. Sie stellte sich vor, wie grausam dieser Vorgang doch sein musste. Wie konnte ein Gott, egal, welcher, so etwas wollen? Fay war darüber entsetzt, wozu Menschen fähig waren. Sie erfuhr auch, dass diese Praktik aus einer längst vergangenen Zeit stammte und dennoch in der muslimischen wie auch in der christlichen Tradition noch heute durchgeführt wurde. Schon im alten Ägypten wurden sowohl Männer als auch Frauen beschnitten.

Fay blätterte weiter und kam zu einem Abschnitt über die Feste der Massai. Zu sehen waren schöne, hochgewachsene Menschen, die als Rinderhirten nomadisch lebten. Fay entschied sich, vor allem die leichteren Kapitel zu lesen. Nichts Unheimliches oder Abstoßendes mehr wie den Teil über die Beschneidungspraktiken. Es war gruselig, sich vorzustellen, wie es für diese armen Frauen wohl sein musste, wenn ihnen die Vagina zugenäht wurde, nachdem erst die Klitoris und ein Teil der Schamlippen entfernt worden waren. Das war die heftigste Form der Beschneidung.

Etwas lustlos blätterte Fay in ihrem Buch. Sie lehnte sich zurück und schloss die Augen. Tief sog sie die Luft ein und nahm den angenehmen Duft von Kräutern und Büchern wahr. Sie vernahm die leise geführten Gespräche der anderen Gäste, und ein leises Lächeln glitt über ihre Lippen. »Ja, das kenne ich. Dieser Duft und dieses Wohlgefühl sind mir vertraut.«

»Fein, dann kann ich mich ja für einen Moment ganz in dir entfalten«, hörte Fay die Stimme von Sarah.

»Ja, das kannst du«, murmelte Fay und kuschelte sich in ihren Lesesessel. Hans hatte sicher nichts dagegen, wenn sie hier ein bisschen vor sich hinträumte. Fay spürte, wie sie von einer angenehmen Wärme erfasst wurde. Aus ihrer Mitte und aus ihrem Herzen heraus breitete sich das Gefühl des Vertrauens in ihrem ganzen Körper aus. Ach, wäre das schön, wenn ich mich immer so fühlen könnte. So voller Vertrauen und Zuversicht, dachte Fay. Eine Welle der Ruhe durchflutete sie.

»So entspannt, wie du jetzt bist, kann ich mich in dir ganz groß machen. Danke, Fay«, hörte sie nun Lanas Stimme.

Ja, tu das. Auch dich, die Ruhe, kann ich zurzeit gut brauchen, antwortete Fay in Gedanken.

»Hey, Fay! Schön, dich hier zu sehen«, erklang neben ihr eine Stimme. Fay schrak auf, beinahe wäre sie vor lauter Wohlgefühl eingeschlafen. »Entschuldige, ich wollte dich nicht erschrecken. Ich habe eigentlich auch sehr leise gesprochen.« Es war Gabriella, die vor ihr stand.

Fay sammelte sich. Die Ruhe war dahin, ihr Herz klopfte. »Hallo, Gabriella. Schon gut, ich hab nichts Wichtiges gemacht, nur ein bisschen gedöst.«

»Nichts Wichtiges gemacht?«, ertönte Sarahs empörte Stimme in Fays Kopf. »Weißt du überhaupt, wie wichtig es für dein Leben ist, so oft und so intensiv wie möglich Vertrauen und Ruhe zu empfinden?«

Verwirrt von der Schärfe in Sarahs Stimme antwortete Fay in Gedanken: Schon gut, reg dich bitte wieder ab. Ich werde mich so bald wie möglich wieder darin üben. Aber jetzt steht da Gabriella, und ich freue mich, sie zu sehen.

Fay lächelte Gabriella an. »Ich freue mich auch, dich zu sehen. Wie ist es dir ergangen, seit wir wieder aus den Bergen zurück sind?«, fragte Fay neugierig.

»Puh, ich fühl mich manchmal wie auf einem Schiff, das ohne Kapitän auf einen Abgrund zusegelt«, lautete ihre Antwort. Das verblüffte Fay. Sie hatte gedacht, Gabriella sei wesentlich gefestigter als sie selbst. »Komm, lass uns nach hinten in den Raum gehen, da können wir uns ungestört unterhalten. Ich habe Hans schon um Erlaubnis gebeten. Sascha und Ulrich kommen später auch noch. Ich habe ihnen vorhin eine SMS geschickt, dass ich zu Hans ins Café gehe. Du hast ja leider kein Handy. Umso schöner ist es, dass du gerade hier bist.«

Während Gabriella noch erzählte, hatten sich die beiden auf den Weg zu dem kleinen Raum gemacht. Als sie dort ankamen, hatte Hans bereits eine Kanne Tee und vier Tassen auf den kleinen Tisch gestellt, in dessen Mitte eine Kerze brannte. Der kräftige Duft einer Mischung aus Salbei und Copal lag in der Luft. Ja, hier war der Zauber, den Fay vermisst hatte, wieder in seiner ganzen Kraft zu spüren. Ihr wurde abermals warm ums Herz. Danke für den Tee, Hans, sagte Fay in Gedanken zu ihrem Freund, der bereits wieder vorne im Laden stand. Ein Lächeln umspielte ihre Lippen.

Fay nahm sich eine Tasse Tee und schnupperte daran. Sie setzte sich auf eines der gemütlichen, großen Sitzkissen an der Wand. Mit einem tiefen Seufzer atmete sie aus und schloss die Augen.

Gabriella lachte. »Ja, es ist ein gutes Gefühl, hier in diesem Zimmer zu sein. Es ist wie ein Zauberzimmer. Du kommst rein und hast das Gefühl, dass alles andere draußen bleibt.«

»Genau so ist es«, bestätigte Fay, »so empfinde ich das auch. Am liebsten hätte ich so einen Raum bei mir zu Hause. Dann könnte ich mich, wann immer ich will, da hineinsetzen.«

Gabriella lachte abermals. »Ich bin mir sicher, das geht. Wenn du genug Platz hast, kannst du dir das ja so einrichten.«

»Was einrichten?«, hörten die beiden die Stimme von Ulrich. Er stand grinsend in der Tür und schaute die beiden mit blitzenden Augen an.

Gabriella ging auf ihn zu. »Du siehst ja richtig gut aus«, meinte sie, »so strahlend und klar!« Die beiden umarmten sich innig. Fay blieb auf ihrem Platz sitzen. Irgendwie war sie im Moment nicht auf Gruppenkuscheln eingestellt.

»Hallo«, hörte sie ein zartes Stimmchen. »Jede Umarmung heilt etwas in dir und in dem anderen, wenn sie von Herzen kommt.« Fay wusste, dass dieses Stimmchen zu Diana gehörte, doch sie ignorierte es.

Ulrich lächelte ihr zu, zeigte aber keine Ambitionen, sie umarmen zu wollen. Das war ihr nur recht.

»Ja, mir geht es auch gut, nach wie vor. Es hat sich so viel getan in den wenigen Tagen, seit wir zurück sind!« Ulrich hatte sich eine Tasse Tee geholt und es sich ebenfalls auf einem der Sitzkissen bequem gemacht. Als er gerade weitersprechen wollte, ertönte von der offenen Tür her eine Stimme.

»Klopf, klopf, jemand da?« Alle drei schauten hinüber, und da stand Sascha in einem sehr eleganten, eng geschnittenen Kostüm. Komplett ausgestattet, von Kopf bis Fuß in einem leuchtenden Blau. Als Tüpfelchen auf dem i mit stylish passender Handtasche und High Heels. Fay stand der Mund offen. So hatte sie ihn noch nie gesehen. Sie musste zugeben, dass er besser als so manche Frau aussah, die sie kannte. Ulrich schaute etwas verlegen zur Seite.

Gabriella fing sich als Erste wieder. »Hallo, Sascha. Schön, dass es so kurzfristig geklappt hat. Fay war zufällig auch hier.« Sie umarmte Sascha herzlich. Fay war klar, dass sie sich bei ihm nicht um die Umarmung drücken konnte. Also stand sie auf, versuchte, möglichst offen auf Sascha zuzugehen, und umarmte ihn.

Als sich seine kräftigen Arme um Fay legten und sie sein süßliches Parfüm roch, passierte etwas Ungewöhnliches. Fay spürte wieder diese Wärme von ihrem Herzen ausgehend durch ihren Körper fließen. Noch immer hielt Sascha sie im Arm. Sie konnte sein Herz spüren und bemerkte, dass es mit ihrem im Gleichklang schlug. Für einen Augenblick hatte sie das Gefühl, mit Sascha zu verschmelzen.

Er ließ sie wieder los, legte seine Hände auf ihre Schultern, schaute ihr in die Augen und sagte mit einem ehrlichen

Lächeln: »Fay, es ist schön, dich zu sehen. Ich freue mich sehr!«

»Danke«, sagte Fay, »ich freue mich auch, mit euch hier zu sein.«

Da waren sie also alle wieder beisammen. War es wirklich ein Zufall, dass Gabriella ausgerechnet heute die beiden anderen angerufen und hierher bestellt hatte? Eigentlich wollte sie doch mit Hans über ihre Probleme sprechen. Stattdessen saß sie nun mit den dreien hier in diesem Zauberzimmer.

Sascha begann als Erster zu erzählen. Auf ihn folgten Ulrich und Gabriella. Fay lauschte ihren Erzählungen und stellte fest, dass es bei ihnen ebenso turbulent zuging wie bei ihr selbst. Wenn auch mit anderen Auswirkungen.

Gabriella hatte einen Brief von einem entfernten Verwandten aus Peru erhalten. Sie hatte bereits vor längerer Zeit begonnen, nach Menschen zu suchen, die mit ihrer Familie in Verbindung standen. Wie es aussah, hatte sie damit Erfolg gehabt. Ein Onkel ihrer Mutter, der als junger Mann der Liebe wegen von Venezuela nach Peru ausgewandert war, hatte sich bei ihr gemeldet und ihr zu verstehen gegeben, dass er und seine Familie sich freuen würden, wenn Gabriella sie besuchen käme. Allerdings, so schrieb er, seien sie sicher nicht so wohlhabend wie die Menschen in Europa. In ihrem Haus gäbe es nur Wasser aus einem Brunnen. Sie lebten mit ihren Tieren Tür an Tür und hatten einen eigenen Garten, der sie mit Obst und Gemüse versorgte. Einerseits freute sich Gabriella sehr, einige Verwandte gefunden zu haben, andererseits war sie aber auch unsicher, weil sie nicht wusste, was genau sie dort erwartete und welche Erwartungen die Menschen dort an sie hatten. Aber nach Peru wollte sie auf alle Fälle reisen.

Ulrich hingegen hatte die Erlaubnis erhalten, für ein Jahr nach Indien zu gehen. Er würde dort in einer Mission arbeiten und sein Studium fortsetzen. Es handelte sich um eine Mission in einer größeren Stadt, in der viele bedürftige Menschen auf die Hilfe der Kirche angewiesen waren. Seine Entscheidung stand fest, dorthin zu reisen und den Menschen vor Ort Gutes zu tun. Allerdings hatte er es noch nie zuvor mit dem Ausmaß an Not und Bedürftigkeit zu tun gehabt, wie es ihn in Indien erwartete. Dieser Umstand ließ ihn ein wenig an seiner Entscheidung zweifeln.

Sascha hatte eine Stelle in einem kleinen, innovativen Theatercafé angeboten bekommen. Der Besitzer war der Freund eines Freundes und ein Fan der Regenbogenszene. Er war von der Idee begeistert gewesen, dass jemand wie Sascha an der Bar arbeitete. Das Programm in diesem Theatercafé war sehr abwechslungsreich. Von Kabarett über Jazz zu Theaterstücken und Varieté war alles vertreten. Im Großen und Ganzen gefiel Sascha der Job sehr gut. Dennoch war es eine neue und sehr intensive Erfahrung, nun offiziell als Frau zu arbeiten. Teilweise standen ihm die Gäste auch abgeneigt gegenüber und zeigten ihm offen, was sie von ihm hielten. Er musste erst lernen, damit umzugehen. Bisher war Sascha nur in seinem engsten Freundeskreis als Frau unterwegs gewesen. Nun hatte er sich sozusagen in der Gesellschaft geoutet.

Gerade als Fay an der Reihe gewesen wäre, von ihren bisherigen Erfahrungen zu berichten, klopfte es an der Tür, und Hans trat ein.

»Na, ihr Lieben? Wie ich sehe, geht es euch gut. Ich wollte euch nur informieren, dass ich jetzt wegfahre. Ich habe vorhin einen Anruf einer ehemaligen Studentin erhalten. Sie ist für ein paar Tage in der Stadt und plant ein sehr spannendes Projekt, bei dem sie gerne meinen Rat hätte. Wenn bei euch nichts Lebensbedrohliches ansteht, wovon ich ausgehe«, Hans schmunzelte, »dann lasse ich euch jetzt allein, und wir sehen uns am Montagabend zum Reisen wieder.«

»Um was geht es denn bei dem Projekt?« Fay hatte keine Ahnung, warum sie das gefragt hatte.

»Es geht darum, die Unterdrückung der weiblichen Kraft durch rituelle und religiöse Handlungen aufzuzeigen. Wie zum Beispiel, dass es bei den Christen die Frau ist, die die Sünde über die Menschen gebracht hat, und sie nach deren Verständnis somit weniger wert ist als der Mann. Aber auch so unglaublich grausame Sachen wie die Beschneidung von kleinen Mädchen überall auf der Welt werden Themen sein«, antwortete Hans.

Fay war verblüfft. Was für eine Übereinstimmung wieder einmal.

»Maya, die junge Frau, die mich gerade angerufen hat, ist selbst davon betroffen und möchte eine Kampagne ins Leben rufen, die sich speziell an ganz junge Mädchen richtet«, führte Hans weiter aus.

Als Hans den Namen Maya aussprach, wurde es Fay schlagartig kalt. Innerlich zog sich alles in ihr zusammen. Das konnte nicht sein … Er redete doch wohl nicht von der-selben Maya? Völlig unmöglich! Sie hatte hier in Europa studiert und war nicht in Afrika aufgewachsen. Außerdem sah sie nicht wie eine Frau aus, die so etwas erlebt hatte.

»Na dann. Sandra räumt noch fertig auf und bringt euch dann den Schlüssel vom Laden, falls ihr noch länger bleiben wollt. Ihr könnt den Schlüssel dann einfach draußen in den Briefkasten werfen.« Hans nickte ihnen nochmals freund-lich zu und ging.

Fay streckte sich und merkte, dass ihre Glieder ganz schön steif waren. Das musste wohl an ihrer Sitzhaltung am Boden liegen. Ihre Gelenke knackten. Jedenfalls hatte sie keine Lust mehr, den anderen ihre Geschichte zu erzählen. Es war im Moment für sie selbst alles zu unklar und zu kompliziert, als dass sie darüber reden wollte.

»Ihr Lieben, ich habe euch sehr gerne zugehört, aber ich werde euch meine Geschichte ein anderes Mal erzählen.

Ich muss erst einiges für mich selbst klären. Ich gehe nach Hause und widme mich meiner Chaoskommode. Das ist schon lange überfällig.« Noch bevor jemand protestieren konnte, hatte Fay schon den Türgriff in der Hand, drehte sich noch einmal um und schaute in die Runde. »Bis Montagabend dann. Ich werde sicher kommen.«

Ein wenig verblüfft verabschiedeten sich die drei von Fay. Sie hörte noch, wie Sascha zu den anderen sagte: »Irgendwie hat sie auf mich sehr traurig gewirkt.«

Fay schloss leise die Tür, rief Sandra hinter der Theke ein »Tschüss« zu und ging hinaus.

Sie ging nach Hause. Unterwegs zeigte ihr eine alte Straßenuhr, dass es bereits halb sieben war. Gut so, dann bin ich gegen sieben Uhr daheim. Früh genug, um noch etwas zu tun, dachte sie. Gleichzeitig spürte Fay jedoch, dass sie keine Lust hatte, diese letzte Kommode in Angriff zu nehmen.

Sulis

Selbstverständlich war es Funny, die als Erste bemerkte, dass die Stimme eine gewisse Anziehungskraft hatte. Der Gesang war zart und dennoch fordernd. »Zieht euch diese Stimme von der Brunnengöttin auch so an?«, wollte sie wissen.

Bevor die anderen ihr antworten konnten, entdeckte Edith unten am Weiher eine wunderschön schimmernde Gestalt. Es war dasselbe Schimmern, das sie alle im Ahnenwald umhüllt hatte. »Schaut mal, ich glaube, da sitzt sie.«

Im selben Moment, in dem den Freunden klar wurde, dass dort unten an Fays Weiher die Quellgöttin aus dem Ahnenwald saß, blickte diese zu ihnen hoch und unterbrach ihren Gesang. Mit einer sanften, weichen, regelrecht verzaubernden Stimme begann sie, zu ihnen zu sprechen: »Ich grüße euch, ihr wunderbaren Wesen. Mein Name ist Sulis. Wie ihr richtig erkannt habt, bin ich eine Quell- und Brunnengöttin. Früher wurde ich am Goldbrunnen, dort, wo Fay heute lebt, verehrt. Als die Quelle dort versiegte, weil die Menschen meine Existenz vergaßen, lenkte ich meine Kraft nach und nach zu den Quellen in der Umgebung um. Doch die Menschen fanden nicht mehr zu mir. In ihrer Welt war ein Sonnengott geboren worden, der den Anspruch erhob, ganz alleine zu herrschen. Viele von uns alten Göttern gerieten in Vergessenheit. So auch ich. Die Menschen bauten hier über die Zeit hinweg alles mehr und mehr zu, und schließlich blieb mir nur noch der Stadtbrunnen als Energieträger für meine Kraft. Er bot mir die einzige Möglichkeit, für Menschen, die mich suchten, das Tor in meine Welt offenzuhalten. Ich trage Heilkraft in mir. Ich helfe dabei, die weibliche Kraft zu heilen und wieder in Harmonie mit dem Leben zu bringen. Das gilt für beide Geschlechter. Frauen wie Männer haben verletzte weibliche Anteile in sich, die mit meiner Hilfe gesehen und geheilt werden können. Ich werde Fay auf dem Weg zu ihren Ahnen im Wald begleiten. So, wie Udo sie zu ihrem Lehrer bringt, werde ich mit ihr gemeinsam auf dem Fluss der Ahnen immer weiter hinauf, bis hin zur Quelle fahren. Dorthin, wo nur noch Liebe ist. Auf ihrer Reise wird sie die unterschiedlichsten Aspekte der Weiblichkeit kennenlernen. Ihre Ahninnen tragen alles in sich, was auch in Fay vorhanden ist. Sie warten nur darauf, sie unterstützen zu können. Später werden wir auch ihre männliche Linie bereisen. Zunächst ist es aber wichtig, dass wir uns der weiblichen Kraft widmen. Das gilt nicht nur für Fay, sondern für alle Frauen dieser Welt. Die Wunden der Weiblichkeit müssen geheilt werden, damit ein wahres Gleichgewicht zwischen den Geschlechtern entstehen kann.«

»Wow, das werden ja immer mehr, die unserer Fay auf ihrem Weg helfen wollen«, merkte Sarah verzagt an. Für sie war das wieder ein neues Wesen, dem sie vertrauen sollte. Erst Udo, dann Twifal, der Lehrer und nun auch noch eine Brunnengöttin. Dennoch spürte sie genau, dass dieses Wesen ihnen gegenüber wohlwollend war.

Ohne dass es die anderen bemerkt hatten, war Fylgir auf der Lichtung gelandet. »Es ist doch gut, wenn Fay viele Begleiter hat. Willkommen, Sulis. Es ist schön, dich wiederzusehen.« Fylgir verneigte sein Haupt vor dem wunderschönen Wesen.

Sulis lachte herzlich. »Fylgir, alter Freund. So lange, wie wir uns schon kennen, musst du dich doch vor mir nicht verbeugen!«

Fylgir trabte zu Sulis und schmiegte vertrauensvoll seinen Kopf an ihre Schulter. Sulis streichelte ihn zärtlich und setzte ihren Gesang fort.

Die Freunde hatten keine Zweifel mehr daran, dass Sulis eine gute Begleiterin für Fay sein würde, wenn diese sich eines Tages auf die Spurensuche in den Ahnenwald begeben würde.

»Ob Fylgir und Sulis auch von den Geschehnissen wissen, die wir im Feuer bei Wahitiko gesehen haben?«, fragte Diana die anderen Freunde leise, um den Gesang nicht zu stören.

Sulis unterbrach ihr Lied. »Selbstverständlich weiß ich davon«, sagte sie.

Fylgir nickte. »Ich ebenso. Ich kenne die ganze Geschichte – mitsamt dem Stolperstein von Twifal.«

»Ja, damit hat er Fay von einem Treffen mit mir abgehalten«, erklärte Sulis ernst.

»Wir müssen ihn im Auge behalten und wachsam sein«, merkte Edward an.

Sulis lächelte sanft. »Der Zweifel im Leben eines Menschen kommt in jeder einzelnen Situation so lange immer wieder, bis dieser eine Entscheidung trifft, die dem eigenen Herzensweg und der Liebe entspricht. Jedoch ist es dafür unumgänglich, sich ganz und gar aufrichtig selbst zu lieben.«

»Ja, ja. Das haben wir alles schon gehört.« Langsam aber sicher war Funny richtig genervt. Dass die Erwachsenen in der Menschenwelt damit so ein Problem hatten, konnte sie nicht verstehen. »Liebe ist doch ganz einfach! Sie ist alles, und in Wirklichkeit tut sie dir nie weh. Wahre Liebe ist pures Leben, Lebensfreude, in jedem Augenblick das Wunder und die Schönheit zu sehen. So einfach ist das«, sprudelte es energisch aus ihr heraus.

»Ja, für dich ist das einfach, Funny. Du bist ja bereits die pure Lebensfreude. Für Fay ist es im Moment gerade anders.« Bei diesen Worten strich Sulis sanft über Funnys Kopf. Für einen winzigen Moment spürte Funny Fays Verwirrung und auch ihre Verzweiflung.

Sie verstand und schmiegte sich an Sulis Brust. »Ich werde tapfer sein und bei Fay bleiben. Ich glaube an sie.« Energisch verschränkte sie die Ärmchen vor ihrer kleinen Brust. Die Freunde mussten über ihre resolute Haltung schmunzeln. Funny sah es und prustete los. »Na stimmt doch! Ich bleibe, und ihr alle bleibt auch, und dann soll dieser Twifal mal sehen, was wir gemeinsam mit Fay alles schaffen können!«

Die Kommode

Unterwegs fiel Fay ein, dass sie noch Ordner für die Papiere brauchte, die lose in den Schubladen und Fächern der großen Kommode lagen. Sie machte also einen Abstecher in den Supermarkt, um sie zu besorgen. Bei dieser Gelegenheit nahm sie sich ein paar frische Champignons, Zwiebeln und Kräuter mit. Sie liebte gebratene Champignons in jeder Variation.

»Voll doof, Kräuter hätte ich eigentlich in meinem Garten, in den traue ich mich aber nicht hinaus«, seufzte Fay. Ihre eigene Feigheit machte sie traurig.

»Vertraue in das Leben, vertraue in dein Sein. Schaue mit einem offenen Herzen, was wahr ist und was Schein«, sang eine wunderschöne Stimme in ihrem Inneren.

Fay war von diesem Klang tief berührt. Ein zweites Mal erklangen diese Worte, gesunden von dieser glockenhellen, klaren Stimme. Wer bist du?, fragte Fay in ihren Gedanken.

»Eine Freundin«, kam als Antwort. »Bald werden wir uns kennenlernen.«

Fay griff gerade nach einer Packung Äpfel und lauschte in sich hinein, ob die Stimme noch etwas sagen oder singen würde, als sie jemand aus ihren Gedanken riss.

»Hey, Fay.« Sie schaute auf. Vor ihr stand Peter.

Schon wieder, dachte Fay. »Sag mal, verfolgst du mich?«, fragte sie nicht unbedingt freundlich, was ihr in der nächsten Sekunde schon wieder leidtat, als sie sah, wie Peters Lächeln einfror. »Entschuldige. Ich wundere mich nur, dass wir uns in so kurzer Zeit so oft und davor eigentlich nie gesehen haben«, ergänzte Fay verlegen. »Was machst du hier?«, fragte sie mehr aus Höflichkeit als aus echtem Interesse.

»Meinem Vater ist das Futter für Luna ausgegangen. Ich hatte auch nicht daran gedacht. Deshalb durfte ich so spät noch mal raus«, machte sich Peter über sich selbst lustig.

Fay musste grinsen. Sie mochte Menschen, die über sich selbst Witze machen konnten.

»Hast du das Ungetüm dabei?«, wollte Fay wissen.

»Nein, hab ich nicht. Aber morgen will ich mit ihr in die Berge fahren. Kommst du mit? Hast du Zeit? Wir werden eine Tageswanderung machen. Es soll schönes Wetter geben, und überall ist Frühling.« Hoffnungsvoll schaute Peter Fay an.

Fay überlegte kurz. Was hatte sie schon Besseres zu tun? Der Kommode wollte sie sich heute Abend stellen, und morgen hatte sie noch nichts vor. Wenn sie mit Peter mitginge, würde sie zumindest den ganzen Tag unterwegs sein. Das bedeutete, dass sie sich nicht um das Thema »Maya und Marcel« kümmern müsste.

»Ja, klar. Ich komme gerne mit. Es tut mir sicher auch gut, mal wieder was für meinen Körper zu tun.« Fay schaute Peter an. Sie konnte die Überraschung in seinem Gesicht sehen, die dann sofort von Freude abgelöst wurde.

»Super, dann komme ich dich morgen früh gegen neun Uhr abholen. Dann können wir den kühlen Vormittag für den Aufstieg nutzen und später in der Mittagssonne die Aussicht genießen. Ich freue mich total, dass du mitkommst, Fay! Wo wohnst du noch mal genau?« Peter sprühte förmlich vor Freude.

Fay bekam ein leicht schlechtes Gewissen, ging sie doch nicht seinetwegen mit. Dennoch gab sie Peter ihre Adresse. Sie erledigten gemeinsam ihre Einkäufe und verabschiedeten sich vor dem Supermarkt voneinander.

Fay lief tief in Gedanken versunken zu ihrer Wohnung. Kurz vor ihrem Wohnblock hörte sie das ihr wohlbekannte »Maumiau« von Pfötchen, und schon streifte der Kater schnurrend um ihre Beine.

»Ja, Pfötchen. Ich freue mich auch, dich zu sehen. Ich freue mich immer über deine Gesellschaft.« Sie nahm ihren Kater auf den Arm und sog den Duft seines Felles ein. Er roch nach frischer Luft, Freiheit und ein klein wenig nach Marcels Rasierwasser. Letzteres versetzte Fays Herzen einen kleinen Stich. Ärgerlich darüber, dass dieser Mann sie so aus der Mitte brachte, setzte sie Pfötchen wieder ab und öffnete die Haustür.

Gemeinsam mit Pfötchen ging sie zu ihrer Wohnung. Fay sperrte die Tür auf und trat ein. Inzwischen war es kurz vor acht Uhr. Draußen hatte die Dämmerung bereits eingesetzt. Fay ging in die Küche, um die gekauften Lebensmittel abzulegen. Die Schüssel von Pfötchen war leer, und der Kater forderte lautstark sein Abendessen.

»Gleich, Katerchen. Ich mache dir ja schon dein Futter. Lass mich gerade noch die Terrassentür zumachen.«

Als sie ins Wohnzimmer ging, sah sie, dass Pfötchen die Terrassentür ein Stück weiter aufgestoßen hatte. Sie konnte Marcel hören, der offensichtlich im Nachbargarten saß.

»Mach dir keine Sorgen, Papa, das wird schon alles klappen. Ich habe mit Maya alles besprochen. Wenn ich kommende Woche fliege, bleibt sie hier und hilft dir bei deinem Umzug in die Seniorenresidenz. Danach hat sie Zeit, sich hier einzuleben, bis ich in drei Monaten wieder aus Amerika zurückkomme. Ich bin mir sicher, dass du sie jederzeit besuchen kannst, wenn du Heimweh haben solltest.«

Jetzt hörte Fay Hugo lachend erwidern: »Ach, Sohn. Ich werde in dem Haus für alte Leute schon zurechtkommen, aber wenn ich euch Jungvolk manchmal besuchen kommen kann, wäre ich sehr froh. Ich mag vor allem auch diese Fay. Das ist eine ganz bezaubernde junge Frau. Ein bisschen schüchtern vielleicht, aber sie hat ein gutes Herz.«

»Ja, das hat sie sicher, Papa, und ich …«, hörte Fay noch, bevor sie die Tür leise schloss. Sie wollte nicht hören, was die beiden über sie zu reden hatten.

»Feigling«, hörte sie die Stimme von Edward maulen. »Es könnte ja sein, dass sie etwas Schönes über dich sagen.«

»Und wenn schon. Das will ich jetzt nicht hören«, jammerte Fay. »Dann bin ich eben ein Feigling. Früher war ich ein noch viel größerer und habe überlebt.«

Sie ging zurück in die Küche, wo Pfötchen vor dem Kühlschrank saß und auf sein Futter wartete. Fay richtete den letzten Rest des Putenfleisches für ihren Kater an. »Das habe ich jetzt tatsächlich vergessen zu kaufen.«

Sie briet sich die Champignons mit viel Zwiebeln und Kräutern in der Pfanne an. Während des Kochens ging ihr durch den Kopf, was sie gerade gehört hatte. Es war also wirklich sicher, dass Hugo ausziehen und Maya mit Marcel einziehen würde. Sie würde ihr also ständig begegnen. Der Gedanke daran löste in ihr nach wie vor Wut und Trauer aus. Es nutzte auch nichts, dass sich Fay, darüber ärgerte, dass sie so empfand, wie sie empfand. Warum bin ich nur so wütend? Traurig ja, aber warum diese Wut?, fragte sie sich zum wiederholten Mal.

Als ihr Essen fertig war, gab sie es auf einen Teller, schnappte sich eine Gabel und ging ins Schlafzimmer. Sie setzte sich auf das Bett und schaute die große Kommode an, die es in diesem Teil der Wohnung noch aufzuräumen galt. Während sie aß, starrte sie weiter auf die Kommode. Vielleicht löst sie sich ja in Luft auf, wenn ich sie nur lange genug anstarre, überlegte Fay und musste über ihren Gedanken lachen. Aber cool wäre es schon, wenn sie mitsamt ihrem ganzen Inhalt verschwinden würde. Puff und weg.

Fay war mit ihren Champignons fertig, seufzte und stand auf. Sie öffnete die Schubladen, in denen die ganzen wichtigen Dokumente lagen. Jedenfalls wird mich das Ausmisten auf andere Gedanken bringen, dachte sie. Am Besten werfe ich einfach alles raus, setze mich auf den Boden und beginne zu sortieren.

»Super Idee!«, hörte sie die Stimme von Edith. »Ich helfe dir!«

Schön, dann bin ich wenigstens nicht so allein, antwortete Fay in Gedanken.

In den obersten Schubladen lagen ihre ganzen alten Schulsachen. Sie nahm einen Stapel nach dem anderen heraus und legte sie auf den Boden. Nachdem sie alle Schubladen geleert hatte, türmten sich unterschiedlich große Haufen von Zetteln, Heften, Bildern, Briefen und sonstigem Papierkram kreisförmig um sie herum.

»So gut wie alles zum Wegwerfen, das habe ich schon gesehen«, merkte Edith geschäftig an. »Deine Schulsachen zum Beispiel, die brauchen so viel Platz. Wann hast du sie das letzte Mal in den Händen gehabt?«

Fay überlegte. »Weiß nicht. Wahrscheinlich, als ich sie hier hineingeräumt habe.«

»Siehst du? Und wie lange ist das schon her?«, wollte Edith wissen.

»Sieben Jahre«, antwortete Fay leise. »Aber es sind doch Erinnerungen an meine Kindheit!«, protestierte sie nun etwas lauter und auch ein wenig trotzig. Gleichzeitig war ihr klar, dass sie sich an vieles aus dieser Zeit überhaupt nicht erinnern wollte.

»Hör mal. Erinnerungen sind ja schön und gut, doch du lebst jetzt! Deine Vergangenheit kann dir dabei helfen, deine Zukunft zu gestalten. Aber das funktioniert nur, wenn du im Hier und Jetzt lebst«, hörte Fay Edith liebevoll sagen. »Wie das geht, weißt du doch schon, oder?«

»Ja«, meinte Fay, »wenn ich in meiner Mitte bin, bin ich im Hier und Jetzt.«

»Richtig«, bestätigte Edith. »Es macht Sinn, sich von Altlasten zu verabschieden, damit du für das, was kommt, frei bist. In all diesem Zeug hier steckt Energie. Energie, die du in der Gegenwart besser gebrauchen könntest. Es ist wie beim Einnorden und beim Rekapitulieren. Du kannst dir hier eine Menge Lebenskraft zurückholen. Also lass uns endlich anfangen!«

Ein warmes Gefühl durchflutete Fay. Sie nahm das oberste Schulheft von dem Stapel direkt vor ihr in die Hand und schlug es auf. Es war ihr Notizheft aus dem Religionsunterricht. Auf der ersten Seite war ein Bild von Jesus am Kreuz eingeklebt. Er blutete, und zu seinen Füßen knieten zwei Frauen. Sie erinnerte sich daran, dass sie dieses Bild von ihrem Religionslehrer bekommen hatte. Unter dem Bild stand Folgendes geschrieben: *Jesus, der Erlöser, am Kreuz, Mutter Maria und Maria Magdalena, die Sünderinnen, bitten ihren Herrn am Kreuze um Vergebung ihrer Sünden.*

Fay erinnerte sich auch daran, dass dieser Religionslehrer den Mädchen ständig eindringlich ans Herz gelegt hatte, zur Beichte zu gehen. Durch Eva seien sie alle der Erbsünde schuldig geworden. Diese hätte Adam dazu verführt, mit ihr Früchte vom Baum der Erkenntnis zu essen. Aufgrund dieses Frevels seien die Menschen von Gott aus dem Paradies verbannt worden. Fay hatte schon immer an dieser Geschichte gezweifelt.

»Das ist somit etwas, was du wegwerfen kannst«, stellte Edith zufrieden fest.

»Aber da sind auch andere Bilder drin! Und Geschichten, die ich selbst geschrieben habe!«, protestierte Fay.

»Ja, klar. Die wirst du in vielen anderen Heften ebenso finden«, erwiderte Edith in sarkastischem Tonfall. »Genauso wie selbst gemalte Figuren und Herzchen, die alle Erinnerungen sind. Komm schon, Fay, wir können hier Wochen verbringen oder es einfach hinter uns bringen«, forderte Edith nun ganz klar und deutlich.

Fay drückte das Heft an ihr Herz. Sie atmete tief ein und sandte die Absicht aus, dass alles in diesem Heft, was für sie gut und wichtig war, jetzt zu ihr zurückkommen sollte.

Für einen kurzen Moment spürte sie, wie es ihr warm ums Herz wurde, wie ihre Mitte pulsierte.

»Genau so!«, lobte Edith.

Besuch von Twifal

Auf der Lichtung in Fays Garten saßen die Freunde bei Sulis am Weiher und lauschten ihrem Gesang. Edward schaute auf und entdeckte einen jungen, gepflegten Mann, der die Lichtung betrat. »Seht mal, da kommt jemand. Wer ist denn das?«

Sulis warf einen kurzen Blick in die Richtung und meinte ganz ruhig: »Das ist Twifal in einer seiner vielen Gestalten. Mal sehen, was er heute von uns möchte.«

Mit einem bezaubernden Lächeln auf den Lippen näherte Twifal sich der Runde. Seine Stimme war hinreißend schön und verführerisch. »Hallo, zusammen, alles läuft nach Plan. Nur noch ein paar kleine Eingriffe, dann wird Fay keine andere Wahl mehr bleiben, als den nächsten Schritt zu tun.«

»Du gemeiner Typ!«, platze es aus Funny heraus. »Du bist ein Verhinderer! Fay hätte Sulis schon lange kennengelernt, wenn du das Eichhörnchen in Ruhe gelassen hättest.«

»Tja, das gehörte aber zu meinem Plan. Es war noch zu früh für ihr Aufeinandertreffen. Der rechte Augenblick kommt noch, warte nur ab.« Bei diesen Worten zwinkerte er Funny zu. »Sulis, du wirst mir recht geben, oder?«, fragend schaute der junge Mann die Brunnengöttin an.

Diese lächelte sanft und erwiderte: »So ist es, sie wird eine andere Gelegenheit bekommen, um mich zu finden. Abgesehen davon hätte sie an diesem Tag auch noch nach dem Zusammenstoß zu mir kommen können. Es war ihre Entscheidung, es nicht zu tun. Das ändert nichts daran, dass wir uns treffen werden, nur eben zu einem späteren Zeitpunkt, im Zeitgefüge der menschlichen, alltäglichen Welt.«

Diana flatterte auf, und ihr zartes Stimmchen meldete sich: »Sag mal, Twifal, warum veränderst du dich ständig? Erst warst du dieser Alb auf der Brust von Fay, dann ein runzeliges Männchen, und nun bist du ein schöner, junger Mann.«

»Mir hast du dich auch noch als eine Art wandelbares Wesen gezeigt«, erinnerte sich Edward mit in Falten gelegter Stirn. »Nicht Mann und nicht Frau, kein wirklicher Körper, kaum da, schon wieder fort«, fügte er hinzu.

Twifal schaute die Freunde an und antwortete offen und ehrlich: »Als ich das letzte Mal bei euch war, hat Sarah sich entschieden, mir zu vertrauen. Je mehr ihr mir vertraut, umso mehr kann ich meine guten, hilfreichen Seiten wirken lassen. Durch Vertrauen werde ich, der Zweifel, zum Freund. Eine Auswirkung meines Wandels hin zum Guten ist, dass ich dann auch gleichzeitig angenehmer und schöner werde. Hier zeigt sich das unter anderem in meiner Gestalt. Dennoch werde ich weiterhin das eine oder andere anstellen, das euch vielleicht unverständlich ist. Ich tue nur, was das Schicksal fordert, damit Fay auf ihrem Seelenweg bleibt. Mit allem, was ich tue, helfe ich ihr dabei, die Aufgaben zu erfüllen, die sie sich für dieses Leben ausgesucht hat.«

Verschmitzt schaute Funny in die Runde. »Wir haben hier doch zwei ganz alte, weise Wesen unter uns sitzen. Nämlich dich, Udo, und dich, Sulis. Ihr beiden wisst genau, was Fays Lebensaufgabe ist, stimmts, oder hab ich recht?«

Sulis und Udo wechselten einen kurzen Blick, schauten Funny belustigt an, und Udo antwortete: »Selbst wenn ich es wüsste, würde es Fay nichts nützen.«

Sulis meldete sich mit sanfter Stimme: »Funny, auch wenn ich es weiß, es ändert nichts an der jetzigen Situation. Fay muss ihren Weg selbst gehen. Nur so kann sie erfahren, was sie wirklich ist.«

»Aber wofür sind wir dann überhaupt da, wenn wir genauso hilflos wie Fay sind?«, wollte nun Sarah wissen.

Twifal kam einen Schritt auf Sarah zu. »Ihr seid nicht hilflos. Denkt immer daran: Ihr seid bei Fay. Breitet euch in ihr aus, mehr und mehr, so oft, wie es geht.«

»Das hören wir schon die ganze Zeit von euch«, meldete sich nun Lana zu Wort, »aber sie gibt uns kaum eine Gelegenheit dazu. Das ist ja das Problem.«

»Natürlich ergeben sich immer wieder Möglichkeiten. Gerade eben hilft Edith ihr dabei, Lebenskraft aus ihren alten Sachen zu sich zurückzuholen. Im Laden bei Nana hat Fay dich gespürt, Sarah. Du hast ihr Vertrauen zu dieser Frau geschenkt. Bei Hans im Büchercafé war Fay ganz tief mit Lana verbunden. Und im Park, als sie sich auf ihre Mitte konzentrierte, war das die Kraft von dir, Edward. Ihr seht, es gibt immer wieder Gelegenheiten. Nutzt sie noch intensiver. Es wird Fay helfen«, erklärte Udo.

»Also gut, dann fange ich gleich damit an«, sprach Funny, setzte sich im Schneidersitz wie ein kleiner Buddha auf die Wiese und schloss die Augen. »Jetzt schicke ich ihr ganz viel Liebe und Wärme in ihr Herz. Das hilft ihr dabei, ihre Lebenskraft zurückzuholen, und es bringt ihr Freude.«

Peter

Inzwischen war es nach Mitternacht, und Fay war mit dem Ausmisten beinahe fertig. Irgendwann war Pfötchen dazugekommen und hatte sich auf ihr Bett gelegt. Dort hatte er sein Fell geputzt und danach interessiert Fays Treiben beobachtet. Ihre alten Schulsachen zauberten ihr noch das eine oder andere Lächeln auf das Gesicht. Der Großteil davon löste in ihr jedoch keinerlei Emotionen aus. Alle diese Sachen legte sie auf den Stapel zum Wegwerfen.

Als sie mit dem Aufräumen fertig war, blieben ihr aus jedem Schuljahr noch ein Heft und ein paar Zeichnungen. In jedes Heft hatte sie die dazugehörigen Klassenfotos gelegt. Auf einem dieser Bilder hatte sie Peter wiedererkannt. Er war ein schüchterner, blasser Junge gewesen. Die Briefe ihrer Mutter hatte sie in einer Mappe gesammelt. Die ganzen Rechnungen wie Strom, Versicherungen, Telefon, Müll und Miete hatten in einer anderen Mappe Platz gefunden. Sie hatte auch ihren Mietvertrag gefunden und darin die Klausel entdeckte, in der geschrieben stand, dass es sich um eine Mietkaufwohnung handelte.

Als sie nun ihre Kontoauszüge kontrollierte, sah sie, dass auf ihrem Konto mehr Geld als erwartet lag. Insgesamt zeigte ihr Kontostand 40720 Euro an. Nach genauerer Recherche entdeckte sie die Gewinnausschüttung einer Versicherung, die sie irgendwann mal abgeschlossen, aber völlig vergessen hatte. Sie nahm nochmals den Versicherungsordner zur Hand. Tatsächlich fand sie darin die Police mit den Unterlagen zur Auszahlung, die sie vor einem halben Jahr ordnungsgemäß beantragt hatte.

Fay wunderte sich über die ganzen alltäglichen Dinge, die sie offensichtlich vergessen hatte. Sie hatte eine Auszahlung von gut 10 000 Euro erhalten und es einfach vergessen. Fay schüttelte über sich selbst den Kopf.

»Das passiert nur jemandem, der mit seinem Leben nichts anzufangen weiß«, hörte Fay eine Stimme, ein Kichern folgte.

»Bist das wieder du, dieser Twifal?«, fragte Fay leicht verärgert.

»Ja, Fay. Er ist es. Lass dich von ihm nicht beirren. Mach weiter! Du schaffst ja genau aus diesem Grund Ordnung. Du willst dein Leben wieder in vollen Zügen genießen können«, hörte sie Edith.

»Dein Leben ist ein Trümmerfeld. Du kannst nichts. Du bist eine Niete«, hörte sie abermals Twifals Stimme. »Trümmerfeld, Trümmerfeld«, sang er spottend.

Fay sprang auf und schrie wütend: »Halt deine Klappe, du blöder Zweifel!« Ihre Wut trieb ihr Tränen in die Augen. »Ich bin keine Niete, auch wenn mein Leben bisher eher ruhig verlaufen ist. Meinst du, es macht mir Spaß, ständig an mir zu zweifeln? Aber sieh mich doch an! Ich habe keinen Job, keine echten Freunde und niemanden, der mich ehrlich liebt. Wie soll ich da denn voller Lebenslust und Vertrauen sein?« Die Worte prallten gegen die Wände ihres Schlafzimmers.

Ein gemeines Lachen schallte durch Fays Kopf. Pfötchen schreckte auf, legte die Ohren an und begann, leise zu knurren. Er sprang vom Bett und lief zu Fay, um mit ihr zu schmusen. Fay setzte sich auf den Boden, nahm ihn in die Arme und meinte: »Es ist genug für heute. Ich bin ja eh fast fertig. Morgen kann ich dann den ganzen Mist wegbringen.« Dabei fiel ihr ein, dass auch die Taschen mit dem Klamotten noch im Gang standen. Sie konnte sich nicht erinnern, einen dieser Kleidercontainer gesehen zu haben. Sie nahm die ganzen Papiere, die zu entsorgen waren, und stopfte sie in zwei weitere Taschen, die sie zu den anderen stellte.

Sie merkte, wie müde sie war. Nachdem sie sich gewaschen und die Zähne geputzt hatte, ging sie ins Bett und war beinahe sofort eingeschlafen.

Fay wurde ziemlich unsanft von ihrem Telefon geweckt. Verwirrt schlug sie die Augen auf und musste sich erst einmal orientieren. Unbarmherzig drang das Läuten an ihre Ohren. Sie schlug die Decke zurück, sprang aus dem Bett und wankte zum Telefon. Wer mich um diese Zeit wohl anruft?, dachte sie verwundert.

»Hallo. Heylrich«, meldete sie sich.

»Guten Morgen, Frau Heylrich.« Fay erkannte die unangenehme Stimme von Herrn Wagenreich von der Arbeitsagentur. »Ich hoffe, Sie sind schon wach gewesen. Ich habe eine Stelle für Sie. Dort können Sie sich um zehn Uhr vorstellen. Der Arbeitgeber braucht sofort jemanden, und die Stelle entspricht Ihrem Profil.«

»Ähm, ja, ich habe heute schon etwa vor«, erwiderte Fay. »Außerdem habe ich vielleicht eine Stelle in Aussicht. Da bekomme ich nächste Woche Freitag Bescheid.«

»Hat das, was Sie heute vorhaben, damit zu tun, Ihre Arbeitslosigkeit zu beenden?«, wollte Herr Wagenreich wissen.

»Nein, ich wollte mit einem Freund in die Berge gehen.« Fay erinnerte sich, dass dieser Freund, Peter, mit Nachnamen ebenso Wagenreich hieß wie dieser unangenehme Herr von der Arbeitsagentur.

»Nun, wenn Sie Urlaub machen wollen, müssen Sie das selbst finanzieren. Entweder Sie nehmen heute diesen Termin wahr, oder ich verlängere Ihre Zahlungssperre um eine weitere Woche. Haben Sie die Rechnung für die Versicherung schon beglichen?«, fragte er mit scharfer Stimme.

»Nein, … ja … Ich meine …«, stotterte Fay hilflos ins Telefon.

»Ich hoffe, Sie sind sich darüber im Klaren, dass Sie keine Versicherung haben und welche Konsequenzen daraus folgen, wenn Ihnen in Ihrem Urlaub etwas passiert und Sie einen Arzt brauchen. Ich empfehle Ihnen, die Rechnung zu bezahlen. Was das Vorstellungsgespräch betrifft: Ich werde nachprüfen, ob Sie dort gewesen sind. Selbst wenn Sie nächste Woche eine Stelle bekommen sollten, spricht nichts dagegen, bis dahin eine andere Stelle auf Probe anzunehmen. Ihr Termin ist heute um zehn Uhr im Eventcenter ›Traumland‹ in der Industriestraße 12. Ich wünsche Ihnen einen schönen Tag.« Noch bevor Fay etwas erwidern konnte, hatte Herr Wagenreich schon aufgelegt.

Was war das denn jetzt gewesen? Fay hatte nicht damit gerechnet, so schnell wieder von der Arbeitsagentur zu hören. Sie wollte in der kommenden Woche die Stellenangebote durchsehen, die ihr Herr Wagenreich mitgegeben hatte. Was sollte sie jetzt tun?

Ihr Blick fiel auf den Prospekt, den sie bei ihrem ersten Besuch im »Regenbogentempel« mitgenommen hatte. Er lag noch immer neben dem Telefon, wo sie ihn abgelegt hatte. Fay nahm den Flyer in die Hand und drehte ihn um. Auf der Rückseite war ein Bild von Nana. Fay wurde es warm ums Herz. Sie spürte ein zufriedenes Seufzen in sich. Sie wusste, dass das von Sarah kam. Fay lächelte. Ja, Nana konnte sie vertrauen. Bei ihr fühlte sie sich wohl. Einerseits wollte sie im Moment nirgendwo anders als im »Regenbogentempel« anfangen zu arbeiten, andererseits konnte sie sich nicht darauf verlassen, dass es mit der Anstellung bei Nana auch klappen würde. Jetzt seufzte Fay, weniger aus Vertrauen wie kurz zuvor Sarah, sondern aus Sorge um ihre Zukunft.

Ich muss Peter anrufen und ihm absagen, dachte Fay und schaute sich nach ihrer Tasche um, in der der Zettel mit seiner Nummer sein musste. Nur in Unterwäsche ging sie in die Küche, fand ihre Tasche und begann, darin zu kramen, als es an ihrer Wohnungstür läutete.

Na super!, dachte Fay. Wer denn jetzt noch? Vielleicht der Postbote mit noch mehr Briefen, die ich nicht haben will? Angespannt ging sie zur Tür und öffnete diese gerade so weit, dass sie erkennen konnte, wer davor stand. Es war Peter, der sie mit Blumen in der einen und einer Tüte vom Bäcker in der anderen Hand begrüßte.

»Guten Morgen. Ich dachte mir, dass ich etwas früher komme, damit wir noch gemeinsam frühstücken können, bevor wir losfahren. Ich hoffe, du bist einverstanden. Ich habe frisches Gebäck mitgebracht und Luna vorsichtshalber im Auto gelassen. Ich wusste nicht, ob du einen Hund in deiner Wohnung haben willst.«

Fay, nur in Unterwäsche hinter der Tür, fühlte sich ziemlich überrumpelt. »Warte bitte einen Moment. Ich muss mir erst was anziehen. Ich glaube, ich habe verschlafen.« Mit diesen Worten schloss sie die Tür vor seiner Nase und flitzte ins Schlafzimmer.

Mist, Mist, Mist!, dachte Fay. In ihr herrschte völliges Chaos. Peter war ja richtig süß! Er brachte ihr sogar Blumen und frisches Gebäck. Ich wusste nicht, ob du einen Hund in deiner Wohnung haben willst, wiederholte sie seine Worte in Gedanken. Das war so rücksichtsvoll ihr gegenüber. Fay musste lächeln. Ja, er hatte was. Vielleicht sollte es doch nicht Marcel sein, dem ihr Herz gehörte. Bei diesem Gedanken spürte Fay jedoch einen kleinen Stich in ihrer Magengegend. Sie schob ihn auf ihren leeren Magen, schüttelte den Kopf und schlüpfte in eine Jeans und eine Bluse. Sie ging zurück zur Wohnungstür und öffnete sie. Diesmal ganz.

»Entschuldigung, jetzt kannst du reinkommen.« Fay trat einen Schritt zurück und stolperte beinahe über die dort abgestellten Taschen mit Altlasten.

»Hoppla!« Peter lachte. »Du scheinst öfter mal zu stolpern.«

Fay schmunzelte. »Ja, offensichtlich auch wenn kein Hund im Spiel ist.«

Beide mussten lachen, und die Anspannung, die eben noch in der Luft gelegen hatte, war verschwunden.

»Was hast du mit den ganzen Sachen hier vor?«, wollte Peter wissen.

»Ach, das ist alte Kleidung, die ich entsorgen will. Ich habe kein Auto und bisher keinen Container hier in der Gegend gefunden, zu dem ich sie bringen könnte. Das Papierzeug muss ich später zur Entsorgungsstelle bringen. Das ist kein Problem.«

»Die Klamotten können wir nachher einfach bei mir einladen«, schlug Peter vor. »Ich weiß, wo eine Sammelstelle ist.«

»Das ist echt lieb, aber ich kann heute nicht mitkommen. Ich muss um zehn Uhr bei einem Vorstellungsgespräch sein. Mein Betreuer von der Arbeitsagentur hat mich gerade angerufen«, sagte Fay in einem bitteren Ton. »Ich habe selbst gekündigt, und jetzt macht er mir Druck. Ich habe fast das Gefühl, er hat es auf mich abgesehen. Wie damals manche Lehrer oder Mitschüler.« Fay schaute Peter an, der sofort wusste, was Fay meinte.

»Wer ist denn dein Betreuer?«, wollte Peter wissen.

»Tja, das ist echt komisch. Er heißt wie du, Wagenreich.«

Peter blickte zu Boden und sagte leise: »Das ist mein Vater.« Verlegen schaute er zu Fay, die mit offenem Mund da stand.

»Ist er immer so?«, wollte sie wissen.

»Ja und nein. Er ist Beamter und hat seine Prinzipien.« Einen Moment herrschte betretenes Schweigen. Dann jedoch lächelte Peter Fay an. »Weißt du was? Wir können doch trotzdem gemeinsam frühstücken, und anschließend fahre ich dich zu deinem Vorstellungsgespräch. Es ist erst halb neun, das schaffen wir locker.«

Fay überlegte nur kurz. »Okay, dann mach ich uns einen Kaffee. Geh du inzwischen schon mal ins Wohnzimmer rüber. In der Küche ist zu wenig Platz«, wies Fay Peter an.

Fay setzte Kaffee auf.

»Ich lasse deine Katze raus, Fay. Sie sitzt hier vor der Terrassentür«, hörte sie Peter rufen.

»Ist gut, ich bringe uns gleich alles, was wir noch brauchen, rüber. Der Kaffee ist auch gleich fertig.«

»In deinem Garten ist es ja richtig schön, lass uns doch draußen frühstücken«, schlug Peter begeistert vor.

Fay zuckte kurz zusammen. Im Garten? Es war, als würde ihr System auf Gefahr schalten. Achtung, es könnte schmerzen, in den Garten zu gehen. Was für ein blöder Gedanke!, dachte sie ärgerlich.

»Altlasten, Fay«, hörte sie Edward. »Wo spürst du sie?«

In meiner Magengegend. Es fühlt sie an wie ein stechender Schmerz. Manchmal auch im Herzen, dachte Fay.

»Dann pusch sie raus. Du weißt, wie es geht. Es sind Prägungen. Hans hat dir erklärt, wie das funktioniert«, sagte Edward eindringlich.

Fay erinnerte sich. Sie schloss ihre Augen, atmete in ihre Mitte und konzentrierte sich. Jetzt spürte sie das Stechen. Es war schwach, aber dennoch präsent. Mit ihrer Hand formte sie eine Kralle, und mit aller Kraft stieß sie diese von dort aus, wo sie die Stiche spürte, vor sich in die Luft.

»Wow, ist das deine eigene Art der Morgengymnastik? Schaut gefährlich aus.« Peter stand in der Küchentür. »Du hast mir keine Antwort gegeben. Frühstücken wir im Garten?«

Jetzt reichts aber!, dachte Fay. Erst das Telefon, dann die Klingel, und jetzt werd ich auch noch bei meiner Befreiungsübung unterbrochen. Sie nickte kurz und bemühte sich, möglichst neutral zu klingen. »Klar. Ist doch schön, die Sonne scheint, lass uns in den Garten gehen.«

»Super, gib mir die Teller und Tassen. Hast du ein Tablett?«, fragte Peter.

»Nein, warum sollte ich? Ich lebe alleine«, antwortete Fay, während sie sich die Kaffeekanne und zwei Tassen schnappte.

»Ja, stimmt. Das ist ungewohnt für mich. Ich hab noch nie alleine gelebt.« Peter lächelte sie an und legte die Marmelade, die Butter und das Besteck auf die Teller.

Fay erwiderte sein Lächeln, und sie gingen gemeinsam in den Garten.

Gerade als sie alles auf den Tisch gestellt hatten und sich hinsetzten, wurde die Nachbartür geöffnet, und Marcel betrat den Garten. Er sah Fay an und lächelte ihr zu. Im nächsten Moment erblickte er Peter, der gerade seinen Stuhl zurechtrückte. Einen Augenblick lang meinte Fay, Schrecken und Verwirrung in seinem Gesicht zu sehen. Dann jedoch lächelte er wieder.

»Guten Morgen, Fay«, sagte er.

»Guten Morgen, Marcel«, antwortete sie etwas unsicher.

Peter drehte sich mit der Tasse in der Hand zu Marcel um. »Guten Morgen. Ich bin Peter, Fays Freund.«

Aus einem der Blumenbeete hörte Fay ein amüsiertes Kichern. Erstaunt sah sie Peter an. Ihr Freund … ja und nein. Das konnte jetzt unterschiedlich verstanden werden. Eher ein Bekannter, würde sie sagen. Sie blickte zu Marcel, und diesmal war da in seinem Gesicht wirklich ein Ausdruck von Trauer und Enttäuschung.

»Peter ist *ein* Freund. Wir kennen uns seit der Schulzeit und haben uns vor ein paar Tagen wiedergetroffen«, stellte Fay schnell klar.

Marcel schaute sie an. Fay war sich nicht sicher, ob er ihr glaubte. Mit einem Mal wurde ihr klar, wie die ganze Situation wirken könnte. Ein anderer Mann war so früh am Morgen bei ihr im Garten. Hatte er hier geschlafen? Das könnte sich Marcel jetzt fragen. Bevor Fay etwas sagen konnte, wünschte Marcel ihnen beiden ein schönes Frühstück, machte kehrt und ging wieder in die Wohnung zurück.

Während Peter aß, saß Fay nur bedrückt da. Das hatte sie so nicht gewollt. Wieder hörte sie das Kichern. Danke, Twifal, dachte sie ironisch. Was hatte er nur vor? Jetzt zweifelte offensichtlich auch Marcel. Wohin sollte das führen?

»Nirgendwohin, wenn du nicht bald etwas unternimmst, denn dann ist es aus, bevor es angefangen hat«, hörte sie Edward sagen.

»Ja, ich weiß, dass ich reden sollte«, erwiderte Fay ungewollt laut.

Peter schaute sie erstaunt an. In seiner Hand hielt er ein Brötchen, das sich auf halbem Weg zu seinem Mund befand.

»Du musst nicht, wenn du keine Lust hast. Ich rede beim Essen auch nicht. Ist unhöflich, sagt mein Vater.«

So nett dieser Mann auch ist und so gut er auch aussieht, aber er hat keinerlei Feingefühl, dachte sie. Ihm war nicht einmal aufgefallen, dass Fay ihr Frühstück mit keinem Finger angerührt hatte.

»Ich muss noch die Unterlagen für das Vorstellungsgespräch zusammenpacken«, entschuldigte sich Fay. Sie hatte keinen Hunger mehr.

»Ja, ist schon gut. Ich esse noch fertig.« Peter schenkte sich eine weitere Tasse Kaffee ein.

Fay ging ins Schlafzimmer, nahm den Ordner mit den Zeugnissen zur Hand, kramte einen Rucksack heraus und packte die Unterlagen hinein. Mehr brauchte sie nicht. Sie setzte sich auf ihr Bett. Was für ein Chaos. Selbst wenn sich ihre Freunde aus der Anderswelt gelegentlich meldeten, was ihr sehr guttat, fand sie keine Zeit für sich. Ihre jetzige Situation vermittelte ihr ein Gefühl der Hilflosigkeit. Was die

Wohnung betraf, hatte sie noch immer keine Entscheidung getroffen. Der Gedanke daran, auszuziehen, fühlte sich beschissen an, hierzubleiben und die Wohnung zu kaufen, war auch nicht wirklich stimmig. Jetzt auch noch dieses Vorstellungsgespräch. Sie hatte keine Lust darauf, in einem Eventcenter zu arbeiten, auch nicht auf Probe. Sie würde lieber gleich mit Peter in die Berge fahren.

Aus der Küche hörte sie Geschirrklappern. Fay schnappte sich den Rucksack und ging nach nebenan. Dort machte Peter bereits den Abwasch. Das Geschirr vom Vorabend spülte er gleich mit.

»Zuhause spüle ich auch immer. Ich bin gleich fertig, dann können wir gehen.« Fay konnte nicht umhin, zu denken, dass er irgendwie doch was hatte. Er war so unbedarft, ohne böse Absichten. Wie ein kleiner Junge. »Nimm dir doch den Autoschlüssel aus meiner Jackentasche. Du kannst schon mal anfangen, die Taschen mit der Kleidung ins Auto zu packen. Die sind ja nicht schwer. Du müsstest sie aber auf den Rücksitz stellen, im Kofferraum ist Luna. Wenn ich hier fertig bin, helfe ich dir. Du erkennst mein Auto gleich. Es ist ein dunkler SUV. Luna wird dich sicher begrüßen. Du musst aber keine Angst haben. Sie kann nicht raus.« Mit einem Augenzwinkern wandte er sich wieder dem Geschirr zu.

Fay ging zu ihm, da er die Jacke noch trug, und griff in die Seitentasche. Sie spürte den Schlüssel und nahm ihn heraus. Peter drehte den Kopf und küsste sie blitzschnell auf den Mund. Fay erschrak.

»Ich war schon in der Schule in dich verliebt, Friederike, Brillenschlange«, grinste er sie an. Fay spürte, wie sich ihr Magen verkrampfte. »Du musst nur auf den unteren Knopf am Schlüssel drücken, dann öffnen sich die Türen von ganz allein«, erklärte er.

Das war nicht gut, das war gar nicht gut. Sie mochte ihn, aber sie wollte nicht, dass er sich Hoffnungen machte.

Gleichzeitig schmeichelte es ihr. Fays Gedanken überschlugen sich förmlich. Seit der Schulzeit? Ich habe mich damals für hässlich gehalten und hätte nie gedacht, dass sich jemand in mich verlieben würde, dachte sie verwirrt.

Fay spürte, wie sie rot wurde, und wandte sich schnell ab. »Ich bring dann mal die Taschen ins Auto«, sagte sie hastig und verließ fluchtartig die Küche.

Sie hörte Twifals Stimme: »Na, siehst du? Dann kann doch dieser Marcel mit seiner Maya glücklich werden, und du hast einen Peter, der dich schon seit der Schulzeit liebt. Du wirst auch noch lernen, ihn zu lieben. Er ist doch zauberhaft! Er schenkt dir Blumen, bringt dir Frühstück und wäscht für dich ab. Was willst du mehr? In der Geschichte der Menschheit gab es schon immer Vernunftehen. Meistens haben sie sogar funktioniert. Viele Eheleute haben sich am Ende sogar geliebt. Zumindest haben sie sich gegenseitig respektiert und geachtet. Das ist mehr, als man von vielen sogenannten modernen Beziehungen sagen kann. Er wird dich rundherum verwöhnen, weil er froh ist, jemanden zu haben, der zu ihm gehört. Darum geht es doch bei der Liebe.« In den letzten Worten schwang ein Kichern mit.

»Fay, hör nicht auf ihn!«, meldete sich Dianas Stimmchen. »Wahre Liebe will niemals besitzen!«

Was ist denn dann die wahre Liebe?, wollte Fay wissen.

»Sie beginnt ganz bei dir selbst, Fay. Das weißt du genau«, flüsterte Diana an ihrem linken Ohr. »Komm zu uns auf die Lichtung. Wir warten darauf, dir bei der Suche nach deiner wahren Liebe zu helfen.«

Fays Herz zog sich zusammen. Ja, bei ihr selbst begann die wahre Liebe. Sollte sie vielleicht noch einmal ein Ei bei sich tragen? Als sie diese Übung gemacht, ihre Seele auf Händen getragen hatte, da hatte sie sich selbst lieben können. Ganz tief in sich hatte sie es gespürt.

Inzwischen war sie beim Auto angekommen. Peter hatte recht gehabt. Mit Luna im Kofferraum war sein Wagen

nicht zu übersehen. Vor allem war er jedoch nicht zu über-
hören. Vor dem Kofferraum saß Pfötchen und blickte ge-
langweilt zu dem großen Hund hoch. Der Kater wusste
genau, dass dieser eingesperrt war und ihm nichts anhaben
konnte. Luna klebte förmlich an den Gitterstäben ihres
Käfigs im Kofferraum und bellte wie verrückt, während
sie Pfötchen fixierte. Pfötchen bemerkte Fay und lief auf sie
zu. Schnurrend umschmeichelte er ihre Beine. Fay drückte
auf den Knopf am Schlüssel und hörte ein leises Klicken.
Sie öffnete die hintere Seitentür. Lunas Gebell war nun
um einiges lauter. Vorsichtshalber zog sich Pfötchen nun
doch ein wenig zurück. Als Fay zu ihrer Wohnung zurückkehrte, um die nächsten Taschen zu holen, kam ihr Peter
entgegen.

»Eine ist noch drinnen, die habe ich nicht mehr geschafft«, rief er ihr entgegen.

»Ich hole sie schon. Dann kann ich auch gleich absperren.«

Als Fay zurückkam, saß Peter bereits am Steuer. Sie lud
die letzte Tasche auf die Rückbank, warf die Tür zu und
setzte sich auf den Beifahrersitz.

»Dann gib mir mal die Adresse. Mit dem Navi sind wir in
null Komma nix dort«, forderte Peter sie auf.

»Das ist in der Industriestraße, die Hausnummer weiß
ich nicht mehr. Es ist ein Eventcenter namens ›Traumland‹«,
murmelte Fay.

Peter gab die Daten ein und fuhr los.

Marcel und Maya

Marcel kam mir einer sehr nachdenklichen Miene zurück in die Wohnung. Maya kam ihm aus dem Badezimmer entgegen.

»Guten Morgen, mein Lieblingsfreund!«, flötete sie gut gelaunt. »Warum so ernst an einem so schönen Tag?«

Marcel schaute sie an und lächelte. »Ach, Maya, ich hatte gerade ein Erlebnis mit Fay und weiß nicht so recht, was ich davon halten soll. Überhaupt kommt es mir vor, als würde sie mir aus dem Weg gehen, seit sie wieder hier ist.«

Maya legte das Handtuch beiseite, mit dem sie sich gerade noch die langen Haare getrocknet hatte, und setzte sich auf das Sofa. Mit der Hand klopfte sie auf den Platz neben sich. »Willst du darüber reden?«

Marcel seufzte auf und ließ sich neben ihr nieder. »Ich habe Fay gerade draußen mit einem Mann beim Frühstücken in ihrem Garten getroffen. Er stellte sich bei mir als ihr Freund vor. Die Tage, die ich mit dieser Frau in eben diesem Garten verbracht habe, zählen zu den schönsten seit langer Zeit. Sie ist ein Mädchen ohne all die Allüren der Karrierefrauen, die ich sonst so treffe. Attraktiv sind viele, aber um keinen Preis möchte ich eine davon geschenkt haben. Fay ist so anders, so frisch. Sie ist einfach und doch belesen. Natürlich und ungekünstelt. Ich habe mich wohl ernsthaft in sie verliebt. Es hat mir gerade richtig wehgetan, als ich sie mit diesem Mann gesehen habe.« Verzweifelt und traurig schaute Marcel seine Freundin an.

Maya nahm seine Hand. »Soll ich mit ihr reden? Ich habe das Gefühl, dass es auch mit mir zu tun hat. Vielleicht sieht sie in mir eine Konkurrentin. Es muss für sie ja auch komisch sein, dass wir beide die Wohnung deines Vaters übernehmen.«

Marcel überlegte kurz. »Nein. Ich denke, ich sollte mit Fay reden, ihr erklären, wie wir beide zueinander stehen. Ich habe sie am Sonntag zum Frühstück eingeladen. Da ergibt sich bestimmt eine Gelegenheit. Zumindest hoffe ich das. Ansonsten kann ich nur hoffen, dass sie noch da ist, wenn ich in drei Monaten wieder aus Amerika zurückkomme. Wie du weißt, fliege ich am Dienstag. Am Montag treffe ich mich noch einmal mit den Leuten von ›National Geografic‹, um den neuen Artikel zu besprechen. Ich werde früh aufbrechen, in der Stadt übernachten und am Dienstag direkt zum Flughafen fahren.«

»Wenn sich am Sonntag das Gespräch zwischen Fay und dir nicht ergeben sollte, werde ich mit ihr reden. Versprochen. Ich werde ihr alles von uns erzählen und die Situation aufklären. Dann wird sie wissen, dass wir beide nie in einer Beziehung waren oder sein werden«, versicherte ihm Maya.

Marcel nickte dankbar. »Na, dann mach ich mal Kaffee«, sagte er und stand auf.

»Guten Morgen, Kinder«, schallte es in diesem Moment aus dem Gang. Es war Hugo, der gerade aufgestanden war. »Habe ich da was von Kaffee gehört? Da hätte ich auch gerne einen.«

»Aber klar doch, Papa. Ich koche eine ganze Kanne für uns alle.«

Marcel ging in die Küche. Maya folgte ihm.

»Ich werde mich heute und morgen wieder mit Hans treffen. Er ist ein wunderbarer Lehrer, war er schon immer. Sein Büchercafé ist eine wahre Fundgrube. Weißt du, ich bin jetzt wirklich bereit, mich dem Thema zu stellen und damit an die Öffentlichkeit zu treten. Es wird Zeit, dass die Frauen dieser Welt wieder in ihre Kraft gehen und als Hüterinnen des Lebens wirken. Marcel, ich glaube, dass der Kern des Problems in den Frauen selbst liegt. Sie haben sich in den letzten hundert Jahren viel zu sehr von der Emanzipation verlocken lassen. Sie hat ihnen im Endeffekt jedoch mehr geschadet als genutzt.«

Marcel wusste, was Maya mit ihren Worten ausdrücken wollte. Er kannte sie schon lange genug. Maya beschäftigte sich, seit er sie kannte, mit der Rolle der Frauen in der Geschichte der Menschheit. Sie hatte ein Studiensemester in Chatal-Hayouk forschen können, bevor die Anlage geschlossen wurde. Für Maya war das einer der Höhepunkte ihres Lebens gewesen. Diese urzeitliche Siedlung, in der nach aktuellen Forschungen wohl eine Gemeinschaft von Männern und Frauen ohne eine gesonderte Regierung gelebt hatte, faszinierte sie. Autark und harmonisch hatte die indigene Bevölkerung dort ihr Leben verbracht. Es beeindruckte sie, dass es offensichtlich annähernd tausend Jahre lang möglich gewesen war, dass Männer und Frauen gleichberechtigt miteinander lebten. Außerdem hatte sie gerade erst in Indien ein im Matriarchat lebendes Volk, die Kashi, besucht. In den letzten Tagen hatten sie sich ausgiebig darüber unterhalten.

»Die Uni hat mir angeboten, ein Seminar zu diesem Thema zu halten. Eine Doppelstunde pro Woche. Und ich darf die Zeit auch experimentell nutzen. Das finde ich super. So kann ich Tanz, Gesang und Rituale ins Seminar einbauen. Außerdem kann ich das Geld, das ich dafür bekommen werde, nutzen, um im nächsten Frühling nach Hawaii zu reisen. Dort wird die Weiblichkeit besonders im Tanz verehrt.«

Marcel musste grinsen. »Maya, du musst mich nicht überzeugen. Ich weiß, wie wichtig die Heilung der weiblichen Kraft ist. Das meinen sogar die männlichen Natives der Region, wo ich zurzeit forsche. Die Wunden der Frauen sind auch die Wunden unserer Mutter Erde, sagen sie. Wenn wir die Erde heilen wollen, müssen wir die weibliche Seele heilen, die in allem wohnt. Doch zuerst muss unsere eigener weiblicher Seelenanteil genesen – das sind die Worte meines Freundes Ron Two Eyes Fire«, schloss Marcel fast schon feierlich.

Maya lächelte Marcel zärtlich an. »Ja, ich weiß. Du verstehst mich, mein großer Bruderfreund.«

Mit diesen Worten lehnte sie sich an Marcel, und er legte seine Arme um sie, drückte ihr einen zärtlichen Kuss auf den Scheitel und murmelte: »Ich hab dich lieb, kleine Schwesterfreundin.«

Die beiden wiegten sich in dieser Umarmung, als Hugos fröhliche Stimme erklang: »Und? Ist der Kaffee fertig und der Tisch für den alten Mann schon gedeckt?«

Die beiden lachten und lösten sich gerade in dem Moment voneinander, als Hugo in die Küche kam.

»Wenn ich es nicht besser wüsste, würde mich die Hoffnung beschleichen, dass ihr mir ein paar hübsche, schokoladenbraune Enkelkinder schenken könntet«, sagte er mit einem verschmitzten Grinsen im Gesicht.

»Ach, Hugo. Du weißt genau, dass Marcel wie ein großer Bruder für mich ist«, sagte Maya lachend.

»Eben. Ich befürchte, wenn das so weitergeht, werde ich nie Großvater. Aber jetzt lasst uns frühstücken, ihr Jungvolk.«

Maya holte Teller und Tassen aus dem Schrank. »Ich trinke noch einen Kaffee mit euch, dann mache ich mich auf den Weg. Hans und ich haben noch einiges zu tun, bevor wir das Projekt dem Jugendbeirat der Stadt vorstellen können.«

Marcel dachte an die Zeit, als er Maya das erste Mal begegnet war …

Er war sofort von ihr fasziniert, von ihren anmutigen Bewegungen und ihrer Schönheit. Marcel konnte sehr wohl sehen, dass beinahe jeder Student seines Alters ein

Auge auf Maya geworfen hatte. Er rechnete sich bei diesem Andrang wenig Chancen aus. Mädchen zu beeindrucken war noch nie seine Stärke gewesen. Dennoch begegnete er ihr immer wieder. Maya studierte wie er Archäologie. In manchen Kursen sahen sie sich regelmäßig. Marcel bemerkte, dass Maya von anderen Studenten oft gehänselt oder verspottet wurde. Er hatte mitbekommen, dass sie wohl einige Einladungen abgelehnt hatte. Es wurde erzählt, dass sie frigide oder zu hochnäsig sei, um sich mit ihnen einzulassen. Ganz böse Zungen behaupteten, dass sie eine Lesbe sei. Auch die weiblichen Studenten mieden sie. Marcel hatte Mitleid. Er fand sie nach wie vor faszinierend. Sie war offensichtlich eine sehr fleißige Studentin. Nie kam sie zu spät, und immer sah er sie mit Unterrichtsmaterial in den Händen. Oft war sie tief in ihre Lektüre versunken. So gerne er sie auch angesprochen hätte, er fand keine Gelegenheit dazu. Bis er sie eines Tages unter einem Baum erblickte, wie sie leise weinte. Es machte ihn betroffen, sie so zu sehen. Ganz vorsichtig ging er zu ihr hinüber. »Kann ich dir irgendwie helfen?«, fragte er leise.

Sie zuckte zusammen, schaute ihn mit rot geweinten Augen an und schüttelte den Kopf. »Nein, lass mich in Ruhe. Irgendwann reicht es doch wohl mit euren Demütigungen, oder?«

Marcel kramte ein frisches Taschentuch aus seiner Aktentasche und reichte es ihr. »Ich weiß nicht, wovon du redest, aber das kannst du wohl brauchen. Ich kann auch gehen, wenn du deine Ruhe haben willst.«

Sie nahm das Taschentuch und schniefte. »Danke.« Sie schnäuzte sich kräftig und fragte dann: »Was willst du von mir?«

»Gar nichts. Als ich dich weinen sah, habe ich mich gefragt, ob du vielleicht Hilfe brauchst.«

»Und warum willst du mir helfen?«, wollte sie wissen.

»Weil jeder Mensch einen Freund braucht.« Und das meinte er in diesem Moment ganz ehrlich. Diese junge Frau brauchte einen Freund, keinen Liebhaber. Das erkannte er.

Ungläubig schaute sie ihn an. »Ist das dein Ernst? Du willst nicht mit mir ins Bett?«

»Wow, du bist ganz schön direkt.« Marcel war etwas verlegen. »Klar wäre es schön, mit dir ins Bett zu gehen. Du bist eine wunderschöne Frau. Doch darum bin ich nicht zu dir gekommen. Ich finde dich als Mensch interessant, seit ich dich das erste Mal gesehen habe. Natürlich hat da dein Aussehen mit hineingespielt. Aber ich habe nicht gedacht, dass wir jemals ein Wort miteinander wechseln würden.«

Maya schaute ihm nun direkt in die Augen, und er hielt ihrem Blick stand. »Ich glaube dir«, befand sie.

Mit der Zeit wurden die beiden richtig gute Freunde, und Maya erzählte ihm nach und nach ihre ganze Geschichte. Je mehr er von ihr erfuhr, umso besser verstand er ihr Verhalten und umso mehr bewunderte er ihre Kraft. Ja, er liebte Maya. Doch als eine Schwester, als seine beste Freundin, nicht als die Frau an seiner Seite, mit der er sein Leben verbringen wollte. Fays Gesicht tauchte vor seinem inneren Auge auf, und ein kleiner, feiner Stich ließ sein Herz schmerzen.

»Und du, mein Sohn, was hast du heute noch vor?«, wandte sich Hugo an Marcel und holte diesen damit aus seinen Gedanken.

»Ich habe heute frei und werde dir Gesellschaft leisten. Du hast hier sicher einiges zu tun, wenn du demnächst umziehst.« Außerdem, dachte sich Marcel, könnte es ja sein, dass ich Fay heute noch einmal ohne ihren Freund sehe.

Das Vorstellungsgespräch

»Was machst du eigentlich beruflich?«, fragte Fay Peter, um ein möglichst neutrales Thema für einen Small Talk zu wählen.

»Ich bin Softwareentwickler. Meistens arbeite ich von zu Hause aus, wo ich auch mein Büro habe. Mein Vater ist den ganzen Tag auf dem Amt, und ich habe das Haus für mich allein. Wir sind damals hierhergezogen, nachdem meine Mutter uns verlassen hat. Das Haus war günstig zu haben. Mein Vater übernahm es von einer Witwe, die es alleine nicht halten konnte. Es steht in einer Siedlung, ist nichts Besonderes, aber solide und in einer guten Größe für uns beide.«

»Wie alt warst du, als deine Mutter gegangen ist? Ist sie gestorben?«, fragte Fay vorsichtig nach.

Peter lächelte traurig. »Für meinen Vater ist sie gestorben. In Wirklichkeit hat sie uns verlassen, als ich zehn Jahre alt war. Das Leben mit meinem Vater, dem Beamten, für den klare Regeln gelten und alles seine Ordnung haben muss, hatte sie ausgebrannt. Damals konnte ich das nicht verstehen. Sie hat mich bei meinem Vater zurückgelassen, weil sie keine Arbeit und auch keine Ausbildung hatte. Dennoch wollte sie gehen und sich selbst finden.« Fay konnte in Peters Stimme eine gewisse Bitterkeit mitschwingen hören. »Sie zog zu ihrer Schwester. Ein Jahr später ließ sie sich scheiden. Sie hatte eine Ausbildung zur Mentaltrainerin gemacht und in diesem Umfeld einen Mann kennengelernt, der, wie sie sagte, ihr Seelenpartner war. Damit starb meine Hoffnung, dass sie doch noch zu uns zurückkehren könnte. Seit damals warnt mich mein Vater vor Frauen, die auf der Suche nach sich selbst sind.

›Lauter durchgeknallte Weiber!‹, sagt er immer. ›Besser, sie würden Kinder bekommen, dann hätten sie genug zu tun und weniger Flausen im Kopf. Hätte deine Mutter nach deiner Geburt noch mehr Kinder bekommen können, wäre sie sicher nicht auf diese blöden Ideen gekommen.‹ Meine Mutter hatte mit mir eine sehr schwere Geburt. Wir wären damals beide fast gestorben. Die Ärzte rieten ihr von einer weiteren Schwangerschaft ab.« Nun schwieg er.

Mit welcher Offenheit er mit ihr über sein Leben redete. Fay war ein bisschen beschämt. Sie hatte nicht das Gefühl, ihm so offen von sich erzählen zu können. Nachdem er ihr sein Herz ausgeschüttet hatte, fühlte sie sich noch viel weniger in der Lage dazu. War sie doch auch so ein »durchgeknalltes Weib« auf der Suche nach sich selbst.

»Ich habe deinem Vater erzählt, dass ich gekündigt habe, weil ich mich selbst finden möchte und nicht genau weiß, was ich aus meinem Leben machen soll. Kann es sein, dass er deshalb so ruppig mit mir umgeht?«, fragte sie nachdenklich.

Peter lachte schallend auf. »Oh je, da bist du doppelt ins Fettnäpfchen getreten. Erstens bist du in deinem Alter noch unverheiratet und zweitens auch noch auf einem Selbstfindungstrip. Natürlich kannst du im Grunde nichts für das, was mein Vater erlebt hat. Aber ich befürchte, du hast recht. Aus vielen Gesprächen mit ihm über seine Arbeit weiß ich, dass er bei Frauen mit den Auflagen wesentlich strenger ist, und wenn diese dann auch noch durchblicken lassen, auf der Suche nach dem Sinn des Lebens zu sein, dann sieht er rot. ›Denen werde ich schon zeigen, was der Sinn des Lebens ist – arbeiten‹, sagt er immer dazu«, erzählte Peter. »Ich habe schon oft versucht, ihm zu erklären, dass er in seinem Job objektiver handeln muss und nicht alle Frauen in einen Topf werfen kann. Aber ich glaube nicht, dass er in diesem Leben noch mehr Verständnis für sie entwickeln wird. Egal, für mich war er immer ein wunderbarer Vater. Er hat sich jeden Tag bemüht, mich in allem zu unterstützen, was ich machen wollte. Er hatte es nicht leicht. Wir konnten uns keine Haushaltshilfe leisten. Er musste neben seiner Arbeit auch noch kochen, putzen, einkaufen, mit mir lernen und die Kleidung flicken. Später habe ich mir dann selbst das Kochen beigebracht, um ihn etwas zu entlasten. Wir sind ein Männerhaushalt, wir haben uns arrangiert.« Peter grinste Fay schräg an. »Wir sind nur nicht unbedingt das, was man gemeinhin ›gesellig‹ nennt. Damit tun wir uns beide schwer. Mein Vater hat den ganzen Tag mit so vielen Menschen zu tun. Da ist er froh, in seiner Freizeit keine sehen zu müssen, außer die von seinem Stammtisch. Und ich habe nie so wirklich gelernt, wie man mit anderen richtig umgeht. Du erinnerst dich, ich war in der Schule schon nicht so gut im Gruppenkuscheln.«

»Wie stehst du zu Menschen, die den Weg zu sich selbst beschreiten?«, wollte Fay wissen.

Peter blickte kurz zu ihr, und Fay sah den etwas ängstlichen Ausdruck in seinem Gesicht. »Sorry, ich kann damit auch nicht so gut umgehen. Wir haben hier doch alles, was wir brauchen. Die meisten von uns haben ein Dach über dem Kopf, einen Job und so viele Klamotten, dass sie diese säckeweise wegwerfen können. Was brauchst es noch mehr im Leben?«, fragte er.

»Etwas, was dem Leben einen Sinn gibt, was einem von Herzen Freude macht, eine Aufgabe, die nicht nur das Überleben sichert, sondern einen erfüllt …«

Peter unterbrach sie. »Tja, wie sagt mein Vater so schön? ›Das Leben ist kein Ponyhof‹, oder wahlweise: ›Das Leben ist keine Schokolade.‹ Es gilt immer, Kompromisse einzugehen. Nicht jeder ist zum sorglosen Superstar geboren, auch wenn das Fernsehen etwas anderes vermittelt. Ich bin der Meinung, wir sollten mit dem zufrieden sein, was wir haben.«

»Wenn wir immer mit allem zufrieden sind, entwickeln wir uns doch nicht weiter!«, meinte Fay etwas empört über Peters einfache Denkart.

»Müssen wir uns denn ständig weiterentwickeln? Wir Menschen sind doch sowieso schon die am höchsten entwickelte Spezies hier auf Erden, das genügt doch. Mir reicht das, was ich habe. Zu meinem Glück hast nur noch du mir gefehlt. Jetzt habe ich alles.« Siegessicher schaute er Fay an.

Fay blickte ihn entgeistert an. »Peter, ich glaube …«, begann sie, als Peter sie unterbrach.

»Wir sind da. Bitteschön, mein Schatz! Pünktlich zu deinem Vorstellungsgespräch im ›Traumland‹. Vielleicht wird da drinnen ja auch dein Lebenstraum wahr, und du kannst aufhören, ihn zu suchen«, meinte er aufmunternd.

Fay wusste nicht, was sie antworten sollte. Er ignorierte offensichtlich all ihre Regungen. Oder konnte es sein, dass er sie tatsächlich nicht wahrnahm?

»Hopp, hopp, Süße. Sonst kommst du doch noch zu spät«, scheuchte er sie lachend aus dem Auto. »Ich werde inzwischen die Taschen wegbringen und warte dann hier auf dich.«

Fay wusste nicht, wie sie sich verhalten sollte. Einerseits tat ihr Peter leid, andererseits wollte sie ihm nach wie vor keine Hoffnungen machen. Dennoch war sie froh um seine Hilfe. »Okay, bis nachher. Ich hoffe, es dauert nicht lang.«

Fay warf die Autotür zu und steuerte das moderne Gebäude an, auf dem in riesigen Buchstaben ›Traumland‹ geschrieben stand. Auf dem Weg dorthin fragte sie zaghaft in ihren Gedanken: Jemand hier? Edward, Sarah oder vielleicht Lana? Fay bekam keine Antwort. Ziemlich hoffnungslos fragte sie noch einmal: Diana, Funny, seid ihr da? Wieder kam keine Antwort. Fay seufzte und wünschte sich Kurt, die kleine, resolute Raupe, zurück. Er hatte ihr beigestanden, als sie ihre Stelle bei »Babylon« gekündigt hatte. Nun war aus ihm Diana, der Schmetterling, geworden. Diana und Fay hatten bisher kaum Kontakt miteinander gehabt. Sie wusste nicht so recht, wie sie mit einem Schmetterling als Krafttier umgehen sollte. Eine schamanische Reise wäre da sicher eine gute Idee. Nur, wann sollte sie die machen? Gerade blieb in ihrem Leben keine Zeit für so etwas übrig.

»Das ist jetzt eine Ausrede,« hörte sie Funnys Stimme. »Du kannst mit uns auch in Kontakt kommen, wenn du uns lebst. Das weißt du genau.«

Da war ja doch jemand! Fays Miene hellte sich auf. Wie soll ich euch denn leben, wenn alles in meinem Leben gerade den Bach runtergeht?, dachte sie.

»Lass uns Platz in deinem Leben, so einfach ist das. In meinem Fall: Mach Dinge, die Spaß machen. Vertraue auf dein Bauchgefühl, auf deine Mitte, nicht auf deinen Magen. Dann lässt du Sarah Platz. Mach es einfach.«

Fay hatte gerade die Eingangstür des Gebäudes erreicht, als diese sich im selben Moment öffnete. Vor ihr stand ein verschlafen aussehender Mann. Fay schätzte ihn auf Ende dreißig. Er schaute sie für einen Moment verwirrt an, dann fiel ihm offensichtlich ein, wer sie sein musste.

»Bist wohl das Vorstellungsgespräch. Darum hat der Wecker geläutet. Bitteschön, hab gerade aufgesperrt. Tu ich immer, wenn der Wecker läutet.« Mit einer Drehung, die wohl elegant wirken sollte, bat er Fay durch die Tür ins »Traumland«.

Mit ihrem ersten Schritt hinein erfasste sie einen Geruch nach abgestandenem Alkohol und Zigaretten. Der erste Blick offenbarte ihr eine mittlere Müllhalde. Überall lag Zeug herum. Vor sich sah sie eine Bar, die im hinteren Teil in eine große Halle mit Bühne überging. Es war tatsächlich ein Eventtempel. Nun sah Fay auch die große Galerie oberhalb der Bar, auf der zusätzliche Tische standen.

»Ich bin Rick, und das ist mein Laden. Keine Sorge, da kommt nachher noch ein Reinigungstrupp vorbei. Die spritzen hier alles mit Hochdruck raus. Deshalb haben wir nur Plastikbecher und Aluaschenbecher. Weil wir ein Club sind, kann hier geraucht werden, aber nur an der Bar und auf der Galerie. Im Konzertsaal besteht Rauchverbot. Drogen sind hier verboten, außer Alkohol natürlich. Unsere Gäste halten sich dran, und wenn nicht, drücken wir ein Auge zu. Getränke gibt es nur an der Bar. Ihr seid je nach Veranstaltung bis zu zehn Leute in einem Team. Die Bar ist flexibel zu verschieben. Modulbauweise. Ihr arbeitet alle mit einer Kasse, das Trinkgeld wird geteilt, aber die Verluste auch. Deine Jeans könnte ein bisschen enger sein und dein Oberteil unbedingt knackiger und knapper. Dienstbeginn ist 16 Uhr, Open End. Kannst du schon morgen anfangen?«

Fay wurde in diesem dunklen, fensterlosen Raum schwindelig. Ihr Magen verkrampfte sich, und sie überkam eine leichte Übelkeit. Sie verstand, dass das die Gefühle waren, die sie hatte, wenn sie gegen ihre Lebensfreude und ihr Vertrauen handelte.

»Hallo, ich bin Fay. Ich habe zwar eine Ausbildung zur Kellnerin absolviert, aber eigentlich will ich den Job nicht mehr machen. Ich möchte mich in nächster Zeit beruflich umorientieren und habe bereits ein Angebot erhalten. Nächsten Freitag bekomme ich Bescheid, ob ich eingestellt werde«, antwortete Fay mit fester Stimme.

»Bis nächsten Freitag ist noch eine ganze Woche Zeit. Da könntest du hier arbeiten. Ich zahle dir 20 Euro bar auf die Hand«, schlug ihr Rick vor.

Fay überlegte kurz. Das war mehr Geld, als sie erwartet hatte. »Nein, ich würde den Job auch nicht annehmen, wenn du mir 30 Euro in der Stunde zahlst«, lehnte Fay dann bestimmt ab.

Ricks Telefon läutete, er holte es aus seiner Hosentasche und grinste. Als er abnahm, schaute er Fay direkt in die Augen. »Guten Tag, Herr Wagenreich. Ja, Frau Heylrich ist da. Sie stellt sich gerade bei mir vor. Ja. Nun, wir sind uns noch nicht einig geworden. Ja, ich erinnere sie daran.« Bei diesem Satz grinste Rick überlegen. Fay erinnerte es an das Grinsen von Mike damals im Büro seines Onkels bei »Babylon«, an dem Tag, als sie gekündigt hatte. »Auf Wiederhören, Herr Wagenreich, und vielen Dank für die gute Zusammenarbeit.«

Rick steckte sein Handy wieder in die Hosentasche und schaute Fay mit einem triumphierenden Gesichtsausdruck an. »Ich soll dir vom alten Wagenreich sagen, dass er dir die Arbeitslosenzahlungen für weitere zwei Wochen sperrt, solltest du nicht ab morgen hier arbeiten.«

»Lass dir das jetzt nur nicht gefallen, Fay! Merkst du, was hier läuft? Hier herrscht derselbe Sumpf wie bei ›Babylon‹. Lass dich da nicht reinziehen!«, vernahm sie Edwards Stimme.

Fay ging auf Rick zu. Er war für einen Mann recht klein, etwa so groß wie Fay. Sie blieb knapp vor ihm stehen, schaute ihm direkt in die Augen und sprach mit fester, klarer Stimme: »Richte dem alten Wagenreich aus, dass ich Urlaub mache und mir diesen selbst finanziere. Ich werde ganz sicher nicht in deiner ›Traummüllhalde‹ arbeiten. Such dir jemand anderen.« Mit diesen Worten drehte sie sich um und ging zur Tür. Das Herz klopfte ihr bis zum Hals. Sie spürte Hitze und eine freudige Erregung in sich.

»Jaaa, du hast es getan, Fay! Du hast dich nicht einschüchtern lassen! Du hast Edward gehört und gefühlt. Siehst du, zu was du fähig bist, wenn du uns wirken lässt?«, jubelte Funny in Fays Gedanken.

Ja, ich spüre euch! Das ist so schön, dachte sie glücklich und verließ beschwingt das »Traumland«. Währenddessen vernahm sie eine wunderschöne Stimme, die sie mit einem magischen Gesang rief.

Erinnerungen

Maya und Hugo unterhielten sich angeregt über die kommenden Tage. Der Umzugstermin stand noch nicht unmittelbar vor der Tür. Sie konnten sich also Zeit lassen und alles nach und nach organisieren.

Marcels Gedanken schweiften wieder in die Vergangenheit. Er dachte an die Studienzeit zurück, als er Maya kennengelernt hatte. Diese Freundschaft hatte seine Wahrnehmung der Frauen und der Weiblichkeit insgesamt sehr verändert.

Maya hatte neben Archäologie noch Soziologie mit dem Schwerpunkt »Die Rolle der Frau in unterschiedlichen Kulturen« studiert. Dabei war sie immer wieder auf Informationen gestoßen, die gezeigt hatten, wie Frauen auf der ganzen Welt im Namen der Religionen und durch kulturelle Prägungen der Völker unterdrückt und tief in ihrer weiblichen Seelenkraft verletzt wurden. Maya war schon immer eine überzeugte Rebellin und eine leidenschaftliche Kämpferin für das Recht der Frau gewesen. Wenn sie in ihrer Studentenbude glühende Reden zur Befreiung der weiblichen Kraft gehalten hatte, war es jedes Mal gewesen, als würde ihr ganzer Körper Funken sprühen.

An einem Abend war aber alles anders gewesen. Sie war zu ihm gekommen. Ihre Augen waren gerötet gewesen. Er hatte sie in den Arm genommen, und sie war sofort wieder in Tränen ausgebrochen.

»Haben sie es wieder getan?«, hatte er gefragt. Maya hatte genickt. Er hatte gewusst, dass es auf dem Campus eine Gruppe junger Männer gab, die Maya schon seit Wochen fertigmachten. Bei jeder Gelegenheit waren sie ihr gegenüber sowohl mit Worten als auch mit Taten übergriffig geworden.

Trotz ihres intensiven Einsatzes für die Frauen war sie keine Feministin. Im Gegenteil, Maya war davon überzeugt, dass es die größte Kraft der Frau war, den Herd zu hüten. Ihrer Meinung nach war die Frau die Ernährerin der Familie. In ihrer Rolle bereitete sie die Mahlzeiten zu und wachte über das Herdfeuer, den Mittelpunkt des Lebens. Dieses Feuer spendete Licht, Leben, Wärme und Nahrung. Für sie war es die uralte Alchemie der Göttin, die in der Küche einer wahren Frau wirkte. Wenn sie das anderen erklärte, stellte sie am Ende immer die Frage: »Wo sitzen die Menschen am liebsten, und wo werden die meisten Geschichten erzählt?« Die Antwort war ganz klar: in der Küche.

Als sie sich damals beruhigt hatte, hatten sie sich auf Marcels kleines Sofa gesetzt. Er war damals nach wie vor in diese schöne Frau verliebt gewesen, aber er hatte sich in Geduld geübt. Ohne ihr Zutun hätte er niemals versucht, sie zu küssen oder gar mehr.

»Können wir ein bisschen kuscheln?«, hatte Maya gefragt. »Nur kuscheln.« Sie hatte ihn mit ihren unglaublich dunklen Augen angesehen. Er hatte Hoffnung und ein bisschen Angst in ihnen erkennen können.

»Natürlich können wir das«, hatte er erwiderte. Er war ans obere Ende des Sofas gerutscht, Maya hatte sich in seine Arme gekuschelt und die Augen geschlossen. Sein Herz hatte ihm bis zum Hals geklopft. Wow, die schönste Frau der Uni liegt hier in meinen Armen und kuschelt mit mir, hatte er bei sich gedacht und es kaum glauben können. Ganz sanft hatte er mit seiner Hand über ihren Kopf gestrichen.

Maya hatte tief durchgeatmet, ein schmerzvoller Seufzer war gefolgt. »Ich erzähle dir jetzt meine Geschichte, weil ich dir vertraue. Ich hoffe, dass es unsere Freundschaft nicht zerstört.«

Marcels Magen hatte sich für einen Moment verkrampft. Er hatte Maya ein wenig fester in die Arme genommen und in ihre dunklen Haare gemurmelt: »Danke für dein Vertrauen. Ich werde dir zuhören.«

Und Maya hatte ihm alles erzählt. Sie wurde in Somalia geboren. In das Chaos der dort herrschenden Clankriege hinein. Ihre Familie war streng gläubig und lebte in sehr einfachen Verhältnissen. Sie hatten einen kleinen Hof, Vater und Mutter konnten gerade gut genug lesen, schreiben und rechnen, um auf dem Markt handeln zu können. Sie sahen sich selbst als traditionelle koptische Christen. Damals wurden bei den Kopten Mädchen wie Jungen rituell beschnitten. So wurde auch Maya als Dreijährige dieser grausamen Tradition unterzogen. Sie erinnerte sich an eine alte Frau, die mit groben Händen die Schnitte ausführte.

Maya hatte während ihrer Erzählung leise geweint. Marcel hatte dabei eine Mischung aus Wut, Hilflosigkeit und Schmerz empfunden.

Maya hatte ihren Kopf gehoben und Marcel in die Augen geschaut. »Sie haben mich beschnitten und zugenäht. Ich werde nie Lust empfinden können. Im Gegenteil, es tut mir höllisch weh, wenn ich versuche, mit einem Mann zu schlafen. Als ich ungefähr acht Jahre alt war, wurde es mit den Unruhen immer schlimmer. Eines Tages wurde unser Hof überfallen. Ich war mit den Ziegen unterwegs. Als ich am späten Nachmittag zurückkam, lag mein Vater tot im Hof, das Haus war niedergebrannt und meine Mutter verschwunden. Mein kleiner Bruder saß weinend neben unserem toten Vater. Er war damals zwei Jahre alt. Ich wusste, dass es drei Tagesmärsche von unserem Hof entfernt eine Missionsstation gab, die von einem deutschen Pfarrersehepaar geleitet wurde. Sie waren zwar keine Kopten, aber Christen. Ich nahm meinen Bruder auf den

Arm und machte mich auf den Weg. Wir hatten Glück. Unterwegs trafen wir keinen einzigen Menschen. Ich hielt mich bewusst von den Hauptwegen fern. Als wir in der Mission ankamen, wurden wir dort sehr freundlich aufgenommen. Es gab dort unzählige Kinder wie uns. Bald schon hatten wir uns eingelebt. Eines Tages kamen Menschen von auswärts in unsere Mission. Adoptiveltern aus Europa, erklärte uns jemand. An diesem Tag fand mein kleiner Bruder eine neue Familie. Die Kleinen hatten mehr Chancen. Das begriff ich bald. Es gab dort eine kleine Schule, und ich war eine fleißige Schülerin. Eines Tages kam eine der Missionsschwestern zu mir. Sie erzählte mir von einem Internat in Europa, das zu dieser Mission gehörte. Dort konnten sie Kinder hinschicken, die sich als besonders begabt erwiesen hatten. Wenn ich das wollte, so meinte sie, könnte ich dahin kommen, da ich mit meinen zehn Jahren kaum noch eine Chance auf einen Adoptivplatz hatte. Ich war zu alt. Natürlich nahm ich dieses Angebot an, und so kam ich nach Österreich. Die Hilfsorganisation, zu der auch die Mission in Somalia gehörte, finanzierte meinen Flug und übernahm auch alle sonstigen anfallenden Kosten. Sie bezahlten auch meine Operation, bei der die Nähte geöffnet wurden – mehr konnten sie nicht für mich tun. Wenn ich genug Geld habe, möchte ich ihnen alles zurückgeben, damit sie noch vielen anderen Kindern wie mir helfen können. Jetzt weißt du, warum ich alle Einladungen von Männern ausschlage. Ich will es mir nicht antun, mich zu verlieben. Jeder Mann will mit seiner Frau schlafen. Ich habe es versucht, es geht nicht. Ich ertrage die Schmerzen nicht. Und da bist nun du, Marcel. Du bist wunderbar, so erfrischend, ruhig und stark. In deiner Gegenwart fühle ich mich beschützt und sicher. Ja, ich habe mich in dich verliebt, in dich, den Menschen, der du bist. Aber mit dem Mann, der du auch bist, werde ich nie intim sein können. Ich konnte mich auf dich einlassen, weil du anders als die

ganzen anderen Männer bist, die mich als Trophäe be-
trachten und besteigen wollen. Kannst du mein Freund
sein, ohne mich als Frau zu begehren?«

Die Welle an Gefühlen, die Marcel in diesem Augenblick
überflutet hatte, war ihm bis heute in Erinnerung geblieben.

»Ja, ich will dein Freund sein. Ich will dich beschützen,
wie es ein großer Bruder für seine kleine Schwester tun
würde. Und wie ein Bruder, wie ein bester Freund kann ich
dich auch lieben«, versprach er Maya an diesem Tag.

Mit der Zeit hatte er erkannt, was für ein großes Geschenk
diese Freundschaft war.

»Marcel? Hörst du mich?«, drang in diesem Moment Mayas
Stimme in seine Gedanken.

»Ähm, nein. Entschuldige, ich war in Gedanken bei
unserer Studienzeit. Was hast du gesagt?«

»Hans und ich werden das Geld aus dem Projekt an die
Missionsstation in Somalia spenden. Jetzt kann ich endlich
anfangen, etwas von dem zurückzugeben, was sie für mich
getan haben.«

Marcel lächelte Maya an. »Ich finde, das ist eine gute Idee.
Vor allem, weil die Mission ja schon seit Jahren gegen die
Beschneidungspraktiken in Somalia vorgeht.«

»Ja, genau. Du hast es dir gemerkt. So schließen sich
Kreise, und Heilung geschieht.« Maya zwinkerte Marcel
glücklich zu.

Wachstum

Funny saß noch immer im Lotossitz auf der Lichtung, als sie ein Kitzeln an ihrer Wange spürte. Es war der zarte Flügelschlag von Diana.

»Funny, was war das gerade? Du bist eben ein ganzes Stück gewachsen!«, rief der zarte Schmetterling aus.

»Sarah auch«, merkte Lana mit ruhiger Stimme an.

»Habt ihr es nicht gemerkt?«, wollte Edith wissen. »Fay hat sich gerade selbst vertraut. Sie hat sich gegen den Typ von der Arbeitsagentur durchgesetzt und gegen diesen Rick auch.«

»Ja, das hat sie klasse gemacht!«, züngelte Udo.

»Hm, was ist aber nun mit diesem Peter? Sie liebt ihn nicht«, grübelte Diana.

»Das stimmt«, meldete sich Edward, »aber sie mag ihn. Im Moment tut er ihr gut.«

»Kann schon sein, aber er ist definitiv in sie verliebt und sie nicht in ihn. So etwas endet meistens nicht gut, zumindest für einen von beiden«, gab Diana zu bedenken.

Sarah erhob ihre Stimme: »Wie ihr alle bemerkt habt, bin auch ich gewachsen. Fay vertraut also in sich und in ihr Gefühl. Sie wird es schon schaffen und Peter reinen Wein einschenken. Je früher, desto besser.«

»Wo ist eigentlich Sulis?«, wollte Funny nun wissen. Die wunderschöne Brunnengöttin war verschwunden.

»Sie ist zurück an ihrer Quelle im Ahnenwald. In der alltäglichen Welt hat eine Frau sie gerufen. Sie hat uns ihren Segen hiergelassen«, informierte Fylgir Funny.

»Ja, ich kann den goldenen Regen des Segens sehen, alles schimmert in diesem Licht. Das ist wunderschön!« Funny hüpfte in einem Satz auf die Beine und begann, über die Wiese zu tanzen. »Weil ich den Glauben hab, dass die Liebe siegt!«, trällerte sie vor sich hin. »Die Liebe siegt, und das Leben beginnt!« Sie lachte ausgelassen, ließ sich fallen und kugelte zwischen den Blumen über die Wiese.

Die Freunde beobachteten schmunzelnd, wie Funny ausgelassene Lebensfreude verbreitete, als sich die Stimmung auf der Lichtung veränderte.

»Ah, Wahitiko ruft uns!«, erkannte Udo.

Im nächsten Augenblick fanden sie sich alle am Lagerfeuer des Lehrers wieder.

»Wow, du kannst uns ja sowohl auf die Lichtung als auch von der Lichtung zu dir zaubern, wie es dir gefällt«, staunte Funny. Sie war nun ehrlich beeindruckt.

Wahitiko musste schmunzeln. »Kleines, das ist doch hier in der Anderswelt ganz normal. Zumindest für uns zeitlose Wesen, die wir hier wirken. Wir wissen nicht nur, dass es keine Grenzen und keine Zeit gibt, wir leben dieses Wissen auch. Ich bin mit Fay und ihren Fortschritten, die sie in ihrem Leben macht, sehr zufrieden. Es hat ein bisschen gedauert, bis sie sich erinnert hat, dass ihr alle immer bei ihr seid. Wenn es im Leben eines Menschen turbulent zugeht, hat er oft das Gefühl, den Zugang zu den Helfern aus den Anderswelten verloren zu haben. Er muss darauf vertrauen, dass seine Helfer immer da sind. Nur dann können wir ihm beistehen, wie es unsere Aufgabe ist. Bei eurem letzten Besuch habe ich euch gesagt, Fays erste Aufgabe wird sein, der Selbstliebe mehr Raum in ihrem Leben zu geben. Ihr Verhalten bei dem Vorstellungsgespräch war sehr gut. Sie hat dabei in erster Linie auf sich selbst geachtet, auf ihr Wohlbefinden, und sich ihrem Gefühl entsprechend entschieden. Genau das hat euch beide, Funny und Sarah, wachsen lassen. So funktioniert es immer. Der Mensch entscheidet, und seine Verbündeten in der Anderswelt wachsen oder schrumpfen. Je größer ihr seid, umso mehr könnt ihr wirken. Das verhält sich wie mit der Energie. Je mehr Energie vorhanden ist, umso heller leuchtet das Seelenlicht eines Menschen.«

»War das nun schon die erste Prüfung für Fay? Hat sie gelernt, sich selbst zu lieben? Dann war das nämlich ganz einfach«, plapperte Funny.

Wahitiko lachte, und sein ganzer Körper bebte dabei. Funny und die anderen mussten grinsen. Es war ein zu lustiger Anblick, wie dieser Mann sich in seiner ganzen Fülle vor Lachen schüttelte. »Funny, du bist immer so zuversichtlich. Das ist gut! Was würden die Menschen nur ohne eine Kraft wie dich tun?! Nein, diese Prüfung hat erst begonnen. Sie ist unmittelbar mit der Aufgabe, ehrlich zu sein, verbunden. Sie muss lernen, dass Ehrlichkeit sich selbst gegenüber und im Umgang mit anderen Menschen ihre Eigenliebe stärkt. Unehrlichkeit hingegen führt zu einem schlechten Gewissen, was ihr System schwächt und sie sich von der wahren Liebe entfernen lässt.«

»Okay, sie muss also diesem Peter sagen, dass sie ihn nicht liebt, richtig?«, wollte Diana wissen.

»Ja, das sollte sie zu ihrem eigenen Wohl tun.« Wahitiko nickte.

Nachdenklich schaute Fylgir in die Runde. »Ich habe das Gefühl, dass sie sich vorerst mit Peter von Marcel und Maya ablenken wird. Er tut ihr leid. Sie kann spüren, dass er im Grunde ein einsamer Mensch ist, der nach Liebe sucht, aber noch nicht verstanden hat, dass er diese nur in sich selbst finden kann. Ebenso wie Fay und alle anderen Menschen diese Liebe nur in sich selbst finden werden.«

Udo nickte. »Ja, das befürchte ich auch. Würde sie doch nur endlich mit den beiden sprechen. Alles würde sich aufklären.«

»Alles zu seiner Zeit, nur Geduld«, meldete sich Lana.

»Edward, du und deine Kraft werden für Fay eine wichtige Rolle spielen, damit sie ehrlich zu Peter und sich selbst sein kann. Sei besonders aufmerksam, und nutze jede Gelegenheit, um dich in ihr groß zu machen!«, wies Wahitiko den Ritter des Herzens an.

Edward nickte ernsthaft. Er war sich bewusst, wie wichtig Ehrlichkeit war. »Ich werde wachsam sein. Und wenn Fay mich braucht, werde ich da sein.«

»Gut, dann haben wir für den Moment alles besprochen. Wir sehen uns sicher bald wieder.« Mit diesen Worten verschwand Wahitiko, und die Freunde fanden sich vor Fays Hütte auf der Lichtung wieder. Auf der Bank saß Twifal und rauchte ein stinkendes Kraut. Seine Augen blitzten gefährlich auf. Irgendetwas hatte er vor, das konnten die Freunde spüren.

Der Ausflug

Schlagartig wurde Fay aus ihren Gedanken gerissen, als ihr jemand in den Po kniff und eine Stimme direkt neben ihr recht laut sagte: »Na, mein liebster Knackarsch, hast du alles erledigt? Ich schon. Hab alle Klamotten entsorgt und bin bereit für einen schönen Tag mit der Frau meiner feuchten Träume!«

»Mach das nie wieder!«, fuhr Fay Peter an. Sie spürte, wie heißer Zorn in ihr hochbrodelte. »Wage es nie wieder, mich so zu berühren. Das ist erniedrigend«, zischte sie. Erstaunt stellte Fay fest, dass es Diana war, die gerade in ihr wirkte.

Dankeschön, mein Schmetterling, du überraschst mich gerade. So eine heftige Reaktion bei deiner Zartheit?

»Gern geschehen, Kleines. Tja, ich bin auch eine Kriegerin, nicht nur eine Prinzessin. Da reagiere ich entsprechend in solchen Situationen – wobei, Kurt hätte Peter sicher auch in die Schranken gewiesen«, schmunzelte Diana.

»Tut mir leid. Ich bin wohl ein wenig übermütig geworden. Ich weiß halt nicht, wie man sich gegenüber seiner Freundin verhält, weil ich noch nie eine hatte. Wenn ich mal eine Frau mit nach Hause gebracht habe, hat mein Vater sie wieder vergrault. Keine will mit einem Computer-Nerd zusammen sein, der mit 28 noch bei seinem Vater wohnt, am Abend mit ihm Nachrichten schaut, den Haushalt schmeißt und den Hund versorgt.« Mit traurigen Augen schaute Peter Fay an. »Dann wird das heute wohl nichts mehr mit unserem Ausflug«, sagte er resigniert.

Er tat Fay leid. Sie konnte sehen, dass er ein sehr einsamer, verletzter und ängstlicher Mensch war. Was solls, dachte sie. Das Vorstellungsgespräch ist erledigt, gerade eben geht es mir richtig gut. Die Fronten sind geklärt. Warum sollte ich eigentlich keinen Ausflug mit ihm machen? Es wird mir sicher guttun, aus der Stadt rauszukommen.

Fay spürte in ihrem Herzen und in ihrem Magen ein undefinierbares Gefühl. Es war nicht stechend oder ziehend wie sonst, sondern eher schwammig, nicht greifbar. Wenn sie an Peters Geschichte dachte, schien sich ihr Herz zu öffnen, ihre Mitte pulsierte ein wenig. Das war neu, anders als das Gefühl, das sie hatte, wenn sie zweifelte. Das konnte sie inzwischen zuordnen.

»Wir machen den Ausflug. Aber du wirst dich benehmen«, entschied sie.

Peters Miene hellte sich auf. »Echt, du kommst trotzdem mit? Ja, ich werde mich benehmen. Du sagst mir einfach immer sofort, wenn ich etwas falsch mache. Danke, Fay.« Mit diesen Worten ging er zum Auto, und Fay folgte ihm.

Als Peter losfuhr, begann er zu erzählen: »Ich kenne da einen schönen Weg durch einen alten Wald mit riesigen Bäumen, der auf eine Lichtung führt. Es ist angenehm, dort zu laufen, nicht zu steil. Der Hauptweg führt zu einer Almhütte. Da gehe ich selten hin. Mir sind dort zu viele Leute ...« Er verlor sich in Beschreibungen über den Weg und die Lichtung.

Fay hörte nur mit halbem Ohr zu, weil sie ein leises Kichern gefolgt von Twifals Stimme vernahm: »Gut, Fay. Funny hat gesagt, du sollst das tun, was dir Freude macht. Ein Spaziergang im Wald macht sicher Spaß. Du wirst schon sehen.«

Ja, du hast recht. Aber was willst du von mir, Twifal? Woran soll ich denn jetzt wieder zweifeln?, fragte sie in Gedanken.

»Die Liebe hat viele Gesichter, stimmts, Fay?«, gab er zurück.

Peters Stimme holte sie aus ihrem innerlichen Zwiegespräch mit Twifal. »Hallo, Erde an Fay. Hörst du mich? Ich habe dich gefragt, wie viel Zeit du hast. Damit wir entscheiden können, ob wir den langen oder den kurzen Weg zur Lichtung laufen.« Peter schaute sie fragend an. »Ich habe dir beide Wege eben beschrieben, hast du mir zugehört?«

»Nein, entschuldige, ich war gerade in Gedanken«, sagte Fay.

»Du hast wohl an die neue Arbeitsstelle gedacht. Musst du noch etwas organisieren, bevor du dort anfangen kannst?«, wollte er wissen.

»Ich werde den Job nicht annehmen«, erwiderte sie.

»Warum nicht?«, fragte Peter erstaunt.

»Weil es mich krank machen würde, auch nur ein paar Tage dort zu arbeiten. In solchen Lokalen gibt es jede Menge schmierige Typen, die mir in den Po kneifen würden. Das will und brauche ich in meinem Leben nicht mehr.«

»Ich habe immer geglaubt, Frauen würden das mögen«, murmelte Peter kleinlaut.

»Nein, Peter. Das ist erniedrigend. Ebenso wie Bemerkungen über den Busen, Berührung der Schenkel oder auch ein zu enger und scheinbar zufälliger Körperkontakt.«

Fay lächelte still in sich hinein. Danke, Edward. Die Ansprache war gerade richtig gut und hat gesessen.

»Pass auf dich auf, Fay. Nicht alles, was nach Lebensfreude aussieht, ist es auch.«

Wie meinst du das?, wollte Fay wissen.

»Welchen Weg sollen wir jetzt nehmen? Ich muss es wissen, denn die entsprechenden Parkplätze sind an verschiedenen Orten«, fragte Peter nochmals. Fay horchte noch einen Moment in sich hinein, aber da kam keine Antwort mehr.

»Nehmen wir den kurzen Weg. Ich bin im Wandern nicht so geübt«, entschied Fay. Im Grunde war es ihr egal.

Als sie beim Parkplatz ankamen, stiegen sie aus. Es war ein wirklich schöner Wald, der da vor ihnen lag. Fay schloss die Augen und sog den Duft der Natur tief in ihre Lungen. Sofort hatte sie ein Bild von ihrem Visionsplatz vor Augen.

»Hey, nicht so stürmisch, Luna!«, hörte sie Peters Stimme. Im selben Moment sprang der Hund an ihr hoch und leckte ihr über das Gesicht.

»Wow, dein Hund ist ja im Umgang mit Menschen genauso ungeschickt wie du«, scherzte Fay. Obwohl Luna ein wirklich großes Tier war, war sie sehr sanft. Sie hatte Fay weder umgestoßen noch ihr wehgetan.

»Das ist ihre Art, sich zu entschuldigen«, erklärte Peter schmunzelnd und legte Luna an eine dicke Leine. »Solange wir auf dem Hauptweg bleiben, muss ich sie anleinen. Den Waldweg hoch zur Lichtung kann ich sie dann laufen lassen. Luna kennt den Weg.« Peter hatte einen Rucksack und eine Picknickdecke dabei. Er deutete mit dem Kopf auf den Weg. Luna reagierte sofort und begann mit aller Kraft, Peter in Richtung des Weges zu ziehen. Er lachte. »Ja, schon gut, mein Mädchen. Ich weiß, du willst jetzt losrennen. Du warst ja auch lange genug im Auto. Heute kannst du noch laufen, bis du umfällst. Wir fahren erst am Abend wieder zurück.«

Bei diesen Worten wurde Fay erst richtig klar, dass sie wohl einige Zeit mit Peter verbringen würde. Es war erst Mittag. Egal, dachte sie sich, das Wetter ist schön, ich werde mich einfach auf die Lichtung legen, Sonne tanken und Peter reden lassen.

»Ist das, was du gerade vorhast, wirklich aufrichtig und ehrlich?«, vernahm sie Sarahs Stimme.

Klar bin ich mir gegenüber ehrlich. Ich kann Sonne tanken. Was soll daran jetzt falsch sein?, wollte Fay trotzig wissen.

»Peter ist mit dir hier, weil er in dich verliebt ist, Fay, und das weißt du. Benutze ihn nicht als Ersatz für Marcel, das ist nicht ehrlich. Du bist mit ihm nur hier, um Marcel aus dem Weg zu gehen«, antwortete Sarah.

Das ist nicht der einzige Grund. Ich bin auch hier, weil er mir leidtut. Außerdem hat er mir mit den ganzen Klamotten geholfen. Er ist zwar etwas einfältig, aber nett und hilfsbereit, setzte Fay gedanklich dagegen.

»Interessierst du dich wirklich für ihn?«, wollte Sarah wissen.

Interessierte sie sich wirklich für ihn? Gute Frage. Darüber musste Fay erst nachdenken. Sie beobachtete, wie Peter, groß und schlaksig, von Luna den Weg entlang gezogen wurde. Da ging tatsächlich der Hund mit dem Herrchen spazieren. Er wirkte tollpatschig und unsicher. Bis vor Kurzem war sie das auch gewesen. Vielleicht konnte sie ihm ja dabei helfen, sein Leben zu ändern. Wirklich glücklich schien er ja nicht zu sein. Wieder spürte Fay eine gewisse Wärme in ihrem Herzen und ganz leicht auch in ihrer Mitte.

»Ja, ich interessiere mich für ihn«, sagte Fay und bemerkte im selben Moment, dass sie es laut ausgesprochen hatte.

Peter drehte sich um und sah sie an. »Für wen interessierst du dich?«, fragte er irritiert.

»Ähm, für dich«, sagte Fay wahrheitsgetreu. Sie spürte, wie ihr Kopf heiß wurde. Ich kann jetzt nicht sagen, dass ich mich für ihn interessiere, weil er mir leidtut. Das würde ihn verletzten. Fieberhaft überlegte sie, was sie zur Erklärung sagen sollte.

»Ich fühle mich geehrt, dass sich so ein zauberhaftes Wesen für mich interessiert.« Peter lächelte sie an. Er war durchaus gut aussehend, fiel Fay zum wiederholten Mal auf, besonders, wenn er lächelte. »Komm schon, da vorne ist die Abzweigung zur Lichtung.« Er griff nach ihrer Hand, aber zuckte sofort wieder zurück. »Darf ich das? Dich an der Hand nehmen?«

Fay zögerte kurz, dann gab sie ihm ihre Hand. Peter grinste breit und zog sie kraftvoll in die Richtung des kleinen Weges, der leicht bergauf ging. Nach kurzer Zeit konnten nur noch hintereinander hergehen, weil der Weg ziemlich schmal wurde. Er schlängelte sich sanft, aber stetig ansteigend den Hang hinauf.

Es war ein richtig schöner Waldweg, ein Jägersteig. Der Boden war weich und voller Wurzeln und Steine. Überall lagen alte Nadeln und Blätter. Die Luft duftete kräftig und nach neuem Leben. Beide liefen schweigend und auf ihre Schritte bedacht den Weg entlang, während sich Luna in den Wald verzogen hatte. Immer wieder sah Fay sie mit der Schnauze am Boden zwischen den Bäumen umherlaufen.

Nach einer gefühlten Stunde unterbrach Peter die Stille. »Jetzt haben wir gleich die Hälfte der Strecke geschafft.« Er lächelte Fay kurz an, blickte dann aber gleich wieder in Marschrichtung. So sah er nicht ihr ungläubiges Gesicht.

Wenn das der kurze Weg ist, bin ich froh, dass ich nicht den langen gewählt habe, ging es Fay durch den Kopf. Ich hatte mir eher einen kurzen Spaziergang von zehn Minuten und dann einen Nachmittag in der Sonne vorgestellt.

»Tja, so kann es gehen«, hörte sie Twifal kichern.

Fay atmete tief durch. Direkt vor ihnen wurde es nun ein wenig lichter. Der dichte Wald öffnete sich, und vor ihnen breitete sich eine große Wiese voller Frühlingsblumen aus. Es war wunderschön. Fays Stimmung hellte sich auf.

»Wie zauberhaft!«, rief sie verzückt. »Wir können doch gleich hier bleiben! Schau, da gibt es ein nettes Bänkchen zum Verweilen«, schlug Fay vor.

Peter schüttelte den Kopf. »Ich möchte lieber hoch zur Lichtung. Dort ist es mindestens genauso schön. Du wirst schon sehen.«

Fay hatte eigentlich keine Lust, noch weiter zu laufen. Aber sie war mit Peter mitgekommen und hatte eingewilligt, mit ihm zu dieser Lichtung zu laufen. Also seufzte sie innerlich kurz auf und folgte ihm.

Am anderen Ende der Wiese betraten sie nun einen Tannenwald. Hier war die Stimmung eine ganz andere als die vorhin im lichten Mischwald. Es war auch merklich kühler. Fay sah, dass zwischen den alten, mächtigen Tannen vereinzelt auch kleinere wuchsen. Dennoch machte der gesamte Wald einen alten und ehrfurchtsgebietenden Eindruck. Die alten Bäume trugen Baumbärte, fahle Flechtengebilde, die ihnen von den Ästen hingen. Der Boden erschien Fay wie ein Teppich aus Tannennadeln. Fay konnte erkennen, dass hier wohl nur ganz selten Menschen liefen.

»Willkommen in meinem Zauberwald!« Peter nahm abermals Fays Hand und zog sie weiter.

Der Weg wurde wieder schmaler. Nach einer Weile bemerkte Fay die Stille, die in diesem Wald herrschte. Sie hörte keine Vögel oder Insekten, sondern nur das Rascheln von Luna zwischen den Bäumen und gelegentlich ein Knacksen, wenn einer von ihnen auf einen trockenen Zweig trat. Fay empfand das definitiv als unheimlich. Sie nahm aus dem Augenwinkel ein Huschen wahr. Fay blickte in die entsprechende Richtung. Während sie weiterlief, versuchte sie zu erkennen, was sich da bewegt hatte. Dabei stolperte sie über eine Wurzel, die den Weg querte. Sie strauchelte und stieß gegen Peter. Der konnte sich gerade noch drehen und sie auffangen. Dabei verlor er aber selbst das Gleichgewicht und landete rücklings auf der Erde. Fay fiel auf ihn drauf.

Peter lachte. »Na, wenigstens bist du weich gefallen.«

Fay spürte Peters Körper unter sich. Dieser fühlte sich kräftig und trainiert an. Wie sie hatte auch er geschwitzt. Sein Schweiß hatte keinen unangenehmen Duft. Es hatte was, so auf ihm zu liegen, seinen Körper zu spüren und zu riechen. Einen Moment lang verharrte sie noch in dieser Position. In ihrem Schoß wurde es warm. Im Gebüsch kicherte Twifal. Fay nahm es nicht wahr. Ihre Gefühle verwirrten sie. Schnell schob sie diese beiseite und rappelte sich auf.

»Tut mir leid, ich dachte, ich hätte was gesehen«, entschuldigte sie sich verlegen.

»Schon gut, ich diene dir gern als Matratze. Wir hätten auch noch liegen bleiben können. Obwohl, dafür gibt es bessere Orte.« Peter grinste.

Fay verdrehte die Augen und sah sich nach Luna um. Diese kam gerade mit dreckiger Schnauze aus dem Wald gelaufen. Peter war ebenfalls wieder aufgestanden.

»Wir sind gleich da.« Er lief noch ein paar Schritte, verließ dann den Weg und ging in den Wald hinein. Fay folgte ihm. Nach ein paar Metern schien es, als würde der Wald eine Wand bilden. Anders als am Wegrand wuchsen hier auch Büsche und junge Laubbäume. Peter ging zielsicher auf eine bestimmte Stelle zu und bog die Zweige zweier Haselnusssträucher auseinander. Er lächelte Fay an. »Komm schon, meine Traumfrau. Hier ist sie, meine Traumlichtung in meinem Traumwald!«

Fay schlüpfte durch den Blättertunnel. Kurz hatte sie ein Bild von ihrer Lichtung im Park vor ihrem inneren Auge. Im nächsten Moment stand sie am Rand einer zauberhaften Wiese. Das Erste, was sie sah, war ein weißer Schmetterling, der um eine zarte Frühlingsblume herum flatterte. Fays Herz hüpfte. Diana?, fragte sie in Gedanken, bekam jedoch keine Antwort.

»Und? Habe ich dir zu viel versprochen?«, wollte Peter wissen.

»Es ist wunderschön, du hattest recht«, sagte Fay. Voller Bewunderung für die Schönheit, die sie umgab, verharrte sie einen Moment. Freude machte sich in ihr breit, Freude über dieses kleine Juwel mitten im Wald. Hier konnte sie auch wieder Vogelgezwitscher hören.

Peter war mit Luna schon zur Mitte der Wiese gelaufen, hatte die Decke ausgebreitet und begann gerade, den Rucksack auszupacken. »Kommst du her? Ich bin hungrig, wir können gleich essen«, hörte sie ihn rufen.

Fay ging langsam über die Wiese und sog mit jedem Atemzug die Luft tiefer ein. »Herrlich ist es hier. Du hast wirklich nicht zu viel versprochen.« Sie setzte sich zu ihm und staunte, was er alles aus seinem Rucksack hervorzauberte. Auf der Decke lagen frisches Brot, ein Kuchen, Tomaten, eine Gurke, Äpfel, ein Stück Käse und fein geschnittener Schinken. Daneben standen eine Thermoskanne, Metalltassen, Gläser und eine Flasche Portwein. »Du hast ja wirklich an alles gedacht«, äußerte sie anerkennend.

Peter strahlte. »Ich wusste nicht, was du magst, da habe ich einfach von allem etwas mitgenommen. Greif zu!« Er öffnete den Wein und schenkte ihnen beiden ein Glas ein. Als er ihr den Wein reichte, lächelte er. »Ich hab eine Flasche davon in deiner Küche gesehen, als ich abgewaschen habe. Ich dachte mir, dass du ihn magst.« Fay nahm das Glas. Er ist echt ein komischer Kauz, dachte sie, einerseits so aufmerksam und andererseits wie ein Elefant im Porzellanladen. »Zum Wohl, schöne Frau.« Peter prostete ihr zu. Fay nahm einen großen Schluck und stellte erstaunt fest, dass ihr der Wein hier auf der Lichtung noch besser schmeckte als sonst. »Soll ich dir ein Scheibe Brot richten? Mit Käse und Gurken vielleicht?«, wollte Peter wissen.

Ein wohliges Gefühl breitete sich in Fay aus. Twifals Kichern hörte sie wieder nicht. »Ja, gerne auch noch etwas von dem Schinken dazu. Der schaut lecker aus.«

Peter bereitete die von ihr gewünschte Brotscheibe und reichte sie ihr. »Guten Appetit.« Dann belegte er eine für sich selbst. Fay biss in ihr Brot und bemerkte erst da, wie hungrig sie war.

Als sie mit dem Essen fertig war, hatte Fay zwei Gläser Wein getrunken und fühlte sich wohlig müde. Der lange Fußmarsch mit dem üppigen Essen im Anschluss, die warme Sonne hier auf der Lichtung … All das ließ sie den ganzen Stress der vergangenen Tage vergessen. Sie ließ sich entspannt nach hinten sinken, schloss die Augen und spürte ihren Körper auf der Erde liegen. Für einen Moment hatte sie das Gefühl, mit der Erde zu verschmelzen. Sie fühlte sich ruhig und geborgen. Sie hörte Peter neben sich mit etwas rascheln. Wenigstens redet er nicht, dachte sie bei sich. Fay versuchte, ihre Energie zu bündeln, um noch mehr in dieses Gefühl der Verbundenheit zu kommen. Ihr wurde ein wenig schwindlig. Ihre Mitte schien sich überall zu befinden.

»Hast du schon einmal Gras geraucht? Ich habe uns einen Joint gedreht. Das kommt echt gut hier draußen. Ich hab ihn extra mild gemacht. Ich weiß nicht, ob du so was überhaupt magst.«

Mit einem Ruck setzte sich Fay auf. »Mit so etwas hätte ich bei dir nie gerechnet!« Sie schaute Peter fassungslos an. »Nein, ich habe noch nie Gras geraucht«, stellte sie klar.

»Ich rauche gern, wenn ich hier bin. Es gibt mir das Gefühl von Freiheit. Wenn du magst, kannst du auch mal probieren. Es ist nichts Schlimmes dabei. Es macht nicht abhängig. Ist nur Gras.« Er zündete den Joint an und nahm einen tiefen Zug. »Verpetz mich bitte nicht. Mein Vater würde es mir nie verzeihen, wenn er wüsste, dass ich Drogen konsumiere.«

Luna kam über die Wiese auf sie zugelaufen und schmiegte ihren großen Kopf an Peters Schulter. Sie leckte ihm über das Gesicht. Peter schaute Luna mit einem zugleich liebevollen wie auch traurigen Blick an. »Na, mein Mädchen. Wir zwei verstehen uns.« Er tätschelte das Tier mit der freien Hand. Luna legte sich neben ihn auf die Wiese und rollte sich zusammen. Er nahm einen weiteren Zug von seinem Joint und hielt ihn Fay hin. »Willst du?«

Warum eigentlich nicht?, dachte sie sich. Es macht nicht abhängig. Das hatte sie schon öfter gehört, und Peter fühlte sich frei, wenn er es tat. Sie sollte ja Dinge machen, die ihre Freude bereiteten. Einen Joint zu rauchen konnte da auch dazugehören. Sie hatte noch nie zuvor etwas Illegales gemacht, dafür war sie immer zu feige gewesen. Es würde eine neue Erfahrung sein. Folglich wäre es ja auch eine Tat des Mutes. Fay musste über sich selbst kichern. Sie konnte spüren, dass die zwei Gläser Wein sehr wohl ihre Wirkung entfalteten. Sie war beschwipst, aber gut beschwipst. Irgendwie klang mein Kichern gerade wie das von Twifal, befand sie. Über diesen Gedanken musste Fay losprusten. Lachend antwortete sie: »Ja, ich will.« Sie nahm den Joint und zog daran. Der scharfe Rauch brannte in ihrem Hals.

»Jetzt die Luft anhalten«, sagte Peter. Fay hielt den Atem an. Sie spürte ein Kribbeln in ihrer Lunge und wie ihr Kopf durch das Luftanhalten rot wurde.

»Kannst wieder ausatmen«, feixte Peter.

Fay atmete lautstark aus. »Und jetzt?«, fragte sie.

»Nimm noch einen Zug«, wies Peter sie an. »Du musst aber die Luft nicht so lange anhalten.« Er zwinkerte ihr zu. Fay zog noch einmal an dem Joint. Sie sog den Rauch langsam tief in ihre Lunge und musste husten. Es kam plötzlich und drückte ihr Tränen in die Augen. Peter reichte ihr das Glas mit Wein. Fay nahm einen Schluck, und der Husten beruhigte sich wieder. Peter nahm ihr den Joint ab und rauchte weiter. Fay ließ sich abermals zurück auf den Rücken fallen. Sie schloss die Augen. Alles drehte sich. Von dort, wo ihre Mitte war, gingen Wellen aus, die ihren Körper fluteten. Das Vogelgezwitscher kam ihr viel lauter vor. Sie hörte eine Grille zirpen, irgendwo summte eine Biene. Die Bäume rauschten. Es war, als würden diese Wellen alles um Fay herum verstärken. Ob das die Wirkung von dem Joint ist?, fragte sie sich. Sie öffnete die Augen.

Alles um sie herum erschien ihr in einem leuchtenden Licht, beinahe so, wie sie es in der Anderswelt schon gesehen hatte. Peter hatte sich auf einen Ellenbogen abgestützt und betrachtete sie lächelnd. Es schien, als ob auch um ihn herum ein heller Lichtschein sei. Es war fast schon kitschig. Ob das der Blick durch die rosarote Brille war? Wenn die ganze Welt einfach nur gut und schön war?

Peters Hand erschien in ihrem Blickfeld. Sie hielt den Joint, der schon um einiges kürzer war. »Magst du noch mal?« Peter schaute sie fragend an.

»Einmal geht noch«, grinste Fay auf dem Rücken liegend und griff danach. Ein kurzer Gedanke an den Rückweg schlich sich in ihren Verstand. Doch sie wischte ihn beiseite und sog stattdessen den Rauch des Krauts ein weiteres Mal tief in ihre Lunge. Dieses Mal war es, als würde in ihrem Hirn etwas platzen. Alle ihre Gedanken waren mit einem Schlag weg, und sie fühlte nur noch Leere in ihrem Kopf. Langsam sank sie zurück auf die Decke. Es schien ihr, als würde nun alles um sie herum in Wellen vibrieren. Oder war es ein Zittern? Ihr Körper fühlte sich an, als würden Millionen von winzigen Ameisen darauf herumwuseln. Aber es war nicht unangenehm, im Gegenteil. Es war, als würde ihr Körper im gleichen Rhythmus wie die Umgebung schwingen. Irgendwie fühlte es sich gut an.

»Ist es Schein oder Sein?«, kicherte Twifal im Hintergrund. Diesmal hörte ihn Fay wie von weit weg. Es war ihr egal, sie schenkte ihm keine Beachtung. Alles fühlte sich gerade viel zu gut an, auch wenn sie mit illegalen Drogen zugedröhnt war.

Kurz darauf spürte sie etwas an ihrem Oberarm. Als sie die Augen öffnete, sah sie, dass Peter mit einem Grashalm sanft über ihre Haut strich. Er lächelte sie an. »Soll ich aufhören?« Fay schüttelte den Kopf, atmete entspannt ein und schloss ihre Augen wieder. Der Grashalm wanderte erst an ihrem Arm, dann an ihrem Hals und ihrem Nacken entlang. Es war ein angenehmes, erregendes Gefühl. Fay spürte ein Kribbeln im Bereich ihrer Mitte, das sich in Richtung Schoß ausbreitete. Erneut fiel ihr auf, dass sie Peters Geruch mochte. Sie spürte seinen Atem an ihrem Ohr, drehte ihren Kopf, und als sie ihre Augen öffnete, war Peters Gesicht genau über ihrem. Sie blickte in seine Augen und sah darin seine Sehnsucht nach Liebe, aber auch seine unendliche Trauer. Im nächsten Moment legte er sanft seine Lippen auf die ihrigen. Einen kleinen Moment zögerte Fay. Als sich in ihrem Unterleib ein Gefühl der Hitze ausbreitete, erwiderte sie Peters Kuss.

Was mache ich hier gerade?, ging es Fay durch den Kopf. Schon wurde dieser Gedanke weggeschwemmt, als sie von der nächsten Welle der Erregung erfasst wurde. Peters Hand glitt unter ihr Shirt und massierte mit festem, forderndem Griff ihre Brust. Fay stöhnte auf – vor Lust, aber auch vor Entsetzen über sich selbst. Ein Quickie? Das passte doch gar nicht zu ihr!

»Brich mit deinen Routinen, hat dein Lehrer Hans gesagt.«

Wer hatte das gesagt? Fay konnte es nicht zuordnen. Sie bestand nur noch aus widersprüchlichen Gefühlen und Lust. Sex soll ja auch eine Kraftquelle sein, hatte sie gehört oder irgendwo gelesen.

Peters Hand nestelte inzwischen an ihrer Hose herum. Fay konnte keinen klaren Gedanken mehr fassen, ihr Körper war in völligem Aufruhr, sie wollte Sex, jetzt. Sie setze sich auf und zog Peter sein T-Shirt über den Kopf. Ihre Hände glitten seinen Oberkörper entlang. Es fühlte sich gut an.

Gerade als sie Peters Hose öffnen wollte, drang eine Stimme zu ihr durch: »Es ist das Kraut, das dich das jetzt tun lässt! Es verstärkt dein Körpergefühl und lässt dich in diesem Ausmaß erregt sein.« Diese Stimme kannte sie, sie gehörte Diana.

Mir doch egal, woher das kommt, ich fühle mich gerade richtig lebendig, erwiderte Fay in Gedanken. Sie versuchte, die Stimme zu verdrängen.

»Es ist nicht echt, Fay, du liebst ihn nicht. Bleib ehrlich. Du wirst ihm wehtun und dir selbst noch viel mehr!«, hörte sie Diana mahnend sagen.

Fay zögerte kurz, als Peters Hände ihren Kopf umfassten und seine Lippen ihren Mund umschlossen. Ist mir doch egal, ich bin es ja schon gewohnt, verletzt zu werden, also kann ich auch selbst dafür sorgen, dachte Fay gleichgültig.

Gerade als sie sich Peters Kuss erneut hingeben wollte, bellte Luna neben ihnen laut auf, sprang mit einem Satz hoch und stieß dabei unsanft gegen das eng umschlungene Paar, das halb aufrecht auf der Decke hockte. Der Zusammenstoß ließ Peters und Fays Zähne unsanft aufeinanderprallen, und Peter biss Fay dabei in die Lippe. Fay zuckte zurück und griff nach ihrer Lippe. Das Blut an ihren Fingern wirkte völlig surreal. Es passte nicht in ihren Rausch.

Luna hatte ein Eichhörnchen auf der Lichtung entdeckt und jagte diesem blitzschnell hinterher. Fay sah, wie das Eichhörnchen auf einen Baum sprang, und hörte eine Stimme: »Je mehr Zeit du mit ihm sammelst, umso mehr wirst du ihm wehtun.« Es war Edith.

»Entschuldige, das wollte ich nicht«, sagte Peter. Der Zusammenstoß und die blutende Lippe hatten Fay aus ihrem Drogenrausch zurückgeholt. Die Erregung war verschwunden, und sie schämte sich. Verlegen knöpfte sie sich die Hose zu und zog ihr Shirt zurecht.

»Was machst du?« Peter schaute sie verwundert an. »Warum ziehst du dich wieder an? Es war doch gerade so schön.«

»Ja, war es. Aber es war falsch,« stammelte Fay verlegen.

»Was kann falsch daran sein, wenn zwei Menschen Liebe machen?«, wollte Peter von ihr wissen.

»Wenn es keine Liebe ist, sondern nur Sex«, antwortete Fay.

»Aber ich liebe dich doch, Fay. Seit der Schulzeit schon.« Peter strich ihr lächelnd eine Haarsträhne aus dem Gesicht.

Fay schaute ihn mitfühlend an. »Peter, du bist ein wirklich lieber Typ, aber ich liebe dich nicht.«

Peter schaute zur Seite. »Das wird schon noch, Fay. Ich erfülle dir jeden Wunsch, und irgendwann wirst du mich lieben.« Sonderlich überzeugt von dem, was er sagte, wirkte er aber nicht.

Fay stand auf. »Ich denke, wir sollten dann gehen, es ist schon später Nachmittag. Bis zum Auto ist es ja ein gutes Stück, und dann müssen wir noch in die Stadt zurück.«

»War ich wieder übergriffig?«, wollte Peter wissen.

»Nein«, antwortete Fay, »ich habe es zugelassen und dich ermutigt. Es tut mir leid Peter. Ich glaube, das war der Joint. Der hat meine Emotionen mit mir durchgehen lassen.«

»Schade, ich dachte aus uns beiden wird mehr. Bleiben wir wenigstens Freunde, wenn ich es schon wieder einmal verbockt habe?« Er schaute Fay mit seinen traurigen Augen an.

»Ja, wir bleiben Freunde«, versprach sie, aber war sich nicht sicher, ob sie das ehrlich meinte.

Sie packten den Rest des Picknicks zusammen und liefen wortlos zurück zum Auto. Fay hatte weiche Knie und einen dumpfen Druck im Kopf, vergleichbar mit einem Kater nach einem Abend mit zu viel Alkohol. Da war keine tiefe Verbundenheit mehr mit der Welt und der Natur, nur Traurigkeit. Sie hatte Peter wehgetan – ihm, der schon so viel Trauer in seinen Augen trug. Fay spürte, wie ihr Herz schmerzte. Es tat ihr richtig weh, ihn verletzt zu haben. Und wie sollte sie das überhaupt Marcel erklären, wenn sie jemals den Mut aufbringen würde, mit ihm zu sprechen? Edward hatte sie schon lange dazu aufgefordert, es zu tun. Sie würde mit ihm sprechen, aber alleine. Niemand sollte dabei sein, weder Hugo noch Hermine und schon gar nicht Maya.

Als sie beim Auto ankamen, sprang Luna in ihren Käfig. Sie rollte sich zusammen und schien augenblicklich eingeschlafen zu sein.

»Der Tag hat sie geschafft, sie ist eben doch schon ein altes Mädel. Selbst wenn sie herumspringt wie ein Welpe.« Liebevoll streichelte Peter der großen Hündin über den Kopf. »Sieht ganz so aus, als würdest du auch weiterhin mein einziges Mädel bleiben, Luna.« Traurig schaute er kurz zu Fay, schloss den Kofferraum und ging zur Beifahrertür. Schwungvoll öffnete er diese, und mit einem tapferen Lächeln bat er Fay einzusteigen. Als er die Tür schloss, war Fay zum Heulen zumute.

In der Anderswelt

Die Freunde auf der Lichtung schauten Twifal misstrauisch an. Heute zeigte er sich als ein abgelebter, langhaariger
Hippie.

»Was soll dieser Aufzug?«, wollte Edward wissen.

»Nun, ich verführe Fay mit Sex und Drogen. Der Rock'n
Roll fällt leider aus. Es ist keine Band in der Nähe. Aber
das Vogelgezwitscher auf der Waldlichtung tuts auch.« Bei
diesen Worten blies er einen Rauchkringel in die Luft, der
sich ausdehnte, während in dessen Zentrum ein Wirbel
entstand. Als sich die Wolkenschwaden im Inneren des
Kreises gelichtet hatten, sahen die Freunde dort Fay mit
Peter auf einer wunderschönen Lichtung sitzen und pick-
nicken. Es wirkte ganz harmlos. Fay schien sehr entspannt,
und als sie mit Essen fertig war, legte sie sich hin und
schloss die Augen. Die Freunde konnten spüren, wie sich
Fay mit der Schöpferkraft verband. Für einen Augenblick
tauchte sie ganz ein. Doch Fay konnte die Aufmerksamkeit
nicht halten, auch das konnten ihre Freunde wahrnehmen.

»Das macht der Wein«, gluckste Twifal, »aber es kommt
noch besser, wartet nur ab!« Diese Worte ließen den Freunden einen kalten Schauer über den Rücken laufen. Das
Tabakwolkenfenster löste sich auf.

»Brrr, wieso machst du so etwas?« Funny schüttelte sich,
um die Kälte abzustreifen, und schaute Twifal verständnislos an.

»Wie soll Fay sonst lernen, was echt ist und was nur eine
Projektion? Als Twifal, der Zweifel, ist es meine Aufgabe,
mein Lebenssinn, solche Situationen zu inszenieren. Versteh das doch endlich!« Twifal stand auf und blies einen
neuen Kringel in die Luft. »Was sie tut, ist immer ihre

freie Entscheidung. Sie allein bestimmt, wie lang ihr Weg ist.« Als der Wirbel sich legte, sahen die Freunde, wie Fay rauchte.

»Was tut sie da?«, fragte Sarah erstaunt.

»Warte ab.« Twifal grinste. »Sie ist gerade dabei, einer Illusion zu erliegen.«

Fylgir ließ ein lautes Schnauben hören. »Sie nimmt ein Rauschmittel zu sich. Ihr Garten beginnt zu wabern, seht ihr es?«

Die Freunde schauten sich um. Tatsächlich sah der Garten mehr und mehr wie ein wabernder Pudding aus. Die Farben waren quietschbunt, und der Himmel schimmerte rosarot.

»Was soll denn der Kitsch jetzt?«, fragte Diana verwundert. »Was passiert hier?«

Fylgir erklärte den Freunden, was soeben geschah: »Fay erlebt gerade eine Welt, die von dieser Pflanze, die sie raucht, erschaffen wird. Oft werden dabei alle Sinneseindrücke extrem verstärkt. Fay fühlt sich gerade sehr wohl, wie im Himmel. Angeregt durch die Substanz spürt sie auch ihren Körper sehr intensiv. Wie es scheint, schaut sie gerade durch eine rosarote Brille in die Welt.«

Nun sahen die Freunde, wie Peter ihre Fay küsste. Sie konnten es kaum fassen, als sie sahen, dass Fay den Kuss erwiderte.

»Warum tut sie das?«, fragte Sarah entsetzt. »Sie liebt ihn doch gar nicht!«

»Weil sie sich gerade als ziemlich körperlich, als menschliche Frau empfindet«, sagte Diana mit vibrierender Stimme. »Ich kann das gerade ganz gut nachvollziehen. Ich kann ihre Erregung spüren.«

»Aber da ist keine Liebe!«, protestierte Sarah. »Keine echte Liebe«, verbesserte sie sich. Sarah versuchte, zu Fay durchzudringen. Sie spürte, wie Fay sie beiseiteschob.

»Die Droge hat ihre Wahrnehmung verzerrt. Sie will uns jetzt nicht hören«, tröstete Fylgir Sarah.

Twifal schaute grinsend in den Rauchkringel und feixte. »Ja, genau. Fay bricht mit ihren Routinen, wie ihr Lehrer Hans immer sagt.« Ein zweifelsohne verrücktes Lachen folgte seinen Worten.

»Ich werde nicht zulassen, dass sie so eine Dummheit begeht!«, rief Diana voller Überzeugung. Sie schloss die Augen, ballte alle ihre sechs Händchen zu kleinen Fäusten und holte tief Luft. »Es ist das Kraut, Fay.« Dann schüttelte sie ihr Köpfchen. »Auf mich hört sie auch nicht.« Sie ließ ihre Schultern hängen und schaute ratlos in die Runde.

»Jetzt reichts!«, befand Edith. »Jetzt hole ich mir Hilfe in der alltäglichen Welt. Ich habe das schon einmal gemacht, als ich Fay im Park das erste Mal zu ihrer Lichtung geführt habe. Ich mache der ganzen Sache jetzt ein Ende, bevor es noch schlimmer kommt.«

Twifal hatte gerade einen Zug von seinem stinkenden Glimmstängel genommen, der ihm nicht bekommen war. Er hustete heftig. Im sich verziehenden Rauchkringel sahen die Freunde gerade noch, wie Luna aufsprang, um ein Eichhörnchen von der Lichtung zu jagen.

Als Twifal sich von seinem Hustenanfall erholt hatte, ergriff er das Wort: »Damit habe ich nicht gerechnet. Jetzt hast du den Höhepunkt für die beiden verhindert, Edith. Das hätte dem ganzen Chaos noch die Krone aufgesetzt.«

»Ja. Und das Loch, in das sie danach gefallen wären, wäre tief und dunkel gewesen, vor allem für Fay. Das weißt du genau«, zischte Edith sauer.

»Davor habt ihr sie bewahrt. Ihr seid gute Begleiter. Wir werden sehen, ob sie es euch danken wird.« Mit diesen Worten warf Twifal den Stummel seines Glimmstängels auf den Boden und trat ihn mit seinem Fuß aus. An der Stelle bildete sich ein großer, grauer Fleck. Im Umkreis von einem halben Meter starben alle Gräser und Blumen. Sie wurden einfach grau.

Funny quietschte erschrocken auf. »Was ist das? Was machst du da? Das ist Fays Garten, und sie hatte ihn gerade erst so schön aufgeräumt!«

»Tja, dann sollte sie mal wieder vorbeischauen und weiter aufräumen«, äffte Twifal sarkastisch Funnys Stimmchen nach. »Wie lange war sie jetzt schon nicht mehr hier? Sie kümmert sich weder hier noch in ihrer Welt um ihren Garten. Wundert es euch wirklich, wenn er erkrankt? Strengt euch mal ein bisschen an, sonst ist eure Fay bald wieder das kleine, graue Mauerblümchen, das sie früher war.« Mit diesen Worten drehte sich Twifal um, ging über die Lichtung und wurde wie eine Rauchwolke, die sich auflöste, mit jedem Schritt durchsichtiger, bis er einfach verschwand.

»Er hat recht«, sagte Udo nachdenklich. »Es ist lange her, dass Fay hier im Garten war. Abgesehen von dem Traum, in dem sie uns nicht sehen konnte. Sie hat Wahitiko, Sulis und mich immer noch nicht kennengelernt. Es wird wirklich wieder Zeit!«

Fays Garten

Auf der Fahrt zurück in die Stadt begleitete Peter und Fay eine angespannte Stimmung. Fay schämte sich. Wie sollte sie mit dem, was passiert war, umgehen, und Peter erklären, was schief gelaufen war? Ihr ganzer Körper hatte ihm signalisiert: Ich will dich. »Peter, ich …«, begann Fay.

»Schon gut«, unterbrach er sie, »ich hab schon verstanden. Du liebst mich nicht.«

Fay atmete auf. »Es tut mir leid, aber so ist es. Es wäre unfair von mir, dich etwas anderes glauben zu lassen.«

»Aber wir haben uns doch gerade erst wieder getroffen und neu kennengelernt. Gib mir doch eine Chance!«, flehte Peter. »Seit unserem Wiedersehen hat mein Leben endlich wieder einen Sinn und Freude bekommen.«

Nachdenklich schaute Fay Peter an. »Das kenne ich, Peter, aber das darf nicht von mir oder sonst jemandem abhängen. Das lerne ich selbst gerade. Niemand außer dir selbst ist für den Sinn in deinem Leben verantwortlich. Du solltest mit dir selbst glücklich sein, dann kannst du dieses Glück auch mit anderen teilen.« Fay schnaufte laut durch. Wie klug ich doch reden kann, dabei kriege ich es selbst ja auch nicht auf die Reihe, dachte sie.

Beide verfielen wieder in Schweigen, während draußen die Landschaft vorbeizog. Als sie vor Fays Haus ankamen, war es schon beinahe dunkel. Peter stieg aus und öffnete ihr die Tür. »Voilà. Fay ist wohlbehalten wieder zurück. Darf ich mich bei dir melden? Als Freund, also nur als Freund?«

Sie sah den sehnsuchtsvollen Blick in seinen traurigen Augen. »Ja, du kannst dich bei mir melden. Wir bleiben in Kontakt.«

Verlegen steckte er seine Hände in die Hosentaschen. »Tut mir leid. Das mit dem Joint und überhaupt. Danke, dass wir Freunde bleiben können.« Er nickte Fay zu, drehte sich um, stieg in sein Auto und fuhr weg, ohne sich noch einmal umzudrehen.

Fay war es jetzt ganz schwer ums Herz. In welch ein Schlamassel bin ich da nur hineingeraten?, dachte sie bei sich. Der Tag war voller Höhen und Tiefen gewesen, wie eine Achterbahnfahrt. Vom Vorstellungsgespräch über den Drogenkonsum bis hin zu sexuellen Gelüsten, die sie seit Jahren nicht mehr verspürt hatte, und der plötzlichen Ernüchterung. Sie war erschöpft und müde.

Fay ging durch den Hausflur zu ihrer Wohnung. Drinnen schaltete sie das Licht an, lief ins Wohnzimmer und öffnete die Terrassentür. Bei ihren Nachbarn war alles ruhig. Vorsichtig ging sie ein paar Schritte hinaus und lugte um die Ecke. Alles dunkel, niemand zu Hause, wie es aussah. Ihr Herz hüpfte. Sie konnte ihren Garten endlich wieder betreten! Wow, dachte sie im selben Moment, ich benehme mich ja wie eine Gefangene. Wie jemand, der nur unter bestimmten Umständen ins Freie darf. Zum wiederholten Male an diesem Tag schämte sie sich. Diesmal für ihre Feigheit, mit der sie sich selbst eine Art Kerker erschaffen hatte. Ich bin eine richtig feige, dumme und einfältige Pute. Bilde mir ein, ein Mann wie Marcel könnte mich lieben, zicke hier rum, weil er eine andere hat, fang in meinem Alter noch mit Drogenexperimenten an und knutsche wie ein Teenager mit einem Typen rum, den ich nicht liebe, ärgerte sich Fay und stellte fest, dass sie sich selbst gerade überhaupt nicht leiden konnte.

Sie ging in ihren Garten. Der Mond war zunehmend und schien hell über ihr. Als Erstes fielen ihr die Blätter der Erdbeeren auf. Sie waren voller Löcher. Bei genauerem Hinsehen konnte sie Schnecken ausmachen, die dafür verantwortlich waren. Erst nur eine, dann eine zweite, und schließlich sah sie die schleimigen Dinger überall zwischen ihren Erdbeeren und Bohnen umherkriechen. Von den Bohnen war so gut wie nichts mehr übrig. Die Schnecken hatten die meisten Setzlinge vernichtet. Als sie zu den Rosen kam, sah sie auch dort lauter Löcher in den Blättern. Die zarten Knospen waren ebenso angenagt. Fay entdeckte jede Menge Blattläuse. »Na, super. Ich bin nicht mal fähig, einen Garten zu pflegen.«

Sie machte auf den Fersen kehrt und ging in ihre Wohnung. Gerade als sie die Tür schließen wollte, schlüpfte Pfötchen an ihr vorbei ins Wohnzimmer. »Mau?« Er schaute sie vorwurfsvoll an. Fay musste lächeln. Sie dachte an Peter, der seine Hündin wohl ebenso sehr liebte wie Fay ihren Kater. Das zumindest hatten sie gemeinsam.

Es folgte die allabendliche Prozedur in der Küche. Fay gab Pfötchen den letzten Rest Fleisch. Morgen muss ich einkaufen, dachte sie. Während Pfötchen sich seinem Futter widmete, machte Fay sich fürs Bett fertig. Sie lag bereits im Bett und war in ihre Decke eingekuschelt, als Pfötchen sich zu ihr legte und Fay in den Schlaf schnurrte.

In dieser Nacht träumte Fay von ihrem Garten in der Anderswelt. Wie schon bei ihrem letzten Traum erschien ihr die Energie wabbelig wie Pudding zu sein. Das Erste, was ihr ins Auge fiel, war ein großer, grauer Fleck mitten auf der Lichtung. Sie schaute sich um und erblickte, wie bei ihrem letzten Traum, tief im Wald einen Feuerschein. Eine starke Kraft, ähnlich der eines Magneten, zog sie zu diesem Feuer hin. Es war, als flöge sie über den Wald. Unter sich sah sie irisierende Lichter umherhuschen. Sie meinte auch, diese schöne Stimme wieder singen zu hören. Dann war sie bei dem Feuer angelangt. An ihm saß ein alter Mann, der sie mit durchdringenden Augen ansah. Er schien etwas zu sagen. Fay strengte sich an, um seine Worte zu verstehen. »Komm«, »Heilung« und »Lehrer« drangen zu ihr durch, alles andere wurde von dieser allgegenwärtigen wabernden Energie verschluckt.

Als eine große, weiße Schlange über die Lichtung auf Fay zukam, stieg Angst in ihr hoch. Die Schlange war sehr schnell. Fay konnte die spitzen Giftzähne in ihrem offenen Maul erkennen und war sich sicher, dass sie sie jeden Moment beißen würde. »Geh weg!«, schrie sie angsterfüllt und fuchtelte wild mit ihren Armen.

Ein schmerzerfülltes »Miauuauu!« weckte sie. Offensichtlich hatte sie nicht nur im Traum um sich geschlagen. Fay lag schweißgebadet in ihrem Bett. Die Decke samt Pfötchen war neben ihr auf den Boden gelandet. »Entschuldige, ich hab schlecht geträumt.« Mit diesen Worten angelte sie nach ihrer Bettdecke und rollte sich wieder darin ein. »So ein blöder Traum«. Wie Wolken ließ sie die aufziehenden Gedanken an Marcel, Maya, Peter, Heilung, den Lehrer und ihren kranken Garten vorbeiziehen. Nach einer Weile schlief sie wieder ein.

Fay wurde von einem leisen Klopfen geweckt, das aus ihrem Wohnzimmer kam. Die restliche Nacht war traumlos verlaufen. Sie fühlte sich dennoch alles andere als ausgeschlafen. Erneut hörte sie das Klopfen. Mit einem Seufzer schlug Fay die Decke zurück und stand auf. Sie hoffte, dass es nicht Marcel war, der da pochte. Ihr war schwer ums Herz. Sie schlurfte ins Wohnzimmer und sah das lächelnde Gesicht Hugos hinter der Scheibe. Fay erleichterte dieser Anblick. Was er wohl von ihr wollte?

Fay öffnete die Terrassentür und ging hinaus. »Guten Morgen, Hugo.« Sie schaute ihn verschlafen an.

»Guten Morgen, meine Liebe. Habe ich dich geweckt?«, fragte Hugo freundlich. »Was ist dir denn passiert? Deine Lippe schaut ja schlimm aus!« Hugo schaute sie besorgt an.

»Schon gut, ist nicht so schlimm. Ich bin im Wald gestolpert und hingefallen. Dabei habe ich mir auf die Lippe gebissen. Es tut schon nicht mehr weh«, winkte Fay ab.

Hugo legte den Kopf leicht schief und bot ihr an: »Ich bringe dir nachher Propolis rüber, das unterstützt die Heilung.«

»Danke, das ist lieb von dir, Hugo. Es tut wirklich kaum noch weh.«

»Ich dachte, dass du um die Zeit sicher wach wärst. Du siehst aus, als hättest du eine unruhige Nacht gehabt.«

Unbehagen stieg in Fay auf, als Hugo sie ein zweites Mal an den vorherigen Tag erinnerte. All ihre Zweifel und ihr schlechtes Gewissen kamen nun mit ganzer Kraft wieder zurück. Ihr war zum Heulen zumute.

»Ja und nein, es ist gerade viel bei mir los. Das sind wohl die Nachwirkungen von der Visionssuche und allem. Ich hatte gestern ein Vorstellungsgespräch und war anschließend noch mit einem alten Freund unterwegs. Geschlafen habe ich wirklich unruhig.« Fay blieb möglichst ungenau und lächelte Hugo tapfer an.

»Na gut, Kindchen. Warum ich dich geweckt habe, ist Folgendes. Mir ist aufgefallen, dass du recht viele Schnecken im Garten hast, und auf deinen Rosen haben sich Blattläuse ein Paradies geschaffen. Ich habe für dich hier einen Absud aus Neem-Pulver. Der ist völlig natürlich und wird dir helfen, deine Rosen zu heilen. Gegen Schnecken hilft trockenes Tannenreisig. Da kommen sie nur schwer drüber. Probiere es aus. Wenn du das nächste Mal wieder in einen Wald gehst, nimm eine Tasche mit, in der du das Reisig sammeln kannst. In den meisten Wäldern findest du am Boden genügend davon.« Hugo gab Fay eine Sprühflache mit einem handbeschrifteten Etikett, auf dem *Neem – Blattlausschreck* geschrieben stand.

»Vielen Dank, Hugo. Ich werde mich nachher darum kümmern. Wenn ich wieder in einen Wald gehe, denke ich an die Tasche.« Fay nahm die Flasche und wollte wieder in die Wohnung gehen.

»Alle Gärten müssen gepflegt werden. Sie sind wie Freunde. Wenn wir sie pflegen, mit ihnen in Kontakt treten, schenken sie uns sehr viel Kraft und Freude. Früchte auch, aber viel wichtiger sind die Kraft und die Freude, die sie für uns bereithalten.« Liebevoll schaute Hugo Fay an.

Ja, Freude schenken sie schon. Das hab ich mit deinem Sohn erlebt, dachte Fay zynisch. Und jetzt bin ich krank vor Schmerz, und mein Garten ist es auch, fügte sie in Gedanken hinzu.

»Ja, ich weiß, ein Garten macht Arbeit, und ich sollte mich um ihn kümmern«, sagte sie beherrscht. Sie schluckte die Tränen, die ihr in die Augen steigen wollten, trotzig hinunter. Der Kloß in ihrem Hals wurde größer, ihr Magen schmerzte.

»Sieh es als Aufgabe, und erledige sie mit Liebe. Es sollte keine Arbeit sein, deinen Garten zu pflegen. Jetzt lasse ich dich aber in Ruhe. Du musst ja erst einmal richtig wach werden.«

»Danke, Hugo. Wir sehen uns.«

Fay stand bereits mit einem Bein im Wohnzimmer, als sie Hugo noch hörte: »Wir sehen uns ja morgen zum Frühstück. Marcel freut sich schon sehr darauf, dich zu sehen. Er mag dich wirklich sehr, Fay.«

Fay schloss die Tür und ließ sich an ihr zu Boden gleiten. Das Sonntagsfrühstück hatte sie bisher erfolgreich verdrängt gehabt. Marcel hatte sie eingeladen. Sie konnte ihm unmöglich gegenübertreten. Nicht in ihrem momentanen Zustand und nach der Geschichte mit Peter. Die Drogen waren für sie keine Entschuldigung, sondern höchstens mildernde Umstände.

Fay setzte sich aufs Sofa, stellte die Flasche »Blattlaus-schreck« auf den Tisch, vergrub das Gesicht in ihren Händen und ließ ihren Gefühlen freien Lauf. Sie legte sich auf die

Seite, zog die Beine an den Bauch und weinte wie ein kleines Kind. Ein Meer aus Tränen ergoss sich über ihre Wangen. Ihr Körper und ihre Seele wurden durchspült. Es fühlte sich reinigend an. Bilder zogen an ihr vorbei, Bilder von den wenigen Männern, mit denen sie bis dato verkehrt hatte, Bilder von anderen Mädchen und Frauen, die grundsätzlich viel schöner als sie waren, und Bilder von Situationen, in denen sie Ablehnung erfahren hatte. Fay fühlte sich unglaublich klein und hässlich. Es musste wohl an ihr liegen, dass sie nie mit einem anderen Menschen eine längere Beziehung geführt hatte. Wahrscheinlich war sie eben doch ein schlechter und einfältiger Mensch, der für andere nur eine Last darstellte. In den Augen anderer war sie bestimmt nur langweilig und unattraktiv. Ihre Verzweiflung hatte sie ja schon so weit gebracht, dass sie für ein bisschen Zuneigung bereit war, Sex mit jemandem zu haben, den sie nicht einmal liebte. Ja, sie war definitiv ein schlechter Mensch.

In ihrem Elend badend nahm Fay verschwommen Pfötchen wahr, der zu ihr hochsprang, sich an sie kuschelte und hingebungsvoll schnurrte. Dankbar nahm sie ihren Kater in den Arm, drehte sich auf den Rücken und legte ihn auf ihren Bauch. Während sie ihm Kopf und Rücken streichelte, schniefte sie laut. Mit dem Handrücken der anderen Hand wischte sie sich die Nase ab. Es dauerte noch ein wenig, bis das Schnurren von Pfötchen und das gleichmäßige Streicheln Fay beruhigt hatten. Erschöpft schloss sie die Augen und döste ein.

Wie schon ein paar Tage zuvor trug Pfötchens Schnurren Fay auf eine Reise davon.

Beim ersten Mal hatte sie die Übung des Einnordens umsetzen können. Heute führte Pfötchen sie in ihren Garten in der Anderswelt.

Fay stand auf der Lichtung. Keiner ihrer Verbündeten war anwesend. Sie schaute sich um. Da war der graue Fleck aus ihrem Traum. Fay wirbelte um ihre eigene Achse. Tatsächlich, da war auch der Rauch über dem Wald.

Fay spürte Pfötchens warmen Körper auf ihrer Mitte. Es vermittelte ihr ein Gefühl von Sicherheit und Vertrauen.

»Alles ist gut, vertraue einfach«, hörte Fay Sarahs Stimme.

»Warum sehe ich euch nicht? Wo seid ihr?«, wollte sie wissen.

»Wir sind immer hier, Fay. Wenn du vertraust, kannst du uns spüren. Wenn es deine Absicht ist, uns hier zu treffen, dann kannst du uns sehen. Heute bist du ohne Absicht gekommen. Pfötchen hat dich hergebracht. Es wartet eine Aufgabe auf dich. Wir werden dir helfen, wenn die Zeit gekommen ist. Wir sind in jeder Welt und jederzeit bei dir, so, wie Edith gestern auf der Lichtung. Sie hat dafür gesorgt, dass mit dir und diesem Mann nicht mehr passiert ist.«

Fay konnte spüren, wie sich ihre Mitte augenblicklich zusammenzog. In ihrer Magengegend spürte sie einen Stich. Sogar hier konnte sie Scham spüren. War sie echt so verklemmt? Gerade eben kam Edith über die Lichtung zu Fay gelaufen. Neben ihr flatterte Diana.

»Warum kann ich euch jetzt sehen und Sarah nur hören?«, staunte Fay.

»Wir sind Krafttiere. Uns kannst du in der Anderswelt so gut wie immer sehen. Sarah und die anderen sind Seelenteile. Du hast sie in dich integriert. Du wirst sie nur noch dann sehen, wenn es deine direkte Absicht ist oder es sehr wichtig ist, dass du sie siehst. Aber sie wirken in jedem Moment deines Leben. Du brauchst sie nicht zu rufen. Sie sind du«, erklärte Edith. »Das weißt du doch schon.«

»Was ist hier passiert? Woher kommt der tote Fleck?«, wollte Fay wissen.

»Das war Twifal. Er hat es gestern auf der Lichtung mit dir und Peter so weit getrieben. Du weißt nicht, wie du mit Marcel umgehen sollst, und stellst daher alles infrage, was du schon gelernt hast«, tadelte Diana mit erhobenem Minizeigefinger.

»Was habe ich denn schon großartig gelernt? Mich in Traumwelten und Visionen zu flüchten? Ihr seht ja, wohin mich das geführt hat.« Der graue Fleck vor Fays Füßen breitete sich weiter aus. Erschrocken wichen alle drei zurück.

Entsetzt schaute Diana Fay an. »Immer wenn du so denkst, stirbt ein Stück der Anderswelt, Fay. Achte auf deine Worte und Gedanken, sie formen deine Welt.«

Dianas mahnende Worte waren das Letzte, was Fay hörte, bevor sie das Läuten des Telefons in die alltägliche Welt zurückholte. Sie fragte sich, wer das sein könnte. Vielleicht war es Hans, ihr einziger Freund zurzeit. Fay schnappte sich Pfötchen und ließ ihn sanft auf den Boden gleiten. Sie lief zum Telefon. »Hallo, Heylrich«, meldete sie sich.

»Hallo, Fay, hier ist Hans«, vernahm sie eine warme Stimme am anderen Ende der Leitung. Er war es wirklich! Sie spürte einen kleinen Funken der Freude in sich.

»Hallo, Hans. Was gibt es denn?«, fragte sie.

»Ich wollte wissen, ob du heute noch kommst. Es ist ja Samstag, und sonst bist du um diese Zeit immer schon hier. Bei unserem letzten Treffen hatte ich das Gefühl, du wolltest mit mir reden. Leider musste ich an dem Tag weg. Heute ist Sandra hier an der Theke. Ich bin am frühen Nachmittag wieder mit Maya verabredet, aber jetzt hätte ich Zeit für dich.«

Für einen Moment haderte Fay mit sich. Dann entschied sie sich, zu Hans zu gehen. Er konnte ihr vielleicht in dem ganzen Chaos helfen. Wenn es tatsächlich eine Heilkrise war, dann konnte er ihr sicher sagen, was zu tun ist. »Ja, ich komme. Bin gleich da.«

»Gut, dann bis gleich. Ich warte auf dich.«

Fay legte den Hörer auf und ging ins Badezimmer. Ein Blick in den Spiegel zeigte ihr ein müdes Gesicht mit geröteten Augen und strubbelige, ungekämmte Haare. Das war kein schöner Anblick. Fay drehte das kalte Wasser auf, formte aus ihren Händen eine Schale und wusch sich mit dem eiskalten Nass das Gesicht. Das tat gut. Dann kämmte sie sich flüchtig die Haare, band sie zu einem Pferdeschwanz zusammen und war schon unterwegs ins Schlafzimmer. Sie wählte ein bequemes und unauffälliges Outfit. Auf dem Weg zur Tür fiel ihr ein, dass sie später noch einkaufen musste. Sie kehrte um und holte ihren Rucksack. Pfötchen kam aus dem Wohnzimmer. »Miau.« Er schaute sie fragend an.

»Ach herrje. Dich hätte ich jetzt fast vergessen und eingesperrt. Komm schnell mit mir raus. Futter bekommst du, wenn ich wiederkomme.« Ganz gemächlich tigerte Pfötchen zur Tür. Fay schob ihn mit ihrem Fuß aus der Wohnung und beeilte sich, den Gang hinter sich zu lassen. Als sie aus der Haustür trat, atmete sie auf. Niemandem begegnet, dachte sie bei sich.

»Du bist kindisch und zickig«, hörte sie die Stimme von Sir Samtpfote an ihrem Ohr. Fay schaute zu Pfötchen, der neben ihr her lief. Pfötchen blickte zu ihr hoch, nickte mit seinem Köpfchen uns ließ ein Mauzen hören. »Rede endlich mit Marcel. Und mit Maya auch.« Pfötchen schlüpfte zwischen Fays Beinen hindurch und verschwand zwischen den Sträuchern am Wegrand.

Ein Gespräch

Als Fay im Büchercafé ankam, stand Sandra hinter der Theke. »Hallo, Fay. Schön dich zu sehen. Hans ist gerade mit Tee für euch nach hinten gegangen. Er wartet bereits auf dich.«

In Fays Herzen breitete sich Wärme aus. Er war eben ein wahrer Freund, der sich Zeit für sie nahm. Sie eilte zu ihm. Auf das Gespräch mit ihrem Lehrer freute sie sich schon sehr. Der Seminarraum empfing sie mit seiner altbekannten Ruhe und Heiligkeit. Fay fühlte sich schlagartig sicher und geborgen. Hans kam mit einem herzlichen Lächeln auf sie zu. Seine Arme waren ausgebreitet. Dankbar gab sich Fay seiner Umarmung hin. Hier konnte sie sich ganz fallen lassen.

»Na, na! Du bist ja zentnerschwer«, scherzte Hans. Fay bemerkte, dass sie sich tatsächlich ganz in seine Umarmung gelegt hatte. Ihr ganzer Körper schien sich an seinem zu stützen.

Fay löste sich unwillig aus der Umarmung und lächelte Hans zaghaft an. »Deine Kraft zu spüren hat mir gerade gutgetan.«

Hans hob eine Augenbraue und sah Fay prüfend an. »Setz dich erst einmal hin. Ich habe uns Tee gekocht. Dann erzähl mir, was dir auf dem Herzen liegt.«

Fay setzte sich, nahm einen Schluck Tee und versuchte, sich zu sammeln. In einem Atemzug berichtete sie in Kurzform: »Mein Garten ist krank, ich habe meinen Betreuer von der Arbeitsagentur erzürnt, Marcel liebt eine andere, und gestern habe ich Drogen genommen. Dann hatte ich um ein Haar mit einem fast fremden Mann Sex auf einer Waldlichtung. Außerdem muss ich mich bis nächste

Woche entscheiden, wo ich weiterhin leben will. Mir geht es beschissen, ich könnte die ganze Zeit nur heulen. Ich fühle mich schlimmer als zu der Zeit, bevor ich angefangen habe, mich zu suchen, bevor ich gelernt habe, Kontakt mit der Anderswelt aufzunehmen.« Begierig nahm sie einen tiefen Atemzug. Bei ihrem letztem Satz hatten so etwas wie ein Vorwurf mitgeschwungen.

Hans schaute Fay belustigt an. »Dann erzähl doch mal in Ruhe, der Reihe nach und von Anfang an.«

Er ist wirklich ein Freund und für mich da, dachte sie, lehnte sich zurück und begann, ihre Erlebnisse der letzten Woche ausführlich wiederzugeben.

Als sie schließlich verstummte, schaute Hans sie ernst an. »Ein recht sattes Programm für nur eine Woche. Wie soll ich dir jetzt helfen?«

Fay schaute Hans verständnislos an. »Na, du könntest mir einen guten Rat geben, wie es jetzt weitergehen soll.«

»Das kann ich nicht. Es ist dein Leben.« Hans schüttelte mit ernstem Blick den Kopf.

»Aber du kannst doch sicher ein Ritual vollziehen und mich heilen«, jammerte Fay.

»Was soll ich denn heilen, Fay?«, fragte Hans provokant.

»Na, das, was so wehtut. Den Schmerz in mir. Die Scham und das schlechte Gewissen, mein Herz und dieses Stechen im Magen.« Fay spürte, wie die Tränen erneut in ihr hochstiegen. Hier, in diesem Raum, musste sie nichts unterdrücken. Sie begann zu weinen, und Hans blieb einfach sitzen und wartete.

Als Fay sich langsam wieder beruhigt hatte, reichte er ihr ein Taschentuch. »Hör mal, Fay. Ich bin keine Klagemauer. Es nützt dir nichts, wenn du wie ein Häufchen Elend hier bei mir sitzt. Du solltest besser nach einer Lösung für deine Probleme suchen. Drogen sind sicher nicht der richtige Weg. Das hast du ja erlebt. Sie verändern deine Wahrnehmung maßgeblich. Wenn du Gras rauchst, wird dein momentaner Zustand um ein Vielfaches verstärkt. Du bist eine junge, gesunde Frau. Du hattest schon lange keinen körperlichen Kontakt mehr. Es ist ganz verständlich, dass tief in dir diese Sehnsucht befriedigt werden will. Gras wirkt sich auch stark auf deinen Körper aus. Es lässt nicht nur deinen Geist und deine Seele fliegen, es verstärkt auch deine sensorische Wahrnehmung. Was da passiert ist, war nur eine Reaktion auf eine ungelebte Sehnsucht, die in dir schlummert. Was du empfunden hast, kannst du auch nüchtern erleben. Jede Erfahrung, die du unter Drogen erlebst, muss nüchtern erst erarbeitet werden. Das gilt vor allem dann, wenn Drogen als Fluchtmittel verwendet werden. Es gibt indigene Kulturen, in denen bestimmte Drogen zum Leben und zum Heilungsweg dazugehören. Dort ist der Konsum in einen rituellen Rahmen eingebunden und hat immer eine Absicht wie zum Beispiel eine schamanische Reise. Verstehst du den Unterschied?«

Fay hatte ihm aufmerksam zugehört. Sie dachte an die intensiven Empfindungen und ihre Wahrnehmung der Umgebung. Tatsächlich war es eines der schönsten Erlebnisse gewesen, die sie je gehabt hatte. Abgesehen davon, dass es Peter und nicht Marcel gewesen war, mit dem sie intim geworden war. Aber sie verstand, was Hans ihr sagen wollte. Sie nickte wortlos.

»Welche Prägung wird da gerade bei dir angetriggert? Du weißt es, oder?«

Fay nickte wieder. Sie wusste es tatsächlich. Es war die Prägung der alten Fay, dem Mauerblümchen, das immer und überall übersehen und oft benutzt wurde. Es war die Fay, die für ein bisschen Aufmerksamkeit und Zuneigung bereit war, jedem dienlich zu sein.

Sie sagte es Hans, und dieser nickte bestätigend. »Ja, du bist zwar aus deinem alten Muster ausgebrochen, aufgearbeitet hast du es aber noch lange nicht. Fay, was du gerade erlebst, ist zum Teil eine Heilkrise, aber es sind auch

Zweifel, die dich plagen. Zweifel wird es immer geben. Sie können dir helfen oder schaden. Entscheidend ist, wie du mit ihnen umgehst. In deinem Fall habe ich den Eindruck, dass sie dich gerade beherrschen. Das schwächt dich und ist ungesund. Wann hast du deine letzte Reise gemacht? Gerade in deinem Zustand tut dir der Kontakt mit deinen Verbündeten gut. Sie helfen dir dabei, Entscheidungen zu treffen, die deiner Seele und deinem Leben guttun.«

»Das letzte Mal war hier bei dir vor der Visionssuche«, sagte Fay kleinlaut. »Die Energieübung habe ich seither auch nicht mehr gemacht.« Verlegen schaute sie zu Boden. »Aber ich habe alle Sachen, die ich für eine Reise brauche, zu Hause«, setzte sie eine Spur lauter nach.

Hans schaute sie ernst an. »Fay, dann tue es auch. Nur der alleinige Besitz der Dinge bringt weder Kraft noch Freude in dein Leben. Es sind nur Dinge. Du gibst ihnen ihren Sinn, indem du sie benutzt. Du weißt, wie es geht. Ich kann dir nicht helfen. Du hast alle Werkzeuge, die du brauchst, um dir selbst zu helfen«, endete Hans.

Fay blickte in Hans' Gesicht. Er meinte es ernst. Er würde ihr nicht helfen. Jedenfalls nicht so, wie sie es sich wünschte. »Ich habe mir überlegt, ob ich die Übung mit dem Ei wiederholen sollte. Die hat mir gutgetan«, sagte Fay zaghaft.

Hans schüttelte den Kopf. »Deine Seele hast du schon wahrgenommen, Fay. Du hast sie gespürt. Nun geht es darum, dass du deinen Körper hier in dieser Welt als das erfährst und annimmst, was er ist: dein Tempel, ein Geschenk der Schöpfung, das dich durch das Leben trägt.«

»Also, was kann ich nun tun?«, fragte sie mit einem tiefen Seufzer.

»Hast du einen großen Spiegel zu Hause?«, fragte Hans.

»Ja, hab ich. Warum?«

»Hängt er an einem Platz, an dem du dich davorsetzen kannst?«

»Er hängt im Gang an der Wand. Es ist eng, aber es müsste gehen.« Fay war verwirrt. Worauf wollte Hans hinaus?

»Gut, dann habe ich eine Aufgabe für dich. Nimm dir jeden Tag zehn Minuten Zeit, und setze dich nackt vor diesen Spiegel. Betrachte dich darin ganz genau. Jede Falte, jedes Muttermal, jedes Härchen verdient deine Aufmerksamkeit. Schau dir in die Augen, und liebkose dich selbst. Sag dir, dass du dich wunderschön findest und dich liebst. Überlege jeden Tag, was dir an dir selbst so richtig gut gefällt. Es wird am Anfang schwierig sein, wiederhole die Übung dennoch regelmäßig. Wertschätze deinen Körper, der dich durch dein Leben trägt.«

Fay war irritiert. Sie fragte sich, was es ihr nutzen sollte, sich nackt vor einen Spiegel zu setzen. Sie wusste doch, wie sie aussah. Mittelmäßig eben. Die Vorstellung amüsierte sie. Ein bisschen schreckte sie sie aber auch ab. Nacktheit war für Fay nichts Selbstverständliches.

Bevor sie etwas dazu sagen konnte, fuhr Hans fort: »Richte mit deinen Sachen einen Altar her. Am besten in dem Raum, in dem du deine Reisen unternimmst.« Er schaute Fay fest in die Augen. »Und zu guter Letzt reist du in deinen Garten in der Anderswelt. Sieh nach, wie es dort ausschaut, und frag deine Verbündeten um Rat. Sie werden dir sagen, was du für deine Seele brauchst, damit der Schmerz vergeht. Kümmere dich ebenso um deinen Garten hier in der alltäglichen Welt. Auch er spiegelt deinen Zustand wider. Denk daran, jeden Tag die Energieübung zu machen. Sieh es als eine Möglichkeit an, Disziplin zu üben.«

Fay nahm ihre Tasse Tee und trank einen großen Schluck daraus. »Ich muss das wirklich alles alleine machen? Kannst du mir nicht wenigstens ein bisschen helfen?«, versuchte sie ein weiteres Mal, Hans dazu zu bewegen, ihr zu helfen. Sie traute sich nicht, ihn anzuschauen und seine Reaktion zu sehen. Sicher schüttelte er den Kopf.

»Nein, Fay. Dann würde ich dich um einen wichtigen Entwicklungsschritt auf deinem Lebensweg bringen. Da musst du ohne mich durch. Doch du bist nie allein, vertrau auf deine Verbündeten. Sie werden dich unterstützen.«

Es klopfte an der Tür, und sie wurde leise geöffnet. Sandra steckte ihren Kopf herein. »Hans, Maya ist da. Sie wartet draußen auf dich.«

Fay spürte bei dem Namen einen Stich in ihrem Herzen. Sie erinnerte sich daran, dass Hans ihnen erzählt hatte, dass er mit einer ehemaligen Studentin ein Projekt vorbereitete. Es muss ja nicht *die* Maya sein, dachte Fay. Gleichzeitig spürte sie, wie sie an diesem Gedanken zweifelte.

»Gut. Sag ihr, ich komme gleich.« Hans nickte Sandra zu. Er wandte sich wieder an Fay. »Also, dann fang am besten gleich mit deinen Aufgaben an. Wir sehen uns am Montagabend wieder zum Reisen. Ich denke, die drei anderen werden ebenfalls da sein.« Mit diesen Worten stand Hans auf, räumte die Tassen ab und ging zur Tür. Fay folgte ihm zaghaft. Ihre Hände wurden kalt und feucht. Sie spürte, wie Furcht in ihr hochkroch. Was, wenn es tatsächlich Maya war? Diese Frau gab Fay das Gefühl, hässlich und unbedeutend zu sein. Ihr Herz klopfte, als sie nach vorne in Richtung der Theke ging … und da stand sie. Fay fühlte, wie sie innerlich zusammensackte.

Maya wandte sich ihnen zu und strahlte Hans und Fay entgegen. »Hallo, Hans. Hallo, Fay, wie schön, auch dich hier zu treffen.«

»Hallo, Maya. Ich wusste gar nicht, dass ihr beiden euch kennt«, sagte Hans und küsste sanft Mayas Wange. »Ich bin gleich so weit. Ich hole gerade noch meine Unterlagen, dann können wir fahren.« Er ging hinter die Theke.

Oha, die beiden scheinen einander sehr vertraut zu sein, realisierte Fay und hörte Twifal kichern. In ihrem Inneren startete erneut das Karussell der Gefühle. Hans, ihr einziger Freund, war also auch mit dieser umwerfenden Frau befreundet. Muss die denn alles vereinnahmen, was mir am Herzen liegt?, fragte sie sich. Erst nimmt sie mir Marcel weg und jetzt Hans, dachte sie bitter. Ihr schien es, als wäre das Licht im Café gerade um eine Nuance dunkler geworden.

»Ja, wir kennen uns. Zumindest haben wir uns schon einmal gesehen. Fay wird meine neue Nachbarin, wenn ich bei Marcel einziehe.«

»Um diesen Marcel geht es also«, sagte Hans mit einem bedeutungsvollen Blick auf Fay. Maya schaute verwirrt zwischen den beiden hin und her. Fay spürte, wie sie heftig errötete. Hans kam mit einer Tasche im Arm hinter der Theke hervor, schaute von einer Frau zur anderen und meinte recht trocken: »Es wäre eine gute Idee, wenn ihr beide euch mal ausführlich unterhalten würdet. Ich glaube, das würde vieles klären. Macht das bitte möglichst bald. Jetzt lass uns gehen, Maya. Wir haben noch einiges zu tun.« Mit diesen Worten ging Hans zur Eingangstür, öffnete diese und ließ Maya den Vortritt.

In der Tür drehte sich Maya noch einmal um. »Das machen wir, Fay. Du kommst eh morgen zum Frühstück rüber. Ich freu mich.« Dann waren beide zur Tür hinaus verschwunden.

»Das ist eine richtig nette und aufgeweckte Person, diese Maya. Du hast Glück, eine so nette Nachbarin zu bekommen. Ihr werdet euch sicher gut verstehen. Sie weiß richtig viel über alte Kulturen. Das wird dir gefallen«, sagte Sandra zu Fay, die etwas verloren an der Theke stand.

Warum wollen mir alle einreden, dass diese Maya ach so toll sei?, dachte Fay missmutig. Diese Frau hat mir den Traummann weggenommen. Was ist daran toll?

Stopp, jetzt ist es aber genug, ermahnte sie sich selbst und dachte an die Aufgaben, die Hans ihr gegeben hatte. Er meinte, sie hätte alle nötigen Werkzeuge und müsste sich selbst heilen. Wenn sie jetzt aufgab und im Selbstmitleid versank, wäre alles umsonst gewesen, was sie die letzten

Wochen über in ihrem Leben geändert hatte. Trotz stieg in Fay auf. Das kommt nicht infrage, dachte sie entschieden, ich werde jetzt anfangen zu TUN. Als Erstes werde ich den Altar einrichten und die Reise in meinen Garten machen. Die Aufgabe, mich nackt vor den Spiegel zu setzen, kann ich am Abend auch noch erledigen.

»Schauen wir mal, wie ich mich mit ihr vertragen werde. Ich bin mir nicht sicher, ob ich weiterhin in meiner Wohnung bleiben will«, sagte Fay zu Sandra. »Bis bald, Sandra. Ich bin dann auch mal weg.«

»Tschüss und bis bald, Fay!«, rief ihr Sandra nach und sah ihr nachdenklich hinterher.

Auf dem Weg nach Hause schaute Fay im Supermarkt vorbei, um für Pfötchen Futter zu kaufen. Außerdem besorgte sie fürs Wochenende Obst, Gemüse, Käse und Reis. Auf dem Weg zur Kasse kam Fay an einem Blumenstand vorbei. Sie schnappte sich einen großen, bunten Strauß. Für meinen Altar, dachte sie.

Sie ging zur Kasse, bezahlte und verließ den Supermarkt. Ich halte mich einfach an die kleinen Dinge, so, wie Hermine immer sagt. Es wird sich schon alles zum Guten wenden. Jetzt gerade freue ich mich darauf, den Altar herzurichten. Mit diesen Gedanken versuchte Fay, ihre Stimmung zu heben, und ein wenig gelang es ihr auch.

Zu Hause angekommen stellte sie zunächst die Blumen in eine Vase. Dann füllte sie Pfötchens Schüssel und verstaute ihre restlichen Einkäufe. Danach ging sie schnurstracks ins Wohnzimmer und sah ihre Räuchermuschel auf dem Tisch stehen. Energisch nahm sie diese zur Hand, füllte sie mit frischem Räucherwerk und entzündete es. Sie ging zur Eingangstür, öffnete sie und begann, den Durchgang zu räuchern. Warum genau sie das tat, wusste sie nicht. Es war ein Impuls, dem sie folgte.

Als dicke Rauchwolken hinaus in den Gang zogen, musste sie grinsen. Was, wenn jetzt der Feuermelder draußen losging? Fay stellte sich kurz vor, wie die Feuerwehr anrückte, um sie alle zu evakuieren, nur weil sie ihre Wohnung ausräucherte. Schnell schloss sie die Tür und führte das Räuchern im Gang ihrer Wohnung fort. Sie zog jede Ecke mit dem Rauch nach. Mit der Feder fächerte sie ihn so hoch hinauf, wie es möglich war. Es roch zeitweise richtig ekelig und kein bisschen mehr nach dem Salbei, den sie angezündet hatte. Einzelne Rauchschwaden schienen dunkler als andere zu sein. Im Schlafzimmer ging es weiter. Als sie dort fertig war, öffnete sie die Fenster. Rauchschwaden zogen an ihr vorbei und zum offenen Fenster hinaus. Zielsicher ging sie zurück ins Wohnzimmer. Sie füllte neuen Salbei nach und entzündete ihn. In der Küche räucherte sie weiter. Jeder Schrank wurde geöffnet und geräuchert, selbst der Kühlschrank.

Jetzt noch das Wohnzimmer, dachte Fay, als das Telefon klingelte. Einen Moment hielt sie inne. »Ich habe zu tun. Egal, wer jetzt da dran ist«, rief sie dem Apparat entgegen. Fay ignorierte das Läuten und fuhr fort. Als der Anrufbeantworter ansprang, hörte sie Peters Stimme: »Hallo, Fay, hier ist Peter. Schade, dass du nicht da bist. Können wir uns sehen? Ruf mich an. Tschüss.« *Klick, tüt, tüt.*

Sehen sich Freunde jeden Tag?, ging es Fay durch den Kopf. Sie schob den Gedanken beiseite und richtete ihre Aufmerksamkeit erneut auf das Räucherritual. Als sie mit dem Wohnzimmer fertig war, öffnete sie die Terrassentür. Wie schon zuvor zogen Rauchschwaden an Fay vorbei ins Freie. Diesmal glaubte sie, im Rauch einen Schatten mit hinauszuziehen zu sehen, der mit einem leisen, verzweifelten Stimmchen »Neeeiiiiiiinnnnn!« piepste.

Fay schaute sich in ihrer Wohnung um. Alles schien nun heller und klarer zu sein. Sie selbst fühlte sich auch sauberer und kräftiger. Vor allem war es in ihrem Kopf klarer. Sie konnte spüren, wie ihre Mitte pulsierte. Wo sollte sie jetzt ihren Altar errichten? Im Schlafzimmer hätte sie eine freie Fläche, aber dort reiste sie nicht. Hans hatte ihnen von Anfang an davon abgeraten, im Bett zu reisen. Den Altar sollte sie dort aufbauen, wo sie reiste. Also im Wohnzimmer. Fay schaute sich prüfend um. Die Regale hatte sie fast ganz ausgeräumt, da wäre Platz. Das ist aber nicht wirklich stimmig, befand sie. Sie sah den Fernseher. Den hatte sie eine gefühlte Ewigkeit nicht mehr in Gebrauch gehabt. Er stand auf einer Kommode, die der großen im Schlafzimmer ähnelte. Der Fernseher war eines dieser neueren Geräte, flach und leicht. Fay konnte ihn ohne Probleme in den Gang hinausstellen. Zum Entsorgen, wenn mir das nächste Mal ein netter Mann mit einem Auto aushelfen sollte, dachte sie. Obwohl das ein sarkastischer Gedanke war, spürte Fay keinen Stich. Weder in der Magengrube noch in ihrem Herzen. Das zauberte ihr ein Lächeln auf die Lippen. Ich hatte bei diesem Gedanken keinen bestimmten Mann im Kopf, interessant. Ist Schmerz an bestimmte Personen gekoppelt?, fragte sie sich.

»Ja und nein«, hörte sie Edwards Stimme. »Alle Menschen, die dir begegnen, lösen Erinnerungen in dir aus. Manche sind uralt. Es sind Erinnerungen, die in deinen Zellen gespeichert sind. Es sind die Erfahrungen aus vielen Leben und Inkarnationen als Mensch. Jede Person, die dir hier begegnet, kann die Erinnerungen an diese Erlebnisse wecken. Wenn du bereit bist, kannst du sie dir anschauen und in dir heilen. Genau genommen sind diese Menschen diejenigen, die dich am meisten über dich selbst lehren. Sie testen aus, wie lange du dich verletzten lässt, bevor du eine Grenze aus Selbstachtung und Selbstliebe ziehst. Das Ziel ist zu erkennen, wie dieses ganze Spiel mit den Vorwürfen, den Anschuldigungen und den Unehrlichkeiten läuft. Je aufrichtiger und authentischer du dein Leben lebst, desto weniger wirst du die Schuld für deinen Schmerz bei anderen suchen. Jetzt fahre mit deiner Tätigkeit fort. Es gefällt uns, was du hier machst. Wir sind bei dir. Und später wartet in deinem Garten ein Lehrer auf dich.«

Der aus meinem Traum? Auf der Lichtung am Feuer?, wollte Fay in Gedanken wissen.

»Ja, genau. Er wartet auf dich«, hörte sie Edward sagen.

Und die Schlange? Ist sie auch da?, fragte Fay zaghaft nach. Sie sah die Schlange mit ihren kleinen, spitzen Giftzähnen wieder vor ihrem inneren Auge.

»Denk daran, Fay: Wir sind immer bei dir. Bau deinen Altar auf, und reise in deinen Seelengarten!«, war alles, was sie von Edward noch hörte.

Fay wischte die Kommode ab und suchte die Sachen zusammen, die sie sich bereits angeschafft hatte. Aus der Küche holte sie den frischen Blumenstrauß. Kurz überlegte sie, wo die Himmelsrichtungen lagen. Von wo kam morgens die Sonne? Fay schloss die Augen und versuchte, sich die Himmelsrichtungen in ihrem Wohnzimmer vorzustellen. In den gefühlten Süden stellte sie die Kerze, die Blumen in die Mitte, die Räuchermuschel in den Osten. Was sollte sie in den Norden und in den Westen stellen? Erde und Wasser, das wusste sie von Hans. Sie erinnerte sich an eine kleine Göttinnenfigur, die sie in den Garten hinausgestellt hatte. Sie stand auf, öffnete die Tür und ging in den Garten. Sie fand die Figur sofort. Als sie danach griff, hörte sie plötzlich eine Stimme: »Hallo, Fay.«

Es war Marcel. Fay erstarrte in ihrer Bewegung. Ihr Magen verkrampfte sich, ihr Kopf wurde heiß, und sie begann zu zittern. Ihre Mitte konnte sie gerade beim besten Willen nicht ausmachen. Wie in Zeitlupe griff sie nach der Figur, drehte sich um und ging auf ihre Wohnung zu. Da stand er. Er war zweifellos der schönste Mann, den sie kannte. Mit seinen sanften Augen schaute er sie an und lächelte vorsichtig. Fay bemerkte ein Kribbeln im Hals. Genau dort, wo sie auch das Klopfen ihres Herzens spürte. Oder war es ihre Mitte, die bis da hinauf gehüpft war?

»Hallo, Marcel, ich bin gerade ziemlich beschäftigt«, krächzte sie.

»Kann ich dir helfen?«, wollte Marcel wissen, und seine Augen leuchteten auf.

»Nein, danke. Das muss ich alleine machen«, gab Fay zurück.

»Fay, wir sollten miteinander reden.« Marcel sah sie bittend an.

Fay nickte. »Machen wir, wenn ich Zeit habe. Jetzt gerade nicht. Bis dann.« Mit diesen Worten schlüpfte sie an ihm vorbei in ihre Wohnung und schloss die Tür hinter sich. Ihre Hände zitterten nach wie vor, und ihre Knie waren weich. Ich bin noch nicht so weit, dachte sie. Aber vielleicht bald. Wenn ich in meinem Garten war und wieder zu mir gefunden habe, kann ich mit ihm reden.

Entschlossen setzte Fay die Göttin auf ihren Altar in den gefühlten Norden. Sie ging in die Küche und füllte Wasser in eine kleine Schüssel. Innerlich ermahnte sie sich: Nur nicht auf die Idee kommen, eine weitere Figur aus dem Garten zu holen! Sie breitete ihre Reisedecke auf dem Boden aus und legte sich ein Kissen sowie die Augenbinde bereit. Der Altar sieht hübsch aus, schöner als der Fernseher, stellte Fay fest. Sie entzündete die Kerze, nahm die Räuchermuschel in die Hand und räucherte sich von oben bis unten ab.

»Diese Wohnung hier ist mein heiliger Raum, den nur betreten darf, wen ich einlade. Dieser Körper hier ist mein heiliger Tempel, den ich jeden Tag liebe und achte. Beides segne ich mit der Kraft der Schöpfung«, sprach Fay, während sie sich räucherte und sich wunderte, woher diese Worte kamen. Es fühlte sich gut an. Sie startete ihre Trommel-CD und legte sich auf ihre Reisedecke.

Der Lehrer und die Schlange

»Ich möchte in meinen Seelengarten reisen, um zu erfahren, wie es jetzt in meinem Leben weitergeht«, formulierte Fay die Absicht ihrer Reise. Sie band sich die Schlafmaske über die Augen, legte die Hände auf ihre Mitte und lauschte den Trommelklängen aus der Anlage.

In ihrer Vorstellung ging sie unter einem Regenbogen hindurch. Sein Licht strahlte auf Fay herab, wodurch sie von orangeroten Farbschleiern umhüllt wurde. Sie ging zu ihrem Startplatz, an dem sie ihre Absicht wiederholte. Dann machte sie einen Schritt, und im nächsten Moment befand sie sich auf ihrer Lichtung in der Anderswelt. Wie in ihrem Traum zuvor stand sie am Rand des grauen Flecks. Er besaß dieselbe Größe wie beim letzten Mal. Sie erinnerte sich, warum der Fleck so groß geworden war, und das tat ihr unendlich leid. Fay kniete sich hin und strich sanft über das graue, verdorrte Stück Erde. In diesem Moment floss eine warme Energie aus ihrer Hand. Als sie die welken Gräser berührte, färbten sie sich nach und nach wieder grün und stellten sich auf. Erstaunt blickte Fay auf die Stelle, an der sich zuvor der Fleck befunden hatte. Sie sah nun wieder gesund aus. Ihrer Hand entsprang ein ganz feiner Lichtfaden.

»Was ist das?«, fragte sie verwundert.

»Das ist eine von vielen Fähigkeiten, die dir innewohnen. Sie treten hervor, wenn du dir selbst vertraust.«

Fay kannte diese Stimme nicht. Sie drehte sich langsam um. Als sie die Schlange sah, sprang sie erschrocken auf die Füße und wich einige Schritte zurück. Die Schlange sah aus wie die aus ihrem Traum.

»Wer bist du, und was tust du in meinem Seelengarten? Ich hab dich nicht eingeladen!«

»Ich bin Udo«, antwortete die Schlange ruhig, »und es stimmt, du hast mich nicht eingeladen. Dennoch bin ich hier, Fay. Ich bin einer deiner Begleiter. Meine Aufgabe wird es unter anderem sein, dich zu deinem Lehrer zu begleiten.«

»Was ist sonst noch deine Aufgabe?«, wollte sie wissen.

»Ich werde immer an deiner Seite sein, wenn du im Ahnenwald unterwegs bist. Ich begleite dich auf deinem Weg der Heilung. Ich trage Medizin in mir, die du beizeiten brauchen wirst.«

»Was für eine Medizin? Wirst du mich beißen?«, wollte Fay wissen. Sie sah wieder die Bilder aus ihrem Traum vor sich.

»Wenn es so weit ist, wird es zu deinem Wohle geschehen. Fay, vertraue darauf«, züngelte Udo. Fay konnte spüren, dass ihr diese Schlange wohlgesonnen war, dennoch war sie ihr unheimlich.

»Das kommt davon, weil er eben eine Schlange ist«, erklang Dianas Stimmchen direkt neben ihrem Ohr. »Ich finde Schlangen immer etwas unheimlich. In deiner Welt fressen sie Schmetterlinge, habe ich gehört!« Entrüstet schüttelte Diana ihr Köpfchen. »Udo hier ist aber in Ordnung. Er ist schon eine ganze Weile bei uns im Garten.«

Neben Fays Füßen raschelte etwas. »Wir waren mit ihm schon bei deinem neuen Lehrer am Feuer im Wald. Und Twifal haben wir auch kennengelernt«, ergänzte Edith, die dazugekommen war.

»Ihr kennt Twifal? Den gibt es hier auch?« Fay war erstaunt.

»Natürlich gibt es ihn hier auch. Was dachtest du denn? Alles, was in deinem Leben und in deiner Seele wirkt, ist in dieser und in der alltäglichen Welt lebendig«, erklärte Udo. »Einen seiner Abdrücke, die wie Elementale wirken, hast du vorhin beim Räuchern aus deiner Wohnung geschmissen. Das war der Schatten, den du immer wieder gesehen hast. Damit hast du Twifal gezeigt, dass du ihm die Stirn bieten kannst. Das war sehr gut!«, lobte die Schlange. »Eigentlich ist er gar kein so übler Kerl. Er ist zwar unberechenbar und oft auch gemein, aber er lehrt euch Menschen auch wichtige Dinge. Er zeigt sich euch immer wieder im Leben und prüft euch auf eure Ernsthaftigkeit und Disziplin.«

Fay fühlte sich ertappt. »Mit der Disziplin habe ich es die letzte Zeit nicht so genau genommen. Weder im Bezug auf das Reisen noch auf die Energieübungen.«

Die drei Andersweltwesen sahen Fay ernst an. Edith erhob ihre Stimme: »Der Kontakt zur eigenen Seele, zur geistigen Führung, lässt das Leben erst wirklich fließen. Die Entscheidung für oder gegen diesen Kontakt triffst du jeden Tag aufs Neue, Fay. Jedes Mal, wenn du dich dafür entscheidest, wirst du wachsen. Du wirst mehr und mehr strahlen und deine Lebenskraft besser entfalten können.«

»Ich weiß. Darum bin ich ja heute hier. Wie geht es jetzt in meinem Leben weiter? Das ist die Frage, mit der ich heute zu euch komme. Wie kann ich diesen Schmerz in mir heilen? Es fühlt sich manchmal an, als würden Jahrhunderte von Trauer auf mir lasten. Oder bin ich nur superempfindlich?«

»Es wird Zeit, dass wir zu Wahitiko gehen«, sagte Udo.

Noch bevor Fay etwas sagen konnte, zog es sie in Richtung des Waldes, aus dem sie in weiter Ferne eine Rauchfahne gen Himmel steigen sah.

Am Waldrand angekommen fröstelte Fay. Unsicher schaute sie in den dunklen Wald hinein. Dieser Wald erinnerte sie an den dunklen Tannenwald mit den alten Bäumen, durch den sie mit Peter gelaufen war. Die Bäume hier wirkten noch weit älter und mächtiger als die aus der alltäglichen Welt.

»Da müssen wir jetzt durch? Ernsthaft? Können wir uns nicht beamen oder so?« Fay schaute in die Runde.

»Der Weg durch diesen Wald ist wichtig, Fay. Du wirst hier in nächster Zeit noch öfter sein. Gewöhne dich daran, und lerne, wie du im Ahnenwald reisen kannst.«

»Was ist dieser Ahnenwald überhaupt, von dem du da sprichst?«, wollte Fay von Udo wissen.

Udo schaute sie an und erklärte: »Dort wirst du viele deiner Ahnen treffen, Vorfahren deiner Blutslinie, und von ihnen lernen. Wir haben über die Erfahrungen aus den vielen Leben gesprochen. Hier kannst du alle diese vorherigen Leben finden, wenn es für dich an der Zeit ist. Heute ist es Zeit, deinen neuen Lehrer kennenzulernen. Jetzt lass uns gehen.« Udo wandte sich dem Wald zu. »Richte deine Aufmerksamkeit auf die Rauchwolke, die du gesehen hast. Dort wollen wir hin«, forderte er sie auf.

Wollte sie das wirklich?

Einer von Dianas Schmetterlingsflügeln streifte sanft ihre Wange. »Mach schon, Fay. Er wird dich nicht fressen, er ist ein Lehrer. Ein sehr weiser und liebevoller noch dazu.«

Fay seufzte und richtete ihre Absicht auf die Rauchfahne, die sie gesehen hatte. Vor ihren Füßen begann ein Pfad zu leuchten. Er führte in den Wald hinein und schlängelte sich zwischen den Bäumen hindurch.

»Je klarer du in deiner Absicht und je fester du in deinem Willen bist, umso einfacher und geradliniger wird unser Weg sein«, merkte Udo wie nebenbei an.

Fay verstand den Hinweis und fühlte sich zum zweiten Mal auf dieser Reise ertappt. Sie atmete tief ein, legte ihre Hände auf ihre Mitte und konzentrierte sich mit all ihrer Energie auf den Platz, von dem aus die Rauchwolke in den Himmel aufstieg. Jetzt lag ein kräftig leuchtender Weg vor ihnen, der pfeilgerade durch den Wald zu seinem Ziel wies.

»Na bitte, geht doch«, zischelte Udo und setzte sich in Bewegung. Fay, Diana und Edith folgten ihm. Fay nahm das irisierende Leuchten um sich und ihre Freunde herum wahr. Es war faszinierend. Noch bevor sie darüber nachdenken konnte, waren sie auf einer Lichtung angekommen. Fay hatte das Gefühl, nur ein paar Schritte gelaufen zu sein. Sie blickte auf und sah an einem Lagerfeuer einen alten, sehr ehrwürdig wirkenden Indianer sitzen. Für einen Moment stand sie regungslos und mit offenem Mund da.

»Wow, ein Indianer!« Hatte sie das laut gesagt?

»Ich grüße dich, Fay, das Schicksal, Friederike, die Friedensbringerin, hier an meiner Feuerstelle. Ich bin Wahitiko und werde dich in der nächsten Zeit unterrichten.«

»Ähm, ja. Ich habe mir schon gedacht, dass du mich unterrichten wirst«, stammelte Fay, während sie sich noch über die seltsame Begrüßung wunderte. Fay, das Schicksal, Friederike, die Friedensbringerin? Was hatte das zu bedeuten? Das Wesen vor ihr faszinierte Fay. Es war ein wunderschöner, alter Mensch. Trotz der Tatsache, dass es sich als Mann zeigte, erinnerte es Fay an MaPa.

Wahitiko schmunzelte. »Du hast nicht unrecht, Fay. MaPa ist in mir. Ich bin schon sehr alt und seit einer Ewigkeit mit MaPa verbunden. Vor langer Zeit war ich ein Mensch wie du. Ich lebte viele Leben, bis ich meine Seele erkannte und Frieden in ihr und der Schöpfung fand. Es gibt viele Geschöpfe wie mich. Ihr Menschen nennt uns aufgestiegene Meister oder Heilige. Einige von uns sind durch ihre Wundertaten auf der Erde bekannt und werden dort verehrt. Andere wiederum haben entschieden, mit den erwachten Menschen in den Anderswelten zu arbeiten. Zur letzten Gruppe zähle auch ich. Wir haben uns an einem bestimmten Punkt unserer Existenz für die Liebe, die allumfassende, erwartungsfreie Liebe, entschieden.«

»Aha, und warum bist du mein Lehrer geworden?«

»Weil du mich ausgesucht hast, Fay. Deine Vorlieben und dein Wunsch, zu deinem Vater nach Nordamerika zu reisen, haben mich hierher geführt. Ich entspreche einer Vorstellung von dir, der Vorstellung eines alten, weisen und liebevollen Indianers, der am Lagerfeuer Geschichten erzählt.«

Fay musste zugeben, dass das stimmte. Sie erinnerte sich daran, dass sie sich beim Lesen von Büchern über die amerikanischen Ureinwohner oft einen alten, weisen Großvater gewünscht hatte. Für sie hatte er die Gestalt eines alten Indianers, der sie einfach lieb hatte und ihr Geschichten am Lagerfeuer erzählte. Sie hatte ihn sich also hergewünscht?

Wahitiko lachte herzlich. »Ja, Fay. Ihr Menschen formt mit euren Vorstellungen, Sehnsüchten und Wünschen sowohl diese wie auch die alltägliche Welt. Allerdings ist das heute nebensächlich. Wichtig ist jetzt, dass wir anfangen. Deine erste Aufgabe besteht darin, das zu segnen, was du hast, was du bist und was du tust.«

»Ich soll was tun?«, fragte Fay verblüfft.

»Du sollst dein Leben segnen. Das passt zu den Übungen, die Hans, dein Lehrer in der alltäglichen Welt, dir mitgegeben hat«, sagte Wahitiko eindringlich.

»Wie soll das gehen? Pfarrer und andere Geistliche in der Kirche segnen. Ich habe noch nie davon gehört, dass normale Menschen segnen können.« Fay schaute Wahitiko zweifelnd an.

»Doch, du hast davon gehört und auch schon gelesen. Du hast es sogar schon gemacht. Gerade heute, als du dich auf deine Reise hierher gemacht hast«, gab Wahitiko zurück.

Vor Fays innerem Auge erschien ein Buchcover mit dem Titel »Irische Segenssprüche«. Sie erinnerte sich, es bei Nana im Laden ausgepackt zu haben. Ihr fielen die Worte wieder ein, die sie gesprochen hatte, als sie sich selbst geräuchert hatte.

»Genau das meine ich, Fay. Lass den goldenen Regen des Segens in dein Leben fließen. Wenn du segnest, was du bist, was du tust und was du hast, ist das ein Akt der Wertschätzung dir selbst und deinem Leben gegenüber. Es ist eine Form der Selbstliebe, die Heilung mit sich bringt. Übe dich im Segnen, und sei dankbar. Geh an die Quelle im Park. Dort wirst du erwartet«, hörte Fay Wahitiko noch sagen, als das Rückholsignal der Trommel-CD in ihr Bewusstsein drang. Die Anderswelt verschwamm immer mehr, bis sie aus ihrer Wahrnehmung verschwunden war.

Fay spürte ihren Körper am Boden liegen. Wow, das war viel auf einmal gewesen, dachte sie und nahm die Augenbinde ab. Die Energie aus ihren Händen, das neue Krafttier, der alte Indianer und noch mehr Aufgaben, die sie erledigen sollte. An die Quelle im Park soll ich also gehen, dachte sie. Fay fragte sich, warum sie das tun sollte. Als sie vor ein paar Tagen dahin gehen wollte, hatte sie der Zusammenstoß mit Luna davon abgehalten. Was das allerdings alles mit ihrer Frage, wie es in ihrem Leben nun weitergehen sollte, zu tun hatte, war ihr nicht klar.

Fay setzte sich auf, streckte sich und stellte fest, dass sie Hunger hatte. Sie schaute auf die Uhr, die halb acht anzeigte.

Sie brutzelte sich Gemüse und rieb etwas Käse darüber. Als sie mit dem Essen fertig war, warf sie einen Blick in den Spiegel. Es war noch früh genug. Sie nahm den Spiegel von den beiden Haken, an denen er hing, ging damit ins Wohnzimmer, lehnte ihn neben dem Altar an die Wand, zog die Vorhänge zu und ihre Kleider aus. Sie setzte sich nackt auf den Boden vor den Spiegel und schaute hinein.

Fay räusperte sich. Sie kam sich doof vor. Die Erinnerung an die Zeit, als sie täglich im Spiegel ihre Falten gezählt hatte, stieg in ihr auf. Fay gelang es nicht, sich auf diese Übung einzulassen. Als sie ein Scharren an der Terrassentür hörte, stand sie auf und schob den Vorhang ein kleines bisschen zurück. Es war Pfötchen, der hinein wollte. Fay lächelte, öffnete die Tür und entschied sich, die Spiegelübung zu verschieben. Sie zog sich Unterwäsche und ein langes T-Shirt an und nahm ihr Buch zur Hand, das Buch mit den vielen leeren Seiten, von denen einige nun schon beschrieben waren. Sie hatte es von Hans geschenkt bekommen, um ihre Erlebnisse darin aufzuschreiben. Fay blätterte durch die Seiten, die sie bereits beschrieben hatte. Es erfüllte ihr Herz mit Wärme. Sie wunderte sich, was sich alles verändert hatte. Sie las und spürte wieder die Freude, das Vertrauen und die Freundschaft, die sie erlebt hatte. Als sie die erste leere Seite erreichte, begann sie zu schreiben. Sie schrieb alles auf, was in dieser Woche passiert war. Am Ende schrieb sie eine Liste:

Täglich die Energieübung machen
Regelmäßig reisen
Spiegelübung für die Selbstliebe machen
Mein Leben segnen
Altar pflegen
Dem Garten hier und in der Anderswelt mehr Aufmerksamkeit schenken
An die Quelle im Park gehen

Nach einigem Zögern ergänzte sie die Liste folgendermaßen:

Mit Marcel und Maya reden
Mit Peter reden
Eine Entscheidung wegen der Wohnung treffen
Den Betrag für die Krankenversicherung einzahlen

Als sie die Liste fertiggestellt hatte, schaute sie auf die Uhr. Es war kurz vor ein Uhr. Zeit, ins Bett zu gehen, beschloss Fay. Als sie ihr Buch wieder schloss, bemerkte sie, wie sich eine schwere Müdigkeit in ihr ausbreitete. Fay stand auf, löschte die Kerze auf dem Altar und ging direkt ins Bett.

Sonntag

Die Türklingel weckte Fay. Unerbittlich riss ihr Schellen sie aus ihrem traumlosen Schlaf. Fay schlug die Augen auf. Ich segne diesen Tag, dachte sie schnell, bevor Ärger über diese unsanfte Art, geweckt zu werden, in ihr hochsteigen konnte. Wer auch immer vor ihrer Tür stand, er war hartnäckig. Es klingelte erneut, und dazu gesellte sich ein Klopfen.

Fay schlug die Decke zurück und schwang ihre Beine aus dem Bett. Sie zog sich ihren Bademantel an und schlurfte zur Tür. »Ja, ja. Ich komm ja schon!«, murmelte sie. An der Tür angekommen, öffnete sie diese einen Spalt und erblickte Peter. Innerlich seufzte Fay tief. Was wollte der denn schon wieder? Ihr fiel der Punkt »Mit Peter reden« auf ihrer Liste ein. »Hallo, Peter, was ist denn?«, fragte sie.

Peter grinste. »Du hast mich nicht zurückgerufen, da wollte ich nachsehen, ob es dir gut geht. Ich hab auch wieder Brötchen mitgebracht, falls du frühstücken willst. Mein Vater ist übers Wochenende mit seiner Stammtischrunde weggefahren, und alleine zu frühstücken, macht mir keinen Spaß. Der alte Herr hat sich übrigens unglaublich über dich aufgeregt. Er hat mir beim Abendessen von ›so einer durchgeknallten Tussi‹ erzählt, die sich ›auf einem Selbstfindungstrip in den Bergen rumtreibt und dann einen anständigen Arbeitsplatz einfach ausschlägt, weil sie auf etwas Besseres wartet‹. Er war furchtbar wütend. Ich hab dir ja erzählt, dass er da durch meine Mutter vorbelastet ist. Was hast du ihm erzählt? Wann bist du tagelang in den Bergen gewesen?«

»Stopp, du redest gerade viel zu viel für mich. Ich bin gerade erst aufgestanden«, wehrte Fay ab.

»Entschuldigung. Ich wollte dich nicht wecken. Soll ich Kaffee aufstellen? Dann kannst du dich inzwischen anziehen, und wir frühstücken dann gemeinsam.«

Eigentlich wollte Fay ihm die Tür vor der Nase zuschlagen, aber dann vernahm sie eine Stimme: »Ehrlichkeit und Selbstliebe gehen Hand in Hand, Fay. Rede mit ihm, und kläre ihn auf, wie es dir mit ihm geht.« Es war Udo, den sie hörte.

Fay seufzte und öffnete Peter die Tür. »Komm rein, du weißt ja, wo die Küche ist. Ich bin gleich bei dir.« Peter freute sich sichtlich und schlüpfte an ihr vorbei in die Wohnung. Fay ging ins Schlafzimmer, zog sich an und ging dann in die Küche. Es duftete bereits nach Kaffee. Die Uhr zeigte kurz nach neun.

Peter belegte einige Brötchen mit dem, was Fay da hatte, und legte sie auf einen Teller. Gemeinsam gingen sie ins Wohnzimmer. Pfötchen wartete an der Terrassentür darauf, dass Fay ihn hinauslassen würde. Fay öffnete die Tür für ihn und hörte, dass es regnete. Pfötchens Schwanzspitze zuckte. Er blickte Fay an, mauzte und schlüpfte dann hinaus. Fay setzte sich zu Peter auf das Sofa.

Noch bevor sie etwas sagen konnte, stellte ihr Peter eine Frage: »Fay, warum hast du das in den Bergen gemacht? Ich hab noch nie verstanden, was dieses Selbstfindungszeug soll. Manchmal denke ich mir, die Leute jammern doch alle auf hohem Niveau. Wir sollten doch froh sein, hier alles zu haben. Kannst du mir das erklären? Vielleicht verstehe ich dann auch besser, warum meine Mutter damals gegangen ist.« Er sah sie ernsthaft interessiert an.

Fay war überrascht. Das war eine Wendung, mit der sie nicht gerechnet hatte. »Ich dachte, du willst mit mir über das reden, was auf der Lichtung passiert ist?« Fay schaute ihn fragend an.

Peter schüttelte den Kopf. »Nein, Fay. Ich habe schon verstanden, dass du und ich kein Paar werden. Ich vermute, da gibt es einen anderen Mann in deinem Leben. Du hast mir wiederholt gesagt, dass du mich nicht liebst. Du hast aber auch gesagt, dass wir Freunde bleiben. Nachdem mein Vater wegen dir so ausgeflippt ist, habe ich über mein Leben nachgedacht. Ich bewundere dich dafür, dass du den Mut hattest, ihm die Stirn zu bieten. Du hast ihm offen gesagt, warum du gekündigt hast, und mehr noch: Du hast die Stelle abgelehnt und somit erst recht seinen Zorn auf dich gezogen. Das würde ich nie wagen. Mir ist klar geworden, dass mein Vater mein ganzes Leben bestimmt. Es fühlt sich falsch an. Ich habe keine Ahnung, wie ich das ändern soll. Darum bin ich zu dir gekommen, Fay. Bitte hilf mir zu lernen, wie ich mein Leben ändern kann.« Ein Flehen lag in seinen Augen.

Wow, ich bin doch selbst noch dabei, mich zu finden. Wie soll ich ihm da helfen?, dachte Fay und fühlte sich leicht überfordert.

»Erzähl ihm deine Geschichte. Alles, was du preisgeben willst«, hörte sie Edwards Stimme. »Wenn wir unsere Geschichten erzählen, können andere daraus etwas für ihr Leben lernen. Es werden ihnen Parallelen aufgezeigt, Prägungen angetriggert, und sie beginnen zu verstehen. Auch das ist Heilung. Jeder gute Geschichtenerzähler heilt in seinen Zuhörern kleine und manchmal auch große Wunden.«

Fay schaute Peter an, der wie ein Häuflein Elend vor ihr saß. Er tat ihr leid, und sie konnte jetzt deutlich spüren, dass sie ihn tatsächlich mochte.

»Dieses Mögen ist eine Form der Liebe, die sich zwischen Freunden entwickelt«, hörte sie Sarah anmerken. »Sie fühlt sich anders als die Liebe zum Partner an. Kannst du den Unterschied wahrnehmen?« Fay konnte es. Sie spürte die freundschaftliche Verbindung zu Peter und wusste, dass er ehrlich an ihrer Geschichte und an ihren Erfahrungen interessiert war.

Fay begann zu erzählen. Peter stellte dazwischen immer wieder Fragen, die Fay bestmöglich beantwortete.

Sie waren so in ihr Gespräch vertieft, dass keiner von ihnen bemerkte, wie Marcel für eine Weile an der Terrassentür stand und durch die Glasscheibe zu ihnen hineinschaute. Er sah, wie sich die beiden angeregt unterhielten. Gerade eben lachte Fay herzlich und strubbelte Peter durch sein Haar. Traurig drehte sich Marcel weg und ging wieder hinüber in die andere Wohnung. Dort saßen Maya, Hugo und Hermine am Küchentisch.

»Kommt unsere zauberhafte Fay denn nicht mehr?«, fragte Hermine mit fröhlicher Stimme.

»Nein, ich vermute, sie hat unser Frühstück vergessen. Sie hat Besuch von ihrem Freund.« Alle konnten spüren, dass diese Worte Marcel schmerzten.

Maya strich im aufmunternd über die Wange. »Ich werde mit ihr reden, versprochen.«

Marcel lächelte Maya tapfer an. »Ich bin mir nicht mehr sicher, ob das was bringt. Sie scheint mit ihm ganz glücklich zu sein. Er bringt sie zum Lachen.«

»Nichts wird so heiß gegessen, wie es gekocht wird, mein Junge«, meldete sich Hermine. »Es wird sich alles klären. So oder so wird es seinen Sinn haben.«

»Ja«, seufzte Marcel, »wie auch immer, morgen bin ich weg. Auf der anderen Seite der Welt kann ich ja dann darüber nachdenken, was es für einen Sinn hat. Entschuldigt mich, ich muss noch ein paar Sachen vorbereiten. Ich komme später wieder zu euch.« Mit diesen Worten ging Marcel nach hinten in sein Zimmer und schloss die Tür hinter sich. Der Rest der Gesellschaft schaute sich betrübt an.

»Wo die Liebe hinfällt, wächst kein Gras mehr«, warf Hugo verschmitzt in die Runde. Hermine und Maya mussten schmunzeln.

»Es wird sich schon alles fügen. Eine kluge Frau wie sie wird sich wohl kaum in so kurzer Zeit einem anderen

Mann an den Hals werfen. Der Junge muss nur Geduld haben und sich ein bisschen mehr um sie bemühen. Und jetzt lasst uns weiter frühstücken und plaudern. Es ist ja nicht unser Liebeschaos«, meinte Hermine pragmatisch. »Wollen wir später noch ins Stadtmuseum gehen? Gerade findet dort eine Ausstellung über Göttinnen statt. Auf den Bildern in der Zeitung sahen die alle aus wie ich, rund und faltig«, kicherte Hermine. Darüber mussten sie alle herzlich lachen.

»Gute Idee!«, befand Maya. »Gehen wir ins Museum. Das ist genau das Richtige für einen verregneten Sonntagnachmittag.«

Später, als Marcel das Packen erledigt hatte und sein Zimmer wieder verließ, trug er ein verschlossenes Briefkuvert bei sich. »Maya, bitte gib diesen Brief Fay. Ich werde wohl keine Gelegenheit mehr haben, mit ihr zu sprechen. Ich habe eine E-Mail aus der Redaktion bekommen. Sie bitten mich, schon heute Abend anzureisen. Im Hotel ist kurzfristig ein Treffen mit dem ganzen Team angesetzt worden. Ich muss gleich los, damit ich es rechtzeitig schaffe.«

Maya nickte. »Natürlich mach ich das für dich. Kein Thema.«

Von alledem bekam Fay nichts mit. Peter und sie unterhielten sich tatsächlich sehr gut miteinander. Er war ein aufmerksamer Zuhörer und entdeckte zwischen Fays altem und seinem Leben viele Parallelen, aus denen er lernen konnte. Von Fays Erzählungen über ihren Seelenweg interessierten ihn vor allem die über ihre schamanischen Reisen.

Irgendwann sprachen sie über das, was auf der Lichtung passiert war, und Fay erklärte Peter, was ihr Hans über Drogen erzählt hatte. Die Zeit verging wie im Flug, und als Fay auf dem Weg zur Toilette auf die Uhr schaute, zeigte diese bereits halb elf. Innerlich wurde ihr siedend heiß. Fay erinnerte sich an die Einladung zum Frühstück, die sie von

Marcel bekommen hatte. Ganz kurz hüpfte ihre Mitte hoch. Sie saß auf der Toilette und spürte in sich hinein. Sie hatte kein schlechtes Gewissen. Da war auch keine Panik, etwas falsch gemacht zu haben, weil sie die Einladung vergessen hatte. Dieses Gespräch eben mit Peter war wichtig und richtig gewesen. So richtig, wie sich in der letzten Woche kaum etwas angefühlt hatte. Zwischen ihnen beiden war nun alles geklärt. Kann ich jetzt auch endlich mit Marcel sprechen? Habe ich den Mut dazu?, fragte sich Fay. Ein warmes Gefühl der Sicherheit stieg in ihr hoch. Ja, sie war so weit. Sie beschloss, noch heute mit ihm zu reden.

Als sie zurück ins Wohnzimmer kam, hatte Peter den Tisch bereits abgeräumt und kam ihr lächelnd entgegen. »Ich denke, jetzt hab ich dich lange genug aufgehalten, Fay. Vielen Dank, dass du dir Zeit für mich genommen hast. Ich bin froh, dass du meine Freundin bist. Du hast mir sehr geholfen.«

Fay erwiderte sein Lächeln. »Dafür sind Freunde doch da, oder?« Sie zwinkerte ihm aufmunternd zu. »Weißt du was? Komm doch morgen mit zu Hans. Wir treffen uns bei ihm abends im Büchercafé zum Reisen.«

»Mal sehen, was mein Vater vorhat. Du weißt ja, er legt Wert darauf, dass ich abends mit ihm Nachrichten schaue, um zu wissen, was in der Welt los ist«, erwiderte Peter zaghaft. Im nächsten Moment jedoch hellte sich seine Miene auf. »Das ist doch so eine Routine, von der du gesprochen hast, stimmts?«, fragte er.

»So ist es. Das ist eine Routine, mit der du brechen solltest, wenn du dein Leben in die eigenen Hände nehmen willst«, stimmte sie ihm zu.

Peter nickte. »Na gut, dann auf in den Kampf für mein eigenes Leben! Ich werde morgen da sein. Wo das Café ist, hast du mir ja schon erklärt.« Er breitete seine Arme aus und schaute Fay bittend an. »Würdest du einen Freund mal umarmen?«

Fay lächelte. »Natürlich. Komm her, Freund!«

Peter und Fay umarmten sich. Eine Welle der Geborgenheit durchströmte Fay. Es war die Geborgenheit einer ehrlichen Freundschaft. Sie spürte sie tief in ihrem Herzen und sandte sie mit all ihrer Aufmerksamkeit zu Peter.

In diesem Moment atmete Peter tief ein. »Es ist schön zu wissen, dass ich in dir eine Freundin habe. Auch wenn wir keinen Sex miteinander haben werden.« Lachend drückte er Fay nochmals liebevoll an sich und ließ sie dann los.

Fay lache auch. Es war befreiend. Zwischen ihnen war alles geklärt, und eine zarte, frische Pflanze der Freundschaft konnte nun wachsen.

»Wer weiß, vielleicht wird sie zu einem großen, starken Baum gedeihen, und Peter wird ein Freund fürs Leben werden«, hörte sie Funnys Stimme, und eine unbändige Freude breitete sich in Fay aus.

Sie begleitete Peter zur Tür. »Wir sehen uns morgen bei Hans.« Mit diesen Worten verabschiedete sie sich von ihm.

»Bis Morgen«, antwortete Peter. »Ich freue mich!« Fay bemerkte, dass etwas Frisches, ganz Neues in seinen Augen aufblitzte, bevor sie hinter ihm die Tür schloss.

Sie ging ins Wohnzimmer zurück. Das Frühstück bei ihren Nachbarn kehrte in ihr Gedächtnis zurück. Jetzt bekam sie doch ein schlechtes Gewissen. Sie hatte nicht einmal abgesagt. Egal, ich kann ja jetzt rübergehen und mich entschuldigen, dachte sie. Bei der Gelegenheit kann ich vielleicht auch gleich mit Marcel und Maya sprechen, wenn sie da sind. Sie werden verstehen, dass mich mein Freund gerade gebraucht hat.

Fay merkte, dass sie im Kreis lief. Ihr Blick blieb an ihrem Altar hängen. Sie ging hin, entzündete die Kerze darauf und nahm die Räuchermuschel zur Hand. Als das Räucherwerk entzündet war, atmete sie dessen kräftigen Duft ein.

Fay räucherte sich und sprach: »Ich segne meine Freundschaft mit Peter. Ich segne meine Wohnung und meinen

Körper. Ich segne meine Nachbarn. Ich segne jede Begegnung in meinem Leben.« Dann fiel ihr nichts mehr ein, was sie jetzt gerade noch segnen könnte.

Sie stellte die Räuchermuschel zurück auf den Altar. Sie hatte den Eindruck, dass es im Raum heller geworden war. Sie schaute zur Terrassentür. Draußen hatte es sich aufgelichtet. Der Regen hatte aufgehört, und am Himmel zeigten sich schon hier und da einzelne blaue Flecken. Die schweren, grauen Wolken von heute Morgen hatten sich abgeregnet und zogen nun als leichte, weiße Wattekugeln von dannen.

Fay ging hinaus in den Garten. Von ihren Nachbarn war niemand zu sehen. Sie lief hinüber und schaute durch die Tür in die Wohnung hinein. Alles wirkte verlassen. Fay klopfte. Niemand da. Ein klein wenig wurde Fay bang ums Herz. Die Sorge formte in ihr einen Gedanken, den sie nicht denken wollte.

»Was, wenn er schon weg ist, weit weg in Amerika, und du ihn verloren hast?«, flüsterte Twifal in ihr Ohr.

»Geh weg!«, rief Fay. Ich werde Hermine fragen, beschloss sie und ging noch einen Garten weiter. Sie vernahm Twifals verrücktes Kichern. Sie fand Hermines Wohnung ebenso verlassen vor wie die von Hugo. Ein weiteres Mal hörte sie Twifals Kichern.

»Verschwinde endlich, ich habe dich ausgeräuchert!«

»Du hast nur einen kleinen Teil von mir aus deiner Wohnung geschmissen, aber in deinem Leben bin ich noch immer«, hörte sie ihn feixen.

Missmutig ging Fay zu ihrer Wohnung zurück. Hört das denn nie auf?, fragte sie sich und sah das Gesicht von Hans vor sich. Wie er seinen Kopf schüttelt und zu ihr sagt: »Nein, Fay. Das hört nie auf. Deine Seele will immer lernen.«

Sie seufzte und betrachtete ihren Garten. Das Gras und die Beete waren feucht, und überall krochen Schnecken herum. Fay blickte zu ihren Rosen. Sie hatten nur noch wenige gesunde Blätter. Fay erinnerte sich an die Flasche »Blattlausschreck« von Hugo. Sie ging in die Küche und holte sie. Zeit, etwas in meinem Garten zu tun, entschied sie. Fay nahm die Sprühflasche wie eine Pistole in ihre Hand. So bewaffnet steuerte sie auf direktem Weg ihre Rosen an, die sie von oben bis unten mit dem Mittel bearbeitete.

»So, jetzt seid ihr dahin, ihr Blattläuse. Das macht ihr mit meinen Rosen nicht noch einmal!« Zufrieden wandte sie sich den Schnecken zu. Fay überlegte. Hugo hatte gesagt, sie könne mit Tannenreisig gegen sie vorgehen. Ich könnte sie aber auch einsammeln und alle an eine andere Stelle bringen, irgendwo in der Natur, überlegte sie. Nur wohin?

»Wie wäre es mit dem Weiher im Park? Dort ist auch gleich die Quelle, die du besuchen sollst«, hörte sie Dianas Stimmchen. Neben ihr ließ sich ein weißer Schmetterling auf dem Flieder nieder.

»Ich soll mit den Schnecken quer durch die Straßen in den Park laufen und sie dort aussetzen? Ist das dein Ernst?«, zweifelte Fay.

»Ja, warum nicht? Pack sie in einen Eimer, und bring sie zum Weiher. Da sind haufenweise Vögel, die sich darüber freuen werden. Hast du eine bessere Idee? So kannst du zwei Dinge auf einmal erledigen. Die Schnecken und deinen Besuch bei der Quelle.« Der Schmetterling auf dem Flieder flatterte auf und weiter zu den Blüten in Hermines Garten.

»Tu es, es ist ein guter Rat«, hörte sie Edwards Stimme.

Fay ging in ihre Wohnung, um einen Eimer zu suchen. Im Badezimmer wurde sie fündig. Sie füllte den kleinen Rest Waschpulver, der noch im Eimer war, in eine Müslischüssel aus der Küche. Mit dem Eimer ging sie in den Garten und sammelte darin Schnecke für Schnecke. Vor den Nacktschnecken ekelte sie sich. Sie erinnerte sich an ein paar chinesische Essstäbchen in ihrer Küche und holte diese. Lächelnd bei dem Gedanken, welchen Anblick sie wohl bot, sammelte sie die restlichen Schnecken mit den Stäbchen ein. Als sie fertig war, wischte sie sich die Hände an der Hose ab. Sie hatte das dringende Bedürfnis, sich zu waschen. Von ihren Nachbarn hatte sich noch niemand sehen lassen.

Fay ging in ihre Wohnung. Die Kerze auf dem Altar brannte nach wie vor ruhig vor sich hin. Auf dem Weg zum Badezimmer sah sie, dass es inzwischen halb zwei war. Das war früh genug, um erst noch ein Bad zu nehmen, bevor sie zur Quelle ging. Die muss ja richtig wichtig sein, wenn ich immer wieder darauf hingewiesen werde, überlegte Fay. Während sie ein Bad mit Rosenduft einlaufen ließ, zog sie sich aus und stopfte die Wäsche in die schon fast volle Maschine.

Fay legte sich ins heiße Wasser, schloss die Augen und spürte sofort, wie sich ihr ganzer Körper entspannte. Warum habe ich das nicht schon viel früher gemacht?, fragte sie sich und seufzte wohlig. Einen tiefen Atemzug später erklang in Fays Kopf eine wunderbare Melodie, die von einem sanften Rauschen und einem gleichmäßigen Rhythmus begleitet wurde. Fay legte eine Hand auf ihr Herz und spürte ihr Herz im selben Rhythmus schlagen. War es das Rauschen ihres Blutes, das sie hörte? Aber woher kam dann diese Melodie? Fay entschied, dass es egal war. Es fühlte sich gut an und entspannte sie. Die Melodie berührte ihr Herz, gleichzeitig war sie wie ein Ruf, ein Lockruf – nur wohin?

»Zur Quelle natürlich, du Dummerchen«, hörte sie Udos Stimme.

Was ist so besonders an dieser Quelle, von der ihr immer alle redet? Fay war verärgert. Gerade noch war es so schön entspannend gewesen.

»Fay, du liegst im Wasser. Es ist naheliegend, dass du hier den Ruf der Quelle hörst. Sie führt dich zurück zum Ursprung deines Lebens. Dorthin, wo alles begann«, erklärt Udo. »Sie verbindet dich mit deiner Weiblichkeit, mit der Frau in dir. Es wird Zeit, zu ihr zu gehen. Die Spiegelübung, das Segnen und der Garten – das alles gehört dazu und ist doch nur ein kleiner Teil davon. Genug gebadet. Du bist sauber. Mach dich auf den Weg zur Quelle, es wird dir nicht schaden!«

Fay lauschte. Udos Stimme war verstummt. Auch die Melodie, die sie gerade noch so wunderbar umschmeichelt hatte, war nicht mehr zu hören. Wenig motiviert stieg Fay aus der Wanne. Eigentlich wollte ich ein bisschen länger baden, maulte sie in Gedanken. Weiblichkeit. Na dann ziehen wir mal ein nettes Kleid an, wenn sich schon alles um die Weiblichkeit dreht, dachte sie sich.

Fay ging zu ihrem aufgeräumten Schrank. Ganz vorne hingen die bunten Klamotten aus Nepal. Fay hatte sie während der Tage bei ihrer Mutter gekauft. Meine Mutter! Mist, bei ihr sollte ich mich auch noch melden, erinnerte sich Fay, während sie an deren Anruf am Anfang dieser katastrophalen Woche dachte. Sollte ich das vielleicht gleich tun? Während sie darüber nachdachte, fühlte sie einen kleinen Stich in ihrer Magengegend. Ich glaube, ich rufe sie besser ein anderes Mal an, entschied Fay. Sie hatte gelernt, dieses Stechen als Zeichen des Zweifels zu deuten.

Sie wählte eines der buntesten Kleider und dazu eine schlichte Jacke. Ein Blick in den Spiegel an ihrer Schranktür verriet ihr, dass ihr das, was sie sah, gut gefiel. Sie lächelte.

Die Energieübung und die Spiegelübung habe ich nicht gemacht, erinnerte sie sich, dafür habe ich gesegnet und im Garten gearbeitet. Das ist ebenso gut. Obendrein mache ich mich jetzt auf zu dieser Quelle. Niemand kann also behaupten, dass ich mich gehen ließe oder unwillig sei.

Es gab nach wie vor einen Teil in ihr, der lieber hierbleiben, faulenzen, ein Buch lesen oder ihre Mutter anrufen wollte. Fay kannte ihn gut, er war der innere Schweinehund, der so viele verschiedene Gesichter hatte. Diesmal hatte sie ihn entlarvt. Ob er auch ein Teil von Twifal ist?, überlegte sie und nahm den Eimer mit den Schnecken zur Hand. Schwungvoll machte sie sich auf den Weg in den Park.

An der Quelle im Park

Als Fay in den Park kam, war der Weg zur Lichtung wieder frei. Zielsicher ging sie in Richtung des Weihers, der, wie sie inzwischen wusste, von dieser ominösen Quelle gespeist wurde. Auf der ihr gegenüberliegenden Seite des Weihers wurde das Wasser von einem jungen Wäldchen begrenzt.

Für einen Sonntag waren wenige Leute im Park unterwegs. Das wird wohl an dem Wetter liegen, das sich anscheinend nicht recht entscheiden kann, dachte sich Fay. Immer wieder zogen dicke Wolken auf. Da das Betreten des Rasens verboten war, schaute sie sich nach einem Weg um, der sie näher zum Weiher führen würde, aber sie konnte keinen entdecken.

»Es sind nur ein paar Meter, dann kannst du schon zwischen den Büschen hindurchschlüpfen, und keiner sieht dich mehr«, erklang Edwards Stimme an Fays Seite.

Sie erinnerte sich an den Tag, als sie die Lichtung entdeckt hatte. Damals hatte ihr ein Eichhörnchen den Weg gezeigt. Mit klopfendem Herzen schaute sich Fay um. Aber es war kein Mensch zu sehen. Sie rannte blitzschnell über die Wiese und schlüpfte flink zwischen den Büschen hindurch. Fay kam sich vor wie ein kleines Mädchen, das etwas Unerlaubtes tat. Sie hockte mit ihrem Eimer in der Hand in dem kleinen Wäldchen und kicherte leise. Sie fühlte sich lebendig.

»Ja, das bin ich!«, jubelte Funny. »Du spürst mich, das ist echte Lebensfreude!«

Danke, Funny, dachte Fay. Es tut gut, dich zu spüren. Ich segne meine Lebensfreude. Ihr Herz fühlte sich an, als würde es wachsen und Wärme verströmen. Sie erhob sich. Jetzt und hier war sie genau richtig. Das konnte sie spüren. Weiter hinten hörte sie ein Plätschern. Sie ging in diese Richtung und kam nach wenigen Schritten an ein kleines Bächlein, das in den Weiher mündete. Wenn sie diesem Bachlauf folgte, würde sie an die Quelle kommen. Zunächst jedoch wollte sie die Schnecken in die Freiheit entlassen.

Fay stellte den Eimer umgedreht auf den Boden. Dann hob sie ihn etwas an und schaute darunter. Die Schnecken mit Haus hatten sich allesamt in ihren Behausungen verschanzt und lagen nun unbeschadet auf dem Boden. Die Nacktschnecken hatten eine undefinierbare Masse gebildet. Der schleimige Batzen rutschte zäh an der Eimerwand entlang heraus. Als alle Tiere auf dem Waldboden lagen, stand Fay mit dem Eimer in der Hand auf. Sie blickte den Bachlauf hinauf und ging los.

Das Bächlein plätscherte sanft an ihrer Seite, und wieder glaubte Fay, eine Melodie zu hören. Vögel zwitscherten, und zweimal sah sie ein Eichhörnchen vorbeihuschen. Das Bächlein machte einen lang gezogenen Bogen durch den lichten, schmalen Waldstreifen. Ein Gefühl der Ruhe breitete sich in Fay aus. Sie ging langsam, setzte jeden Schritt bewusst.

Dann trat sie aus dem Wäldchen hinaus auf einen kleinen Platz. Vor sich sah sie einen großen Stein, der in der Mitte wie gespalten schien. Er erinnerte Fay an die Vagina einer Frau. Auf dem Stein brannten mehrere Kerzen, wie sie auch auf Friedhöfen oft zu sehen waren. Auch eine Blumenvase mit Schnittblumen und eine Marienfigur standen dort oben. Die Maria hielt eine Hand geöffnet, deren Handfläche nach oben zeigte. In der anderen Hand hielt sie ein kleines Töpfchen. Sie war in Rot und Grün gekleidet. Komisch, Maria kenne ich sonst nur in Blau und Weiß oder Gold, ging es Fay durch den Kopf.

»Hallo, Fay. Du bist doch Fay, oder?«, hörte sie eine Stimme rechts neben sich. Sie drehte sich zur Seite und sah eine

Frau auf einer Bank sitzen. Es war Nana. Die Nana aus dem »Regenbogentempel«. Fays Herz machte einen Freudensprung. Ihre Mitte pulsierte kräftig.

»Hallo, Nana. Mit dir habe ich hier nicht gerechnet!«, rief sie erfreut und ging auf die ältere Frau zu.

»Ich bin öfter hier, aber aus der Richtung, aus der du gerade gekommen bist, kam bisher noch niemand«, sagte Nana schmunzelnd. »Du gehst wohl nicht so gerne normale Wege, hm?«

Fay grinste. »Nicht immer. Manche meiner Wege sind tatsächlich ungewöhnlich. Schön ist es hier. Ich wusste bis vor Kurzem gar nicht, dass es diese Quelle überhaupt gibt«, plauderte Fay weiter. Sie wollte nicht langweilig erscheinen. Schließlich könnte Nana ihre neue Arbeitgeberin werden, und sie wollte einen guten Eindruck machen.

»Diese Quelle gibt es schon lange. Kennst du die Legende um den Goldbrunnen und dessen Heilkräfte?«, wollte Nana von Fay wissen.

»Ja, die Geschichte kenne ich. Ich wohne in der Straße ›Am Goldbrunnen‹ in den alten Wohnblöcken«, bestätigte Fay.

»Die Quelle ist nicht versiegt. Es ist diese hier. Heute ist sie Maria Magdalena geweiht. Mitsamt der Kapelle dort drüben hinter den Bäumen«, erzählte Nana. Fay schaute auf, und jetzt erst sah sie die Kapelle zwischen den Bäumen stehen. Sie blickte auf die Rückseite des kleinen Gebäudes. Ein Trampelpfad führte von dort aus hierher.

»Warum Maria Magdalena? Das versteh ich nicht. Das war doch eine Sünderin, eine Hure, wenn ich mich recht erinnere, oder?«, fragte Fay erstaunt. Nana schüttelte den Kopf und sah Fay an. Fay sah eine tiefe Weisheit, aber auch einen Anflug von Trauer in den Augen der älteren Frau.

»Das erzählen uns Geschichten, die von Männern geschrieben wurden. Maria Magdalena war die Frau Jesu. Die beiden liebten sich. Sie waren verheiratet und hatten gemeinsame Kinder. Darüber wirst du aber nichts in den gängigen Werken des Christentums lesen. Die Geschichte der Frauen in unserer Welt ist eine Geschichte der Unterdrückung und des Leidens. Das Schlimmste ist, dass wir Frauen es zulassen. Wir selbst verleugnen viel zu oft unsere Kraft und unsere Weisheit. Wir versuchen, den Erwartungen der Gesellschaft gerecht zu werden, und können sie doch nicht erfüllen, weil sie nicht unserem Wesen entsprechen. So viele starke Frauen wurden wie Maria Magdalena verleugnet, gedemütigt oder sind im Dunkel der Vergangenheit verschwunden, ohne dass wir jemals von ihnen gehört haben. Dass Maria Magdalena die Frau Jesu war, ist erst seit einigen Jahren bekannt. Es wurden Schriftrollen in Qumran am Toten Meer im heutigen Westjordanland gefunden, in denen davon erzählt wird. Lange bevor das Christentum bei uns Einzug hielt, wurden Quellen wie diese hier im Park schon verehrt. Schau dir an, wie wunderschön sie ist. Wie aus ihrer Vulva das Wasser sprudelt. Diese Quelle ist eine Verkörperung der weiblichen Schöpferkraft. Unsere Vorfahren ehrten sie als den Wohnsitz einer Göttin. Sulis ist ihr Name, eine Brunnengöttin mit besonderen Heilkräften. Sie wurde an vielen Quellen und Brunnen dieser Region verehrt. Die Menschen brachten ihr Blumen und Brot. Sie baten sie um Gesundheit und Heil und wuschen ihre Wunden mit ihrem kühlen Nass. Sie brachten ihre Neugeborenen her, um diese von der Leben spendenden Göttin segnen zu lassen. Vor allem die Frauen pflegten eine enge Beziehung zu Sulis. Sie erlernten von ihr die Kunst des Heilens, aber sie erfuhren von ihr auch viel über ihre Weiblichkeit. Ich bin davon überzeugt, dass die Göttin Sulis auch heute noch hier wirkt und uns hört, wenn wir sie rufen«, endete Nana mit ihrer Erzählung.

Okay, es geht also wieder um die Weiblichkeit, dachte Fay, darum sollte ich wohl hierherkommen. »Wie heilt sie die Weiblichkeit?«, wollte Fay wissen.

»Ich erforsche schon seit vielen Jahren die Rituale und Zeremonien, die uns Frauen dabei helfen können, uns selbst zu heilen. Nur so können wir auch unsere Mutter Erde heilen. Wir müssen bei uns selbst anfangen. Wir Frauen sollten uns wieder auf unser wahres Sein als leuchtende, wärmende und Leben spendende Herdfeuer besinnen. Sulis lehrte mich, auf den Wegen meiner Ahninnen zu wandeln. Sie zeigte mir, was alles an weiblicher Schöpferkraft in mir ruht. Sie hat mich gelehrt, meinen Tempel der Kraft, meine Gebärmutter, sauber und kraftvoll zu halten.« Nana hielt inne. »Sie hat mich auch gelehrt, dass jedes Leben wie ein Fluss ist. Es entspringt an der Quelle, wird groß und stark, und irgendwann ergießt es sich in das große Ganze, in das Urmeer, in die Schöpfung selbst, um wieder an einer anderen Stelle aufs Neue zu entspringen. Das alles und vieles mehr hat sie mich gelehrt«, schilderte Nana mit einem liebevollen, verträumten Lächeln auf den Lippen. »Ich kann sie überall finden, meine Göttin. Ich habe sie in mir selbst erweckt. Das ist es, was sie will, wenn sie einen Menschen ruft. Er soll die Göttin in sich selbst zum Leben erwecken und leuchten lassen. So kann sich ihre Kraft aus der Quelle in sein Leben ergießen. Jetzt aber zu dir, Fay. Was hat dich zur Marienquelle geführt?«, wollte Nana wissen.

»Schnecken«, rutschte es Fay heraus.

Nana lachte auf. »Wie soll ich das verstehen? Warst du da im Wäldchen auf Schneckenjagd?«

Fay grinste. Es war Funny, die das gerade herausposaunt hatte. Diese hatte mit den Schnecken richtig Spaß gehabt. »Nein, ich habe Schnecken aus meinem Garten in den Wald gebracht. Mir fressen sie alles weg, und ich wollte sie nicht töten. Dann habe ich den kleinen Bach entdeckt und bin ihm gefolgt. Er hat mich hierher geführt«, erklärte Fay.

Nana sah sie aufmerksam an. »Das ist alles?« Sie schaute Fay fragend an. Fay konnte diese Frau nicht anlügen, außerdem schien Nana ja auf ihre eigene Art ebenfalls mit der anderen Welt in Kontakt zu stehen.

Fay legte eine Hand auf ihre Mitte, ein kräftiges Pulsieren war zu spüren. Sie atmete tief ein. »Also gut. Ich übe mich seit einiger Zeit im Kontakt mit der Anderswelt. Meine Verbündeten haben mich hierher geschickt. Sie meinten, es wäre eine gute Idee. Außerdem höre ich seit einer Weile eine wunderschöne Melodie. Nicht das Lied meiner Seele, das kenne ich schon. Nein, ein Klang, der mich lockt. Wie es aussieht, hat es mit dieser Quelle zu tun. Nach dem, was du mir gerade alles erzählt hast, denke ich, hat es auch mit dir zu tun. Ich soll vertrauen und mich auf meine Mitte verlassen. Das tue ich gerade. Ich habe jetzt und hier keinen Zweifel daran, dass ich hier bin, um genau dir zu begegnen«, erklärte Fay. Wow, das hätte ich früher nie so direkt sagen können, staunte sie über sich selbst. Sie spürte, wie sich Vertrauen und eine tiefe Ruhe in ihr ausdehnten. Mutig sprach sie weiter: »Ich habe keine Ahnung, wie das mit uns beiden weitergeht, Nana. Aber ich glaube, du kannst mir vieles über das Frausein und die Weiblichkeit beibringen.« Mit festem Blick schaute sie Nana an.

»Das war sehr gut, Fay«, hörte sie Edward. »Du hast vertraut und auf deine Mitte gehört. Sie hat dir signalisiert, dass diese Begegnung wichtig ist. Du bist mutig und gehst deinen Weg. Weiter so! Es ist der Weg zu deinem Herzen, zur bedingungslosen Liebe.«

Fays Mitte wurde warm, und sie fühlte, wie eine Welle des Glücks sie durchströmte. Wie gut es doch tat, wieder mit ihren Verbündeten in Kontakt zu sein. Es war so einfach gewesen. Sie hatte den Altar errichtet und ihre Wohnung gereinigt, und alles begann, sich zu klären. Geht es tatsächlich nur um meine Aufmerksamkeit?, fragte sie sich. Nur darum, wohin ich meine Aufmerksamkeit gerade lenke?

Nana blickte sie prüfend an. »Wenn wir wirklich ein Stück des Weges gemeinsam gehen sollen, dann komm am Dienstagabend um sieben Uhr an den Brunnen. Ich bin Mitglied eines Frauenkreises, der sich hier regelmäßig trifft. Diese Woche haben wir einen Gast. Sie wird mit uns an der Quelle ein Heilungsritual für die weibliche Tempelkraft durchführen. Du kannst es dir wie eine geführte Meditation vorstellen. Das kann für dich ein guter Einstieg sein, um die Frau in dir zu heilen«, schlug Nana vor.

Diese Einladung fühlte sich richtig an. »Ja, ich komme gerne«, sagte Fay schnell.

Nana stand auf. »Na, dann lass ich dich hier an der Quelle mal das erleben, was auch immer deine Verbündeten mit dir vorhaben.« Sie schenkte Fay einen aufmunternden Blick und wandte sich dem Trampelpfad zu, der auf der Vorderseite der Kapelle zum Hauptweg führte.

Fay schaute Nana nachdenklich hinterher. Es faszinierte sie, wie das Leben Begegnungen webte. Sie hatte etwas Derartiges schon damals, als sie anfing zu reisen, erlebt. Doch als der Alltag sie einholte, hatte sie das alles wieder vernachlässigt und schließlich vergessen. Fay verstand nun, dass sie etwas dafür tun musste, wenn sie die Unterstützung ihrer Verbündeten dauerhaft in ihrem Leben haben wollte. Möglichkeiten, um den Kontakt aufrechtzuerhalten, waren beispielsweise der Altar, auf dem sie die Kerze am Morgen entzündet hatte, und das Segnen ihres ganzen Seins.

»Du lernst, das ist gut«, meldete sich Udo. »Übe dich in Disziplin, und führe die Energieübung regelmäßig durch. Durch sie kannst du deinen Energiekörper immer wieder mit neuer, frischer und sauberer Energie fluten. Sie hilft dir dabei, alle Anforderungen an dich sowohl in der alltäglichen Welt als auch in der Anderswelt zu meistern. Jetzt lausche der Quelle, und vernimm, was sie dir zu erzählen hat.«

Fay hörte noch ein leises Zischeln, spürte einen kühlen Hauch an ihrer Wange, dann war Udo weg. Fay schaute sich um. Es war ein schöner Platz hier, fast kreisrund und gesäumt von dem kleinen, jungen Wald. Beinahe mittig befand sich der große Stein, aus dem die Quelle entsprang. Fay war sich nicht sicher, ob der Stein von Natur aus die Form einer Vagina hatte oder ob er bearbeitet worden war. Das Wasser aus dem Spalt floss am Stein entlang in eine kleine Schüssel, die an der Vorderseite eine Einbuchtung hatte. Aus der Einbuchtung lief das Wasser wiederum in eine schmale Rinne, die in einem runden Becken endete. Es maß vielleicht zwei Meter im Durchmesser. Das Wasser darin stand kniehoch. Auch in diesem Becken war eine Einbuchtung, durch die das Wasser über eine breite Rinne aus Kieselsteinen über den Platz abfloss. Durch diesen Wasserverlauf bildete sich am Rand des Wäldchens der kleine Bach, dem sie gefolgt war.

Während Fays Augen verfolgten, wie das Wasser aus der Mitte des Spaltes in das Becken floss, drang zunächst nur ganz leise, dann aber immer deutlicher die ihr nun schon bekannte Stimme und ihre lockende Melodie an ihre Ohren. Fay lauschte. Die Stimme schien direkt aus dem Stein zu kommen. Fay ging auf den Stein zu. Mit einer Hand fuhr sie über seine Oberfläche. Er war kühl und glatt. Als sie ihre Hand in das Wasser hielt, fühlte sie für einen Augenblick einen Energieschub und zog sie erschrocken zurück. Dann jedoch formte sie ihre Hände zu einer Schale, füllte sie mit der klaren Flüssigkeit und trank davon. Danach wusch sie sich das Gesicht. Kurz jauchzte sie auf, als ihr das kalte Nass ins Gesicht schlug. Das tat gut. Sie lachte. Sie öffnete die Augen, und da saß sie.

In einem pulsierenden, unwirklichen Licht thronte eine wunderschöne Frau. Die Kerzen und die Figur der Maria Magdalena waren verschwunden. Für einen Moment war Fay verwirrt. Sie schaute sich um. Die Umgebung hatte sich verändert, aber sie stand trotzdem noch an demselben Stein. Sie glaubte, den Wald aus der Anderswelt wiederzuerkennen, den ihre Verbündeten als Ahnenwald bezeichnet hatten. Aber ich hab doch gar keine Reise gemacht, ich hab mir nur das Gesicht gewaschen, dachte sie verwundert.

»Du bist zu mir gekommen, Fay. In welcher Welt spielt keine Rolle. Ich kann mich überall zeigen. Ich bin eine Göttin. Mein Name ist Sulis. Endlich lernen wir uns kennen.«

Fay spürte grenzenlose Liebe von diesem wunderschönen Geschöpf ausgehen. Sofort vertraute sie Sulis bedingungslos.

»Nana hat mir von dir erzählt. Sie kennt dich wohl schon länger?«, fragte Fay zaghaft.

»Ja, Nana und ich sind schon lange in Kontakt. Sie ist inzwischen eine wunderbare Lehrerin in der Menschenwelt geworden. Sie versteht es, die Frauen in ihre wahre Kraft zu führen. Bei ihr bist du gut aufgehoben. Komm her zu mir. Ich möchte dir etwas zeigen.«

Fay ging zwei Schritte auf Sulis zu und stand nun genau vor dem Spalt im Stein. In dieser Welt rann das Wasser zwischen ihren Füßen in einem Rinnsal über den Waldboden. Als sie wieder aufblickte, öffnete sich der Spalt und bildete einen schmalen Eingang.

»Geh hinein!«, forderte Sulis sie auf. Fay zwängte sich durch den Spalt im Stein und stand plötzlich an einem großen Fluss. Am Ufer lag ein Kanu. Sulis schien neben ihr über dem Boden zu schweben. »Steig ein. Wir fahren den Fluss hinauf zur Quelle.«

»Wo sind wir?«, wollte Fay wissen.

»Wir befinden uns hier am Fluss deiner Ahnen, Fay. Den werden wir jetzt gemeinsam hochfahren, bis wir die Quelle erreichen. Auf dem Weg erwarten dich Dinge, die dir gefallen werden. Du wirst aber auch Bilder sehen, die dich erschrecken und dich betroffen machen werden. Schau dir alles an, ohne es zu bewerten. Alles, was du sehen wirst, steckt in deinen Zellen. Es sind die Erfahrungen jener, die den Weg vor dir gegangen sind, jener, ohne die du nicht hier wärst. Du wirst Glück, Liebe und Lebensfreude erblicken. Du wirst Schmerz, Trauer, Wut und Enttäuschung sehen. Du wirst beide Seiten kennenlernen und sie verstehen.«

Fay stieg in das Kanu. Sulis schwebte dazu. Das Boot legte von selbst ab und trieb zur Mitte des Flusses. Eine geheimnisvolle Strömung ließ sie flussaufwärts fahren.

»Beobachte das Ufer«, wies Sulis sie an. Fay setzte sich vorsichtig, um das Gleichgewicht zu wahren, vorne in das Boot und konzentrierte sich auf das Ufer. Einige Nebelschwaden zogen vorbei. Als sie sich lichteten, sah Fay an beiden Uferseiten Menschen stehen. Sie leuchteten in einem irisierenden Licht, waren jedoch gut zu erkennen. Manche von ihnen winkten ihr zu, andere wiederum drehten sich weg oder schienen sie zu beschimpfen. Fay versuchte, sich noch mehr zu konzentrieren, und erkannte unter den Menschen am Ufer sich selbst. Einmal und noch einmal. Da als junges Mädchen, das ihr zuwinkte, und kurz darauf als Mönch, der sie böse anschaute.

Kurz darauf änderte sich die Uferlandschaft. Sie sah nun nicht mehr nur Menschen, sondern auch Landschaften und Geschehnisse. Sie sah sich selbst überglücklich heiraten. Ihr Bräutigam war richtig hübsch. Er erinnerte sie an ihren Vater.

»Es ist der Mann, der in diesem Leben dein Vater ist«, hörte sie Sulis mit sanfter Stimme sagen.

Dann sah sie eine Frau, die auf einem großen Scheiterhaufen brannte. Das musste eine Szene aus dem Mittelalter sein. Fays Herz zog sich zusammen. Sie schaute genauer hin und erkannte Maya. Ganz vorne in der ersten Reihe sah sie sich selbst. Ihr Herz schmerzte nun richtig. Sie stand da und schrie mit dem Mob: »Lasst sie brennen, die Hexe!« Fay war fassungslos.

»Auch das bist du, Fay. Alle diese Menschen bist du schon gewesen«, erklang Sulis' melodische Stimme.

Das nächste Bild zeigte Fay als Mann im Krieg. Sie mordete und raubte, vergewaltigte und fügte anderen unendliche Schmerzen zu. Fay liefen die Tränen über die Wangen.

Das Kanu fuhr weiter, und Fay jammerte: »War ich denn wirklich nur böse?« Eine neue Szene tat sich vor ihr auf. Fay sah sich als Heilerin irgendwo im Urwald. Sie hatte eine Laubhütte voller Kräuter und Töpfe. Sehr sanft behandelte sie gerade die offene Wunde eines kleinen Jungen. Dann sah sie sich als Mann mit einer Frau an einem Strand Muscheln sammeln. Erstaunt stellte sie fest, dass die Frau Marcel war.

»Ja, ihr liebt euch schon lange«, flüsterte Sulis.

Noch viele weitere Bilder zogen an Fay vorbei. Unterschiedliche Zeitalter und Landschaften, verschiedene Völker in allen Hautfarben. Nach einer gefühlten Ewigkeit gelangten sie an eine Stelle, an der der Fluss in einen kleinen See mündete, in dem sich ein Wasserfall direkt aus dem Himmel zu ergießen schien.

»Was ist das für ein Wasserfall?«, wollte Fay von Sulis wissen.

»Es ist das Wasser aus dem Urmeer, in dem alles Leben entstanden ist und in das es am Ende wieder hineinfließt. Hier kannst du dich von deiner Reise ausruhen und deine Eindrücke sortieren, Fay. Du hast nun gesehen, was du alles bist und was du schon alles erlebt hast. Du hattest Leben als Mann und als Frau. Du warst sowohl Täter als auch Opfer, du warst Herrscher als auch Diener. Das ist genug für heute. Wir sehen uns bald wieder. Wenn du so weit bist, werden wir anfangen, deine Ahnen gezielt aufzusuchen und das Potenzial, die Kraft, die ihnen innewohnt, zu deinem Wohl zu befreien. Ich freue mich darauf.« Mit diesen Worten sprang Sulis aus dem Kanu in den kleinen See und verschwand.

Fay stieg aus dem Boot und ging am Ufer entlang. Sie fühlte tiefe Ruhe und Zufriedenheit in sich, obwohl sie gerade viele grausame Dinge gesehen hatte, die sie in ihren vielen Leben begangen hatte. Die Gewissheit, dass sie all das nur gesehen hatte, um es zu heilen, erfasste Fay. Sie sollte ihre Wunden aus der Vergangenheit heilen und den Krieg mit sich selbst beenden. Fay hatte das Gefühl, ihr Leben und alles, was gerade darin passierte, zu verstehen. Ihre Zweifel waren nur ein Ausdruck der Angst. Die Angst wiederum zeigte ihr nur das Fehlen von Liebe auf. Eifersucht, Neid, Hass und Wut hatten zu all den furchtbaren Begebenheiten geführt, die sie auf ihrer Flussfahrt gesehen hatte. Sie hatte auch gesehen, wie Liebe, Vertrauen, Respekt und Ehrlichkeit wunderschöne Beziehungen in ihrer Ahnenlinie hatten wachsen lassen. Fay wusste nun, dass es Menschen in ihrem jetzigen Leben gab, denen sie in anderen Zeiten und in anderen Konstellationen bereits begegnet war. Ihre Seelen hatten sich schon oft getroffen, um voneinander zu lernen. Sulis hatte gesagt, sie würden sich wiedersehen. Fay war gespannt, wann das sein würde. Gerade als sie sich überlegte, wie sie von hier nun wieder wegkommen würde, hörte sie eine Stimme, die ihr bekannt vorkam.

»Dir ist aber schon klar, dass deine Schuhe lange brauchen werden, bis sie wieder trocken sind?« Es war Ulrich.

Wo kommt der denn plötzlich her?, fragte sich Fay. Sie schaute an sich hinunter und registrierte, dass sie mitsamt Schuhen in dem Becken vor dem Spalt im Stein stand. Sie musste, als sie ihre Reise begonnen hatte, auch in der alltäglichen Welt ein paar Schritte gegangen sein. Ihre Füße waren eiskalt.

Fay war heilfroh, dass Ulrich vor ihr stand und nicht irgendein Fremder. »Hey, Ulrich. Was machst du denn hier?«, fragte sie, während sie wie selbstverständlich aus dem Wasserbecken stieg. »Ich wurde gerade von einer Wassergöttin auf eine Reise mitgenommen. Sie hat mich wohl dahinein gelockt!«, erklärte sie ihm mit einem verschwörerischen Lächeln.

»Na, erzähl das bloß keinem anderen«, lachte Ulrich. Die beiden umarmten sich herzlich. Nachdem sich Fay aus der Umarmung gelöst hatte, zog sie ihre Schuhe aus und stellte sie neben die kleine Bank am Brunnen. Gemeinsam setzten sie sich.

»Ich komme manchmal hierher, wenn ich mit Maria sprechen will«, sagte Ulrich. »Ich mag diesen Platz hier lieber als die Kapelle.«

Fay verkniff sich, Ulrich darauf hinzuweisen, dass an diesem Ort Maria Magdalena verehrt wurde. Vielleicht wusste er es ja schon. »Ja, es ist ein wirklich magischer Platz«, sagte sie stattdessen.

»Bist du schon am Gehen, oder möchtest du noch ein wenig plaudern?«, fragte Ulrich.

»Wenn es dich nicht stört, bleibe ich noch ein wenig. Wir müssen auch nicht unbedingt miteinander reden. Der Platz ist so schön. Hier kann ich auch schweigend sitzen.« Fay zwinkerte Ulrich zu.

Er lächelte sie an. »Fein, dann lass uns gemeinsam schweigen.«

Fay lächelte zufrieden. In ihm habe ich wohl auch einen wahren Freund gefunden, dachte sie bei sich. Gemeinsam schwiegen sie eine Weile an diesem friedlichen Ort. Ganz im Hier und Jetzt angekommen erfasste Fay eine Welle der Ruhe.

An der Quelle in der Anderswelt

»Ihr seid alle wieder gewachsen«, zischelte Udo auf der Lichtung. »Diesmal auch du, Edward«, stellte er mit einem prüfenden Blick fest.

»Ja, ja, ja! Jippie!«, jubelte Funny übermütig. »Bald bin ich größer als du, Sarah!«

Die Freunde lachten angesichts ihres Übermuts. Funny versprühte pure Freude, die sie alle berührte.

»Fay hat angefangen, ihre Erlebnisse aus diesem und ihren vergangenen Leben zu sortieren und zu verarbeiten«, merkte Edith mit nachdrücklichem Kopfnicken an. »Die Energie, die sie sich aus den Altlasten zurückgeholt hat, kommt ihr jetzt zugute.«

»Es war eine gute Idee und mutig von Fay, Nana um Hilfe zu bitten. Damit tun sich die Menschen normalerweise ziemlich schwer. Sogar Hilfe anzunehmen ist für viele ein Problem. Wenn sie ihnen angeboten wird, erweckt das in manch einem Unbehagen.« Edward schaute mit strahlenden Augen in die Runde.

»Stimmt, Edward«, warf Diana ein, »das war mutig von ihr. Ebenso mutig, wie sich ein weiteres Mal auf Peter einzulassen, noch einmal ganz klar und ehrlich mit ihm zu sprechen.«

Udo nickte zur Bestätigung mit seinem schönen, weißen Kopf. »Fay wird Peter auf seinem Weg helfen, so, wie andere zuvor ihr geholfen haben. Es ist ein Teil ihrer Aufgabe. Genau genommen ist es eine Aufgabe, die alle Menschen haben. Manchen ist sie bewusst, anderen nicht. Sich gegenseitig zu helfen, ohne eine Gegenleistung zu erwarten, ist ein wichtiger Schritt zur wahren, bedingungslosen Liebe und damit zur Heilung.«

»Hey, Leute. Seht mal! Was ist denn das?«, rief Funny aufgeregt und zeigte zum Ahnenwald hinüber. Aus dem Wald bewegte sich eine Lichtspur direkt auf sie zu. Sie kannten dieses Licht, und tatsächlich, als es bei ihnen ankam, hüllte es sie alle ein. Es war kühl und klar.

Mit dem Licht drang Sulis' Stimme in ihre Wahrnehmung. »Folgt dem Weg des Lichtes zu mir an die Quelle des Lebens. Dort könnt ihr sehen, wie ich mit Fay reise«, klang sie als wunderschöne Melodie an ihre Ohren.

Die Freunde schauten sich an, bündelten ihre Energie und waren im nächsten Moment an einem klaren See, in den sich ein Wasserfall ergoss, der direkt aus dem Himmel zu fallen schien. Der See ging in einen Fluss über. In der Ferne konnten die Freunde ein Boot ausmachen, in dem Fay saß. Als sie ihre Aufmerksamkeit auf Fay richteten, konnten sie durch ihre Augen sehen, was sie gerade erlebte. Allerdings ohne dass Fays Emotionen die Freunde direkt betrafen. Das war erstaunlich, vor allem für die vier Seelenteile, waren sie doch mit Fay verbunden. Warum konnten sie nicht spüren, was Fay gerade empfand?

Lana fiel es zuerst auf, und sie wandte sich an Sulis. »Warum können wir Fay sehen, das Entsetzen in ihrem Gesicht erkennen, aber die Trauer und die Freude nicht spüren? Es fühlt sich an, als wäre ich wieder von ihr getrennt. Das verwirrt mich, Sulis. Warum ist das so?«

Liebevoll schaute Sulis Lana und die anderen an. »Hier, an der Quelle des Lebens, befindet ihr euch im endlosen Sein, in der reinen Liebe«, erklärte sie.

»Stimmt«, bemerkte Sarah, »es fühlt sich ähnlich wie bei MaPa an.«

»Richtig. Hier bist du den Schöpferkräften ganz nah. Das Urmeer speist die Lebensquellen in allen Welten. Es ergießt sich jeden Tag aufs Neue aus der unendlichen Liebe und Schönheit der Schöpfung. Es wiegt seine Kinder sanft in seinen Wellen wie bei einem Tanz. Das Urmeer besteht aus vermeintlichen Gegensätzen, die sich harmonisch ergänzen, so, wie die männliche und die weibliche Energie sich ergänzen und gegenseitig unterstützen können«, führte Sulis weiter aus. »Fay erfährt gerade auf ihrer Reise, dass ihre Seele zeitlos und unendlich vielfältig ist. Sie hat zu mir gefunden, und wir haben gemeinsam begonnen, ihren Ahnenfluss zu bereisen. Nach und nach wird Fay verschiedene ihrer Ahnen kennenlernen. Sie wird erkennen, was alles in ihr schlummert. Zunächst wird sie die Heilerin kennenlernen. Diese hat sich schon auf der Lichtung gezeigt, als Fay den grauen Fleck Erde geheilt hat. Erinnert ihr euch?«, fragte Sulis in die Runde. Die Freunde nickten.

»Als der Lichtfaden aus ihrer Hand geflossen ist«, sagte Diana.

Die Freunde beobachteten Fay auf dem Fluss, bis diese den See erreichte. Sie sahen, wie sie ausstieg und am Ufer entlanglief. Dann verschwand sie plötzlich.

»Was ist passiert?«, fragte Funny ein wenig erschrocken. »Wohin ist Fay denn plötzlich verschwunden?«

»Schaut in den See«, gab Sulis zurück.

Im See sahen die Verbündeten, wie Ulrich Fay im Park ansprach. Sie sahen Fay samt Schuhen im Wasserbecken stehen und mussten lachen. Ja, Fay war definitiv online gewesen. Sogar so sehr, dass die alltägliche Welt völlig aus ihrem Bewusstsein verschwunden gewesen war. Warum sonst sollte sie in der Menschwelt mit ihren Schuhen freiwillig ins eiskalte Wasser steigen? Das war ein gutes Zeichen. Fay vertraute offensichtlich wieder in die Führung der Anderswelt.

»Mit eurer Loyalität gegenüber Fay leistet ihr wirklich gute Arbeit«, sprach Sulis anerkennend zu den Freunden. »Sie kann sich glücklich schätzen, euch als Verbündete zu haben.«

Jetzt stieg Fay aus dem Wasser, zog sich ihre Schuhe aus und setzte sich mit Ulrich auf die Bank.

»Dann wollen wir doch gleich damit weitermachen, Fay unsere Unterstützung zu schenken«, lächelte Lana und atmete tief ein. Sie dehnte sich aus und sandte Fay eine große Portion Ruhe.

Der Brief

Als es anfing, dunkel zu werden, brachen Ulrich und Fay auf. Fays Schuhe waren noch immer nass, doch wenigstens tropften sie nicht mehr. Fay klemmte sie sich unter den Arm. Zumindest ist der Saum meines Kleides halbwegs trocken, dachte sie. Zusammen schlenderten sie den Trampelpfad entlang und seitlich an der Kapelle vorbei. An der Vorderseite der Kapelle war neben der Tür ein Weihwasserschälchen angebracht. Ulrich tauchte seine Finger hinein, bekreuzigte sich und sprach: »Ich danke dir, Maria Magdalena, für deine Heilkraft und deine Liebe, die du mir hier an diesem Ort immer wieder zukommen lässt. Gesegnet seiest du und die Frucht deines Leibes, die Kinder Jesu, meines Herrn und Erlösers.« Er verbeugte sich der Kapelle zugewandt und drehte sich dann lächelnd zu Fay.

Erstaunt schaute diese ihn an. »Das verstehe ich jetzt nicht. Du bist doch Theologe, willst Pfarrer werden, und dann verehrst du Maria Magdalena als Frau von Jesus? Widerspricht das nicht dem christlichen Glauben?«

Ulrich lachte. »»Christlich« ist ein weiter Begriff, Fay. Ich bin Mitglied einer Vereinigung von Theologiestudenten und geweihten Geistlichen, die genau diesen Teil der Geschichte Jesu erforschen und wieder ins Bewusstsein der Menschen bringen wollen. Für uns ist es unlogisch, dass er keine Frau gehabt haben soll. Jesus verkündete die bedingungslose Liebe, und er lebte sie wohl auch. Die Wunder, die er vollbrachte, sind ein Zeichen dafür, denn sie können nur mit der Kraft der Liebe zum Leben möglich gewesen sein. Der höchste Ausdruck dieser Liebe auf Erden ist das Erschaffen neuen Lebens durch die

Vereinigung weiblicher und männlicher Kraft. Daher kann die Vereinigung von zwei Menschen, die sich wirklich und aufrichtig lieben, die Erfahrung der Erleuchtung mit sich bringen. Es gibt unter anderem in Indien uralte spirituelle Traditionen, die auf diesem Wissen beruhen. Jesus und Maria Magdalena waren in mehrere dieser alten Lehren eingeweiht. Es wurden inzwischen Schriften gefunden, die dies belegen.«

»Die Schriften aus Qumran«, unterbrach Fay Ulrichs Ausführungen.

»Genau«, stimmte Ulrich zu, »und in diesen Schriften steht zum Beispiel, dass Jesus neben den uns bekannten männlichen Aposteln ebenso weibliche hatte. Unter diesen gefundenen Schriftrollen gibt es sogar ein Maria-Magdalena-Evangelium. In der ursprünglichen Lehre Jesu waren Frauen und Männern gleichgestellt. Was die Kirchen über die Jahrhunderte hinweg daraus gemacht haben, hat mit Jesus wenig bis gar nichts zu tun. Die Geschichte der Kirche ist blutig, brutal und voller Angst. Dem gängigen Bodenpersonal dieser Institution ging es schon immer um Macht, Einfluss und Reichtum. Unser Ziel hingegen ist es, den Glauben an die Liebe ohne Angst vor der Hölle oder dem Fegefeuer wieder zu den Menschen zu bringen. Maria Magdalena und ihre Heilkraft sind dabei sehr wichtig. Sie war es, die Jesus salbte, bevor er in sein Grab gelegt wurde. Die Salbung ist eine hochenergetische Handlung, die es der erleuchteten Seele erlaubt, sich bewusst aus dem Körper zu erheben. Es war Maria Magdalena, die es mit ihrer Tat der Liebe Jesus ermöglichte, aufzusteigen und wiederzukommen. Sie ist in der Lage, uralte Wunden und Prägungen zu heilen und aufzulösen. Vor allem all die Verletzungen und Ängste, die mit unserer weiblichen Seite verbunden sind.«

Fay war von den Erlebnissen und Eindrücken dieses Tages überwältigt. Sogar Ulrich, ein zukünftiger Priester, sprach mit ihr über die weibliche Kraft. Inzwischen waren sie vorne am Hauptweg angekommen.

»In welche Richtung gehst du denn?«, wollte Ulrich wissen.

»Da lang.« Fay deutete mit einem Daumen in die entsprechende Richtung, als würde sie trampen.

»Okay, ich muss in die andere Richtung. Es war schön, mit dir zu schweigen, Fay.« Ulrich grinste sie an. »Wir sehen uns morgen Abend bei Hans zum Reisen. Ich freue mich!«

»Ich hab das Schweigen mit dir auch genossen. Danke dafür und bis morgen!« Fay wandte sich von Ulrich ab und lief in Richtung ihrer Wohnung.

Als sie an ihrer Wohnungstür ankam, steckte ein Briefumschlag im Türspalt. Sie zog ihn heraus. Ein gefaltetes Blatt Papier fiel zu Boden. Fay bückte sich, hob es auf und klemmte sich Umschlag und Blatt zwischen die Lippen. Sie schloss die Tür auf, ging hinein, knipste das Licht im Gang an und ließ ihre nassen Schuhe fallen. Die kann ich später rausstellen, dachte sie sich, legte den Schlüssel auf das Tischchen neben das Telefon und ging ins Wohnzimmer. Fay bemerkte, dass sie die Tür in den Garten offen gelassen hatte. Im Wohnzimmer war es angenehm frisch. Pfötchen lag entspannt auf dem Sofa und blinzelte sie verschlafen an.

Nachdenklich drehte sie den Umschlag in ihrer Hand. Er war unbeschriftet. Komisch, von wem der wohl ist? Fay hatte ein unangenehmes Gefühl in der Magengegend. Soll ich den Brief wirklich lesen, so, wie sich das gerade anfühlt?, fragte sie sich selbst. Fay schloss die Terrassentür, legte den Brief auf den Tisch, setzte sich neben Pfötchen und faltete zunächst den Zettel auseinander. Pfötchen schmiegte sich an ihre Seite und schnurrte hingebungsvoll, während er Fay mit seinen Pfoten sanft an ihrem Oberschenkel massierte.

Liebe Fay, stand ganz oben auf dem Zettel, und am Ende hatte Maya unterschrieben. Die wenigen Zeilen waren in einer schön geschwungenen und gut leserlichen Schrift verfasst. Fay hatte augenblicklich einen Kloß im Hals. Mit zittrigen Händen las sie:

Marcel ist heute Mittag abgereist. Er hat mich gebeten, dir diesen Brief zukommen zu lassen. Ich denke, es ist gut, wenn du ihn so bald wie möglich bekommst. Ich bin morgen den ganzen Tag bis in den Abend hinein unterwegs, darum habe ich ihn dir an die Tür geklemmt. Ich hoffe, wir finden bald die Zeit, uns näher kennenzulernen.

Liebe Grüße
Maya

Er war also weg, bevor sie alles hatten klären können. Sie hatte es schon gespürt. Das unangenehme Gefühl in ihrem Magen hatte ihr bereits gesagt, dass sie diese Neuigkeit gar nicht erfahren wollte. In dem Brief standen sicher irgendwelche Entschuldigungen. Dass es ihm leidtat, wenn er in ihr Hoffnungen geweckt haben sollte. Dass er seine verloren geglaubte Jugendliebe wiedergefunden hatte.

Was will das Schicksal von mir? Warum quält es mich so?, fragte sie sich. Wut, Trauer und Schmerz stiegen in ihr hoch. Sie blickte zu ihrem Altar, stand auf und zündete eine Kerze an. Mit Tränen in den Augen nahm sie die Räuchermuschel in die Hand, füllte Räucherwerk nach und entzündete es. Sie räucherte sich, nahm den würzigen, klärenden Duft wahr und fühlte, wie ihre Gefühle sich beruhigten. Als sie sich mittig genug fühlte, nahm sie den Umschlag und öffnete ihn. Sie zog den Briefbogen heraus. Er roch leicht nach Marcels Rasierwasser. Fay spürte eine kleine Welle der Sinnlichkeit und Erregung in sich aufsteigen. Es war wie ein süßer Schmerz, kein Stechen oder

Ziehen. Fay wunderte sich über diese feinen Emotionen, atmete in ihre Mitte und begann zu lesen:

Meine liebe Fay,

jetzt sitze ich hier und habe keine Ahnung, wo ich anfangen soll. In mir tobt ein Sturm. Ich bin verwirrt und traurig. Ich weiß nicht, was passiert ist. Als wir uns nach deiner Visionssuche in den Bergen wiedergesehen haben, warst du völlig verändert. Meine Gedanken drehten sich um die Frage: Wo ist die Fay, mit der ich gemeinsam den Garten bestellt und bei der ich dieses wunderbare Vibrieren gespürt habe?

Als ich damals im Garten in deine Augen blickte, sah ich reine Liebe. Dieser Moment war unvorstellbar schön. Ich verliebte mich Hals über Kopf in dich. Es tut mir leid. Ich hatte den Eindruck, du würdest meine Gefühle erwidern. Ich wusste nicht, dass du einen Freund hast. Er scheint nett zu sein. Ich habe euch heute Vormittag zusammen gesehen, als ich dich an unser gemeinsames Frühstück erinnern wollte. Ihr wart so ins Gespräch vertieft, da wollte ich euch nicht stören. Wenn ich dir in irgendeiner Form zu nahe gekommen bin, verzeih mir. Das war nie meine Absicht.

Ich wünsche mir, dass Maya und du euch näher kennenlernt. Sie ist wirklich eine ganz besondere Frau. Sie wird voraussichtlich für ein Jahr bei mir wohnen. So lange hat sie in der Universität ein Seminar zugesprochen bekommen. Auch wünsche ich mir, dich weiterhin als Nachbarin zu haben. Wir können doch sicher Freunde sein.

Meine liebe Fay, ich wünsche dir mit deinem Freund alles nur erdenklich Gute. Möge er dich immer auf Händen tragen und wissen, welch ein kostbarer Schatz du bist.

Dein Marcel

Fay war fassungslos. Mit allem hätte sie gerechnet, nur damit nicht. Hatte sie sich das mit Maya und Marcel alles nur eingebildet? Er schrieb, dass er sie liebte und Maya in einem Jahr wieder weg sein würde. Fay wurde in diesem Moment klar, dass sie aus Unsicherheit, Wut, Eifersucht und aufgrund ihrer Zweifel alles verbockt hatte. Sie hätte in der ganzen letzten Woche eine wunderschöne Zeit mit dem Mann ihrer Träume erleben können. Was hatte sie nur angerichtet?

»Fay, überleg mal. Was steht all dem gegenüber?«, hörte sie Udo fragen.

Fay wusste sofort, was er meinte. »Der Unsicherheit steht die Lebensfreude gegenüber, der Wut die Ruhe und die Gelassenheit, der Eifersucht die Liebe und dem Zweifel das Vertrauen und der Mut«, war ihre Antwort.

»Na, und weiter?«, hakte Udo nach.

»All das habe ich schon in mir gefunden. Das sind die Essenzen meiner Seelenteile. Funny, die Lebensfreude. Lana, die Ruhe. Sarah, das Vertrauen. Und Edward, der mutige Ritter«, ergänzte Fay. Ihr wurde klar, was passiert war. Hans hatte ihr erklärt, dass es eine Zeit der Integration geben würde, in der es darauf ankam, ihren Seelenteilen Aufmerksamkeit und Raum zu geben. In dieser Zeit konnten alte Muster und Handlungsweisen noch einmal verstärkt auftreten. Wie es aussah, war sie mitten in diesem Prozess.

»Ja«, sagte Udo, »das ist ein Teil davon. Gleichzeitig erfährst du gerade eine tief gehende Wandlung in dir, die dein Verständnis von Weiblichkeit verändern wird. Das hast du inzwischen« sicher schon bemerkt«, teilte ihr Udo mit. »Es kommt jetzt darauf an dranzubleiben, und das machst du sehr gut.«

»Dranbleiben.« Fay schnitt eine Grimasse. »Hör mal …«

»Spar dir die Frage«, wurde sie von Udo unterbrochen. »Du kennst die Antwort. Es hört nie auf.«

Wieder spürte sie einen leichten Windhauch an der Wange und wusste, dass Udo verschwunden war. Maya hatte geschrieben, dass sie sich freuen würde, wenn sie beide sich näher kennenlernen würden. Marcel wünschte sich dasselbe. Hans arbeitete mit ihr zusammen, Sandra fand sie nett, und Hugo konnte sie auch gut leiden.

Fay zog eine Schnute und schnaufte laut durch. »Dann lernen wir uns in den nächsten Tagen halt mal besser kennen.« Fay spürte, wie es ihr warm ums Herz wurde. Es dehnte sich ein wenig aus, ein gutes Gefühl. Fay erinnerte sich an ihr Buch des Lebens. Sie hatte den Wunsch, zu schreiben, alles auf Papier zu bringen, was sie an diesem Sonntag erlebt hatte.

Sie holte ihr Buch und schlug es auf. Da war die Liste, die sie geschrieben hatte. Mit Peter habe ich geredet, diesen Punkt kann ich streichen, dachte sie zufrieden. Es fühlte sich sehr gut an, das geklärt zu haben. An der Quelle im Park war ich auch. Und übermorgen werde ich wieder dort hingehen, zu dem Frauenritual mit Nana. Das Leben segnen und den Altar pflegen – mache ich und bleibe dran. Den Garten hier habe ich aufgeräumt, meinen Seelengarten werde ich morgen bei Hans besuchen. Fay ging die Liste weiter durch. Mit Marcel werde ich frühestens in drei Monaten reden können, aber mit Maya dafür bei der nächsten guten Gelegenheit. Übrig blieben, die Energieübung täglich zu machen, mit der Spiegelübung anzufangen, die Entscheidung wegen der Wohnung zu treffen und, ganz banal, endlich die Krankenversicherung einzuzahlen.

Fay sucht aus ihrem Poststapel den Zahlschein für die Versicherung heraus und legte ihn in der Küche neben die Kaffeemaschine. »Jetzt hab ich dich vor Augen und werde daran denken, dich beim nächsten Mal, wenn ich in die Stadt gehe, mitzunehmen«, sagte sie zu der Rechnung, als wäre sie ein lebendiges Wesen.

Sie ging ins Wohnzimmer zurück. Pfötchen muss wohl auswärts gefressen haben, dachte sie sich. Der Kater lag nach wie vor auf dem Sofa und döste vor sich hin. Die Kerze auf ihrem Altar brannte ruhig und hell. Fay schaute sich um. Sie fühlte sich gerade richtig wohl und geborgen in ihrer Wohnung. Jetzt, da sie wusste, dass Marcel in sie verliebt war, fühlte sich der Gedanke, sie zu kaufen, besser an.

»Du sollst die Wohnung aber nicht wegen ihm kaufen, Fay«, hörte sie Dianas Stimmchen. »Auch wenn er in drei Monaten wiederkommt, wer garantiert dir, dass ihr wirklich ein Paar werdet?«

»Aber wir lieben uns!«, rief Fay energisch. »Ich weiß es. Ich liebe ihn mehr als sonst jemanden«, setzte sie ein wenig trotzig nach. »Er macht mich glücklich. Bei ihm fühle ich mich sicher.«

»Du liebst ihn mehr als sonst jemanden, Fay?«, fragte Diana nach. »Mehr als dich selbst?«

Verlegen schaute Fay auf ihre Zehenspitzen. Sie wusste genau, dass sie niemanden mehr lieben konnte als sich selbst. Das war so eine Sache, an die sie sich erst noch gewöhnen musste, auch wenn sie ihrem Verstand bereits einleuchtete.

»Trotzdem macht er mich glücklich«, setzte sie noch einmal nach.

»Er ist nicht für dein Glück verantwortlich, Fay. Auch das weißt du genau«, entgegnete Diana. »Nutze die Zeit, bis er wiederkommt, um für dich selbst herauszufinden, wie sehr du dich liebst. Heile die Frau in dir, dann wird sich der Mann für dein Leben von selbst offenbaren. Wenn er wirklich derjenige ist, wirst du es spüren.«

Fay spürte ihre Mitte leicht verrutschen. Sie wusste, dass Marcel nicht für ihr Glück verantwortlich war, auch das hatte sie von Hans schon gelernt. Aber daran, dass er ihr Mann fürs Leben war, bestand kein Zweifel. Sie hatten sich schon in vielen vergangenen Leben geliebt. Das hatte sie bei ihrer Kanufahrt gesehen. Sie und Marcel kannten sich schon sehr lange Zeit.

»Lass die Frage offen, Fay. Das macht alles leichter. Es spielt keine Rolle, ob ihr Partner oder Freunde in diesem Leben seid. Die Liebe wird euch immer verbinden. Alles andere wird sich zeigen. Je nachdem, wie du deinen Weg weitergehst«, hörte sie Diana sagen, bevor ihre Präsenz mit einem leichten, kühlen Luftzug verschwand.

Fay seufzte auf, doch ihr Herz war leicht. Ihre Mitte pulsierte kräftig. Sie setzte sich hin und begann, die Erlebnisse des Tages niederzuschreiben. Es machte ihr Spaß, dieses Tagebuch zu führen. Als sie fertig war, hatte sie das Gefühl, etwas Wichtiges geschafft zu haben. Zufriedenheit breitete sich in ihr aus. Sie stand auf, streifte den schlafenden Kater mit einem liebevollen Blick und ging ins Bad, um zu duschen. Danach schlief sie mit diesem tiefen Gefühl der Zufriedenheit ein.

Eine neue Woche

Diesmal wachte Fay von selbst auf, weder Telefon noch Türklingel weckte sie. Mit einem Lächeln drehte sie sich auf den Rücken und spürte Pfötchen neben sich. Er musste nachts zu ihr ins Bett gekommen sein. Zärtlich strich sie über sein weiches Fell. Ich segne dich, mein Katerchen, dachte sie liebevoll.

»Maumiau«, antwortete Pfötchen und gähnte herzhaft. Fay blieb noch einen Moment liegen und segnete ihr Leben, ihre Wohnung, ihren Körper, den vor ihr liegenden Tag, Peter, Maya, ihre Verbündeten und noch einiges mehr. Verwundert stellte sie fest, wie leicht das war und was es alles in ihrem Leben gab, das sie segnen konnte. Ein Gefühl der Dankbarkeit breitete sich in ihr aus.

Pfötchen war schon aus dem Bett gesprungen und in Richtung Küche verschwunden. Fay streckte sich genüsslich, warf die Decke schwungvoll zurück, stand auf und rief fröhlich: »Willkommen, neuer Tag! Ich bin es, Fay, und ich liebe mich und mein Leben!« Fay grinste und wusste, dass gerade die pure Lebensfreude aus ihr sprach. Ganz kurz sah sie Funnys fröhliches Gesichtchen vor ihrem inneren Auge.

Eine Melodie trällernd ging sie in die Küche. Die Uhr zeigte halb zehn. »Wow, ich hab mal wieder ganz schön lange geschlafen.« Kurz zuckte sie zusammen. Meldete sich da ihr schlechtes Gewissen? Nein, Fay konnte nichts spüren. Ihr Grinsen wurde noch breiter. Die alte Fay hätte sich schuldig gefühlt. Ordentliche Leute standen am Montag nämlich früh auf und gingen arbeiten. Es fühlte sich gerade richtig gut an, kein ordentlicher Mensch zu sein, sondern gut ausgeschlafen und fröhlich in die neue Woche zu starten. Sie sah die Rechnung neben der Kaffeemaschine. Das passt gut, dachte sie, ich muss eh wieder einkaufen. Obst und Gemüse fehlen. Ein bisschen mühsam ist es ja schon, so oft einkaufen zu müssen, um mit frischen Zutaten kochen zu können, aber das Essen ist gesünder und schmeckt besser als Fertiggerichte, bestätigte sie sich selbst. Ich tue es für mich. Das ist eine gute Übung in Selbstliebe, entschied sie. Apropos, die Spiegelübung wartet ja auch noch auf mich, erinnerte sie sich.

Fay stellte sich einen Kaffee auf und füllte Pfötchens Schüssel. Sie ging ins Wohnzimmer hinüber, die Kerze auf ihrem Altar war heruntergebrannt. Sie entzündete eine neue. Sofort empfand sie ihr Wohnzimmer als klarer und wärmer. Fay fühlte sich hier wohl – sie, ganz alleine, für sich. Langsam wird das hier ein richtiges Zuhause für mich, dachte sie. Das hatte wirklich nichts mit Marcel zu tun. Sie hatte sich hier auch schon wohlgefühlt, bevor sie sich kennengelernt hatten. Dennoch fühlte es sich jetzt anders an. Sie erinnerte sich an ihre Pläne, gemeinsam mit ihrer Mutter die Wohnung neu zu gestalten. Wenn sie die Wohnung kaufte, würde das noch mehr Sinn machen. Sie öffnete die Terrassentür, die Sonne schien. Fay trat hinaus in den Garten und atmete die frische Luft tief ein.

»… und das ist der Garten, der ist doch wunderschön, nicht?«, hörte sie Hermines Stimme. Sie sah, wie Hermine in ihren Garten kam, gefolgt von einem jungen Paar.

»Schau mal, Angelika. Das ist doch richtig fein hier. Nicht zu groß und doch ein eigenes Fleckchen Erde.«

»Ja, Tante Hermine«, sagte die junge Frau, »du hast recht, die Wohnung ist perfekt für Tobias und mich. Vor allem können wir sie uns auch leisten. Es ist total lieb von dir, dass du an uns gedacht hast. Selbstverständlich helfen wir dir dabei, alle deine Sachen, die du mitnehmen willst, in deine neue Wohnung zu bringen«, plauderte die junge Frau namens Angelika aufgeregt.

Fay stand an ihrer Terrassentür unter dem Dach. Das kleine Grüppchen konnte sie nicht sehen. Es schien ein nettes Pärchen zu sein, diese Angelika und ihr Tobias. Wie es aussah, erwarteten die beiden Nachwuchs. Angelika hatte ein kugelrundes Bäuchlein. Eine leichte Traurigkeit kam in Fay auf. Hermine und Hugo würden beide wegziehen. Sie hatte die zwei doch erst kennengelernt. Die beiden alten Leute hatten Fay auf ihrem neuen Weg einige Male geholfen, vielleicht auch, ohne es zu wissen.

»Was du mit ihnen erlebt hast, kannst du auch mit anderen Menschen erleben, die dir begegnen«, vernahm sie Sir Samtpfotes schnurrende Stimme. »Gib ihnen eine Chance, jeden Tag aufs Neue.« Sie fühlte Pfötchens warmen Körper an ihren Beinen. Sie schaute zu ihm hinunter, er blickte hoch, leckte sich genüsslich das Maul und ließ ein »Maumiau« hören. Auch das verstand Fay inzwischen. Es war so etwas wie eine Bestätigung, dass es tatsächlich Pfötchen alias Sir Samtpfote war, den sie hörte.

Das werde ich machen, versprach sie in Gedanken. Jetzt werde ich aber erst die alltäglichen Dinge erledigen, wie die Rechnung einzahlen und einkaufen gehen. Sonst gibt es für dich heute Abend nämlich kein Futter, Katerchen.

Fay ging wieder rein. Der große Spiegel stand noch immer an der Wand neben ihrem Altar. Heute Abend würde sie Hans treffen. Sie hatte die Übung noch kein einziges Mal richtig gemacht, nur probiert. Das werde ich heute noch tun, bevor ich zu Hans gehe, und zwar nach dem Einkaufen, dachte sie bestimmt. Sie wählte ein luftiges, buntes Kleid und packte ihre Sachen zusammen.

Gerade als sie die Tür hinter sich schließen wollte, klingelte das Telefon. Sie machte kehrt, nahm den Hörer ab und meldete sich. »Hallo, hier Heylrich.«

Am anderen Ende erklang eine Frauenstimme. »Guten Tag, Frau Heylrich. Hier spricht Laubner, Regina Laubner von der Hauseigentümerverwaltung. Wir haben von Ihnen noch nichts gehört, und ich wollte Sie daran erinnern, dass diese Woche die Frist ausläuft, um sich zu entscheiden, ob Sie die Wohnung zu den von uns angebotenen Konditionen kaufen wollen oder nicht.«

»Ja, ich weiß«, erwiderte Fay schnell. »Ich kaufe sie, was muss ich tun?« Es fühlte sich richtig an.

»Sie haben sich also entschieden. Schön. Wir brauchen von Ihnen eine Bankbestätigung, dass Sie das Geld haben oder für diese Summe kreditberechtigt sind, Ihre Geburtsurkunde, den Staatsbürgerschaftsnachweis und, wenn Sie verheiratet sind, die Heiratsurkunde.«

»Ich bin nicht verheiratet«, sagte Fay. Noch nicht, dachte sie, aber irgendwann vielleicht. »Die anderen Unterlagen habe ich hier. Die Bestätigung der Bank kann ich heute organisieren. Ich wollte sowieso gerade hinfahren.«

»Das klingt doch gut. Wann können Sie bei uns vorbeikommen, Frau Heylrich?«, wollte Frau Laubner wissen.

»Wie wäre es morgen Vormittag? Da hätte ich Zeit.«

»Gern, dann trage ich Sie für den Neun-Uhr-Termin ein, hier bei uns im Büro in der Heldengasse. Sie wissen, wie Sie uns finden?«, fragte Frau Laubner nach. Fay wusste es nicht. Damals, als sie hier eingezogen war, war alles direkt in der Wohnung unterschrieben worden. Sie ließ sich den Weg erklären und notierte sich die Beschreibung auf der Rückseite des Briefes von der Arbeitsagentur, der noch immer neben ihrem Telefon lag. »Dann sehen wir uns morgen um neun Uhr. Auf Wiederhören, Frau Heylrich.«

Fay legte den Hörer auf. Bald war sie eine stolze Wohnungseigentümerin und würde die Sicherheit haben, jederzeit ein Dach über dem Kopf zu haben. Es fühlte sich wirklich gut an. Wenn sie vielleicht irgendwann nicht mehr hier wohnen wollte, konnte sie die Wohnung verkaufen. Jetzt aber wollte sie bleiben. Sie begann gerade erst damit, sich hier ein Leben aufzubauen. Ein Leben, das ihrer Seele entsprach. Die Wohnung und der Garten waren dabei von großer Bedeutung, das konnte Fay ganz deutlich spüren. Voller Freude und Tatendrang schloss sie die Eingangstür hinter sich. Alles war gut. Wenn sie auf sich selbst vertraute, zeigte sich ihr Weg ganz klar.

Die Bestätigung für die Eigentümergenossenschaft von der Bank zu erhalten, dauerte länger, als Fay gedacht hatte. Auf der Bank war ziemlich viel los. Als das endlich erledigt war, hatte sie Hunger. Ihr fiel ein, dass sie außer einer Tasse Kaffee nichts gefrühstückt hatte.

Fay kaufte sich ein Sandwich und spazierte in den Park. Sie setzte sich auf ihr Lieblingsbänkchen bei der kleinen Lichtung. Während sie aß, genoss sie die aufblühende Natur um sich herum. Sie sah so viel Schönheit um sich herum. Es erfüllte ihr Herz mit Freude, die Welt wieder so sehen zu können, nachdem sie sie die letzte Woche doch eher als düster empfunden hatte.

Fay spürte in sich hinein. Natürlich hatte Marcels Brief nach wie vor einen großen Anteil daran, dass es ihr besser ging. Es lag aber auch an ihrer kürzlich gefällten Entscheidung, weiter auf ihrem Weg zu bleiben. Sie hatte sich vorgenommen, zu lernen, mit den Zweifeln umzugehen, und den Kontakt zu ihren Verbündeten regelmäßiger zu pflegen. Alles zusammen gab ihr dieses gute Gefühl. Sie stand auf und setzte ihren Weg fort.

Als sie nach dem Einkaufen vor ihrem Wohnhaus ankam, traf sie bei den Parkplätzen Hermine mit dem jungen Paar an.

»Fay, meine Liebe! Darf ich dir vorstellen? Das sind meine Nichte Angelika und ihr Freund Tobias. Die beiden werden meine Wohnung übernehmen. Das ist doch richtig schön! Dann kommt hier endlich wieder frisches Leben in die

Gärten. Marcel und Maya ziehen ja in Hugos Wohnung. Da könnt ihr Jungvolk dann gemeinsam Partys feiern«, lachte sie fröhlich.

»Hallo, Hermine. Ich habe unsere Zusammenkünfte auch sehr schön gefunden und viel von dir und Hugo gelernt. Aber du hast recht. Das Leben bedeutet ständige Veränderung, und es wird sicher spannend mitzuerleben, wie sich die neue Nachbarschaft gemeinsam entfalten wird«, antwortete Fay. »Hallo, Angelika, hallo, Tobias. Ich wohne ganz hinten, in der kleinsten der drei Wohnungen, mit meinem Kater Pfötchen. Den werdet ihr sicher noch kennenlernen. Er streunt gerne bei Hugo und Hermine herum.« Sie gab den beiden jungen Leuten die Hand.

»Wir freuen uns, dich und deinen Kater kennenzulernen«, sagte Angelika freundlich.

»Ich glaube, den Kater habe ich schon gesehen. Ist das ein ganz schwarzer mit Bernsteinaugen?«, fragte Tobias.

»Ja, genau. Das ist er.« Fay nickte.

»Er ist mir vorhin aufgefallen, als wir im Garten eine Tasse Kaffee getrunken haben. Er lag mitten in deinem Lavendel«, grinste Tobias.

Fay lachte. »Stimmt, da liegt er gerne.«

»Wir müssen jetzt los«, drängte Angelika. »Bis demnächst, Fay. Wir sehen uns!« Sie verabschiedeten sich, und Fay ging zur Haustür. Hermine blieb noch einen kurzen Moment stehen und winkte ihrer Nichte und deren Freund nach. Fay hielt derweilen für sie die Tür auf.

Als sie gemeinsam in den Gang traten, fasste Hermine Fay sanft an den Arm. »Kindchen, wo warst du denn gestern? Wir haben beim Frühstück auf dich gewartet. Marcel war richtig traurig, dass er dich vor seiner Abreise nicht mehr gesehen hat.« Sie schaute Fay fragend an.

»Ach, Hermine. Ich hab großen Mist gebaut. Ich war so eifersüchtig auf Maya, dass ich keinen klaren Gedanken mehr fassen konnte. Die letzte Woche war für mich wie eine Fahrt in einer Achterbahn der Gefühle«, gab Fay zerknirscht zu.

»Aber Fay, warum bist du denn auf Maya eifersüchtig? Die beiden sind wie Bruder und Schwester. Sie verbindet eine tiefe Freundschaft, aber das ist doch ganz was anderes als zwischen dir und Marcel. Ich habe doch bemerkt, wie verliebt ihr beiden ineinander seid. Das hätte sogar ein Blinder gesehen!« Hermine schaute sie erstaunt an.

»Ich habe daran gezweifelt. Ich dachte, wenn er eine so schöne Frau wie Maya an seiner Seite haben kann, warum er dann ein Mauerblümchen wie mich nehmen sollte.« Fay war nun richtig kleinlaut. Inzwischen war ihr klar, wie dumm und unreif ihr Verhalten gewesen war.

»Tja, Kindchen, jetzt ist er erst mal weg. Zeit, um an deinem Selbstwert zu arbeiten. Wenn er zurückkommt, werdet ihr ja sehen, was noch von der Verliebtheit da ist.« Bei diesen Worten schüttelte Hermine den Kopf. »Ein weiser Mann sagte mal: ›Wenn du etwas liebst, lass es gehen. Kommt es freiwillig zu dir zurück, gehört es in dein Leben.‹ Wenn er zurückkommt, wird es sich zeigen, ob es tatsächlich Liebe ist, was euch verbindet.« Mit diesen Worten tätschelte sie liebevoll Fays Hand. »Jetzt lass ich dich aber gehen. Du hast ja eine schwere Tasche dabei, sonst fällt dir noch der Arm ab.« Hermine kicherte wie ein junges Mädchen. »Bleib auf deinem Herzensweg, dann wird alles gut, Fay. Bis bald.« Hermine ging zu ihrer Wohnung und schloss die Tür hinter sich.

Fay blieb für einen Moment nachdenklich im Gang stehen. Was du liebst, lass gehen, wenn es freiwillig zurückkommt, gehört es in dein Leben, gingen ihr Hermine Worte durch den Kopf.

»Liebe ist immer freiwillig, sie zwingt oder fordert niemals«, hörte sie die Stimme von Wahitiko in ihrem Kopf.

Sie ging in ihre Wohnung. Es war Zeit, die Spiegelübung zu machen. Sich selbst zu lieben, auch den eigenen Körper, war ein wichtiger Schritt auf ihrem weiteren Weg. Das hatte Fay nun endgültig verstanden.

Nachdem sie die Einkäufe verstaut hatte, zündete sie eine neue Kerze auf ihrem Altar an. Fay nahm die Räuchermuschel, entzündete das Räucherwerk und ließ den Rauch an ihrem Körper entlanggleiten. Mit gleichmäßigen, kräftigen Schwüngen ihrer Räucherfeder strich sie den Rauch von ihrem Kopf bis zu den Füßen ab.

Sie zog die Vorhänge zu. Sicher ist sicher, dachte sie sich. Es wäre komisch, wenn Hugo oder Hermine mich nackt vor einem Spiegel sitzend sehen würde. Bei dieser Vorstellung schlich sich ein Grinsen auf Fays Gesicht.

Sie entschloss sich, noch ein paar weitere Kerzen zu entzünden. Das gibt eine schöne Stimmung, dachte sie sich. Sie nahm vier Teelichter und stellte sie in einer Reihe vor dem Spiegel an der Wand auf. Als sie begann, sich auszuziehen, erinnerte sie sich an die Energieübung. In Unterwäsche setzte sie sich auf den Boden und begann, ihre Fußsohlen zu klopfen. Dabei schaute sie in den Spiegel. Täuschte sie sich, oder wurden ihre Fußsohlen nicht nur warm, sondern auch heller? Sie schaute genauer hin, war sich aber nicht sicher. Sie stand auf, um sich die Waden kräftig nach oben zu streichen. Als sie die Waden klopfte, schaute sie wieder in den Spiegel. Kleine Funken schienen aus ihren Beinen zu sprühen. Fay schloss die Augen. Sie wollte sich auf die Übung konzentrieren, nicht auf den Spiegel.

Nieren reiben, Haare raufen, Energie einatmen, in die Mitte schieben. Fay war sofort wieder in der Übung, ihr System erinnerte sich daran. Sie fixierte die Energie in ihrer Mitte, atmete ein weiteres Mal tief ein und schleuderte die Energie in ihren Energiekörper, so, wie sie es von Hans gelernt hatte. Sofort spürte Fay, wie eine Welle der Klarheit und der Kraft sie durchflutete. Es fühlte sich gigantisch gut an. Mit allen Sinnen genoss sie die warme Energie, die ihren Körper, ihren Geist und ihre Seele auflud. Es war die Lebensenergie, die immer und überall frei verfügbar war. Welch einfache, kraftvolle und wunderschöne Übung, dachte sie bei sich und öffnete die Augen. Sie sah sich im Spiegel, nur vom Kerzenschein ein wenig beleuchtet. Ihr Körper war wunderschön. Wie in Trance zog sie ihre Unterwäsche aus und ging einen Schritt auf den Spiegel zu. Ungläubig schaute sie hinein. Sie schimmerte in einem goldenen Licht. Weiches Haar fiel auf ihre runde Schultern. Die Brustwarzen ihrer kleinen, spitzen Brüste hatten sich im kühlen Raum aufgestellt. Sie sah eine schön gezeichnete Taille, ein weiches Becken und lange Beine. Fay hatte den Eindruck, als könnte sie die Energie, die sie umgab, als goldenen Schimmer um ihren Körper herum wahrnehmen. Oder war es doch nur der Kerzenschein?

»Fay, das bist du!«, hörte sie Dianas Stimme klar und kraftvoll an ihrem Ohr. »Schön wie ein Schmetterling! Alles, was du siehst, gehört zu dir. Das Schimmern um dich herum ist deine Aura. Sie ist wunderschön, findest du nicht? Sie kann noch viel größer und kraftvoller werden, du wirst sehen. Du bist wunderschön.«

Noch bevor Fay etwas antworten konnte, hörte sie Sulis singen. Ihre Stimme war wie immer zauberhaft und verführerisch. »Liebst du dich und deinen Körper, Fay?«, fragte sie.

Fay betrachtete sich im Spiegel. Sie versuchte, sich in dem Wesen, das sie darin sah, zu erkennen. Als sie sich selbst in die Augen sah, passierte etwas mit ihr. Es war wie ein Erwachen. Sie erkannte sich in dieser Schönheit. Sie fühlte unendliche Liebe, die von ihrem Spiegelbild zu ihr und von ihr zum Spiegelbild floss.

»Ja, ich liebe mich. So, wie ich mich in diesem Augenblick sehe, liebe ich mich über alles. Ich werde versuchen, mich immer daran zu erinnern«, sagte Fay, und Tränen des Glücks rannen ihr über die Wangen.

»Du kannst jeden Tag üben, dich selbst zu lieben, Fay. Immer wieder«, sprach Sulis zu ihr. »Wenn du dich in Selbstliebe übst, wird diese wachsen, und du wirst sie immer öfter leben können. Setz dich jetzt hin, Fay. Ich habe eine weitere Übung für dich«, wies Sulis Fay an.

Fay setzte sich. »Darf ich mir eine Decke holen? Mir ist ein bisschen kalt.«

Keine Antwort. War das jetzt ein Ja oder ein Nein? Ganz kurz glaubte sie, Twifals Kichern zu hören. Sie stand auf und holte sich eines der Kissen vom Sofa und ihre Kuscheldecke.

»Es ist gut, wenn du dich um deine Bedürfnisse kümmerst, Fay. Ist dir jetzt warm?«, fragte Sulis.

Wenn ich mich um meine Bedürfnisse kümmere … In dem Moment, als Fay die Worte dachte, verstand sie sie. »Ja, jetzt ist es gut. Lass uns anfangen. Was soll ich tun, Sulis?«

»Du hast dich gerade eben im Spiegel selbst erkannt. Aber da ist noch viel mehr zu sehen, Fay. Konzentriere dich jetzt nur noch auf deine Augen. Erlaube dir, ganz in ihnen zu versinken. Beobachte, was du wahrnimmst, und bleibe dabei in deiner Mitte«, wies Sulis sie an.

Fay setzte sich aufrecht hin und fixierte ihre Augen im Spiegel. Das war schwieriger, als es sich anhörte. Nach einer Weile schaffte sie es, in ihren Augen zu versinken. In diesem Moment begann sich ihr Gesicht zu verändern. Fay spürte, wie ihre Mitte sich nach oben zu schieben begann.

»Bleib ganz ruhig, alles ist gut«, hörte sie jetzt Lana liebevoll sagen.

Fay atmete tief in ihre Mitte. Es war unglaublich. Ihr Gesicht veränderte sich! Es war, als würde eine Diashow mit Porträtaufnahmen abgespielt werden. Fay musste ihre Energie stark fokussieren. Der ganze Vorgang war irgendwie auch unheimlich.

»Spiegel sind Tore in andere Welten, Fay. Durch alles, worin du dich spiegelst, zum Beispiel auch ein klares, stilles Gewässer, kannst du zu den Wesen dort Kontakt aufnehmen. Das, was du gerade erlebst und siehst, ist der Ausdruck der vielen Gesichter deiner Seele. Wie bei deiner Reise auf dem Fluss der Ahnen. Dort hast du die unterschiedlichsten Seiten deines Wesens am Ufer gesehen und in manches der Leben einen tieferen Einblick bekommen. Diesmal nimmst du sie als einen Spiegel deines Selbst wahr. Bald wirst du deine erste direkte Begegnung erleben.«

Fay war wieder in ihrer Mitte und betrachtete fasziniert das Schauspiel im Spiegel. Manche der Gesichter erkannte sie wieder. Es waren die Menschen, die sie am Flussufer gesehen hatte. Tatsächlich wandelte sich ihr Gesicht, die Augen jedoch blieben immer dieselben. Selbst wenn sie die Farbe änderten, ihre Tiefe und Ausdruckskraft, das Erkennen blieb.

»Über die Augen kannst du in die Seele eines jeden Wesens schauen. So erkennt ihr euch als Seelen in der Ewigkeit des Seins wieder«, hörte sie Sulis' bezaubernde Stimme.

Das machte etwas mit Fay. Es vermittelte ihr ein Gefühl von alter Kraft und Weisheit. Ihr wurde wieder ein kleines Stück mehr bewusst, wie unendlich groß die Welt und eine Seele waren. Als Fays Augen müde wurden, schloss sie diese.

»Ich segne meinen Körper und meine Seele. Ich segne alle meine Ahnen, die in meinen Zellen leben. Ich segne meine Verbündeten und danke den Schöpferkräften für mein Leben«, sprach sie in sanftem Ton.

Fay streckte sich, die Decke rutsche ihr von den Schultern, und sie merkte, dass sie Hunger hatte. Sie stand auf, zog sich ihre Kleidung wieder an, öffnete die Vorhänge und kochte sich eine Gemüsepfanne, die sie genussvoll auf der Terrasse aß. Als sie fertig war, verriet ihr ein Blick auf die Uhr, dass es Zeit war, zu Hans zu gehen. Voller Vorfreude machte sich Fay auf den Weg.

Achtsamkeit

Als Fay beim Büchercafé ankam, sah sie schon aus einiger Entfernung Peter vor der Tür stehen. Warum war er nicht eingetreten? Die Tür war doch sicher offen. Peter stand mit den Händen in den Hosentaschen recht verloren da.

»Hey, Peter!« Fay begrüßte ihn mit einem freundschaftlichen Kuss auf die Wange.

»Hallo, Fay. Ich hab mich nicht hineingetraut. Ich kenne dort ja niemanden. Deswegen hab ich mir gedacht, ich warte draußen, bis du kommst.« Peter lächelte sie verlegen an.

Fay musste grinsen. »Bei mir warst du nie so schüchtern«, zog sie ihn auf.

»Dich kenne ich ja schon seit der Schule, das ist was anderes«, murmelte er.

»Na, dann komm. Gehen wir rein.« Gemeinsam gingen sie in das Café.

Hans war an der Theke und kehrte ihnen den Rücken zu. »Fay, bist du das? Du kannst schon nach hinten gehen, die anderen sind bereits da.«

»Hallo, Hans. Ja, ich bin es. Ich habe einen Freund mitgebracht, der gerne bei dir das Reisen erlernen möchte«, antwortete sie.

Hans drehte sich um und schaute Fay an. »Das geht leider nicht, nicht heute. Tut mir leid, Fay, aber ihr seid eine geschlossene Gruppe. Ihr habt schon ein gutes Stück des Weges gemeinsam erlebt. Dafür braucht es gegenseitiges Vertrauen. Da kann ich niemand Neuen dazunehmen, schon gar nicht ohne das Einverständnis der anderen drei.« Hans schaute Fay und Peter ernst an.

»Ähm, ja. Aber …«, begann Fay.

Hans kam zu ihnen und streckte Peter die Hand entgegen. »Hallo, ich bin Hans, mir gehört der Laden hier, und wie du offensichtlich schon weißt, mache ich, außer das Café zu führen, noch ein paar Sachen.« Freundlich schaute er Peter ins Gesicht.

Peter ergriff die ihm angebotene Hand. »Hallo, ich bin Peter. Fay meinte, ich könnte bei Ihnen etwas lernen, was mein Leben wieder in Schwung bringt. Sie hat mich eingeladen, heute mit ihr hierherzukommen.«

Fay war die Situation peinlich. In ihrem Übereifer hatte sie nicht daran gedacht, dass es ein Problem sein könnte, Peter mitzubringen. Ihr fiel die Situation an der Quelle im Park mit Ulrich wieder ein. Wie froh war sie gewesen, dass es Ulrich und kein Fremder gewesen war, der sie dort im Wasserbecken stehend angetroffen hatte. Sie verstand, was Hans sagen wollte.

»Hans, es tut mir leid. Ich habe tatsächlich nicht daran gedacht, dass es für die anderen unangenehm sein könnte, wenn ich ihn mitbringe. Ich wollte Peter nur helfen.« Zerknirscht schaute sie von einem zum anderen.

»Das hat mit Achtsamkeit und Grenzen zu tun, Fay. Es zeigt dir auch auf, dass du deine eigenen Grenzen wohl noch besser definieren musst. Wenn du diese Achtsamkeit im Außen nicht hast, so fehlt sie dir auch in deinem Inneren.« Er wandte sich Peter zu. »Wie wäre es, wenn du am Donnerstag wiederkommst? Ich beginne dann mit einer neuen Gruppe, in der alle Teilnehmer das erste Mal kommen werden. Ihr könntet gemeinsam die ersten Schritte gehen, so, wie Fay mit ihrer Gruppe vor einiger Zeit begonnen hat, ihren Weg zu beschreiten.«

Fay war erleichtert. Hans schickte Peter nicht einfach weg, sondern bot ihm an wiederzukommen. Unsicher schaute Peter von Fay zu Hans und wieder zurück.

»Eigentlich wollte ich das schon gemeinsam mit Fay erleben«, merkte er zaghaft an.

Hans schüttelte den Kopf. »Peter, was du bei dieser schamanischen Arbeit erleben wirst, hat vor allem mit dir selbst zu tun. Ob Fay dabei ist oder nicht, spielt keine Rolle. Wenn du erst auf dem Weg bist, kannst du dich jederzeit mit Fay austauschen. Sie wird nachvollziehen können, was dich beschäftigt, und kann dich unterstützen. Es wird wohl irgendwann einen Tag geben, an dem ich mit all meinen Schülern aus den verschiedenen Gruppen ein Treffen machen werde, aber das hat noch Zeit. Wie gesagt, das ist mein Angebot: Komm am Donnerstag wieder, dann kannst du gemeinsam mit der neuen Gruppe starten.« Es war klar, dass Hans von seinem Entschluss nicht mehr abweichen würde.

Fay verstand, dass Hans seine Entscheidung zum Schutz der Gruppe getroffen hatte, dennoch tat ihr Peter leid. Dieser sah irgendwie verloren aus. Als wüsste er nicht, wie er reagieren sollte.

Fay stupste ihm aufmunternd mit dem Ellenbogen in die Seite. »Hey, du großer Mann. Nimm das Angebot von Hans an. Es wird dir gefallen und guttun. Es wird dir viel über dich selbst zeigen und dich etwas fürs Leben lehren. Es spielt keine Rolle, ob ich dabei bin. Wer weiß, vielleicht findest du in der Gruppe eine neue Liebe?« Verschwörerisch zwinkerte sie Peter zu.

Jetzt musste dieser grinsen. »Also gut, dann komme ich am Donnerstag wieder.« Er verabschiedete sich von den beiden und ging in die Dämmerung hinaus.

Verlegen schaute Fay Hans an. »Es tut mir echt leid, ich hätte weiter denken sollen. Es war eine spontane Idee, ihn einzuladen. Wir haben uns gestern Vormittag bei mir zu Hause ausgesprochen. Es war ein sehr gutes Gespräch, und Peter ist ernsthaft interessiert an dem schamanischen

Weg, wie du ihn mir zeigst. Es fühlte sich so richtig an. Ich wollte ihm helfen.«

Hans legte seinen Arm um Fays Schultern und schob sie sanft in Richtung des Seminarraumes im hinteren Teil des Ladens. »Fay, du hast ein gutes Herz. Anderen zu helfen wird wohl ein Teil der Aufgabe sein, die in diesem Leben auf dich wartet. Aber du solltest dabei immer achtsam mit dir selbst und auch mit den anderen sein, zu denen du Kontakt hast. Es ist eine sehr sensible Arbeit, die wir hier machen. Du weißt selbst, wie tief manche Prozesse gehen. Ulrich, Sascha, Gabriela und du, ihr habt in den letzten Wochen eine gemeinsame Vertrauensbasis aufgebaut. Wenn Peter heute mit hinzugekommen wäre, hätte es die anderen in der Gruppe wahrscheinlich in ihrer Offenheit eingeschränkt. Auch wenn du ihn kennst, für sie ist er ein Fremder.« Fay konnte verstehen, was Hans meinte. »Es muss dir auch nicht leidtun. Dieses Erlebnis lehrt dich etwas. Ich habe es vorhin schon erwähnt. Es hat mit deinen Grenzen zu tun und mit der Achtsamkeit, die du dir selbst zukommen lässt. Hast du mittlerweile die Spiegelübung gemacht?«, wollte Hans abschließend wissen.

»Ja, hab ich. Heute Nachmittag hab ich die Übung durchgeführt«, erwiderte Fay.

»Gut!« Hans klopfte ihr sanft auf die Schulter. »Du kannst uns gleich davon erzählen.«

Sie waren inzwischen im Seminarraum angekommen. In der Mitte des Altars brannte eine Kerze, und Gabriella war gerade damit beschäftigt, die beiden Männer abzuräuchern. Fay stellte sich dazu, Gabriella lächelte sie an und räucherte auch sie von oben bis unten ab. Als sie alle durch den Rauch energetisch gesäubert waren, setzten sie sich auf ihre Plätze.

»Na, dann erzählt mal, wie es euch ergangen ist, seit ihr aus den Bergen zurückgekehrt seid. Und diejenigen von euch, die von mir eine Übung bekommen haben, dürfen auch gerne über ihre Erfahrungen damit berichten. Fay, heute fängst du an.« Hans reichte Fay den Redestab.

Fay erzählte von Herrn Wagenreich und dem Job, den sie ausgeschlagen hatte. Sie erzählte von Nana und dem »Regenbogentempel«, von ihrem unbegründeten Liebeskummer, der bewirkt hatte, dass sie den Mann ihrer Träume auf die andere Seite der Welt hatte reisen lassen, ohne sich vorher mit ihm auszusprechen. Sie erzählte von ihrem Erlebnis an der Quelle im Park, wie Ulrich sie gefunden hatte – an dieser Stelle fing Ulrich an zu lachen – und von der Übung mit dem Spiegel. Sie berichtete auch vom Segnen, der Aufgabe, die sie von ihrem Lehrer aus der Anderswelt bekommen hatte. Von ihrem Drogenrausch und dem Beinahe-Sex mit Peter erzählte sie nichts. Jetzt konnte sie noch besser verstehen, warum Hans Peter wieder weggeschickt hatte. Sie vertraute den drei anderen mehr als den meisten Menschen, denen sie bisher in ihrem Leben begegnet war. Aber die Geschichte, die sie mit Peter erlebt hatte, wollte sie dennoch für sich behalten.

Als sie fertig war, schmunzelte Hans. »Kaum zu glauben, dass du all das in nur einer Woche erlebt hast.« Er zwinkerte ihr zu. »Danke für dein Vertrauen in diese Gruppe, Fay.«

Fay reichte den Redestab an Ulrich weiter. Der Reihe nach erzählten sie, was in ihren Leben alles geschehen war. Fay hörte aufmerksam zu. Bei den drei anderen war es ähnlich turbulent wie bei ihr zugegangen, wenn auch bei ihnen andere Themen im Vordergrund standen.

Fay verglich in Gedanken ihr früheres mit ihrem jetzigen Leben. Sie fühlte sich jetzt lebendig, richtig lebendig, auch wenn es anstrengend war. Fay war sich sicher, dass sie ihr jetziges Leben keinesfalls mit ihrem alten tauschen wollte. Auch wenn alles völlig unsicher war, sie keine Arbeitsstelle hatte, ihre große Liebe weit weg war und sie genau genommen nicht wusste, wohin sie das alles führen würde, war es allemal besser als das graue, eintönige Leben, das sie noch vor Kurzem das ihrige genannt hatte.

Inzwischen hatten alle ihre Geschichte erzählt. Hans forderte sie auf, sich ihre Reiseplätze zu richten. Einer nach dem anderen ging noch einmal zur Toilette, und als sie alle auf ihrem jeweiligen Platz lagen, begann Hans zu sprechen: »Ihr wisst inzwischen, wie ihr reisen könnt. Ich bin mir sicher, bei dem bewegten Leben, das ihr führt, hat jeder von euch eine eigene Frage für die Reise heute parat. Seid klar in eurer Absicht, und denkt daran, egal, wohin ihr reist, nehmt eure Verbündeten mit. Wenn ihr fertig seid, gebt mir bitte ein Handzeichen. Ich lasse euch die Zeit, die ihr heute braucht. Ich werde also kein Rückholsignal trommeln. Kommt von selbst zurück, wenn alles erledigt ist, was ihr zu tun habt.« Hans begann zu trommeln.

Fay spürte, wie der Rhythmus der Trommel mit ihrem Herzschlag eins wurde. Sie roch den kräftigen, klärenden Duft von Salbei und Copal. Tief sog sie die würzige Luft in ihre Lunge und in ihre Mitte. Dort, in ihrer Mitte, konnte sie den kräftigen Puls des Lebens spüren. Der Regenbogen zeigte sich, noch bevor sie daran dachte. Fay ging hindurch, wieder wurde sie in ein tiefes Rotorange eingehüllt.

An ihrem Startplatz angekommen formulierte sich wie von selbst die Absicht ihrer Reise: »Ich bin bereit für den nächsten Schritt auf meinem Weg. Tut, was zu tun ist.«

Ein ganz leiser Anflug von Zweifel versuchte, sich einzuschleichen. War sie wirklich bereit? Fay hatte tief in ihrer Seele verstanden, dass der Weg immer nur zu ihrer eigenen Heilung führen konnte. Alles, was im Außen passierte, spiegelte die alten Wunden ihrer Seele wider. Wenn sie es schaffte, diese dort zu heilen, konnten genau diese Wunden auch in der alltäglichen Welt heilen. Den Sinn hatte sie verstanden. Was das Ganze für Auswirkungen haben würde, darüber war sie sich nicht so sicher.

»Vertraue in das Leben, vertraue in dein Sein! Es wird dir Licht, Kraft und Freude schenken!«, hörte sie Sulis' magische Stimme singen.

Fay bündelte ihre ganze Energie und all ihre Aufmerksamkeit, als sie dachte: Ich vertraue in mein Leben, in die Weisheit der Schöpfung, und ich bin bereit für den nächsten Schritt.

Fay stand vor der Hütte auf der Lichtung ihres Seelengartens. An der Stelle, die bei ihrem letzten Besuch ein großer, grauer Fleck gewesen war, wuchsen nun wunderschöne, dunkelviolette Glockenblumen. Auf einer von ihnen saß Diana.

»Das war richtig schön mit dir gestern Abend, Fay. Du beginnst, die Frau in dir zu entdecken. Das tut mir richtig gut!« Diana flatterte hoch bis zu Fays Gesicht, lächelte sie glücklich an und drückte ihr einen Schmetterlingskuss auf die Nasenspitze. Fay musste lachen. Diese Situation war so unglaublich, wie sie schön war. Sie sah an sich selbst hinunter. Sie war in ein leuchtend weißes, luftiges Kleid gehüllt. Der weiche Stoff umschmeichelte ihre Beine. Wie am Abend zuvor strahlte sie wieder in diesem besonderen, goldenen Licht.

»Jetzt beginnst du, deine wahre Schönheit zu sehen. Du bist wieder auf deinem Weg. Twifal wird in deinem Leben immer wieder auftauchen. Er ist tückisch. Immer dann, wenn du meinst, dass du es geschafft hast, kommt er um die Ecke und erwischt dich an einer neuen Schwachstelle. Je klarer du bei dir bist, umso schneller kannst du ihn entlarven. Die nächste Zeit aber wird er dich in Ruhe lassen. Du hast dich entschieden, deinen Seelenweg weiterzugehen, dein Licht noch heller leuchten zu lassen.« Bei diesen Worten stupste Fylgir Fay mit seiner Schnauze liebevoll an. Er war vom Weiher zu ihnen hochgeflogen.

Fay konnte spüren, wie hinter ihr Udo über die Lichtung schlängelte. Spannend, ich kann ihn spüren, bevor ich ihn sehe, dachte sie. »Hallo, Udo, gehen wir in den Ahnenwald? Ist das der Grund, warum du dich zeigst?«, wollte sie wissen.

»Hallo, Fay, deine Absicht ist es heute, den nächsten Schritt auf deinem Weg zu gehen. Der führt dich in den Ahnenwald, das siehst du ganz richtig. Es ist Zeit für eine Erneuerung.« Udo war nun bei ihr und den anderen angekommen.

»Welche Art von Erneuerung meinst du?«, fragte Fay. »Ich bin doch gerade erst erneuert worden, als ich auf der Visionssuche in den Bergen war.«

Fylgir schnaubte. »Das stimmt, Fay. Aber das hier ist etwas anderes. An dem Wochenende in den Bergen hast du deine verlorenen Seelenteile wieder in dich integriert. Der nächste Schritt, um den du gebeten hast, geht tiefer. Deine Energie hat sich verändert und wird sich noch weiter verändern. Du hast in deinem alltäglichen Leben mit vielen Altlasten aufgeräumt, dich gereinigt und Altes losgelassen. Jetzt müssen wir dich neu zusammenbauen.«

Fay schaute Fylgir verwirrt an. »Wie, neu zusammenbauen?«, wollte sie wissen.

Edith kam nun auch über die Lichtung zu ihnen vor die Hütte. »Du hast doch lange mit diesen Dingern, die ihr Menschen ›Computer‹ nennt, in eurer Welt gearbeitet. Stimmts, Fay?«, fragte das Eichhörnchen.

»Ja, aber was hat das hier mit Computern zu tun?« Verwundet schaute Fay Edith an.

»Genau genommen nichts, aber so kann ich dir erklären, was Fylgir meint. Also, wenn du von einem Computer Sachen löschst, sind sie nicht wirklich weg, irgendwo gibt es noch Abdrücke davon. Mit der Zeit wird das Gerät dann langsam. Bei euch kommt dann jemand, der das ganze System durchputzt und neu aufsetzt, also resetet. Das wird heute mit dir passieren, verstanden?« Edith sah Fay fragend an.

Fays Gesicht bekam einen zweifelnden Ausdruck. »Ich bin mir nicht wirklich sicher, ob ich euch verstehe. Ihr wollt mich neu zusammenbauen und irgendwie reseten?«

»Wir werden dich zerstückeln und erneuern«, merkte Udo mit zischender Schlangenstimme an.

Nun hatte Fay ein Bild von einem Metzger vor Augen, der mit einem riesigen Messer eine Kuh zerteilte. Ihr schauderte es. Fay war sich nun nicht mehr sicher, ob sie diesen nächsten Schritt tatsächlich machen wollte. Sie blickte in Richtung des Ahnenwaldes und sah vier Lichtkugeln, die in ihre Richtung schwebten. Als sie näher kamen, erkannte Fay ihre Seelenteile Edward, Lana, Sarah und Funny. Aber was war mit ihnen geschehen? Fay schaute sie staunend an. Alle vier waren deutlich gewachsen. Funny war mindestens so groß wie ein zehnjähriges Kind. Sarah war ebenfalls größer und um einiges kräftiger geworden. Neben ihr stand Lana, die zu einer jungen Frau herangewachsen war. Und ihr Edward hatte nur noch wenig von einem Teenager, sondern tendierte schon mehr in Richtung eines jungen Mannes.

»Was ist denn mit euch passiert?«, wollte Fay verblüfft wissen, als die vier vor ihr standen. »Warum kann ich euch überhaupt sehen? Wir sind doch miteinander verschmolzen!«

Edward ergriff das Wort: »Damit du uns so siehst, Fay. Du warst das. Du hast uns wachsen lassen, indem du dich Twifal gestellt hast. Du hast Mut gezeigt, Vertrauen gelebt und Möglichkeiten geschaffen, Ruhe zu finden. Das hat dir Lebenskraft und Lebensfreude gebracht. So hast du uns alle wieder in dein Leben fließen lassen, und wir durften dadurch wachsen.« Er lächelte Fay an.

Sarah nahm Fays Hand in die ihre. »Hab weiterhin Vertrauen in das, was hier passiert. Es ist zu deinem Wohle.« Aufmunternd schaute sie Fay tief in die Augen. Fay konnte spüren, wie wichtig das, was kommen sollte, war.

»Egal, was passiert, bleib in deiner Mitte, in deiner Kraft und in der Ruhe.« Lana war nun auch ganz dicht an Fays Seite.

»Und wenn sie dich umgebaut haben, wenn du spürst, wie sehr du gewachsen bist, dann können wir richtig Gas geben und den Spaß im Leben in vollen Zügen genießen«, jubelte Funny ausgelassen.

Fay lächelte. Funny mochte zwar gewachsen sein, aber ihr Wesen war noch immer das eines unbeschwerten, ausgelassenen Kindes. Es fühlte sich gut an. Mit ihnen allen an ihrer Seite war sie bereit für den nächsten Schritt, auch wenn es sich grauenhaft anhörte, zerstückelt zu werden.

Alle vier Seelenteile standen ganz nahe bei Fay, als Udo zu sprechen begann: »Es wird Zeit, meine Freunde. Lasst uns jetzt gehen. Der Weg ist bereit.«

Tatsächlich konnten sie sehen, wie sich der leuchtende Pfad durch den Ahnenwald zeigte. Gemeinsam betraten sie den Wald. Fays Absicht war ganz klar. Sie war bereit, erneuert zu werden.

Schon nach ein paar Schritten waren sie an ihrem Ziel, bei Wahitiko auf der Lichtung, angekommen. Er saß wie bei ihrem letzten Besuch an seinem Lagerfeuer. Diesmal konnte sie im Hintergrund einen runden Schatten erkennen. Bei genauerer Betrachtung erkannte Fay eine Schwitzhütte. Fay fragte sich, ob diese das letzte Mal auch schon da gestanden und sie sie nur übersehen hatte.

Wahitiko unterbrach ihre Gedanken. »Ich grüße dich, Fay, das Schicksal, Friederike, die Friedensbringerin. Ich sehe, die Übung des Segnens hat dich gestärkt. Du hast den Mut, einen weiteren Schritt zu wagen. Deine Freunde haben dir ja bereits erzählt, worum es heute geht. Es wird Zeit, dich zu erneuern. Die Hütte, die du hier siehst, ist eine Medizinhütte. In ihrem Inneren werden wir an dir arbeiten. Dein Gewand kannst du ablegen.« Noch während Wahitiko den letzten Satz sprach, verschwand schon Fays

Kleidung. Keinerlei Scham kam in ihr auf. Es fühlte sich sogar gut an, hier nackt auf der Lichtung zu stehen. Sie spürte die Wärme des Feuers auf ihrer Haut. »Wir gehen jetzt gemeinsam hinein. Lass geschehen, was geschieht, und du wirst reich beschenkt werden.«

Fay schlüpfte in die Hütte, in der bereits ihre Reisedecke lag, auf der sie in der alltäglichen Welt gerade bei Hans auf dem Boden lag. Sie verstand, dass ihr auf diese Weise ihr Platz zugewiesen wurde. Fay setzte sich auf die Decke. In der Mitte der Hütte glühten wunderschöne, runde Steine. Wahitiko gesellte sich zu ihr. Hinter ihm schlüpfte Udo herein. Wie durch Zauberhand schloss sich die Tür, und in der Hütte wurde es dunkel. Die Steine leuchteten in demselben goldenen Licht, das Fay bei der Spiegelübung an sich selbst gesehen hatte. Durch ihr Leuchten aus dem Pitt, dem Nabel der Welt, in der Mitte der Hütte konnte Fay Wahitiko und Udo schemenhaft wahrnehmen. Der alte Indianer warf etwas auf die Steine. Funken stoben auf. Wahitiko murmelte Worte, die Fay nur mit ihrem Herzen verstand. Es war ein langsam anschwellender, sich allmählich ausdehnender Gesang. Er nahm eine Trommel zur Hand und begann, im Rhythmus ihres Herzens zu trommeln. Gerade als Fay die Augen schließen wollte, nahm sie aus den Augenwinkeln eine blitzschnelle Bewegung wahr. Sie fühlte einen stechenden Schmerz. Unmittelbar darauf breitete sich ein lähmendes Gefühl in ihr aus. Fay schaute ungläubig auf ihren Bauch. Dort quoll aus zwei kleinen Löchern jeweils ein Tropfen ihres Blutes hervor. Als sie umfiel, wurde ihr klar: Udo hatte sie gebissen.

Fay lag regungslos auf ihrer Decke. Panik machte sich in ihr breit. Sie spürte, wie das Schlangengift durch ihren Körper floss und sie immer stärker lähmte.

»Bleib ganz ruhig«, hörte sie Lana.

»Vertraue!«, rief ihr Sarah zu.

»Du bist mutig«, stellte Edward fest.

Wahitiko sang nun lauter, fordernder, er trommelte auch viel schneller als zuvor. Fays Kopf sank zur Seite. Ihr Blick fiel auf die glühenden Steine. Plötzlich schwebte Fay über ihrem Körper. Sie sah, wie unzählige kleine Wesen begannen, ihren Körper Stück für Stück zu zerteilen. Manche erinnerten sie an Zwerge, andere sahen wie übergroße Käfer aus. Fay beobachtete, wie sie ihrem Körper die Organe entnahmen und sie an Udo weiterreichten, der jedes für sich in eine Schüssel mit klarer Flüssigkeit legte. Ihre Körperteile legten sie zu den heißen Steinen. Dort verglühten sie, bis nur noch Knochen übrig waren. Dann wurden ihre Knochen zerkleinert, um anschließend zu einem feinen Mehl zermahlen zu werden. Es war faszinierend und erschreckend zugleich. Doch Fay spürte während der ganzen Zeit keine Schmerzen. Sie verharrte in einem Gefühl der Neugierde und des Erstaunens. Udo schien ihre Organe zu reinigen. Immer wieder hob er sie hoch, drehte und wendete sie in den Schüsseln, bis jedes einzelne von ihnen in einem klaren, kräftigen Licht leuchtete. Das Knochenmehl landete in einem großen Kessel, der über den Steinen in der Luft zu hängen schien. Udo nahm eine der Schüsseln, in der keines der Organe lag, und schüttete die sich darin befindende Flüssigkeit zu dem Knochenmehl. Mit einem großen, hölzernen Kochlöffel rührte er eine Weile darin herum. Dann benutzte er eine Schöpfkelle, um einen Teil des Kesselinhaltes auf Fays Decke zu gießen. Sie konnte beobachten, wie sich daraus ein Schädel formte. Nach und nach goss Udo auf diese Weise ein ganzes Skelett auf die Decke. Als alle Knochen, schneeweiß und leuchtend, bereitlagen, begannen die kleinen Wesen, mit ihren Händen in gleichmäßigen Wischbewegungen darüberzufahren. Es war, als würden sie Fays Körper zurück auf ihre Knochen weben. Während sie das taten, legte Udo die gereinigten Organe wieder an ihren Platz im Körper zurück. Als Letztes setzte er ihre Augen ein. Ihr gesamter neuer Körper, ihr Tempel für dieses Leben, lag nun vollständig unter ihr. Wahitikos Melodie und Rhythmus änderten sich. Fay spürte, wie sie zurück in ihren Körper gesogen wurde.

Sie war gerade erst ganz in ihr Körperkleid hineingeschlüpft, als Edward, Lana, Sarah und Funny neben ihr erschienen. »Jetzt hast du für uns in dieser Größe Platz in dir«, hörte sie die vier gemeinsam rufen.

Im nächsten Augenblick fühlte sie, wie ihre Seelenteile ein weiteres Mal mit ihr verschmolzen, sich in ihr ausdehnten. Fay fühlte sich größer als je zuvor, riesig, irgendwie grenzenlos, obwohl sie doch wieder in ihrem Körper war. Die Lähmung schien nachzulassen. Fay bewegte ihren Kopf. Sie konnte ihre Finger und Zehen wieder spüren. Langsam setzt sie sich auf.

Wahitiko beendete seinen Gesang, die Trommelklänge verebbten. Er schaute Fay liebevoll an. »Willkommen in deinem neuen Leben, Fay, Tochter des Schicksals, Friederike, die Friedensbringerin. Wenn du bereit bist, komm zu mir ans Feuer.« Er schlüpfte durch die Tür hinaus, Udo folgte ihm.

Fay blieb noch für eine kurze Zeit sitzen. Wow, das war ja heftig, hat aber überhaupt nicht wehgetan, dachte sie. Ich kann alle vier Seelenteile in mir spüren, viel näher und stärker als zuvor, stellte sie erfreut fest. Fay schaute an ihrem Körper hinab. Er war wunderschön und leuchtete kräftiger und klarer als je zuvor.

Fay krabbelte auf allen vieren zum Ausgang, schlüpfte hinaus und stand auf der Lichtung. Über sich sah sie den unendlichen Sternenhimmel. Eine leichte Prise umschmeichelte ihren nackten Körper, und sie fühlte, wie sich jedes einzelne ihrer Härchen im Wind bewegte. Es war das intensivste Körpergefühl, das sie je gehabt hatte. Es war um Welten besser als das, was sie gespürt hatte, als sie das Gras geraucht hatte. Sie atmete tief ein. Ja, sie konnte das neue Leben, das sie durchströmte, spüren. Als sie erneut an sich hinabblickte, hatte sie wieder ein Kleid an. Es war tiefrot und fühlt sich zart und weich an. Erstaunt blickte sie auf.

Diana flatterte zu ihr herüber. »Fay, du bist nun keine Jungfrau mehr, die auf ihren Ritter wartet. Die rote, fruchtbare Frau, die feurige Liebhaberin, die gebärende und nährende Kraft, kann jetzt in dein Leben kommen. Ich freue mich darauf!«

Edith nickte eifrig. »Ich freue mich auch. Es wird Spaß machen, viele neue Erfahrungen zu sammeln.«

Wahitiko schaute Fay gutmütig an. »Du bist sehr tapfer gewesen. Die Wirkung dessen, was du heute erlebt hast, wird sich in nächster Zeit voll und ganz in dir entfalten. Die Leuchtkraft, die dir nun innewohnt, wird dich selbst und auch deine Außenwelt schrittweise verändern. Du bist nun bereit, mit Sulis den Weg deiner Ahnen zu erforschen. Wir sehen uns wieder, wenn die Zeit reif ist.« Damit verschwand er wie schon bei ihrem letzten Besuch, und sie fand sich auf ihrer Lichtung vor der Hütte wieder. Keiner ihrer Verbündeten war zu sehen. Fay spürte, dass es für heute genug war.

»Danke, ich danke euch für alles«, rief sie voller Kraft und Freude, und es war, als würde ihr ein wunderschönes Echo antworten. Hoch am Himmel kreiste ein großer Vogel. Sie hörte seinen Schrei.

Fay nahm die Trommelschläge von Hans wieder wahr. Sie roch den würzigen Duft seiner Räuchermischung und spürte ihren Körper auf der Decke in der alltäglichen Welt liegen. Vorsichtig öffnete sie die Augen und hob eine Hand, um Hans zu zeigen, dass sie ihre Reise beendet hatte. Nach sieben weiteren Schlägen verklang die Trommel. Sie setzte sich auf und sah, das die anderen drei aufrecht auf ihren Plätzen saßen. Ups, dachte Fay, bin ich die Letzte?

Hans lächelte sie an. »Ich dachte schon, du kommst heute gar nicht mehr zurück. Wie ich sehe, hat dich Skulan, mein Falke, gefunden. Ist alles gut bei dir?«

Fay erinnerte sich an Skulan, den Begleiter von Hans. Dann war er es wohl gewesen, den sie in der Anderswelt am Himmel hatte kreisen sehen.

Fay seufzte zufrieden. »Ja, es ist alles gut bei mir. Ich bin ganz neu, wurde resetet.«

Hans lachte. »Na, dann herzlich willkommen, frisch resetete Fay! Es ist schon recht spät geworden, hat jemand von euch noch Fragen an mich?«, fragte er in die Runde. Alle vier schüttelten den Kopf. »Dann lasst uns für heute Schluss machen. Schreibt auf, was auf eurer Reise passiert ist. Wie ihr wisst, gibt es immer wieder Erlebnisse in der Anderswelt, die sich erst später klären. Wir sehen uns nächsten Montag wieder.«

Alle standen gemeinsam auf, räumten ihre Sachen zusammen und gingen nach vorne. Die Uhr über der Theke zeigte tatsächlich schon halb elf an. Fay verabschiedete sich von ihren Freunden.

Ihr Herz war voller Dankbarkeit. Sie bemerkte, dass ihr Erlebnis wie ein goldener Schatz in ihrer Mitte ruhte. Sie war froh, dass Hans heute keinen Redekreis mehr gemacht hatte. Sie wollte ihr Abenteuer noch nicht mit jemandem teilen. Es fühlte sich an, als würde es an Kraft verlieren, wenn sie darüber sprechen würde.

Zu Hause angekommen bemerkte sie, wie müde sie war. Fay ließ ihre Kleidung auf den Boden fallen, legte sich ins Bett und schlief beinahe im selben Augenblick ein. Es war ein erholsamer, tiefer und heilsamer Schlaf.

Unverhofft

An diesem Dienstag wurde Fay wieder einmal von ihrem Telefon geweckt. Es störte sie kein bisschen. Im Gegenteil, sie spürte eine freudige Neugierde, welche Überraschungen der neue Tag bringen würde. Voller Elan stand sie auf. »Ich segne diesen neuen Tag und denjenigen, der mich gerade anruft. Wie schön, dass jemand an mich denkt.«

Flugs war sie im Gang und nahm den Hörer ab. »Einen wunderschönen guten Tag wünsche ich, hier spricht Heylrich, Friederike Heylrich.« Huch, ich habe mich gerade als Friederike vorgestellt! Warum das denn? Fay war erstaunt, den ungeliebten Namen verwendet zu haben. Gleichzeitig fühlte es sich richtig an. Schräg, dachte sie.

Am anderen Ende der Leitung hörte sie eine Frauenstimme: »Hallo, Friederike, hier ist Nana aus dem ›Regenbogentempel‹.«

»Oh, hallo.« Fay war überrascht. Heute war erst Dienstag, und sie hatten ausgemacht, dass sich Nana Freitag bei ihr melden würde.

»Warum ich anrufe: Friederike, könntest du heute kurzfristig vorbeikommen und mir helfen? Eine der Bewerberinnen, die heute ihren Probetag gehabt hätte, hat mir abgesagt, und ich habe eine relativ große Lieferung erhalten, die ich einräumen sollte. Alleine schaffe ich das nicht, und da bist du mir eingefallen.«

Fays Herz machte einen Freudensprung. Sie spürte, wie Wärme in ihr hochstieg. »Ja, klar. Ich komme gerne!«, beeilte sie sich zu sagen. »Wann soll ich da sein?«

»Es ist jetzt halb neun. Kannst du bis zehn Uhr hier bei mir im Laden sein?«, fragte Nana.

»Das schaffe ich.« Fay erfasste eine heitere Geschäftigkeit.

»Dann bis gleich, meine Liebe. Ich freue mich«, kam es vom anderen Ende der Leitung.

»Ich freue mich auch«, sagte Fay und legte auf. »Jaaa, jaaa, yippiiie!«, feierte sie enthusiastisch. Sie würde heute ihr Bestes geben. Nana sollte sehen, dass sie genau die Richtige für ihr Geschäft war. Ich segne diese Unbekannte, die heute ihren Termin abgesagt hat, und wünsche ihr das Allerbeste für ihr Leben, dachte Fay, als sie in der Küche frischen Kaffee aufbrühte.

Wo war eigentlich Pfötchen? Fay hatte gestern Nacht, als sie nach Hause gekommen war, nicht mehr nach ihm geschaut. Fay schlenderte durchs Wohnzimmer, öffnete die Terrassentür und ging hinaus. Da lag er, eingerollt auf dem Sessel und in das Kissen gekuschelt.

»Er hat bei uns übernachtet«, hörte Fay eine Frauenstimme. »Hugo hatte Fleisch für ihn. Davon hat er immer ein bisschen für deinen Kater da.« Da saß Maya und lächelte sie an.

Fay spürte, wie sie unsicher wurde. Scham stieg in ihr hoch, und ihr schlechtes Gewissen meldete sich. »Danke, und danke auch für den Brief.« Bei diesen Worten schaute Fay verlegen zu Boden.

»Das habe ich wirklich gerne gemacht. Ich sehe doch, wie ihr, du und Marcel, leidet. Fay, wir beiden sollten reden«, sagte Maya mit leiser, sanfter Stimme.

»Ja, ich weiß. Nur jetzt gerade muss ich arbeiten gehen. Ich kann heute in einem Laden aushelfen, in dem ich gerne fest angestellt wäre. Können wir uns morgen treffen, um die Zeit wie jetzt? Dann trinken wir eine Tasse Kaffee zusammen.«

Maya schaute Fay prüfend an. »Gut, dann bis morgen zum Frühstückskaffee. Das passt mir auch besser. Ich werde jetzt gleich mit Hugo eine erste Fuhre seiner Sachen in die Seniorenresidenz hinüber fahren.« Die beiden Frauen verabschiedeten sich voneinander. Fay trank den letzten

Schluck ihres Kaffees, schnappte sich ihre Sachen und machte sich auf den Weg in den »Regenbogentempel«.

Fünf Minuten vor der ausgemachten Zeit kam sie dort an. Die Tür stand offen, und ein junger Mann trug gerade mehrere große Kartons in den Laden. Was da wohl drinnen ist?, überlegte Fay neugierig. Bilder von unglaublichen Schätzen zogen an ihrem inneren Auge vorbei. Hier wollte sie arbeiten. Freude erfasste sie, Lebensfreude.

Sie ging hinein, Nana stand an der Kasse und unterschrieb die Lieferscheine. Mit einem kurzen Blick begrüßte sie Fay, die strahlend vor ihr stand.

Strahle ich etwa zu viel? Sie hat mich ja kaum angesehen. Fays Mitte verschob sich ein klein wenig nach oben. Nana unterhielt sich mit dem Lieferanten. Sie gab ihm die unterschriebenen Papiere zurück. Der Bote riss ihr die Durchschläge ab, legte sie neben die Kasse und verabschiedete sich. Nachdem Nana die Unterlagen in einer Schublade verstaut hatte, kam sie auf Fay zu. Jetzt war sie mit ihrer Aufmerksamkeit ganz bei ihr.

»Hallo, Friederike. Vielen Dank, dass du so kurzfristig gekommen bist. Wie du siehst, sind es einige Kartons zum Auspacken. Sie enthalten vor allem schwere Sachen, die ich alleine vermutlich nicht heben kann. Mit einem Teil der Ware wollte ich das Schaufenster heute neu dekorieren.« Während sie das sagte, war Nana bei Fay angekommen, hatte diese in den Arm genommen und sie auf beide Wangen geküsst. Ihre Umarmung war warm und weich. Sie duftete angenehm nach Blumen, nur ganz leicht, in keiner Weise aufdringlich. Fay konnte spüren, dass diese Umarmung ehrliche Dankbarkeit ausdrückte. Jetzt fühlte sie sich willkommen, auch wenn es ein wenig seltsam war, mit »Friederike« angesprochen zu werden.

Sie drückte Nana zurück. »Dann lass uns anfangen. Was soll ich tun?«

Nana wies Fay an, die Kartons zu öffnen, damit sie einen Überblick bekam, was ihr alles geschickt worden war.

»Du weißt nicht, was da drin ist?« Fay war verwundert.

»Nein.« Nana lachte. »Ich weiß, das ist ungewöhnlich, aber es ist so. Ich habe seit vielen Jahren einen Freund. Er ist so etwas wie ein moderner Nomade. Seit ich ihn kenne, bereist er die unterschiedlichsten Länder. Er hat ein Händchen für schöne und interessante Dinge. Die kauft er dann in diesen Ländern und verkauft sie zum Beispiel an mich weiter. Von diesem Gewinn finanziert er seine Reisen. Irgendwann, als ich den ›Regenbogentempel‹ plante, kamen wir auf die Idee mit den Überraschungspaketen. Er informiert mich, wenn er eine Lieferung für mich hat und wie viel mich diese kosten würde. Wenn ich Ja sage, schickt er sie ab, und ich bekomme von ihm den Liefertermin zugesendet. Für mich ist es immer ein bisschen wie Weihnachten, wenn seine Pakete ankommen.« Nana schmunzelte.

Fay musste grinsen. Wie genial ist das denn? Die Frau hat ja spannende, freakige Freunde, dachte sie. Inzwischen waren alle Kartons aufgeschnitten.

»In irgendeinem Karton muss ein Brief liegen.« Nana durchsuchte einen nach dem anderen. »Ah, hier hat er ihn an die Innenseite geklebt.« Sie zog ein Kuvert von einem der Kartons ab und öffnete den Umschlag. Während sie den Brief las, entfernte Fay schon einmal die obere Schicht Verpackungsmaterial aus den Kartons.

Nana lachte laut auf. »Also gut, uns erwarten Nepal, Australien und Afrika. Er ist diesmal weit gereist, wie es aussieht. Irgendwann werde ich sein Lager in Spanien besuchen.«

In den kommenden Stunden waren die beiden Frauen voll beschäftigt. Während Fay einen Karton nach dem anderen auspackte, begann Nana, das Schaufenster auszuräumen. Zwischenzeitlich kamen ein paar Leute, die etwas kaufen wollten. Die Kartons bargen große, schwere

Messingfiguren und unterschiedlich große Gongs aus Nepal, Holzstatuen und verschiedene Trommeln aus Afrika und Didgeridoos aus Australien. Neben diese großen Dinge waren überall kleinere Sachen als Platzfüller gepackt worden.

Irgendwann stellte sich Nana neben Fay. »Du bist gut organisiert, sehe ich.« Fay hatte beim Auspacken das Verpackungsmaterial gleich mitsortiert. So gab es jetzt, säuberlich getrennt, einen Plastik- und einen Papierhaufen, daneben lagen ein paar Drähte, mit denen manches zerbrechliche Teil in seinem Karton fixiert worden war. »Ich möchte dich etwas fragen. Antworte mir nur, wenn es für dich passt.«

»Ja, okay.« Fay nickte.

»Du hast dich bei mir als Fay vorgestellt, heute am Telefon hast du dich aber mit Friederike gemeldet. Warum?«, wollte Nana von ihr wissen.

Fay überlegte. Sie war sich nicht sicher, warum sie sich als Friederike gemeldet hatte. Sie spürte in sich hinein und antwortete dann: »Ich weiß es nicht genau, aber ich denke, es hat damit zu tun, dass ich gestern auf einer Reise von meinen Verbündeten neu zusammengebaut wurde.«

Nana sah sie amüsiert an. »Oh, du wurdest zerstückelt?« Offensichtlich kannte Nana sich damit aus.

»Ja«, sagte Fay, »so haben sie es genannt.«

»Weißt du, ich habe nachgelesen, was deine Namen bedeuten. Fay, wie du dich selbst nennst, bezieht sich auf das lateinische Wort ›fatum‹ und bedeutet ›Schicksal‹.«

Fay, das Schicksal, hat mich Wahitiko auch genannt, ging es Fay durch den Kopf.

»Es braucht schon Hingabe an das Leben und Vertrauen in das Sein, diesen Namen zu leben. Doch ›Friederike‹ hilft dir dabei. Dieser Name setzt sich aus zwei Teilen zusammen, beide stammen aus dem Althochdeutschen. ›Fridu‹ ist der erste Teil und bedeutet ›Frieden‹, ›Sicherheit‹ und ›Schutz‹.

›Rihhi‹ ist der zweite Teil, und seine Bedeutung ist ›reich‹, ›mächtig‹ und ›herrschend‹. Daraus ergibt sich für den Namen Friederike die Übersetzung ›Friedensbringerin‹, ›Friedensfürstin‹ oder auch ›Friedensreiche‹.

Fay hielt den Atem an. Wahitiko hatte es gewusst!

»Natürlich hat er es gewusst«, hörte sie Ediths Stimmchen. »Bald haben wir zwei, du und ich, alle Teile wieder zusammen, alles wird dann einen Sinn ergeben. Zumindest ein bisschen mehr Sinn, bis die nächste Aufgabe kommt.«

Ja, ich weiß, dachte Fay schmunzelnd, es hört nie auf. Dieser Gedanke fühlte sich gut an, erfrischend, er machte Mut. Selbst wenn sie immer mal wieder Zweifel haben oder traurig sein würde, sie wusste, es gab immer jemanden, der sie begleitete. Es lag an ihr, den Kontakt mit ihrer Seelenessenz und ihren Verbündeten in der Anderswelt, die ihr so vieles aufzeigten, aufrechtzuerhalten.

»Fay, hast du mich gehört?«, schlich sich Nanas Stimme in ihre Gedanken.

»Entschuldige, ich habe gerade meinen Erinnerungen an eine schamanische Reise, die ich gemacht habe, nachgehangen. Einer meiner Lehrer hat mich immer mit Fay, das Schicksal, Friederike, die Friedensbringerin, begrüßt. Jetzt habe ich es verstanden. Wenn ich beide Namen zusammennehme, ist es mein Schicksal, Frieden zu bringen. Das ist ein großer Auftrag ...« Fay konnte spüren, wie sich ihre Mitte zusammenzog. Sie fröstelte und fühlte sich für einen Moment ziemlich überfordert.

Nana bemerkte es und nahm sie in den Arm. »Keine Suppe wird so heiß gegessen, wie sie gekocht wird, Fay, Friederike. Was ist dir eigentlich lieber?«

»Fay, nein, Friederike. Sollte ich mich daran gewöhnen? Friederike klingt so hart, Fay ist viel weicher.« Sie hatte sich wieder gefangen und sich aus Nanas Umarmung gelöst. Fay schaute die Frau vor sich an. Sie war so, wie man sich eine Großmutter vorstellte. Ein wenig rundlich, mit

Lachfältchen um die Augen und Mundwinkel herum. Kuschelig und warm fühlte sie sich an.

»Weißt du, es ist so, dass unser Taufname der Name ist, den unsere Seele mitgebracht hat. Dieser Name hat eine Schwingung, eine Qualität, die uns Kraft für unseren Lebensweg gibt. Wir geben uns auch selbst Namen wie Fay oder Nana, weil wir sie in uns spüren oder von unseren Verbündeten geschenkt bekommen. Auch diese Namen haben eine Kraft, die uns bei dem, was wir tun, unterstützen. Mein Taufname ist Barbara, das bedeutet ›die Fremde‹. Nana ist eine Großmutter. Zusammen bin ich also ›die fremde Großmutter‹, und ich habe viele Findelkinder, das kannst du mir glauben.« Nana zwinkerte Fay lachend zu. »Sieh es einfach mal so: Du sollst Frieden in die Welt bringen. Das ist doch eine wunderschöne Aufgabe für ein Menschenleben.«

»Da hast du recht, das ist wirklich eine schöne Aufgabe, aber eine schwierige«, stimmte Fay zaghaft zu.

»Welches Leben ist schon ohne Prüfungen, Fay? Keines. Besser, du erlebst sie bewusst und lernst aus ihnen, als dass du vor ihnen davonläufst und dein Körper, dein Geist und deine Seele krank werden.«

Die Tür schwang auf und eine neue Kundin betrat den Laden.

Nana schaute Fay an. »Ich sage vorläufig Fay zu dir, bis du dich mit Friederike angefreundet hast. Hier kommt Stammkundschaft, das kann länger dauern. Machst du bitte das Schaufenster fertig? Ich lasse dir freie Hand.« Nana wandte sich der Frau zu und begrüße sie herzlich. Gemeinsam gingen sie nach hinten zu den Sitzplätzen.

Das Schaufenster fertig machen … Fay hatte noch nie ein Schaufenster dekoriert. Na dann, auf zu neuen Ufern! Ein Neuanfang ist immer ein Abenteuer. Also dekoriere ich jetzt dieses Schaufenster, dachte Fay voller Eifer und machte sich ans Werk. Sie war so in ihre Arbeit vertieft, dass sie die Zeit und alles um sich herum vergaß. Als sie fertig war, betrachtete sie zufrieden ihr Werk.

Sie hatte die neuen Waren thematisch geordnet im Schaufenster platziert: Afrika, Australien und Nepal. Dazu hatte sie jeweils ein bis drei Bücher gestellt. Es war ein harmonisches Bild, das das Angebot im Laden widerspiegelte, ohne überladen zu wirken. Sie war vollauf mit sich zufrieden.

Inzwischen waren noch zwei weitere Kundinnen gekommen, die Fay nach hinten zu Nana geschickt hatte. Die restlichen Sachen, die noch übrig waren, verteilte sie so in den Regalen, wie sie es als stimmig empfand. Als sie fertig war, ging sie zu den vier Frauen in der Sitzecke. Nana schaute sie freundlich an und unterbrach das Gespräch, das sie gerade führte.

»Ich bin mit dem Schaufenster fertig, und die restlichen Waren haben ich auch eingeräumt. Ich hoffe, es passt so, wie ich es gemacht habe«, sagte sie mit fester Stimme.

»Du hast alles alleine fertig gemacht? Hab ich mich so mit den Damen verplaudert?« Nana stand auf und ging mit Fay nach vorne. Sie schaute sich das Schaufenster eine Zeit lang schweigend an. Dann wandte sie sich mit strahlendem Gesicht Fay zu. »Das hast du wunderschön gemacht. Ich hätte es nicht besser gekonnt. Ich danke dir von ganzem Herzen.«

Fay spürte Freude und auch Stolz in sich aufwallen. Das Lob von Nana war ehrlich und aufrichtig gemeint. Es tut so gut, gesehen und geschätzt zu werden, dachte sich Fay.

»Wie spät ist es eigentlich?« Nana ging zu ihrer Kassentheke und schaute auf die digitale Registrierkasse. »Das ist meine einzige Uhr im Laden. Es ist jetzt fast vier Uhr. Du warst also sechs Stunden hier. Passt es, wenn ich dir 15 Euro für die Stunde gebe?«, wollte sie wissen.

»Oh, nein. Du musst mir nichts geben. Das habe ich gerne gemacht«, wehrte Fay schnell ab.

»Kommt überhaupt nicht infrage. Du hast heute sechs Stunden deiner Lebenszeit in meinen Laden investiert. Das soll und muss entlohnt werden. Wenn du das Geld nicht willst, kannst du dir etwas aussuchen, was dir gefällt«, beharrte Nana.

»Wenn ich mir wirklich etwas aussuchen darf, dann wünsche ich mir, hier bei dir zu arbeiten.« Das kam direkt aus Fays Herzen, das sich ganz weit ausdehnte und Wärme in ihren Körper verströmte.

Nana schaute in Fays zweifarbige Augen. Sie ist wirklich ein besonderes Mädchen, dachte sich die ältere Frau, ich kann mir gut vorstellen, mit ihr zusammenzuarbeiten. Auf Nanas Gesicht zeigten sich Zuneigung und Freude.

»Ja, Fay. Das kannst du dir auch aussuchen. Ich denke, ich kann mich glücklich schätzen, dass du zu mir gefunden hast. Du kannst Montag bei mir anfangen. Der Bewerberin, die noch auf der Liste für einen Probetag steht, sage ich heute noch ab.« Sie hielt Fay ihre Hand hin, und Fay ergriff diese. Nanas Händedruck war warm und fest, vertrauensvoll und sicher. Die beiden Frauen nickten sich zu, damit war die Vereinbarung getroffen. Alles andere würden sie am Montag besprechen.

»Wenn du möchtest, kannst du noch hierbleiben. Ansonsten sehen wir uns ja sowieso in drei Stunden zu unserem Frauenritual an der Quelle im Park wieder. Ich muss zurück zu den drei Damen. Wir besprechen gerade, ob Abendvorträge hier im ›Regenbogentempel‹ gut ankommen würden.«

Genau, das Ritual ist ja heute auch noch, erinnerte sich Fay. »Ich werde noch mal nach Hause gehen und duschen, etwas zu essen, wäre sicher auch kein Fehler. Wir sehen uns später im Park. Um fünf fängt es an, richtig?«

»Ja, um fünf Uhr treffen wir uns. Wir haben Glück, das Wetter ist herrlich. Bis später dann, Fay.« Mit diesen Worten ging Nana wieder nach hinten zur Sitzecke.

Fay nahm ihre Sachen und schaute sich noch einmal überglücklich in ihrem zukünftigen Arbeitsreich um. Sie hatte den Mut gehabt zu sagen, was sie wollte, und Nana war auf ihren Wunsch eingegangen. Fay ging zur Tür hinaus und hüpfte pfeifend den Gehsteig entlang. Es war ihr völlig egal, dass die anderen Leute sie irritiert ansahen. Sie fühlte sich wie Pippi Langstrumpf, die ihr Motto »Ich mache mir die Welt, widewidewie sie mir gefällt« lebte. Wie weise dieses freche Mädchen doch war, dachte Fay bei sich.

Fay ging nicht duschen, sondern nahm ein Bad. Das hatte sie sich einerseits verdient, und außerdem empfand sie es als eine angemessene Vorbereitung für das Frauenritual. Nach dem Bad ging sie nackt ins Wohnzimmer und stellte sich vor den Spiegel. Während sie mit dem Handtuch ihre Haare rubbelte, betrachtete sie sich darin. Sie sah eine richtig schöne Frau. Fay entzündete die Kerze auf ihrem Altar und ging ins Schlafzimmer, um passende Kleidung für den Abend rauszusuchen. Sie wählte einen dunkelroten Rock und ein weißes Shirt mit Stickereien. Die Haare ließ sie offen auf die Schultern fallen. Ihre Augen leuchteten vor Lebensfreude. Als sie fertig war, machte sie sich auf den Weg zur Quelle von Sulis und Maria Magdalena. Einer inneren Eingebung folgend nahm sie ihre Reisedecke mit.

Das Ritual

Es war das erste Mal, dass Fay vom Hauptweg aus auf die kleine Kapelle zuging. Welch ein zauberhafter Anblick, dachte sie. Das Gebäude strahlte im warmen, orangeroten Licht der Abendsonne. Sie freute sich auf Nana. Wenn der Abend nur halb so spannend werden würde wie der Nachmittag zuvor, dann wartete ein bereicherndes Erlebnis auf sie. Fay lächelte. Noch vor ein paar Wochen hätte sie wohl lieber eine Reise in die Einsamkeit des Nordpols gewählt, als mit lauter fremden Frauen mitten im Stadtpark ein Ritual abzuhalten. Sie fühlte sich mutig und voller Lebensfreude.

Einem Impuls folgend ging sie zum Weihwasserschälchen, mit dessen Inhalt sich Ulrich bei ihrer Begegnung im Park bekreuzigt hatte. Sie griff mit beiden Händen hinein. Maria Magdalena, bitte segne mich als eine Tochter des Friedens, dachte sie, als sie ihr Gesicht wusch. Sie bekreuzigte sich nicht. Nach ihrer kurzen Waschung empfand sie Dankbarkeit und Ruhe, was sehr angenehm war.

Als sie den Trampelpfad hinter der Kapelle betrat, konnte sie mehrere Frauenstimmen hören. Etwas mulmig war ihr nun schon zumute. Langsam und auf jeden Schritt bedacht ging sie auf die Lichtung mit der Quelle zu. Als Erstes erblickte sie Fackeln, die einen Kreis bildeten. Dann sah sie eine Gruppe Frauen zusammenstehen und miteinander reden. Das Wasserbecken war mit Blumen geschmückt, Schwimmkerzen trieben auf der Oberfläche. In einer Schale duftete ein aromatisch-süßliches Räucherwerk. Um das Becken herum waren Decken und Kissen platziert worden. Alles zusammen verlieh dem Platz etwas Andersweltliches. Fay erkannte die Schwingung, die hier wirkte. Es war wie bei Hans im Seminarraum oder auch bei ihr zu Hause, wenn sie ihren Altar bewusst aktivierte. Bei ihr war die Schwingung noch nicht so klar, aber dennoch spürbar. Es war das Gefühl von Heimkehr, nach Hause kommen.

Fay stand noch immer am Rand der Lichtung, als sie hinter sich Stimmen hörte. Da kommt noch jemand, dachte sie. Vielleicht ist es ja Nana mit dem Gast. Unter den anderen Frauen hatte sie sie nicht entdecken können. Fay behielt mit ihrer Vermutung recht. Nana kam auf dem Trampelpfad auf die Lichtung zu, und neben ihr ging Maya.

Fay atmete tief durch. Wie es scheint, ist mir echt keine Pause vergönnt. Maya wird also das Ritual vollziehen, dachte Fay und fühlte sich dabei hin und her gerissen. Sie hatte sich mit Maya noch nicht ausgesprochen. Es fühlte sich für sie eigenartig an, dieser Frau vertrauen zu sollen, weil sie nach wie vor unsicher war, welche Rolle diese in ihrem Leben spielte.

Nana entdeckte Fay am Rand der Lichtung. Auf dem Gesicht ihrer zukünftigen Chefin breitete sich ein freudiges Lächeln aus. Fays Lächeln dagegen war eher zaghaft. So fühlte es sich jedenfalls an.

Nana kam auf sie zu. »Schau, Maya! Das ist Fay, meine neue Mitarbeiterin. Heute ist die Entscheidung gefallen. Ich hab dir ja erzählt, dass sie mir fast den ganzen Tag mit den neuen Waren geholfen hat.«

»Hallo, Fay, ich hätte nicht gedacht, dass wir uns heute noch sehen. Ich wusste nicht, dass du Nana kennst. Es freut mich, dass du an meinem Abend teilnimmst.« Maya hielt ihr die Hand hin. Fay war froh, dass Maya zuerst gesprochen hatte, und ergriff die ihr angebotene Hand.

»Hallo, Maya. Ich wusste nicht, dass du das Ritual heute abhalten würdest. Nana hat mich eingeladen. Sie meinte, es würde mir sicher guttun.«

Maya warf einen liebevollen Blick auf Nana. »Ja, Nana ist wie eine große Urmutter. In ihrem Schoß hat alles

Platz. Sie hat mir vor vielen Jahren sehr geholfen, als ich anfing, meine Geschichte zu heilen. Damals war ich erst 16 Jahre alt. So lange kenne ich dich schon, Nana, meine Wahlgroßmutter!« Maya schaute Nana erstaunt an.

»Ja, Kleines. Es ist lange her, und jetzt bist du selbst eine Lehrerin. Wie sich die Kreise doch immer wieder schließen, um neue zu öffnen. Ihr beiden kennt euch also?«, wollte Nana wissen.

Fay und Maya sahen sich an. Beide mussten grinsen und antworteten im Chor: »Wir sind Nachbarinnen.« Die drei Frauen lachten herzlich, das Eis war gebrochen. Gemeinsam gingen sie zu den restlichen Frauen. Nana stellte Fay und Maya den anderen vor, und als das allgemeine Umarmen beendet war, suchte sich jeder einen Platz auf einer der Decken. Fay setzte sich auf ihre eigene.

Maya eröffnete den Abend, indem sie die Räucherschale neu befüllte. Sie wählte ein kräftiges, würziges Räucherwerk, das offensichtlich wie der Salbei, den Fay schon kannte, klärend wirkte. Als die Schale zu Fay gereicht wurde, strich sie den Rauch mit dem dazu gereichten Fächer über ihren Körper. Es war ein Blumenfächer mit Schmetterlingen, die ganz zart und fein auf einen dünnen, durchschimmernden Stoff gemalt worden waren. Es fühlte sich stimmig an, für ein Frauenritual diesen Fächer anstelle einer Feder zu verwenden. Als die Räucherschale wieder Maya erreichte, stellte sie diese an ihren Platz zurück und schaute in die Runde.

»Ich bin Maya Nagdila aus Somalia und erzähle euch heute meine Geschichte und den Weg der Heilung, den ich für mich gefunden habe. Im Anschluss daran werde ich ein Ritual anleiten, bei dem jede Einzelne von euch beginnen kann, ihre eigene Weiblichkeit zu heilen.«

Maya erzählte ihre Geschichte von der Beschneidung, dem Überfall auf ihr Elternhaus, dem Weg in die Missionsstation, die Operation und noch vieles mehr. Fay war fassungslos. Doch vor allem war sie über sich selbst und ihre Vorurteile dieser starken Frau gegenüber bestürzt. Fays bisheriges Leben war im Vergleich zu Mayas ein einfacher Spaziergang gewesen. Fay überkamen Wut und eine tiefe Trauer darüber, wozu Menschen, Männer wie Frauen, fähig waren, einander anzutun. Sie verstand nicht, warum sie sich gegenseitig solch unvorstellbare Schmerzen und Traumata zufügten.

»Aus Angst, Fay. Es ist immer die Angst, etwas oder jemanden zu verlieren, die zu Verletzungen führt. Durch sie werden Menschen an Religionen und Gesetze über Eigentum und Macht gebunden. Dabei ist das einzig universell gültige Gesetz die Kraft der Liebe. Sie ist es, die alles in Harmonie bringt. Wer in der Liebe ist, in seinem Selbst ruht, hat keine Angst und muss folglich niemanden verletzen.« Es war Wahitiko, der Fay diese Weisheit zuflüsterte.

Maya war am Ende ihrer Erzählung angelangt und forderte die Frauen nun auf, es sich möglichst bequem zu machen. Das Ritual würde wie eine geführte Reise ablaufen. Am Rand der Lichtung, dort, wo sie bei ihrem ersten Besuch aus dem Wald gekommen war, sah Fay einen Haselnussstrauch. Sie erinnerte sich an die Haselnuss in ihrem Garten in der Anderswelt, an der sich damals, vor einer gefühlten Ewigkeit, Kurt verpuppt hatte, um sich in Diana zu verwandeln. Sie stand auf und ging mit ihrer Decke zu diesem Strauch. Es fühlte sich stimmig an, hier ein bisschen im Abseits zu liegen.

»Fay, erkennst du von dort hinten noch die Quelle? Am Beginn der Reise möchte ich gerne, dass ihr euch auf die Quelle, besonders auf ihren Spalt, auf diese wunderschöne Vagina, konzentriert. Sie wird euch helfen, in die Meditation einzusteigen.«

Fay lächelte. »Ich muss die Quelle nicht sehen, Maya. Ich bin schon mit ihr gereist. Ich sehe sie ganz klar vor mir, auch mit geschlossenen Augen.«

Maya nickte und wandte sich wieder den anderen Frauen zu. Als alle ihre Position für die Meditation gefunden hatten, begann Maya, mit klarer und kräftiger Stimme zu sprechen: »Seht die Quelle, wie sie sich aus dem Schoß von Mutter Erde ergießt, wie ihr Lebenswasser in die Welt fließt und alles Leben hier in unserer Welt nährt. Lasst euch von der Göttin in euch führen. Betrachtet den Spalt im Stein. Wie eine wunderschöne Vulva entfaltet sich die Göttin an dieser Quelle.«

Fay sah die Quelle mit ihrem Spalt ganz klar vor ihrem inneren Auge, fast konnte sie das kühle Wasser riechen.

»Nun schließt eure Augen, und haltet das Bild der erblühenden weiblichen Rose im Schoß einer jeden Frau. Der Stein färbt sich rosa, er wird rund und bekommt einen Körper, deinen Körper. Es ist nun deine Vagina, die du siehst. Sie ist wunderschön.«

Obwohl Fay der Gedanke erst ziemlich unangenehm war, ihre eigene Vagina anzusehen, verwandelte sich der Stein vor ihrem inneren Auge in ihren Körper, der nackt auf dem Rücken lag und die Beine gespreizt hatte. Sie selbst stand ziemlich klein vor ihrem Schoß und blickte auf ihre Scheide. Sie sah etwas Rosarotes, das zur Mitte hin dunkler wurde. Es sah tatsächlich wie eine Blume aus, wie eine Knospe. Es war ein ziemlich eigenartiges Gefühl. Fast hätte Fay ihre Mitte verloren. Ganz kurz verschwamm ihre Wahrnehmung.

Mayas Stimme holte sie zu ihrem Bild zurück. »Wenn du nun deine wunderbare, weiche Vagina deutlich vor dir siehst, öffne den Spalt, und mache dich auf den Weg durch den Gebärmutterhals hinauf zu dem Tempelraum deiner inneren Göttin, auf den Weg zu deiner Gebärmutter. Direkt am Eingang wartet eine Begleiterin auf dich. Schau dich um. Sie wird dir bei der Heilung deines weiblichen Herzens in deinem Gebärmuttertempel helfen.«

Für einen Moment war Fay schockiert. Sie sollte in ihre Vagina hineinsteigen?

»Mach es einfach«, hörte sie Dianas Stimme. »Du begibst dich in dein innerstes Heiligtum. In den Raum, in dem Leben entsteht. Leben auf allen Ebenen, nicht nur Menschenkinder. Deine Gebärmutter liegt ziemlich genau auf der Höhe deiner Mitte. Glaubst du denn, dass das Zufall ist?«

Fay nahm all ihren Mut zusammen, zog mit ihren Händen vorsichtig die Schamlippen auseinander und stieg in ihren Gebärmutterhals. Wie Maya gesagt hatte, wartete direkt nach dem ersten Schritt eine leuchtende Gestalt auf Fay. Es war eines der Wesen, das sie schon am Ahnenfluss und auch bei der Spiegelübung gesehen hatte. Fay schaute genauer hin und erkannte eine Frau. Es war nicht möglich, ihr Alter zu bestimmen. Erst schien sie sehr jung, dann wieder alt und bald darauf wieder ein kleines Mädchen zu sein.

»Hallo, ich bin eine der Marien, eine der vielen Heilerinnen, die in den Welten wirken. Du kennst mich. Ich habe dich schon oft begleitet und durch dich gewirkt. Wenn du dich zu erinnern beginnst, wirst du auch in diesem Leben heilen können«, sprach das weibliche Wesen.

»Wie, du bist eine der Marien? Gibt es mehrere von euch?« Fay war irritiert.

»Ja, es gibt und gab immer viele von uns. Wir sind Heilerinnen. Maria Magdalena, der diese Quelle gewidmet ist, ist eine von uns. Sulis ist noch viel älter. Wir Marien sind die Gesichter der uralten Heilkraft, die durch das Wasser und aus dem Schoß der Frauen in die Welt strömt. Jede Frau, die sich selbst zu heilen beginnt, trägt dazu bei, dass Heilung im Kollektiv geschieht und somit auch die große Mutter Erde heilen kann. Du selbst hast schon als Maria gewirkt und geheilt. Nimm es an, es ist ein Teil von dir, ein Teil deiner Seelenessenz.«

Maria, eine Heilerin?, dachte Fay zweifelnd.

»Jeder Mensch ist ein Heiler. Wenn er oder sie nur sich selbst heilt, ist schon viel geschehen. Jede Heilung wirkt sich auf das große Ganze aus. Niemand wird von dir verlangen, dass du andere Menschen heilst. Es genügt völlig, bei dir selbst zu wirken. Was dann kommt, wird die Zeit dir zeigen.« Dieses Wesen konnte offensichtlich ihre Gedanken lesen.

Mayas Stimme führte sie auf ihrer Reise weiter: »Wenn du deine Begleiterin für heute gefunden hast, geh nun gemeinsam mit ihr den Weg zum Tempel der weiblichen Kraft. Geh diesen Weg mit allen Sinnen. Wie fühlen sich die Wände an? Welche Farbe haben sie? Ist es in deinem Tunnel warm oder kalt? Ist es hell oder dunkel? Wie fühlst du dich auf deinem Weg?«

»Komm, lass uns gehen«, sagte Maria zu ihr und reichte Fay ihre Hand. Als ihre Hände sich einander näherten, sah Fay einen feinen Faden aus Licht, der von Marias Hand ausgehend zu ihrer führte. Fasziniert schaute sie auf diesen Lichtfaden. Er sah wie der aus, den sie auf ihrer Lichtung in der Anderswelt wahrgenommen hatte, als sie den grauen Fleck allein durch ihre Berührung geheilt hatte und an seiner Stelle wieder saftiges, grünes Gras gewachsen war.

Maria lächelte sie an. »Genau, Fay. Zu diesem Zeitpunkt hast du mich, deine Heilerin, das erste Mal gespürt.« Fays Herz wurde groß und weit, als sie die Hand von Maria ergriff. Eine Welle unendlicher Liebe durchflutete sie. »Diese Liebe ist es, die heilt, Fay. Die Liebe, die frei ist von Bedingungen und Erwartungen. Wenn du in dieser Liebe bist, wirst du immer und überall Frieden und Heilung verbreiten.«

Fay spürte, wie sie von Maria sanft weiter hinein in den Tunnel gezogen wurde, ihren Gebärmutterhals hinauf. Sie konnte ein dunkelrotes, pulsierendes Licht wahrnehmen, das von den Wänden dieses Tunnels ausging. Es war warm und feucht hier drinnen. Die Wände fühlten sich zart und dennoch fest an. An manchen Stellen entdeckte Fay weiße Kügelchen mit einer Art Faden. Sie schienen an den Wänden dieses Tunnels zu hängen. Sie schauen aus wie kleine Kaulquappen, dachte sie sich.

Maria drehte sich zu ihr um. »Es ist gut, dass du sie heute schon siehst. Viele Frauen nehmen diese Energiekörper ihr ganzes Leben lang nicht wahr. Es sind die Energieabdrücke der männlichen Samen ihrer Sexualpartner. Jedes Mal, wenn sich ein Mann und eine Frau vereinigen, hinterlässt das solche Lichtsamen hier. Die kleinen Fäden, die du siehst, verbinden die beiden Menschen miteinander. So können sich die Männer, die einmal mit dir sexuellen Kontakt hatten, über eine lange Zeit von deiner weiblichen Kraft nähren. Erinnere dich daran, was dir dein Lehrer Hans über das Einnorden erzählt hat.«

Fay verstand, was Maria meinte. »Kann ich diese Abdrücke, diese Lichtkörpersamen, wie beim Einnorden neutralisieren?«, wollte sie wissen.

»Wir machen das jetzt gleich gemeinsam.« Mit diesen Worten nahm Maria Fays Hände, und zusammen zogen sie einen der Lichtsamen von der Wand ab. Fay wusste sofort, zu welchem ihrer Exfreunde dieser Samen gehörte.

Ein bitteres Lächeln umspielte ihren Mund. »Wäre er nur nicht so unflätig gewesen.«

»Das ist vorbei, Fay. Hol deine Energie zurück, und verabschiede seine in Liebe. Übergib die Erinnerung, die mit diesem Samen einhergeht, dem Urmeer. Du weißt, wo es ist. Du warst schon dort – am Wasserfall, an der Quelle des Lebens.«

Fay schloss die Augen. Mit Marias Hilfe spürte sie die Liebe für ihren ehemaligen Partner. Viele schöne Erinnerungen stiegen in ihr auf, und sie konnte nun Dankbarkeit fühlen. Als Bilder vom Ende ihrer Beziehung kamen, sah

Fay ihre eigenen Ängste. Sie konnte erkennen, dass sie mit ihrer devoten, zurückhaltenden und ängstlichen Art ihren Teil zum Scheitern beigetragen hatte. Sie war es selbst gewesen, die diese Demütigungen zugelassen hatte, die er und auch die anderen Männer ihr in diesem Leben angetan hatten. Fay konnte verzeihen, erst ihrem Exfreund und dann, was noch viel wichtiger war, sich selbst. Als sie ihre Augen wieder öffnete, war der Lichtsamen aus ihren Händen verschwunden. An der Stelle, an der er zuvor gehangen hatte, war eine winzige Wunde entstanden, aus der ein einzelner dunkelroter Tropfen Blut quoll. Fay betrachtete den kleinen Ritzer, als Maria wiederum ihre Hand nahm und diese über die Stelle führte. Sofort strömte der Lichtfaden wieder aus ihrer Handmitte. Fay konnte beobachten, wie sich die Wunde schloss. Der Blutstropfen verwandelte sich in Licht, das im Rhythmus des Tunnels zu pulsieren begann.

»Du weißt nun, wie du diesen Bereich deines heiligen Tempels heilen kannst. Lass uns weitergehen«, forderte Maria Fay auf.

»Aber da sind noch so viele!«, rief Fay.

»Du weißt nun, wie es geht. Du hast noch genug Zeit, um alle anderen Energiesamenkörper zu entfernen. Heute geht unsere Reise noch weiter.«

Mayas Stimme erreichte Fays Ohr: »Du betrittst nun deinen innersten Tempelraum. Es gibt hier eine Quelle, Blumen, Kraftgegenstände und Heilwerkzeuge. Sieh dich um. In welchem Zustand sind diese Objekte deiner Kraft? Was ist in deinem Tempelraum alles zu finden? Ist er hell und warm, aufgeräumt und kraftvoll? Bitte deine Begleiterin darum, mit dir gemeinsam den Tempel so zu gestalten, dass er für dein Leben und deine Kraft förderlich ist.«

Maria führte Fay ein paar Schritte weiter in einen großen, runden Raum. Fay erschien dieser Raum wie eine riesige Kathedrale. Fay hatte den Eindruck, dass es hier Fenster gab, aber sie sah keine. Überall war es verstaubt und schmuddelig. Es war dämmrig, aber nicht düster. Fay ging in die Mitte des Raumes und blickte sich um. Es gab eine Quelle, die klar zu sein schien. Ein fröhliches Plätschern klang aus ihrer Richtung. Es hörte sich an, als würde Sulis singen. In einer dunklen Ecke sah sie einen Tisch, auf dem ein paar verstaubte Dinge lagen. Dann bemerkte sie eine Tür.

Sie wollte darauf zugehen, als sie von Maria gestoppt wurde. »Alles zu seiner Zeit, Fay. Heute kümmern wir uns um diesen Raum«, sagte Maria bestimmt.

Fay erkannte an ihrem Tonfall, dass Widerstand zwecklos war, egal, wie sehr sie die Neugierde plagte, was sich wohl hinter der Tür verbarg. »Wo fangen wir an?«, fragte sie.

»Das musst du wissen«, entgegnete Maria. »Fühle in dich hinein. Was willst du als Erstes im Tempelraum deiner inneren Göttin verändern? Wie soll es hier aussehen? Was braucht sie alles, diese Göttin, die du bist?«

Fay überlegte. Eine Göttin braucht … Licht! Als Erstes wollte sie mehr Licht. Es gab hier Fenster, sie sah sie nur noch nicht.

Wieder fasste Maria Fay an den Händen und hob diese hoch über ihre Köpfe. Diesmal floss die Energie aus ihrer Handmitte hinauf zur Tempeldecke. Von dort aus breitete sie sich wie klares, helles Licht an den Wänden des runden Raumes aus und bildete eine Lichtkugel, die sich dort, wo Fay stand, zur Gänze um sie herum schloss. Das Licht war wie fließendes Wasser, das sich über die Wände ergoss und hoch oben eine wunderschöne Glaskuppel freilegte. Fay konnte hinauf in den Nachthimmel blicken. Sie sah den Mond und die Sterne hell und klar leuchten. Die Wände pulsierten nun im selben kraftvollen, dunkelroten Licht wie schon zuvor ihr Tunnel, ihr Gebärmutterhals, durch den sie hierher gekommen war.

»Das ist ein guter Anfang, Fay.« Maria blickte sie zufrieden an. »Nun hast du hier ein Kraftfeld errichtet, in dem Heilung geschehen kann. Lass uns sehen, was es noch zu tun gibt.«

Gemeinsam gingen sie zu dem Tisch. Auf ihm standen eine erloschene Kerze in einem verstaubten Kerzenständer und verschiedene Fläschchen. Außerdem lagen dort ein kleines Messer und noch so manch andere Dinge. Alles erweckte den Anschein, als sei es vor langer Zeit hier vergessen worden. Fay erkannte, dass sie noch öfter an diesen Ort würde reisen müssen, bis dieser Raum tatsächlich einer Göttin würdig war.

Maria stand neben ihr und lächelte liebevoll. »Ich freue mich, wenn du wiederkommst, Fay. Wir werden diesen Tempel gemeinsam in einen Ort deiner weiblichen Kraft verwandeln. Lass uns zurückgehen. Deine heutige Reise ist gleich vorbei.«

Fay ergriff Marias Hand. Gemeinsam gingen sie durch den nun lichtvollen Raum, als Fays Blick an einem der Samenlichtkörper hängen blieb. Was ist eigentlich mit den Männern?, ging es ihr durch den Kopf. Sie haben keine Gebärmutter. Wo ist deren Tempel?

Noch bevor Fay ihre Frage aussprechen konnte, hörte sie Wahitikos Stimme: »Männer können ihre Sexualität in ihrer Prostata heilen. Gerade hast du deine Essenz der Friedensbringerin erkannt, spürst du sie?«

»Ja«, stimmte Maria zu. Auch sie konnte Wahitiko hören. »Es entspricht deinem Wesen, nach Ausgewogenheit und Harmonie zu streben. Wenn es einen Weg für Frauen gibt, muss es auch einen Weg für Männer geben. So, wie die Gebärmutter der Frau als fruchtbare Wiege des Lebens dient, schenkt der Mann seinen Samen der Liebe und pflanzt ihn in den Schoß der Mutter. Damit ein Mann einen fruchtbaren Samen hervorbringen kann, braucht er eine gesunde Prostata. Sie bildet die Basis für neues Leben. Dort kann ein Mann seine Wunden heilen, so, wie du in deiner Gebärmutter«, beendete Maria ihre Ausführung.

Sie waren am Ausgang angelangt, an dem Tor, das von ihrer Vagina gebildet wurde. Fay empfand eine tiefe Verbundenheit mit Maria. Sie hatte den starken Wunsch, sie zu umarmen. Maria öffnete ihre Arme, und freudig ließ sich Fay von ihnen umfangen. Dann löste sich Maria auf, und es war, als würde ein kleiner Teil von ihr in Fay hineinschlüpfen.

»Wir sehen uns wieder«, vernahm Fay ihre Stimme. Dann fand sie sich vor ihrer Vagina wieder. Sie kam sich klein vor, wie sie da so zwischen ihren eigenen Schenkeln stand. Was für eine verrückte Reise, dachte Fay und empfand tiefen Frieden und große Dankbarkeit für ihr Sein.

»Wenn du bereit bist, öffne deine Augen, strecke deine Arme und Beine, atme kraftvoll in deinen Tempel, und komme ganz zurück ins Hier und Jetzt.«

Mayas Stimme führte die Frauen in die alltägliche Welt zurück. Alle blieben noch eine Weile liegen und hingen ihren soeben gewonnenen Eindrücken nach. Niemand sprach. Es herrschte vollkommene Stille. Fay empfand diesen Zustand wie eine große, pulsierende Blase, die die Lichtung und die Frauen umschloss. Eine Blase aus Heilung, Frieden und Liebe.

So fühlte es sich also unter Gleichgesinnten an. Fay überkam ein wohliges Gefühl. Maya hatte die Meditation genial und sicher geführt. Es war gut gewesen, ihr zu vertrauen und hierzubleiben. Fay blickte in den Himmel. Über ihr schien der Mond hell und klar. Zufrieden und glücklich seufzte Fay auf und drehte sich auf den Bauch. Sie blickte in die Runde und sah überall tief bewegte Gesichter. Sie wusste, dass an diesem Abend jede Frau für sich und gleichzeitig für alle Frauen dieser Welt Heilung vollbracht hatte.

Ihre Dankbarkeit und ihre Liebe zum Leben wuchsen ins schier Unendliche.

Dann hörte sie eine der Frauen etwas sagen: »Maya, ich danke dir von ganzem Herzen für diese wunderbare Meditation. Du ahnst gar nicht, wie viel sie mir über mich selbst aufgezeigt hat.« Alle Frauen nickten zustimmend, einschließlich sie selbst.

»Es ist mein Weg, meine Bestimmung, dieses alte Wissen wieder zu euch zu bringen. Meine Seele heilt mit jeder Frauenseele, die ihre Weiblichkeit entdeckt. Ich werde nie eigene Kinder in diesem Leben gebären können. Aber ich kann eine Hebamme sein, eine spirituelle Hebamme für all jene, die ihre weibliche Seele heilen wollen«, erwiderte Maya liebevoll lächelnd.

Nanas klare, kräftige Stimme ertönte: »So, ihr Lieben. Bevor ihr jetzt die schöne Energie zerplaudern könnt, schlage ich vor, wir beenden den Abend mit einem gemeinsamen Lied. Lasst uns die Göttin erwecken.«

Die Frauen standen auf und bildeten einen Kreis. Fay ging hinüber und fügte sich ein. Sie reichten sich die Hände. Nana erhob ihre Stimme, und Fay konnte die tiefe Dankbarkeit in den Worten dieser faszinierenden Frau klar wahrnehmen.

»Ich danke einer meiner vielen Wegbegleiterinnen auf dem Weg der großen Göttin, Sandy Kühn, für ihre wunderbare Huldigung der Weiblichkeit, die sie allen Frauen dieser Welt mit ihrer Anrufung der Göttin geschenkt hat.

Nana begann, mit tiefer, klarer Stimme zu singen:

»Ich rufe die Göttin des ewigen Lichts,
des heiligen Feuers in mir.
Ich verneige mich vor dir.
Ich rufe die Heilige, die Mutter, die Frau,
die Erdenkraft in mir.

Ich verneige mich vor dir.
Ich rufe die Alte, die Weise, die Zauberin,
das uralte Wissen in mir.
Ich verneige mich vor dir.
Ich rufe das Mädchen, das heilige Kind
des freudigen Tanzes in mir.
Ich verneige mich vor dir.
Ich rufe die Schlange, die Göttin der Nacht,
die Wurzelkraft in mir.
Ich verneige mich vor dir.
Ich rufe den Engel, den zarten Flügelschlag
der ewigen Liebe in mir.
Ich verneige mich vor dir.«[*]

Einige der Frauen sangen das Lied mit. Sie waren wohl schon öfter dabei gewesen, dachte sich Fay. Die übrigen summten wie sie selbst die Melodie einfach mit. Fay fühlte sich das erste Mal in ihrem Leben unter anderen Frauen richtig wohl.

Nach einem Moment des gemeinsamen Schweigens ließen sie die Hände los. Sie umarmten sich herzlich, und dann machte sich jede der Frauen daran, ihre Sachen zusammenzupacken. Nana und Maya kamen zu Fay herüber.

»Hat es dir gutgetan?«, wollte Nana wissen.

Fay nickte. »Sehr gut sogar.« Sie schaute Maya an. »Ich danke dir von ganzem Herzen für diesen Abend. Es war sehr berührend und lehrreich für mich.«

Maya schaute Fay dankbar an. »Das von dir zu hören freut mich ganz besonders, Fay. Ich hoffe, es ist nicht unser letzter gemeinsamer Abend gewesen.« Fay konnte die warmherzige Aufrichtigkeit in Mayas Stimme hören.

»Wir sehen uns morgen zum Frühstückskaffee«, sagte Fay bestimmt.

---

[*] Lied »Die Anrufung der weiblichen Kraft« von papajeahja Sandy Kühn, www.stimm-schamanin.de

Maya lachte. »Ja, richtig. Ich freue mich darauf. Wir haben einiges zu besprechen. Ich werde Nana noch ein Stück begleiten. Wir wollten uns darüber beraten, ob wir weitere solcher Abende gemeinsam veranstalten sollten.«

»Unbedingt!«, rief Fay übermütig aus.

Fay und Maya umarmten sich zum Abschied. Es fühlte sich gut an. Wie ein Samen der Freundschaft, der frisch gesetzt wurde, einer der vielfältigen Samen der Liebe.

Als Fay nach Hause kam, ging sie in ihren Garten. Sie sah die Teelichthalter, die leer herumstanden, und beschloss, sie zu befüllen. Als alle Kerzen in ihren Gläsern brannten, setzte sie sich auf die Terrasse und war einfach rundherum glücklich und zufrieden. Selbst ein flüchtiger Gedanke an Marcel, der jetzt wohl schon in Amerika war, konnte diesen Moment nicht trüben.

Mit dem warmen Gefühl, auf ihrem Seelenweg zu sein, machte sie sich eine Weile später bereit fürs Bett. Pfötchen wartet bereits schnurrend auf ihrer Decke, als sie aus dem Bad ins Schlafzimmer kam. Futter hatte er wohl wieder einmal von Hugo bekommen. Als Fay im Bett lag, tapste Pfötchen an ihre Seite und schnurrte in ihr Ohr. Diese Melodie wiegte Fay sanft in den Schlaf.

Fay und Maya

Wieder ein neuer Tag, an dem Fay vom Klingeln ihres Telefons geweckt wurde. Sie streckte sich genüsslich und ohne Eile. »Ich segne diesen Tag und alles, was er mir bringen mag.« Jetzt erst schlug sie die Decke zurück und stieg aus dem Bett. Ruhig ging sie zu ihrem Telefon und hob den Hörer ab. »Heylrich hier, hallo?«

»Guten Morgen, Frau Heylrich. Haben Sie ausgeschlafen?«, hörte sie die bissige Stimme des alten Herrn Wagenreichs sagen. Wieder einmal tat ihr Peter leid. Er musste mit diesem grantigen Mann unter einem Dach leben.

»Ja, ich habe ausgeschlafen«, gab sie ruhig zur Antwort.

»Dann frage ich mich, warum Sie nicht hier bei mir im Büro zu Ihrem Termin erschienen sind, Frau Heylrich. Ich kann Ihnen Ihr Arbeitslosengeld gerne für weitere zwei Wochen sperren. Das wäre dann bereits ein ganzer Monat. Wollen Sie das wirklich?«

Auf Fays Gesicht breitete sich ein breites Lächeln aus. Mit zuckersüßer Stimme erwiderte sie: »Ja, das kann ich mir leisten. Ich habe eine Stelle gefunden, die mir gefällt, und werde kommenden Montag dort anfangen. Dann bin ich wieder in die Arbeitswelt eingegliedert, und Sie haben eine Sorge in Ihrem Leben weniger, Herr Wagenreich.« Sie hörte ein empörtes Schnaufen am anderen Ende der Leitung.

»Können Sie mir das schriftlich geben? Dann kann ich Sie aus meinem Register streichen. Ist mir nur recht. Verrückte Frauen auf Selbstfindungstrips, soll sich ein anderer darum kümmern«, maulte Herr Wagenreich.

Fay konnte die Verbitterung in der Stimme des Mannes hören. Sie spürte seinen Schmerz und seine Trauer. Er tat ihr Leid.

»Ja, ich werde Ihnen eine Bestätigung vorbeibringen«, sagte Fay versöhnlich. »Ich wünsche Ihnen einen schönen Tag, Herr Wagenreich.«

Diesmal beendete Fay das Gespräch. Sie legte den Hörer auf die Gabel des Telefons. Augenblicklich klingelte es erneut. War das eine Rückkoppelung? Das gab es ab und an. Das Telefon klingelte ein zweites und dann ein drittes Mal.

Fay hob den Hörer ab. »Hallo, Heylrich hier.«

»Guten Morgen, Frau Heylrich. Hier spricht Regina Laubner von der Eigentümergemeinschaft. Wir hatten für gestern einen Termin vereinbart. Ich hatte versucht, Sie zu erreichen.«

Fay klatschte sich an die Stirn. Das hatte sie völlig vergessen. Sie hätte gestern die Unterlagen im Büro vorbeibringen sollen, doch dann hatte Nana angerufen.

Fay beeilte sich, die Situation zu erklären. »Es tut mir furchtbar leid, Frau Laubner. Das habe ich total vergessen. Bei mir ist gerade ziemlich viel los. Ich habe aber die Unterlagen von der Bank und alles andere schon vorbereitet. Ich kann es Ihnen sofort vorbeibringen, wenn Sie für mich Zeit haben.«

»Kein Problem, Frau Heylrich. Ich konnte Sie nur nicht erreichen, Sie haben keine Handynummer bei uns hinterlegt. Haben Sie heute Nachmittag um drei Uhr Zeit?«

Fay hatte mit Maya ein Treffen am Vormittag ausgemacht. Am Nachmittag hatte sie also Zeit. Sie könnte bei der Gelegenheit bei Nana die Bestätigung für Herrn Wagenreich abholen, dann wäre diese Sache auch aus der Welt.

»Das passt mir gut. Ich werde heute um 15 Uhr bei Ihnen im Büro sein, versprochen. Vielleicht sollte ich mir für Fälle wie diesen tatsächlich mal ein Handy zulegen.«

»Sie haben kein Handy?«, fragte Frau Laubner ungläubig. »Ich dachte, wir hätten nur keine Nummer notiert. Das ist ungewöhnlich in der heutigen Zeit.«

»Ja, ich weiß. Manchmal bin ich ein bisschen ungewöhnlich.« Fay grinste verschmitzt in sich hinein. Und ich bin es leidenschaftlich gerne, dachte sie sich. »Bis heute Nachmittag, Frau Laubner.«

Auch dieses Gespräch beendete Fay. Diesmal blieb das Telefon still. Fay ging ein Lied trällernd in die Küche. Das habe ich richtig gut gemacht. Ich bin bei mir geblieben, in der Ruhe, in meiner Mitte, lobte sie sich. Während sie ihren Kaffee aufsetzte, schweiften ihre Gedanken zum alten Herrn Wagenreich. Konnte diesem Mann geholfen werden?

»Du hast ihm schon geholfen, Fay. Du siehst es nur noch nicht«, hörte Fay Sulis' Stimme an ihrem Ohr.

Wie habe ich ihm geholfen?, fragte Fay verwundert.

»Du hast in Peter, seinem Sohn, den Wunsch geweckt, seine Seele zu entfalten und sich auf den Weg der Heilung zu begeben. Jeder Mensch ist wie ein kleines Universum, auch du. Wenn sich zwei solche Universen berühren, verbinden sich ihre Energiekörper und tauschen sich aus. Dabei wachsen sie, machen Erfahrungen und verändern sich dadurch. Das ist das Leben. Seine Frau hat es damals dem alten Wagenreich vorgelebt. Als sie ihren Seelenweg suchte, lachte er sie aus, und als ihr Leid zu groß wurde, verließ sie ihn. Er gibt ihr die Schuld für sein schmerzvolles, griesgrämiges Leben. Du weißt es schon besser, Fay. Jeder ist für sein Glück und seinen inneren Frieden selbst verantwortlich. Das Leben eines Menschen spiegelt immer sein Inneres wider. Peter wird es erfahren. Es wird auch die Zeit kommen, wenn er seinen Vater auf den Weg der Heilung bringt. Siehst du jetzt, wie du im Leben anderer Menschen wirkst, Fay? Du bist wie ein Stein, der ins Wasser fällt und dabei Kreise erzeugt. Du sendest Wellen aus und berührst damit die Menschen.«

Fay verstand. Sie bekam eine Ahnung davon, wie sich ihr Leben auf andere auswirken konnte. Daher würde sie

Achtsamkeit, Aufmerksamkeit und Klarheit brauchen. Fay wurde einmal mehr bewusst, dass ihr Leben in all seinen Facetten unendlich groß und weit war.

Pfötchen kam mit einem fordernden »Miaumau« in die Küche und holte Fay aus ihren Gedanken. Schwungvoll nahm sie ihren Kater in den Arm, schmiegte ihr Gesicht in sein weiches Fell und stellte fest: »Das Leben ist schön, Katerchen, einfach schön. Danke, liebes Leben, liebe Freunde, und danke dir, du große Schöpferkraft, danke, dass du mir meinen Weg gezeigt hast.«

Sie ließ Pfötchen wieder auf den Küchenboden gleiten und holte sein Futter aus dem Kühlschrank. Der Kaffee war inzwischen fertig. Fay ging mit einer Tasse des duftenden, heißen Getränks ins Wohnzimmer. Dort stellte sie die Tasse auf den Tisch, ging zu ihrem Altar und entzündete eine Kerze. Sie nahm die Räuchermuschel und entzündete das Räucherwerk. Wie schön, den Tag so zu beginnen, dachte Fay, während sie sich den würzigen Rauch über ihren Körper fächerte.

Als sie fertig war, ging sie auf die Terrasse hinaus. Maya war noch nirgends zu sehen. Fay schlenderte mit ihrer Tasse in der Hand zu ihren Rosen. Die Blattläuse waren vollständig verschwunden. Die dunkelrote Rose zeigte bereits eine erste Knospe, die sich zaghaft zu öffnen begann. Zufrieden blickte Fay auf die anderen Pflanzen, die sie gemeinsam mit Marcel angepflanzt hatte. Keine einzige Schnecke war mehr zu sehen. Der Gedanke an Marcel schenkte ihr ein warmes, wohliges Gefühl. Langsam war sie sich sicher, dass sich zwischen ihnen alles klären würde. Der erste Schritt dazu war heute ihr Treffen mit Maya.

Fay überlegte gerade, ob sie das Beikraut zwischen den Pflanzen ein wenig zupfen sollte, als sie hörte, wie hinter ihr eine Tür geöffnet wurde. Fay drehte sich um. Maya stand mit einer Tasse in der Hand auf der Terrasse der Nachbarwohnung. Fay spürte Wärme in ihrem Herzen und in ihrer Mitte. Freude erfüllte sie. Welch ein Wandel doch mit mir geschehen ist, dachte sie bei sich. Und wie viele Zweifel ich mir hätte ersparen können, wenn da nicht meine Vorurteile und Ängste gewesen wären, von denen ich mich habe blenden lassen.

»Bei dir oder bei mir?« Maya zwinkerte Fay verschwörerisch zu.

Ich mag sie, dachte Fay. »Bei mir«, sagte sie.

Maya kam auf Fays Seite des Gartens. Die beiden Frauen setzten sich an den kleinen Tisch. Pfötchen kam zu ihnen, blickte von einer zur anderen und begann, genüsslich sein Fell zu pflegen.

»Wo sollen wir anfangen?«, fragte Maya vorsichtig.

Fay schaute dieser schönen, starken Frau in die Augen. »Als Erstes möchte ich mich bei dir entschuldigen. Dafür, was ich mir in meinem Selbstmitleid und meinen Zweifeln alles über dich eingebildet habe.«

Maya sah sie wissend an. »Ich kenne das, Fay. Ich bin mir sehr wohl bewusst, wie mein Aussehen auf viele Frauen wirkt. Glaub mir, es kann auch ein Fluch sein, dem gerade herrschenden Schönheitsideal nahezukommen. Deine Entschuldigung nehme ich gerne an.«

So hatte Fay das noch nie betrachtet. Da muss ich noch mal in Ruhe drüber nachdenken, beschloss sie.

»Weißt du, Fay, ich mache meine Arbeit vor allem aus einem Grund: Weil es Zeit wird, dass wir Frauen uns versöhnen. Solange Mütter ihre Töchter verraten und verkaufen, wird die Menschenseele leiden.« Maya schaute Fay eindringlich wie auch liebevoll an.

Fay dachte an die furchtbaren Dinge, die Maya angetan worden waren. Die Beschneidung war wohl der schlimmste Verrat, den eine Mutter an ihrer Tochter im Namen irgendeines Gottes begehen konnte. Einen solchen Gott wollte Fay nicht haben. Sie hatte die Schöpfung als liebevolle, Leben spendende Kraft erfahren und nicht als etwas, was Leben und Lebensfreude durch Schmerz und Verrat unterband.

»Für das, was du erlebt hast, Maya, habe ich keine Worte. Was ich empfinde, wenn ich daran denke, ist so überwältigend.« Fay musste schlucken. Sie spürte, wie ihr Tränen in die Augen stiegen.

»Der Schmerz, den du jetzt spürst, Fay, ist nicht alleine deiner oder meiner. Es ist der Schmerz von Generationen von Frauen, die im Namen irgendeines Gottes verletzt und unterdrückt wurden, die beschnitten wurden, nicht nur körperlich wie ich. Die seelische Beschneidung hinterlässt mindestens ebenso tiefe Wunden.«

Fay blickte auf. »Du bist eine wunderschöne und starke Frau, Maya.«

»Das bist du auch, Fay. Weil du stark bist, hast du dich für den Weg deiner Seele entschieden. Die Arbeit an deiner Weiblichkeit ist nur ein Teil dieses Weges. In diesem Leben bist du eine Frau, und da gehört sie dazu. Wärst du ein Mann, würdest du ebenso Wege der Heilung finden, die dem Leben zugetan sind. Das gemeinsame Ziel der Männer und Frauen dieser Welt sollte es sein, Hand in Hand, auf Augenhöhe und voller Respekt und Achtung für die Fähigkeiten und Talente des anderen Geschlechts in eine friedvolle Zukunft voller Liebe zu gehen.«

Alles, was diese Frau sagte, berührte Fay tief in ihrem Innersten. Sie wusste, dass Maya eine Botschaft für die Menschen hatte, die essenziell wichtig war.

»Ich glaube, es ist ein Geschenk der Schöpferkräfte, dass du meine Nachbarin sein wirst.« Fay schaute Maya schüchtern an.

Maya lachte. Es war ein sympathisches Lachen. Fays Miene hellte sich auf.

»Ich würde mich freuen, wenn ich nicht nur deine Nachbarin, sondern auch deine Freundin sein dürfte, Fay«, erwiderte Maya. »Schließlich bist du die große Liebe meines besten Freundes.«

Fay spürte, wie sich ihre Mitte leicht verschob. Ihr Herz begann zu klopfen, und Hitze stieg ihr in den Kopf. Sie wusste genau, dass sie jetzt ein glühend rotes Gesicht hatte.

»Da habe ich wohl auch einiges mit meinem kindischen Verhalten verbockt«, gab Fay kleinlaut zurück.

»Sei nicht so streng mit dir. Du hast dabei auch einiges gelernt, nehme ich mal an«, munterte Maya sie auf. »Ganz ehrlich, Fay, so habe ich Marcel noch nie erlebt, und ich kenne ihn doch schon einige Jahre. Bei den Gesprächen über die Wohnung ging er immer davon aus, dass du deine auch kaufen würdest. Auf einem Block hat er Pläne gezeichnet, wie die Wohnungen miteinander verbunden werden könnten, wenn ihr einmal Kinder habt und mehr Platz braucht. Ich habe ihn gefragt, ob er mit dir schon über Kinder geredet hätte, habe ihn darauf hingewiesen, dass ihr euch doch erst seit Kurzem kennt. Sein Argument war stets: ›Das ist die Frau meines Lebens, ich weiß es, ich kann es spüren.‹ Als er merkte, dass du ihm aus dem Weg gehst, zog er sich immer mehr zurück. Manchmal sah ich, wie er mit den Plänen in der Hand auf dem Sofa saß und sie gedankenverloren ansah. Als wir zum Frühstück verabredet waren und du nicht kamst und er dich dann mit deinem Freund sah, war er fast erleichtert, dass er aus geschäftlichen Gründen weg musste. Er gab mir den Brief für dich und fuhr kurz danach los. Ich hatte den Eindruck, dass er sehr traurig war.«

Fay sah Maya an und beschloss, Maya alles zu erzählen. Angefangen bei den Tagen, als Marcel ihr geholfen hatte, den Garten anzulegen. Als Fay fertig war, schwiegen die beiden Frauen.

»Oft wissen wir erst viel später, warum das Leben einen Umweg gemacht hat«, sinnierte Maya. »Das Schicksal hätte euch doch auch auf direktem Weg zueinanderführen können. Offensichtlich liebt ihr beiden euch ja.« Maya seufzte.

Fay lächelte. »Ich vertraue darauf, dass es richtig war, wie alles gelaufen ist. Egal, ob es irgendwann für mich einen Sinn ergibt oder nicht. Jedenfalls habe ich auf diesem Umweg eine Menge gelernt.«

»Na, ihr zwei schönen, jungen Damen, habt ihr euch endlich gefunden?«, tönte Hugos freundliche Stimme aus dem anderen Garten zu Fay und Maya herüber.

Die beiden sahen sich an. In dem Moment, als sie sich tief in die Augen blickten, erkannten sie sich als Schwestern, als Verbündete auf dem Weg der Heilung. »Ja, wir haben uns gefunden«, sagten sie im Chor.

»Dann ist ja gut, so soll es sein«, war Hugos zufriedene Antwort.

Maya schaute Fay liebevoll an. »Sag, holde Freundin, darf ich deinem geliebten Prinzen sagen, dass alles zwischen euch gut ist, wenn er sich meldet?«

»Ja, das kannst du ihm sagen. Er wird sich bei dir melden?«

Maya zuckte mit den Schultern. »Keine Ahnung, wann. Er ist hauptsächlich draußen unterwegs. Wenn er mal eine Internetverbindung hat, wird er mir sicher schreiben. Das macht er sonst immer. Ich denke, es wird ihn trösten und ihm neue Hoffnung geben. Warte, ich bringe dir noch was.«

Maya stand auf und kam kurz darauf mit einem zerknüllten Blatt Papier in der Hand wieder. Auf dem Weg zu Fay zog sie es auseinander und versuchte, es mit den Händen ein wenig zu glätten. Sie reichte es mit einem vielsagenden Blick an Fay weiter. Als diese das Blatt Papier betrachtete, verstand sie sofort, was es war: die Pläne für die Verbindung der zwei Wohnungen. Die Gärten waren auch miteinander verbunden. Da waren eine Schaukel und ein Sandkasten eingezeichnet. Ja, Maya hatte recht, Marcel und sie liebten sich. Fay spürte es in ihrem ganzen Sein.

Wie die Zeit vergeht

Nachdem Maya zu Hugo hinüber in die Wohnung gegangen war, beschloss Fay, ihre Wohnung zu putzen. Sie
hatte bis zu ihrem Termin noch genug Zeit. Es war erst elf
Uhr. Sie hatte zwar alles ausgeräuchert und die Schränke
aufgeräumt, aber geputzt hatte sie schon lange nicht mehr.

Er will Kinder mit mir haben … Fay musste bei diesem
Gedanken lächeln. Sie erinnerte sich an ihre Tagträume von
Marcel und ihr. Sie erinnerte sich auch daran, wie sehnlich
sie sich Kinder mit ihm gewünscht hatte. Dieses Empfinden
hatte sich verändert. Sie wollte immer noch Kinder haben,
doch sie hatte das Gefühl, dass sie dafür noch unendlich
viel Zeit hatte. Wie es wohl sein würde, wenn Marcel und
sie sich wieder begegneten? Fay spürte ein Flattern in ihrer
Mitte. Da waren sie wieder, die Schmetterlinge im Bauch,
und dennoch war sie ganz bei sich. Ihre Mitte pulsierte
kräftig, ihr Herz schlug im selben Rhythmus.

Als Fay mit dem Putzen ihrer Wohnung fertig war,
fühlte sie sich noch einmal um einiges wohler. Es hatte
sich wirklich gelohnt. Das Putzwasser war nach dem
ersten Durchwischen nahezu schwarz gewesen. Es war
nun halb zwei. Wenn sie pünktlich im Büro der Eigentümergenossenschaft sein und vorher noch bei Nana wegen
der Bestätigung vorbeischauen wollte, war es höchste Zeit,
sich auf den Weg zu machen. Die Terrassentür ließ sie
offen stehen. Ihre Wohnung war ein gesegneter Tempel.
Niemand würde diesen ohne Einladung betreten.

In den nächsten Tagen halfen sie und Maya Hugo beim
Umzug in die Seniorenresidenz. Beinahe zeitgleich zog
Hermine zu ihrer Tochter. Angelika und Tobias zogen in

Hermines alte Wohnung um. Bereits am ersten Tag im neuen Heim stellte Thomas eine Schaukel im Garten auf. Das junge Paar freute sich auf seinen Nachwuchs.

Fay fand es schön, zu beobachten, wie ihre neuen Nachbarn kleine Zärtlichkeiten miteinander austauschten. Sie freute sich darauf, die beiden näher kennenzulernen. Wer weiß, vielleicht spielen ihre Kinder irgendwann mit unseren, ging es ihr durch den Kopf. Manchmal kam ihr Marcel in den Sinn, aber es tat nie weh, sondern wurde immer von einem Gefühl der Wärme in ihrem Herzen und in ihrer Mitte begleitet.

Bis zum Wochenende hatten sie gemeinsam fast alles geschafft, was zu tun war. Die Wohnung, in der Hugo so viele Jahre verbracht hatte, war nun beinahe leer. Der alte Mann stand in der Mitte seines ehemaligen Wohnzimmers, während Fay und Maya mit einer Tasse Kaffee in der Tür zum Garten standen.

»Na, dann auf Wiedersehen, altes Haus! Auf zu neuen Ufern und Abenteuern im Reich der Alten und Weisen, die in der Seniorenresidenz hofieren. Ich überlasse euch jetzt dem Jungvolk, meine lieben vier Wände. Ihr wart mir eine gute Behausung, seid das auch für meinen Sohn.« Mit diesen Worten stampfte er dreimal kräftig auf dem Boden auf und klatschte ebenso kräftig in die Hände. Fay hatte das Gefühl, als würde eine kleine Welle durch den Raum schwappen.

Maya sah Fay an und erklärte: »Er hat sich energetisch von der Wohnung gelöst. Ich habe ihm gezeigt, wie das geht. Damit hat er den Raum für die freigegeben, die jetzt hier leben werden.«

Maya brachte Fay immer wieder zum Staunen. Ihr Wissen um die praktische Anwendung von energetischen Werkzeugen im alltäglichen Leben schien unendlich zu sein. Fay war wirklich sehr dankbar, dass Maya in ihr Leben getreten war. In den letzten Tagen hatte sie schon so viel von ihr gelernt. Noch hatte sie das meiste nicht umgesetzt, denn sie musste erst die Zeit finden, all das zu reflektieren, was Maya ihr über die Kraft der Frau erzählt hatte. Dennoch war es schön, eine Freundin zu haben, mit der sie über ihren Seelenweg reden konnte.

Hugo drehte sich zu den beiden Freundinnen um und strahlte sie an. »Dann los, gehen wir zur großen Abschieds- und Willkommensparty in Hermines altem Garten.«

Schon war er an Fay und Maya vorbei und unterwegs in den ehemaligen Garten seiner langjährigen Nachbarin. Hermine, Angelika und Tobias hatten die Idee zu dieser Party gehabt. Sie alle hatten das Bedürfnis gehabt, sich gebührend voneinander zu verabschieden. Angelika und Tobias freuten sich, Hugo, Hermine und ihre neuen Nachbarinnen bewirten zu können. Es wurde ein rundum gelungenes Fest.

An diesem Abend erzählte Maya Fay, dass Marcel sich auf ihre E-Mail hin gemeldet hatte. Die zwei Frauen standen in Fays Garten bei den Rosen.

»Er ist froh, dass wir miteinander gesprochen haben. Ich soll dir sagen, dass er sehr oft an dich denkt, und wenn er wieder da ist, wünscht er sich als Erstes eine Aussprache mit dir.«

»Danke, Maya. Das möchte ich auch. Wenn alles zwischen Marcel und mir geklärt ist, können wir noch mal ganz neu anfangen.«

Fay verabschiedete sich von Maya. Es war ein langer Tag gewesen, und sie wollte jetzt nur noch ins Bett. Beim Einschlafen begleiteten sie Bilder von einem Sonnenuntergang am Meer. Sie saß dort mit Marcel am Strand, und im Sand spielte ein kleines Mädchen.

Am Montag hatte Fay ihren ersten offiziellen Arbeitstag bei Nana im »Regenbogentempel«. Bereits nach ein paar Tagen war sie so weit eingearbeitet, dass sie die Kasse fest im Griff hatte. Es machte ihr Spaß, die Kunden zu beraten. Nach und nach lernte sie die Stammkundschaft kennen. Die Arbeit bereitete ihr in jeder Hinsicht Freude. Im Laden traf sie auch viele der Frauen aus dem Park wieder, mit denen sie das Ritual erlebt hatte.

Fay führte jeden Morgen das Segensritual durch. Sie entzündete eine Kerze auf ihrem Altar und räucherte sich. Sie nahm sich auch die Zeit, ihre Energieübung zu machen. Montags ging sie weiterhin zu Hans, um zu reisen. Ulrich war in Indien und so zählten sie zurzeit nur drei Personen in der Gruppe. Dienstags traf sie sich innerhalb einer Frauengruppe und erlebte dort viele heilsame Abende. Mit Peter traf sie sich alle zehn bis vierzehn Tage. Meistens fuhren sie mit Luna in die Berge und unterhielten sich unterwegs über ihre Erlebnisse auf ihrem jeweiligen Seelenweg. Fay freute sich mit der Zeit immer mehr auf die Treffen mit ihm. Er hatte ein helles Köpfchen, lernte schnell und eifrig, und ein großes Herz. Sie mochte ihn. Fay konnte durch die Freundschaft zu ihm besser verstehen, was für eine Beziehung zwischen Maya und Marcel bestand.

Je mehr Zeit verging, umso weniger dachte sie an Marcel. Sie war so sehr mit dem Hier und Jetzt, mit ihrem neuen Leben beschäftigt, dass es sie völlig überrumpelte, als ihr Maya an einem Samstagmorgen wie nebenbei mitteilte: »Morgen können wir Marcel am Flughafen abholen. Er wünscht sich sehr, dass du dabei bist. Er hat mich gestern Abend kurz angerufen, um mir die Flugnummer und die Ankunftszeit durchzugeben.«

»Echt? Die drei Monate sind schon um?«, rief Fay verwundert aus.

»Ich dachte, du freust dich …« Fragend schaute Maya Fay an.

»Ja, klar freue ich mich. Natürlich!« Wann hatte sie das letzte Mal an Marcel gedacht? Es war eine gefühlte Ewigkeit her. Ihr Leben war inzwischen so erfüllt, dass ihr nichts gefehlt hatte. Die Beziehungen, die sie aufgebaut hatte, schenkten ihr Freude und Vertrauen. Sie hatte bei Nana einen Workshop angefangen, wo sie Hula lernte. Dieser Tanz ließ sie ihre Weiblichkeit auf eine ganz besondere Art in ihrem Körper und in ihrer Seele fühlen. Diana war bei diesen Tanzabenden immer präsent. Fay konnte den kleinen Schmetterling fühlen, der sich mit ihr zu den Gesängen aus Hawaii bewegte. War da überhaupt Raum für einen Mann in ihrem Leben? Ein leises Kichern begleitete den letzten Gedanken. Fay erinnerte sich sehr wohl an dieses Kichern. Es war Twifal, der sich da seit langer Zeit wieder einmal meldete. Fay richtete ihre Aufmerksamkeit auf Marcel. Ihre Mitte begann zu pulsieren, ihr Herz wurde weit und warm. Wenn sie wollte, war da Platz für einen Mann, einen Mann, der sie als das sah, was sie war: eine in sich ruhende Göttin. Würde er das können?

Fay lächelte. »Ja, ich freue mich auf Marcel. Wann kommt sein Flug an?«, wollte sie wissen.

»Mittags halb eins. Bis er dann durch die Kontrollen durch ist, wird es halb zwei sein. Ich kenne das. Um diese Jahreszeit kann es sich ziehen. Es sind Ferien«, informierte Maya sie.

Es war inzwischen Ende Juli. Als sie und Marcel sich kennengelernt hatten, war es Frühling gewesen, die Zeit der weißen, jungfräulichen Göttin. Jetzt war es Sommer, die Zeit der roten, fruchtbaren Göttin. Fay lernte von ihrer Heilerin Maria vieles über den Rhythmus der Natur und des Lebens. So auch über die Kräfte der vier Göttinnen.

Dieser Sommer war außergewöhnlich schön. Er war warm, aber durch viele Sommergewitter, die am Abend die Luft säuberten, gab es für die Pflanzen genügend Wasser. Fay liebte diese Gewitter, die der Erde Fruchtbarkeit, neues Leben und Wachstum schenkten. Manchmal fühlte sie sich selbst wie diese rote, fruchtbare Göttin, weil sie gerade so viel Neues in ihrem Leben empfangen durfte. Sie verstand nun auch, warum ihr Kleid nach der Zerstückelung nicht mehr weiß, sondern rot gewesen war.

»Wir sollten hier gegen halb zwölf losfahren, dann kommen wir pünktlich an. So weit ist es ja nicht«, hörte sie Maya sagen.

»Ist gut, wir sehen uns sowieso zum Kaffeetrinken im Garten.« Fay zwinkerte Maya zu. Diese lachte, und beide Frauen widmeten sich wieder ihren jeweiligen Aufgaben des Tages.

Nanas »Regenbogentempel« hatte auch am Samstag geöffnet. Heute war für den Vormittag eine Gruppe angemeldet. Einmal im Monat hatte Fay auch am Samstag Dienst. Heute war es wieder so weit. Mehrere Frauen und Männer tauschten sich hinten bei der Sitzgruppe über alte Kräuter und Hausmittel aus. Sie trafen sich alle zwei Wochen. Die Leute waren alle sehr nett. Gelegentlich hatte Fay während der Arbeit etwas Zeit, ein bisschen zuzuhören, welche Tipps sie untereinander austauschten. Manche davon merkte sie sich und probierte sie selbst aus, wie eine selbst gemachte Zahnpasta und eine Tagescreme, die sie und Maya an einem Wochenende anrührten.

An diesem Tag dachte sie immer wieder an Marcel. Würde er die neue Fay mögen? Sie hatte sich verändert, war selbstsicherer und mutiger geworden. Er hatte sie kennengelernt, als sie gerade dabei gewesen war, ihr Leben in ein völliges Chaos zu verwandeln. Er kannte die Fay, in deren Garten er schweißgebadet Löcher für ihre Pflanzen gegraben hatte, während sie ein Ei als Symbol für ihre Seele hütete, und die ihn dann in ihrer Unwissenheit und aus Angst tief verletzt hatte.

Der Gedanke an ihn machte sie nervös. Morgen würde sie ihn wiedersehen. Sie spürte die Schmetterlinge in ihrem Bauch. Es fühlte sich wunderschön an. Ihr Herz schlug einen schnellen, kräftigen Rhythmus.

»Er wird dich lieben«, hörte sie Dianas Stimmchen. »Jetzt noch viel mehr. Lass ihm Zeit, lernt euch neu kennen. Gib ihm eine Chance! Du hast gelernt, Grenzen zu setzen. Und darin wirst du immer klarer und besser. Du weißt, was du willst und für deine Seele brauchst. Vertraue auf dich und deine innere Weisheit.«

Am späteren Nachmittag kam Nana in den Laden. »Na, Liebes. Ist heute alles gut gegangen?«

Es war kurz vor Ladenschluss, und Fay hatte bereits so gut wie alles aufgeräumt.

Sie ging zu Nana, umarmte die ältere Frau herzlich und versicherte: »Ja, alles gut. Es war ziemlich viel los heute. Wir haben einen guten Umsatz gemacht.«

Nana sah sie prüfend an. »Dir geht es auch gut? Du siehst ein bisschen gestresst aus«, wollte sie von Fay wissen. Dieser Frau blieb nichts verborgen. Hatte sie doch versucht, so neutral wie möglich bei ihrer Begrüßung zu sein.

Fay blickte auf ihre Schuhspitzen. Dann schaute sie in Nanas liebes Gesicht. »Marcel kommt morgen zurück.«

Nana hob wissend die Augenbrauen. Fay hatte ihr irgendwann alles über das ganze Desaster mit Marcel, Maya und Peter erzählt. »Wo liegt das Problem?«, wollte sie wissen.

»Ich bin mir nicht sicher, ob ich ihn noch will«, erwiderte Fay zaghaft. »Oder ob er mich noch will.«

Nana schmunzelte. »Das wirst du nur herausfinden, wenn du dich traust, es mit ihm noch mal zu versuchen. Er hat in den drei Monaten sicherlich auch einiges erlebt. Wer kann dir denn versichern, dass du morgen denselben Mann wiedertriffst, dem du vor fast vier Monaten begegnet bist?«

Nana hatte zweifelsohne recht. Warum war ihr das nicht in den Sinn gekommen? Wenn sie sich verändert hatte, war es doch klar, dass er sich auch verändert haben könnte. Die drei Monate waren für sie zwar wie im Flug vergangen, aber es waren dennoch sehr intensive Wochen gewesen, die sie erlebt hatte.

»So betrachtet ...«, setzte Fay an und musste breit grinsen, »... sind wir eigentlich Fremde. Wir können uns wirklich ganz neu kennenlernen.«

Nana nickte zustimmend. »So ist es, Fay. Lass es auf dich zukommen. Dein Herz wird dich führen.«

Als nächsten Tag fuhren Maya und sie zum Flughafen. Je näher sie dem Flughafen kamen, desto mehr freute sich Fay auf Marcel. Nach ihrer Ankunft führte Maya sie sicher durch den Flughafen zu der Stelle, wo Marcel bald unter Hunderten von Menschen auftauchen würde.

Fay war wie erschlagen von dem Gedränge, das hier herrschte. Sie war in ihrem Leben noch nie geflogen. Ohne Maya, die Fay die ganze Zeit fest an der Hand hielt, hätte sie sich wohl hoffnungslos verlaufen. Jetzt standen sie vor einem mit Sicherheitssperren abgetrennten Bereich, der zwei Ausgänge besaß. Menschen strömten heraus und wurden freudig in Empfang genommen. Fay musste lächeln. Es war eine neue Energie, die sie hier am Flughafen spürte. Dieses Gewusel hatte eine ganz eigene Schwingung.

»Da, da ist er!«, rief Maya freudig erregt und zog Fay an ihrem Arm. Mit der anderen Hand deutete sie in die Menschenmenge. Jetzt konnte Fay ihn auch sehen. Er war sonnengebräunt, wirkte aber müde. Seine Körperhaltung war leicht gebeugt.

»Marcel, Marcel, hier sind wir!«, rief Maya voller Freude. Jetzt hatte er sie gesehen. Er blickte erst Maya an, dann fanden seine Augen Fays. Ein zärtliches Lächeln breitete sich in seinem Gesicht aus. Einige Augenblicke später war er bei ihnen.

Maya fiel ihm lachend um den Hals. »Es ist so schön, dich wieder gesund bei uns zu wissen, mein großer Bruderfreund.« Sie drückte ihn fest an sich und strubbelte seine Haare durch. Marcel löste sich aus Mayas Umarmung.

»Es ist schön, dich so glücklich zu sehen, kleine Schwesterfreundin.« Er küsste Maya liebevoll auf die Stirn.

»Entschuldige. Diese Begrüßung ist bei uns Tradition, Fay«, erklärte Maya mit einem Blick zu ihrer Freundin.

Fay konnte die bedingungslose Liebe zwischen diesen beiden Menschen wahrnehmen. Es war zutiefst berührend. Marcel wandte sich nun ihr zu. In seinem Gesicht konnte sie eine Gefühlsmischung aus Angst, Unsicherheit, Hoffnung und Liebe erkennen. Sie sah aber auch deutlich, wie erschöpft er war. Er hatte abgenommen, und unter seinen Augen lagen tiefe Schatten. Fay empfand eine tiefe Liebe zu ihm.

»Hallo, Fay. Ich freue mich sehr, dass du mitgekommen bist.« Seine Stimme war ein wenig rau, als würde er mit einem Kloß im Hals kämpfen.

»Ich bin froh, dass du wohlbehalten wieder hier bist.« Fay öffnete ihre Arme. Marcels Augen leuchteten auf. Die beiden umarmten sich innig und wortlos. Zwei Herzen schlugen im selben Rhythmus, und eine neue Melodie der Liebe erklang im Orchester der Schöpferkräfte. »Lass uns noch mal ganz von vorne anfangen. Das wünsche ich mir, Marcel«, sagte Fay, und Marcel drückte sie sanft an sich.

»Ja, das machen wir. Das ist eine gute Idee.«

Auf dem Rückweg vom Flughafen berichtete Marcel von seiner Reise. Er und Fay saßen auf dem Rücksitz. Sie hatte sich an seine Schulter gekuschelt und lauschte seinen Erzählungen.

Zu Hause angekommen brachten sie Marcels Sachen in seine Wohnung.

»Wir sehen uns später, wenn ich ausgepackt und mich frisch gemacht habe.« Er küsste Fay sanft auf den Mund und verschwand in seinem Badezimmer.

Fay ging in ihre Wohnung. Pfötchen, der im Garten zwischen den Kräutern gelegen hatte, folgte ihr. Fay entzündete ein Teelicht auf ihrem Altar.

»Ich segne diese neue Liebe mit dem goldenen Regen des Segens. Mögen uns Liebe, Frieden und Fruchtbarkeit auf allen Ebenen begleiten.«

Später kam Marcel zu Fay. Sie kuschelten sich gemeinsam auf Fays Sofa, Pfötchen zu ihren Füßen. Sie sprachen über ihre Gefühle und ihre Wahrnehmungen, über ihren Schmerz und alles, was sie an Missverständnissen produziert hatten. Am Ende konnten sie gemeinsam darüber lachen.

An diesem Abend blieb Marcel bei Fay. Es war die erste von vielen Nächten, die sie gemeinsam verbrachten.

»Aber das ist eine andere Geschichte ... «, flüstert mir Fay gerade ins Ohr.

Epilog – oder was seither im Leben der Autorin geschah

Schon den ersten Teil dieser Geschichte, »Fay und die andere Welt«, zu schreiben war für mich wahrlich eine Freude. Auch beim Schreiben von »Fay und die alltägliche Welt« schienen mir die Worte wieder förmlich zuzufließen. Es war, als würde eine magische Hand meine Finger führen und ein liebevolles Wesen mir die Geschichte zuflüstern.

Fays Erlebnisse mit der schamanischen Welt entstammen in erster Linie meinen eigenen Erfahrungen. Die Schöpfung schenkte mir die Worte, die du hier lesen kannst. Es handelt sich um eine Geschichte, die erzählt werden möchte.

Als der erste Teil erschien, wusste ich noch nicht, was für ein Zauberbuch ich in den Händen hielt, welches Geschenk mir und der ganzen Welt die Schöpfung damit gemacht hatte. Mich erreichten unzählige Rückmeldungen von Lesern, die sich in Fay wiedererkannten. Ich war von den vielen positiven Reaktionen sehr überrascht und unglaublich berührt. Damit hatte ich nicht gerechnet. Die Menschen fragten mich dann mit der Zeit immer öfter: »Wie geht es denn jetzt mit Fay weiter?«

Alles kommt zu seiner Zeit, und ist es Zeit, bin ich bereit. Mir war immer klar, dass Fays Geschichte eine Fortsetzung erhalten würde. Zwei Jahre nach dem Erscheinen des Romans war die Zeit reif dafür. Das Leben hatte mir deutliche Hinweise gegeben.

So lief mir und meinem Mann zwei Monate nach dem Erscheinen von »Fay und die andere Welt« ein schwarzer Kater zu. Obwohl wir ihn nie fütterten, kam er jeden Tag wieder. Er legte sich zu uns und schmuste mit uns. Ganz besonders liebte er unsere Seminarteilnehmer. Inzwischen wurde uns der Kater von seinem ehemaligen Besitzer geschenkt. Er gehört nun zu unserer Familie. Wie er heißt? Na, Katerchen.

Zur gleichen Zeit eröffnete in der Stadt, an deren Grenze ich lebe, ein neuer Laden. Es ist eine Mischung aus Hans' Büchercafé und Nanas Laden. Ich bin von dem Geschäft fasziniert, und es ist meiner Meinung nach perfekt. Der Laden hat ein kleines Restaurant, in dem abends Vorträge stattfinden. Es ist zum Ladenbereich hin offen. In dem Geschäft selbst findet der Besucher alles für Körper, Geist und Seele. Über dem Restaurant befindet sich ein kleiner Seminarraum, und hinter dem Haus liegt ein liebevoll gestalteter Garten. Anita, die Besitzerin, erzählte mir, dass es die Geistige Welt gewesen war, die sie dorthin geführt und veranlasst hatte, dieses Haus zu kaufen und den Laden darin zu eröffnen.

Kürzlich fuhr ich mit meinem Mann übers Wochenende nach Südtirol, um dort eine Schwitzhütte für eine meiner Schülerinnen zu bauen. Vor der Fahrt kaufte ich mir die Zeitschrift »National Geografic«. Als ich sie gedankenverloren durchblätterte, nur auf die Bilder bedacht, stieß ich auf ein Foto meines Sonnentanz-Vaters (Sundance Chief Larson Medicinhorse), der in Montana lebt. Erstaunlich, oder? War es doch eben dieses Magazin, in dem auch Fay das Foto ihres Vaters entdeckt hatte, das im Reservat der Crow-Indianer in Montana aufgenommen worden war.

An jenem Ort, an dem wir unser langes Wochenende verbrachten, schrieb ich den zweiten Teil der Geschichte über Fay und ihr Leben. Ich mietete mir für zwei Wochen ein Zimmer und zog am ersten Abend eine Karte aus dem wunderbaren Naturwesen-Kartenset von Jeanne Ruland: »Die Muse«. Und ich wurde wahrlich von ihr geküsst. Zwölf Tage später lagen gut einhundertfünfzig Seiten Manuskript fertig vor mir auf dem Tisch. Nach getaner

Arbeit gönnte ich mir dann noch zwei Tage Entspannung in der wunderbaren Umgebung von Meran.

Kurz nachdem ich im September 2015 das fertige Skript an den Verlag gesendet hatte, erreichte mich noch eine unglaubliche Nachricht: Für Gabriella aus meiner Geschichte gibt es eine reale Vorlage, eine junge Frau, die in Kolumbien geboren und als Baby nach Deutschland adoptiert wurde. Schon seit längerer Zeit hatte sie nach ihren leiblichen Verwandten auf der anderen Seite der Welt gesucht. Zwei Wochen nach Abgabe des Manuskriptes meldete sie sich bei mir mit der frohen Botschaft, ihre Familie gefunden zu haben – nein, sie hatte das Skript nicht gelesen.

Und noch etwas Wunderbares ist passiert: Als ich nach Erscheinen von »Fay und die andere Welt« meinem Verleger Markus Schirner das nächste Mal begegnete, sagte ich voller Überzeugung zu ihm: »Markus, du wirst sehen, Fay goes to Hollywood. Die Geschichte kommt auf die Bühne!« Ich behielt recht. Am 2. Juli 2016 wird »AndersWelt – das Musical«, basierend auf meinem Roman, uraufgeführt. Zwar nicht in Hollywood, sondern in der Kulturbühne Ambach, Götzis/Vorarlberg, aber es ist ein Anfang.

Die Geschichte um Fay verändert Leben. Ich bin gespannt, wohin mich der zweite Roman führen wird.

Danksagung

Mein Dank gilt als Erstes meinem Mann Marcel. Du bist es, der mir den Rücken frei hält und mich seit 23 Jahren bei dem, was ich tue, unterstützt!

Ich danke meinen Verlegern Markus und Heidi Schirner für ihre wunderbare Arbeit, ihren täglichen Einsatz, ihre Klarheit und ihre Freude an dem, was sie tun. Ihr lebt euren Autoren wirklich vor, was Berufung ist – danke dafür!

Murat Karaçay danke ich für sein wunderbares Cover. Du hast einfach das Gespür dafür!

Ich danke der ganzen »West Austrian Musical Company« für die Realisierung des Theaterprojektes »AndersWelt – das Musical«, ganz besonders Erich Manser, der die Idee als Erster aufgegriffen und von Beginn an unterstützt hat.

Eines der Lieder, das für dieses Musical und Fays ganze Geschichte bezeichnend ist, heißt »Geh deinen Weg, geh immer weiter, stets ist da ein Begleiter«. Gemeinsam mit Christopher Amrhein komponierte Angela Bittel die Musik zu diesem Anderswelt-Musical. Ich danke euch von Herzen dafür!

In den zweiten Teil des Romans sind Textzeilen aus mehreren Liedern der beiden Musiker eingewoben. Danke für euer Sein, eure CD hat mich beim Schreiben getragen!

Ein besonderer Dank geht an Claudia Simon, meine abschließende Lektorin – schön, dass wir es gemeinsam geschafft haben, die Worte aneinanderzureihen.

Danke an Monja Hämmerle fürs Probelesen. Du hast mir sehr geholfen.

Bereits erschienen im  Schirner Verlag

Sabrina Dengel
Fay und die andere Welt
Roman

ISBN: 978-3-8434-3043-2
352 Seiten, Taschenbuch, sw

Eigentlich ist Fay ganz zufrieden mit ihrem Leben. Sie hat eine kleine Wohnung, einen Job, der genug zum Leben abwirft, einen Kater und viele Bücher – mehr braucht es doch nicht, oder?

Eines Tages kommt sie mit Hans ins Gespräch, einem etwas skurrilen Kaffeehausbesitzer, der in seiner Freizeit als Schamane wirkt. Dieser lädt Fay auf eine spannende Reise ein, eine Reise zu sich selbst. Nach einigem Zögern tritt Fay diese an. Und je weiter sie diese Reise führt, desto lauter erklingt eine Stimme in ihrem Innern: »Hattest du nicht mal Träume und ganz andere Vorstellungen von deinem Leben?«

Endlich begibt sich die junge Frau auf die Suche nach ihren verlorenen Träumen. Und sie entdeckt, dass es neben der normalen noch eine ganz andere Welt gibt: die Anderswelt.